KB117190

통곡

통곡

慟哭

누쿠이 도쿠로 장편소설 ―

이기웅 옮김

비채

통곡 블랙&화이트 008

1판 1쇄 발행 2008년 9월 5일 **1판 5쇄 발행** 2018년 7월 2일

지은이 누쿠이 도쿠로 **옮긴이** 이기웅
펴낸이 고세규

발행처 비채
주소 경기도 파주시 문발로 197(문발동) 우편번호 10881
등록 1979년 5월 17일 (제406-2003-036호)
주문 및 문의 전화 031)955-3200 **팩스** 031)955-3111
편집부 전화 02)3668-3295 **팩스** 02)745-4827 **전자우편** literature@gimmyoung.com
비채 카페 cafe.naver.com/vichebooks **인스타그램** @drviche **카카오톡** @비채책
트위터 @vichebook **페이스북** facebook.com/vichebook

ISBN 978-89-92036-67-2 03830 책값은 뒤표지에 있습니다.

1

예리한 햇볕이 눈앞에서 내리쬐었다.

바람 한 점 없는 가운데, 매미 울음소리만이 자글자글 울려 퍼졌다. 가만히 앉아 있어도 온몸에서 땀이 비어져 나왔다.

질릴 정도로 무더운 여름이다.

벤치에 앉은 지 거의 한 시간이 지났다. 나무 그늘에 꼼짝 않고 있어도 견디기 어려운 더위다. 셔츠는 벌써 땀으로 찐득해졌다.

그럼에도 그는 자리를 뜰 생각을 안 했다. 가차 없는 여름 햇볕이 퇴원 직후 쇠약해진 몸에 해롭다는 건 잘 알았지만, 그만 일어나 집에 돌아갈 기력이 좀처럼 일지 않았다.

그의 시선은 한 시간 가까이 정처 없이 방황하며, 그네와 미끄럼틀과 모래밭 등 흔해 빠진 공원 시설들에 산발적으로 내려앉았다. 더위 따위 아랑곳 않는 아이들이 환호성을 지르며 놀이기구 사이를 뛰놀고 있다. 자녀를 따라 나온 어머니들은 그늘에서 수다

꽃이 한창이다.

풍경화 속의 한 장면 같은 오후다.

아이들과 어머니들 이외에 다른 사람의 모습은 보이지 않았다. 평일 낮이니 당연하다. 그처럼 퇴직한 사람이 아니고서야, 보통 사람이라면 어딘가에서 일하고 있을 시간 아닌가.

그는 초점이 흐릿한 시선을 한가로운 광경에 기울였다. 유치원에 다닐 나이쯤으로 보이는 남자 아이 둘과 여자 아이 하나가 모래밭에서 성(城)을 만들고 있다. 한 남자 아이는 노란색 플라스틱 양동이로 물을 나른다. 여자 아이는 삽을 들고 있으며, 다른 남자 아이는 맨손으로 바지런히 성을 쌓는다.

시선을 돌리자, 형제로 보이는 남자 아이 둘이 그네 타기에 열심이다. 형은 그네에 서서 타는데, 동생은 그렇게 안 되는지 널판에 앉아 있다. 당연하게도 왕복하는 스피드는 형 쪽이 빨랐고 동생은 그것이 분한지 얼굴을 새빨갛게 붉히며 몸을 흔들고 있다.

평온하고 한가로운 오후다.

문득 정신이 들자, 그는 이제 와 아무것도 바뀔 리 없는 생각들로 머릿속을 쉼 없이 들쑤시고 있다는 걸 깨달았다. 순전히 무의미한 미련과 후회다.

장황히 이어지는 생각의 끝에 허무가 존재한다는 걸 그는 잘 알고 있다. 여름의 강렬한 햇살마저 바닥에 이르지 못할, 깊디깊은 허무다.

가슴에 구멍이 났다고 느꼈다. 어떤 의사인들 메울 수가 없는,

6

어떤 방법도 소용없는 아린 구멍이. 그 구멍에서 바람이 불고 있다. 여름인데도 얼어붙을 정도로 싸늘한 바람이 몇 번이고 몇 번이고 통과해 지나간다.

"어떻게 좀 해 줘."

그는 작게 중얼거렸다. 자기도 모르는 새 양손으로 머리를 감쌌다. 눈을 꽉 감고 손으로 머리를 강하게 눌렀다. 두통이 찾아왔다. 간헐적으로 엄습해 오는 원인 불명의 두통이.

두통은 강해지다 약해지다를 반복하며 그의 머릿속을 집요하게 종횡무진 헤집었다. 의사는 그렇게 말했었다. "정신적인 문제인 만큼 마음이 안정되면 곧 낫겠지요."라고.

'돌팔이 의사 새끼!'

그는 속으로 욕설을 퍼부었다. 아무리 시간이 지나도 두통은 여전하지 않은가. 그럼 "평생 함께 사시오."라고 할 건가.

구멍, 구멍, 모든 건 이 구멍이 문제다. 구멍에 바람이 불어오면, 머리가 지끈지끈 아파 온다. 보이지 않는 올가미로 단단히 조인 것 같다.

'살려 줘!' 그의 마음은 비명을 지를 수밖에 없었다. 이대로 있다가는 미쳐 버릴지도 모른다. '그 전에 어서, 어서 누군가 좀 도와줘……'

그러나 그는 알고 있다. 누군가 도와준다 해도 결코 구원받지 못한다는 걸. 자신은 앞으로 평생, 그 누구에게도 도움을 받지 못한다는 현실을.

2

경찰청에서 감찰관이 온다는 소문은 아침 무렵부터 사에키(佐伯)의 귀에 들어왔다. 감찰관의 직무는 경찰관의 불상사나 범죄의 적발이다. 경찰관의 외설 행위나 절도처럼 귀를 의심케 하는 사건이 속출하는 요즈음에는 상당히 중요한 일로 인식되고 있다.

불과 몇 년 전만 해도 감찰관이라 불리는 작자를 의식하는 이는 얼마 없었지만, 언제부터인가 경시청 인원 대부분은 그 존재를 심히 의식하게 되었다. 특히 최근에는 모든 업무와 관련하여 꼼꼼한 감사가 늘어나, 아무 잘못 없는 사람들까지 지레 겁먹는 상황이 자주 생기곤 했다.

사에키 자신은 아무것도 켕기는 데가 없었지만, 감찰관이 온다는 얘기에 마음이 동요하는 것도 사실이었다. 단적으로 말해 감찰관과 만나고 싶지 않았다. 거북한 건 그 직책이 아니라, 그 직책을 등에 업은 한 인간이다.

사에키는 오늘은 되도록 경시청 내부를 돌아다니지 말자고, 회피하자고 결심했지만, 보통 그런 때일수록 예기치 않은 결과가 생기게 마련이다.

경찰청 경무국 감찰관 이시가미 쓰네야(石上恒也) 경시(警視, 우리나라 경찰의 총경에 해당하는 직급)의 목소리에 붙들린 건, 화장실에서 막 나올 때였다.

"어이 서자(庶子)님."

그 목소리를 들은 것만으로 사에키는 마음이 무거워졌다. 전 경찰 조직원 가운데 자신의 얼굴을 마주 보고 "서자님"이라 대놓고 부르는 사람은 그 감찰관뿐이다.

사에키는 말없이 돌아보았다.

이시가미는 파충류와 닮은 굴곡 없이 밋밋한 얼굴에 가식적인 웃음을 씩 흘리며, 복도 이편으로 다가왔다.

"오랜만이군, 사에키 경시. 수사 1과의 과장 자리에 앉아 계신 심경이 어떠신가."

은근무례의 표본과 같은 말투로, 이시가미는 무람없이 말을 걸었다. 이시가미 뒤로는 일행으로 보이는 키가 큰 남자가 서 있다.

"먼저 가 있어. 난 사에키 경시와 얘기하다 갈 테니."

남자는 "옛." 하고 짧게 대답한 뒤, 절도 있는 동작으로 엘리베이터 쪽으로 사라졌다.

"난 특별히 할 얘기 없습니다."

사에키는 의사를 분명히 밝혔다. 오해하지 않을 정도로 똑 부러지게 거부하지 않으면, 이 낯짝 두꺼운 사내가 내내 붙어 다닐 거라는 직감 때문이었다.

"뭘 그리 야속한 소리를 하나. 내 직무가 사람들한테 그다지 환영받지 못한다는 건 잘 알지만 말이야."

"착각하지 마! 너라는 인간 자체가 싫은 거야!"라는 철없는 대꾸가 입 밖으로 나오려는 걸, 사에키는 간신히 억눌렀다.

"본청 감찰관이 행차하셨으니 그리 평탄한 일은 아니겠군요. 무슨 일이라도 있으신지."

사에키의 질문에 이시가미는 역겨운 웃음으로 답했다.

"감찰관의 직무 내용이 쉽사리 알려지면 활동하기 힘들어져서 곤란하지. 너나 할 것 없이 내가 무슨 조사를 하는지 알고 싶어들 하지만."

"딱히 내가 알 필요는 없지요. 그저 의례적인 인사말입니다."

이시가미가 사에키의 어깨를 툭툭 쳤다.

"왜 이러시나. 우리야 몇 안 되는 캐리어 동지 아닌가. 그렇게 으르렁거리지 말고 사이좋게 지내자고, 서자님."

사에키의 눈가에 바르르 경련이 일어났다.

'시비를 거는 쪽이 대체 누구인데……. 이놈은 서자님이라는 말이 얼마나 날 짜증나게 하는지 알고 내뱉는 소리다.'

사에키는 캐리어 가운데서도 가장 앞서 출세했다. 물론 자신의 실력으로 이뤄 낸 출세였지만, 주변에서는 그렇게 생각하지 않았다. 특히 가장 노골적으로 반발하는 이가 바로 이시가미였다. 떠들기 좋아하는 사람들 사이에서는 사에키가 경시정(警視正, 우리나라 경찰의 경무관에 해당하는 직급)으로 승진하는 것도 금방이라는 소문이 떠돌았다. 그렇게 되면 2년 선배인 이시가미를 사에키가 추월하는 셈이다. 자신만 제외하면 이시가미야말로 경찰 내 엘리트 코스를 달리는 이들 중 선두였기 때문에, 자신을 눈엣가시 취급하는 것도 무리는 아니었다.

"조사 중인 사항을 일절 누설하지 않는 게 원칙이지만, 사에키 경시라면 특별히 문제 될 건 없겠지. 난 방금 총무부에 다녀왔네."

총무부? 그렇다면 사무실은 10층이다. 경시청 청사 엘리베이터는 10층까지 올라가는 중층용 엘리베이터와 6층 형사부까지 올라가는 저층용 엘리베이터가 별도로 설치되어 있다. 총무부에 용무가 있다면 6층에 모습을 드러낼 필요가 없다. 사에키는 순간 생각했다.

'이놈은 일부러 내 얼굴을 보러 온 걸까? 일부러 비아냥거리기 위해?'

이시가미는 사에키의 속마음 따위 모른다는 얼굴로 멋대로 떠들었다.

"공제조합에 일이 있어서 말이야. 거기서 말썽이 생겨 내가 오게 됐지."

'대체 이놈은 무엇 때문에 이런 얘기를 들려주는 걸까?'

사에키는 그 의문이 목까지 치밀어 왔다.

"경찰관 명부가 유출되었다는 소문이 있어."

이시가미가 느닷없이 내뱉었다.

"경찰관 명부?"

분하게도 사에키는 자기도 모르게 되물었다. 그 정도로 이시가
미가 말을 꺼낸 타이밍이 기가 막혔다.

"그래. 경시청 내 경찰관 명부 복사본이 대량으로 유출되었네.
너무나 광범위하게 나돌면서 경시청에만 맡겨 둘 수가 없어서 우
리가 불려 나왔지."

"……"

사에키는 잠자코 이시가미의 얼굴을 응시했다.

"'그래서 뭐?'라는 물음이 얼굴이군, 사에키 경시. 명부의 유출
은 우리보다도 오히려 자네들에게 더욱 중대한 사태 아닌가. 특히
형사부에 말이야. 매스컴 녀석들, 야밤에 취재 습격하기 편해졌다
고 기뻐하겠지. 수사 1과의 과장 정도 되면 그 인간들한테 안성맞
춤인 표적일 테니까."

사에키는 대답하지 않았다.

"하지만 진짜 문제는 그게 아니지. 수사 4과(조직 폭력단을 담당
하는 부서)나 공안 일당 같은 경우, 모르는 사이에 자택 주소가 퍼
졌다면 불안해서 잠이나 잘 수 있겠나. 이건 중대한 사태라고."

그런 건 말하지 않아도 안다. 자신이 궁금한 건, 그 일로 왜 총
무부 공제조합에 용무가 있느냐는 점이다.

"그런데 왜 총무부에서 나오느냐고 묻고 싶은가 보군. 그건 말

이야, 명부를 팔아야 할 만한 패거리라면, 도박 같은 데 손을 댈 만큼 돈에 쪼들리는 게 틀림없어. 그렇다면 우선 공제조합에서 돈을 빌렸겠지. 그래서 그 리스트를 받으러 총무부에 갔다네. 그런데 저 돌대가리 녀석들은 리스트를 보여 줄 수 없다고 버티더군. 뭐, 오늘은 실패했지만 다음에 올 때는 순순히 내놓게 해 주지."

"왜 그런 말을 내게 하는 거죠?"

사에키는 그제야 한마디 내뱉었다. 그 말에 이시가미는 코웃음을 치더니 살가운 척 얼굴을 가까이 댔다.

"흥, 같은 캐리어 동지니까. 이번 건은 논캐리어 녀석들 아니면 저지를 수 없는 소행이 틀림없거든."

경찰 조직은 인원 채용에 있어서, 자격자와 무자격자 — 즉 캐리어와 논캐리어를 구별한다. 캐리어는 국가공무원 I종 시험 합격자로, 이른바 경찰 관료가 되는 소수의 엘리트들이다. 캐리어는 매년 경찰청에 스무 명 정도만 채용되며, 전국을 통틀어도 약 오백 명밖에 존재하지 않는다. 그들은 채용과 동시에 경부보(警部補, 우리나라 경찰의 경위에 해당하는 직급)가 되어, 경찰대학을 나와 실무에 임하면 경부(警部, 우리나라 경찰의 경감에 해당하는 직급)로 승진, 그 후 지방 경찰본부를 전근하고 난 뒤, 스물일고여덟 나이에 경시가 된다. 일반 경찰관이라면 여기까지 이르는 데 이십 년이 걸린다. 덧붙여 말하자면, 경시라는 계급은 지방 경찰서장에 해당한다. 이 정도면 캐리어의 출세 스피드가 얼마나 빠른지 짐작 가능하리라.

당연하게도 이 두 가지 채용 방법은 현재 경찰 조직 내에 여러 가지 알력을 발생시켜, 조직 운영에 폐해를 가져왔다. 전혀 경험 없는 풋내기가 베테랑 경관에게 명령하는 입장이 된다. 명령받는 쪽에서는 유쾌할 리가 없다. 거기에는 시기하는 심보가 섞여 있긴 하지만, 문제는 이시가미처럼 논캐리어를 폄하하는 캐리어들의 태도다.

일찍이 자신의 무의식 속 우월감을 깊이 반성한 사에키로서는 이시가미의 단정이 귀에 거슬릴 뿐이었다.

"현재 경시청에 파견 나온 캐리어는 저를 포함해서 극히 몇 명에 불과하죠. 명부 유출 범인이 캐리어냐 논캐리어냐를 굳이 구분하여 운운하는 것 자체가 무의미하지 않을까요."

사에키는 솔직한 감상을 털어놓았다. 이시가미는 그를 향해 한심하다는 표정을 노골적으로 드러내며, 어깨를 으쓱해 보이고는 입술을 빈정거리듯 일그러뜨렸다.

"문제는 이번 일에 국한되는 게 아니야. 경찰관의 윤리 저하 그 자체에 있는 거지. 언제나 문제를 일으키는 건 노상 논캐리어란 말이야. 지난번 가나가와(神奈川) 현의 세쿠하라(sexual harassment의 준말. 성희롱) 서장도 이른바 밑바닥 출세파 아닌가. 논캐리어 녀석들은 우리가 그물로 꽉 조여 놓지 않으면 온전히 교통질서 하나 지키지 못할 정도로 저급한 인간들이라고. 난 논캐리어 자체의 레벨 향상을 기도하는 사람일세."

자신만만하게 떠들어 대는 이시가미의 목소리가 너무 커, 사에키는 본의 아니게 주위를 둘러보았다. 혹시나 이 대화를 들은 제삼자가 있다면 사에키도 같은 생각의 소유자라고 간주하지 않겠나. 그렇다면 민폐도 이만저만이 아니다.

"그런 점에서 사에키 경시는 안심할 수 있지. 캐리어 중에서도 캐리어, 엘리트 중에서도 엘리트니까. **성장 과정이야 어쨌든 간에,** 이런 건에 대해선 신뢰할 수 있어. 경시 부하 중에 의심되는 녀석이 있으면, 한마디 듣기 전에 미리미리 보고해 주게나."

이시가미는 느물거리는 말투로 하고픈 말을 다 하고서는 만족스런 표정으로 자리를 떠났다. 사에키는 얼굴에 침이 흥건히 튀기라도 한 듯, 불쾌함이 마음에 눌어붙어 버렸다.

3

폭력적일 정도로 강렬한 햇볕이 도로에 내리쬐었다. 아스팔트는 녹기 직전이었고, 에어컨 방사열이 더위를 한층 더해 주었다. 땀과 함께 기력까지 뺏어 가 버릴 만한 이례적인 도시의 혹서였다.

"미쳤어, 다들 미쳐 가고 있어."

그가 중얼거렸다. 이 도시의 더위는 그 자체에 광기를 품고 있다. 그 안에서 생활하는 인간이 다소 이상해지는 것도 지극히 당연하다.

그는 목적도 없이 걸었다. 지금 자신에겐 가야 할 곳도, 해야 할 일도 없다는 걸 잘 안다. 그가 걷는 이유는 마음속 허무의 무게를 견뎌 낼 수 없어서다. 걷는다 한들 무슨 수가 생기는 건 아니지만, 걷지 않고선 못 견딜 정도로 가슴 속 구멍을 빠져나가는 바람이 싸늘하다.

평일인데도 혼잡하다 할 만큼의 인파가 도로에 가득하다. 태반은 학생으로 보이는 젊은이들이다. 그들의 얼굴에는 예외 없이 웃음이 떠올라 있다. 여자 두셋을 둘러싸고 희희낙락하며 이러쿵저러쿵 말을 거는 남자들. 곁의 남자에게 기대어 안긴 긴 머리 여자. 공중전화박스 안에서 무리 지어 새된 교성을 지르며 서로서로 쿡쿡 찌르는 여고생 셋.

'어째서 저들은 저리도 즐거운 걸까. 저들의 세계 안에는 고통이 존재하지 않는 걸까.'

그는 이방인 같은 기분이 들었다. 새하얀 토끼 떼에 섞인 지저분한 생쥐. 그게 자신이다.

'대체 뭐가 다른 걸까. 어째서 나만 가슴에 구멍이 나 있는 거지?' 지나가는 사람을 붙잡고 그렇게 묻고 싶어졌다. '당신 가슴에는 구멍이 안 났는가. 내 가슴에 구멍은 뭔가.'

증오를 가득 담아 그는 주위를 노려봤다. 눈이 마주치는 녀석이라도 있다면, 어깨를 붙잡고 따져 물었을 거다. "대체 왜?"라고.

그는 버스 정류장을, 공중전화박스를 노려봤다. 다들 자기 세계에 틀어박혀 있다. 그의 존재 따위는 관심도 없다는 듯이.

"개새끼들."

그는 멈춰 서서, 다시 한 번 찬찬히 주위를 둘러봤다.

'아무라도 상관없어. 내 의문에 대답해 줘.'

불쑥 시선이 느껴져 돌아보니, 이제 스무 살이나 됐을까 싶은 여자가 자신을 바라보고 있다. 시선이 마주쳐도 눈을 피하지 않는다. 그러기는커녕 아리따운 웃음을 방긋 짓는 게 아닌가.

'날 보고 미소 지은 건가?'

그는 의표를 찔려, 제자리에 단단히 묶이기라도 한 듯 옴짝달싹 못했다.

여자는 가당치도 않게 총총걸음으로 그를 향해 걸어왔다.

'예전에 만난 적이 있었나?'

그는 필사적으로 기억을 더듬었지만, 대답은 '아니오.'였다.

여자는 그 앞에 멈춰 섰다. 청결해 보이는 줄무늬 셔츠를 입고 있다. 양 소매를 팔꿈치까지 말아 올렸고 앞 단추는 풀어헤쳤다. 안에 입은 티셔츠의 프린트를 훔쳐봤다. 이런 더위 속에서도 땀 흘린 기색이 전혀 안 보여 신기했다.

여자는 다시 한 번 방긋 미소를 짓더니 갑작스레 말을 꺼냈다.

"당신의 행복을 기도하게 해 주세요."

그 말은 충분히 그의 의표를 찔렀다. 전혀 예기치 못한 말이었다.

"내…… 행복?"

그는 백치처럼 되풀이했다. 여자는 고개를 꾸벅 끄덕였다. 긴 머릿결이 찰랑 흔들린다.

"예, 당신의 행복을 기도하게 해 주세요."

솔직히 뭔가 미심쩍은 느낌이 들었다. 그러나 지금 그에게는 '행복'이라는 단어가 너무나도 낯설게 들렸다.

'내 행복이라……. 그런 건 대체 어디로 간 걸까. 지금의 나는 행복과 완전히 정반대에 놓여 있다. 그런데도 이 여자는 내 행복을 기도하게 해 달라고 한다. 이다지도 밑바닥으로 추락한 내게

행복을 기도하게 해 달라고. 그게 소원이라고 지껄이다니 이렇게 웃긴 일이 다 있나.'

그는 자기 얼굴 위로 미소가 떠오른 걸 알았다. 오래간만의 웃음이다. 자신이 여전히 웃을 수 있다는 데 신선한 놀라움을 느꼈다.

'이 여자가 기도하고 싶다면, 기도하라고 해 주지.'

여자는 그의 웃음을 승낙의 표시로 알아들었는지 그의 두 팔을 붙들더니, 옆의 가드레일에 앉혔다.

"괜찮으신가요? 그럼 이쪽으로 좀 와 주세요. 이제 마음을 편히 가져 주세요. 그리고 가장 즐거웠던 기억으로 마음을 채워 주세요."

여자가 지그시 그의 눈을 응시한다. 그는 어쩌면 이다지도 눈동자가 맑을까 생각하며, 그녀의 칠흑 같은 눈동자를 다시 바라보았다.

여자는 오른쪽 손바닥을 그의 머리에 가까이 대고 눈을 감더니, 뭔가 기원하듯 아주 살짝 미간을 찌푸렸다. 이마에 귀여운 주름이 생겨났다. 그 필사적인 모습에 왠지 모를 경건함을 느껴, 그는 자기도 모르게 눈을 감고 말았다.

여자는 일 분 정도 그 상태로 가만히 있다가, 천천히 말을 꺼냈다.

"네, 이제 괜찮아요."

그가 눈꺼풀을 뜨자, 아가씨의 미소가 그의 눈에 뛰어들어 왔다.

"이제 괜찮습니다. 정말 고맙습니다."

꾸벅 머리를 숙였다. 이대로 물러가 버릴 기세다. 그는 자기도
모르게 되물었다.

"이걸로? 이걸로 끝인 거야?"

여자는 천천히 고개를 끄덕였다.

"예, 이걸로 끝이에요. 고맙습니다."

그렇게 말하고는 이번에야말로 말릴 틈도 없이 총총 떠나가 버
렸다.

남겨진 그는 자신이 불가사의한 기분에 휩싸였음을 자각했다.

'대체 뭐였을까. 행복을 기도한다고 했는데, 아무것도 바뀌지
않았다. 저 여자는 고작 이걸로 만족한 걸까? 나는 이제 행복해지
는 건가……'

여우한테 홀린 기분과 동시에 단 하나가 분명히 머릿속에 똬리
를 틀었다. 너무나도 행복해 보이는 그 여자의 미소가.

4

    헤이세이 3년(1991년) 1월 8일 화요일, 오전 11시. 경시청 형사부 수사 1과 소속의 오카모토 시게오(丘本重雄) 경부보는 꼼짝도 못하고 전화 연락만 기다렸다.

    작년 12월 10일 소식이 끊긴 이후 행방이 묘연해진 사이토 나오미(斎藤奈緒美)의 것이라 추측되는 옷가지가 오늘 오전 7시 히노(日野) 시 아사카와(浅川) 하천 부지에서 발견된 것이다.

    매일 아침 아사카와 강가를 개와 산보하는 걸 일과로 삼던 노인이 발견했다고 한다. 시든 억새밭 속에서 유아의 물건으로 보이는 옷을 발견한 노인은 "사이토 나오미"라고 수놓인 걸 보고, 작년 이래 세상을 떠들썩하게 한 실종 사건을 떠올려, 즉시 110번(긴급 경찰 통보용 전화번호)으로 통보했다고 한다.

    연락을 받은 히가시히노(東日野) 서(署)는 바로 수사원을 인근 탐색에 투입하는 동시에 경찰청 수사 1과에도 응원을 요청했다.

오카모토가 소속된 제8계 인원들은 히가시히노 서의 요청에 응해 출동하여, 오카모토 혼자 형사부실에서 연락 대기하는 상황이었다.

관할서인 다마(多摩) 서는 사이토 나오미의 행방이 묘연해진 최초의 시점부터 현재에 이르기까지 사건인지 사고인지 결정짓지 않고 단정을 보류해 왔다. 경시청 수사 1과 외에도 감식과와 기동수사대까지 출동하여 본격적인 수색을 전개하였으나, 사건이라 단정할 만한 증거는 발견되지 않았다. 시간이 흐르면서 유괴 사건으로 전개될 가능성은 희박해졌고, 세상의 주목도 덜해 갔다.

그러던 찰나에 옷이 발견됐다. 한 달여가 지나고서 옷만 발견된 것이다. 사고일 가능성은 현저히 낮다. 출동한 수사원 대부분은 사건이라 간주하고 있으리라. 인근 수색은 결국 시체가 됐을 나오미를 찾는 데 주력할 터였다.

오카모토 자신도 나오미의 생존 가능성이 희박하다고 여겼다. 혹여 시체가 발견되면, 겨우 여섯 살밖에 안 된 유아의 유괴 살인이라는 최악의 시나리오로 전개될 가능성이 짙다. 그럴 바에는 차라리 시체가 발견되지 않기를 바라는 마음마저 들었다.

그러나 오카모토의 막연한 기대를 무기질의 전화벨 소리가 때려 부쉈다.

"네, 수사 1과입니다."

낮은 목소리로 대답하는 오카모토의 귀에 상황을 정확히 설명하는 상대의 목소리가 전달됐다. 오카모토는 그저 맞장구만 칠

뿐, 아무 질문도 하지 않았다.

"알았어. 과장한테 보고해 둘게."

수화기를 내려놓는 동시에 형사부실 문이 열리며 들어오는 사에키 1과장과 눈이 마주쳤다. 사에키 과장은 벌써 사태를 파악한 모양이었다.

사에키는 똑바로 방을 가로지르더니 눈짓으로 오카모토를 불렀다. 오카모토는 사에키를 뒤따라 옆방 과장실로 들어갔다. 사에키는 성큼성큼 걸어가 창가 자리에 앉았다. 오카모토는 책상 앞에 섰다.

오카모토는 별다른 감상을 섞지 않고 보고했다.

"시체가 발견되었습니다. 시체는 발가벗겨져 있었고, 쓰레기를 넣는 검정 비닐봉지에 담겨 하천 부지에 유기된 모양입니다. 이미 부패가 진행되어, 사후 상당한 시간이 경과했다고 합니다."

사에키는 오카모토의 보고 모습을 지그시 지켜볼 뿐이다. 오카모토는 그 시선이 항상 껄끄러웠다. 그는 항간에 유포된 풍평(風評) 속 사에키와 실제 사에키는 다르다고 생각했다. 사에키가 현재 지위에 오른 건 분명히 그의 실력이지 누군가 뒤에서 받쳐 준 덕분이라곤 여기지 않았다. 그런 점에서 오카모토는 자신과 띠 동갑 넘게 연하인 상사를 섬기는 데 아무 거리낌이 없었다. 그러나 상대의 마음속을 꿰뚫어 보는 것 같은 그 시선은 아무리 자주 대해도 익숙해지지 않았다. 사에키 앞에 서면 자신이 너무나 우둔하게 여겨져 쓸데없는 말까지 해 버리고 만다. 그건 사에키가 부임하고 나서 이 년이나 지난 지금도 바뀌지 않았다.

사에키와 처음 대면했을 때의 인상이 오카모토에게는 여전히 생생했다. 부임 인사를 마친 사에키가 1과에 소속된 사람들의 얼굴을 훑어보는 한순간, 오카모토와 시선이 교차했다. 오카모토는 그때 문득 무의식적으로 시선을 피해 놓고서는 몇 초 후에 자신의 행동에 깜짝 놀랐다. 송곳처럼 날카로운 야쿠자의 눈매와도, 죽은 사람처럼 흐리멍덩한 눈길과도 몇 번이나 대면하면서 단 한 번도 공포를 느낀 적 없었던 자신이 상대의 기에 눌려 먼저 시선을 피하고 말았다. 오카모토는 그 사실에 저도 모르게 충격을 받고는 사에키의 공안 시절 실적에 위압감을 느낀 탓이라며 스스로를 억지로 납득시켰다. 그러나 이제는 알고 있다. 사에키의 시선 속에는 자신을 움츠러들게 만드는 차가움이 존재한다는 걸. 그 차가움이 무엇에서 기인하는지는 아직도 모르겠지만.

오카모토는 보고를 마친 뒤 자신의 발언을 되새겨 봤다.

'좋아, 쓸데없는 얘기는 없었다. 자신감을 갖고 지시를 기다리면 된다.'

사에키는 휙 시선을 돌리더니 창 저편을 바라봤다. 창밖에는 창공이 펼쳐져 있다. 겨울 특유의 맑고 쨍한 하늘이다. 오카모토는 문득 사에키에게도 같은 연배의 딸이 있다는 게 생각났다. 사에키는 자기 처지와 바꿔 보며, 딸을 잃은 부모의 비탄을 헤아리고 있는 걸까. 오카모토도 이미 중학교에 올라간 딸이 더 어렸다면, 마찬가지로 가슴이 미어지는 심정이 들었으리라.

그러나 뒤돌아선 사에키의 표정에는 어설픈 동정의 빛이 엿보이지 않았다. 오카모토는 자신이 착각했음을 깨달았다. 이 엄하고 매서운 상사의 마음을 그런 식으로 세심하게 헤아려 본 자체가 크나큰 착각이다.

"알겠습니다. 즉시 홍보과를 통해 시체 발견 발표를 해 주십시오. 상세한 통보는 시체 신원이 완전히 확인되고 난 다음으로 미뤄 두고, 일단은 가맹사에 전화 연락만."

사에키의 담담한 어조에는 아무런 감정도 담겨 있지 않았다. 오카모토는 "예."라고만 대답했다.

"다마 서와 히가시히노 서에 합동수사본부를 설치하겠지만, 일단 부장님께는 보고해 두겠습니다. 이전 건과 관련이 있을 테니까."

이전 건이란 작년 10월 15일부터 소식이 끊긴, 히가시쿠루메(東久留米) 시에 거주했던 가가와 유키호(香川雪穂) 실종 사건이다. 이 건도 사건인지 사고인지 결론짓지 않은 채 여전히 행방을 수색하는 중이었다.

민감한 매스컴은 두 건 모두 유아의 행방불명 시점이 월요일이었다는 데 착안하여 연속된 사건일 가능성을 보도했지만, 그 후 아무런 실마리가 잡히지 않으면서 어느샌가 흐지부지되었다. 히가시쿠루메와 다마가 서로 너무 동떨어졌다는 점도 억지스러운 인상을 줬다.

그러나 이번에 시체가 발견되면서 또다시 유키호 건까지 포함해서 매스컴이 보도하리란 건 불 보듯 뻔한 상황이다. 만약 정말로 연속된 사건이라면, 소녀만 노린 흉악한 연속 유괴 살인 사건으로 봐야 한다. 경찰청이 발칵 뒤집힐 만큼 큰 소동으로 전개되리란 건 분명했다.

"저는 이제 히가시히노 서에 가서 현장 수사팀을 돕고 싶습니다."

오카모토가 건의했다. 그는 소녀 유괴 살인은 수많은 범죄 가운데서도 가장 혐오스러운 범죄라 여겼다. 가족의 비탄을 고려해서라도, 그리고 유사 범죄의 연속된 발발을 막기 위해서라도 속히 범인을 체포해야만 한다. 며칠은 잘 틈도 없이 쉬지도 못하고 밀어붙여야 할 정도로 부득이한 상황이었다.

"아, 부탁합니다."

사에키는 가볍게 고개를 숙이고 자리에서 일어나 방을 나갔다. 오카모토는 형사부실로 돌아가 홍보부에 내선 전화를 걸어 상세한 내용을 설명한 다음, 로커에 둔 낡은 레인코트를 걸쳐 입었다.

문을 열어 복도로 나서면서, 철야는 며칠이나 이어질까 생각해 봤다.

'아냐, 그런 걸로 마음 약해져선 안 된다.'

오카모토는 고개를 저으며 기분 나쁜 예감을 털어 냈다.

5

그는 최근에 인간이 최고로 행복한 순간은 잠들었을 때가 아닐
까 생각하곤 했다.

아침에 눈을 떴을 때의 상실감이 너무도 크기 때문이다. 아침에
깨어날 때만큼, 처절하리만치 스스로 고독하다는 걸 자각하는 순
간은 없다.

그는 아침이 증오스러웠다. 아침 따위 찾아오지 않았으면 했다.
아침을 혐오하는 감정이 나날이 더해 가면서 자연스레 수면 시간
이 길어졌다. 직장에 다닐 때는 직업상 세 시간이나마 자면 고맙
다 싶은 나날을 보냈지만, 지금에 와서는 남 얘기처럼 느껴진다.

잠자리에 드는 시간이 서서히 늦어지면서 기상도 오후를 넘기
게 됐다. 그럴 바에는 차라리 밤낮을 뒤바꾼 생활을 하는 게 나을
테지만, 그건 또 자신을 썩히는 마음이 들어 그의 긍지가 허락하
지 않았다.

일어나면 세수를 하고, 빵과 계란과 우유로 간단한 식사를 끝낸다. 설거지는 일주일에 한 차례 씻으면 무방할 정도이기에 사용한 식기가 노상 쌓였다. 저녁은 밖에서 때우기 일쑤라 더욱 그랬다. 방 청소를 할 기력 따위도 없었기에 하얀 먼지막이 방 안 일대를 뒤덮고 있다. 그래 봐야 텔레비전에 책상과 옷장이 전부인 살풍경한 공간으로, 애당초 먼지가 쌓여 곤란할 만큼 멋을 부린 인테리어가 아니다.

지독히도 살벌하다. 절로 그런 생각이 들었다. 자신은 지금껏 얼마나 인간미 없는 생활을 보냈던 걸까. 되돌아보면 취미 하나 없다. 책조차 온전히 읽은 기억도 없다. 이 살풍경한 방은 그 심상의 풍경 그 자체다. 필요 최소한의 물건밖에 갖춰 두지 않았다. 그저 살아가기 위해서 필요한 지식과 극히 조금의 희로애락. 지금 가지고 있는 건, 그것뿐이다.

그는 방에 머물러 있기가 괴로워 갈 곳도 없이 바깥으로 휘청거리며 떠난다. 밖은 변함없는 폭서로 내리쬔다. 맨션 출입문을 나서자마자 흉포한 햇빛이 덤벼들어 땀이 흠뻑 배어 나온다. 그 상황이 지금 그에게는 오히려 상쾌했다.

'괴롭혀 줘, 누군가 날 괴롭혀 줘…….'

그는 비틀비틀 버스길로 나섰다. 항상 다니는 인근 산책이다. 편도 1차선으로 보도와의 경계에 가드레일도 없는 좁은 길이지만, 간선도로의 샛길이라 교통량은 많다. 차라리 자동차로 뛰어들면 편해질까 싶은 생각도 설핏 들었지만, 사실 그럴 기력조차 없다.

그는 항상 가능한 한 모르는 장소로 가려고 했다. 지금까지의 자신과 아무런 관계가 없는 아무것도 생각나지 않는 곳으로. 그곳이 가장 편히 지낼 수 있는 장소이리라. 마음먹고 도쿄를 떠나 어딘가 지방에 옮겨 사는 게 나을지도 모른다. 아무와도 관계를 맺지 않고 자기만의 세계에 몰입할 수 있을 만한 적막한 곳으로.

그는 부질없는 생각을 풀어헤치며 길을 걸었다. 버스가 다니는 길은 지반이 주위보다 한 단 낮아 배기가스가 곧잘 고여 숨 쉬기가 곤란하다. 그 길과 이어지는 도로는 모두 내리막길이다.

몇 블록이나 지나온 걸까. 그 순간 날카로운 비명이 그의 귀를 때렸다. 반사적으로 소리가 나는 쪽을 향해 얼굴을 돌리자, 세발자전거에 탄 아이가 상당한 속도로 경사로를 내려오는 모습이 보인다. 내리막을 내려오는 기세를 못 이겨 속도를 제어할 수 없게 됐는지 양발이 페달에서 완전히 떨어져 있다. 팔은 얼어붙었고 얼굴은 공포로 경직되어 비명조차 지르지 못하고 있다. 저대로 멈추지 않고 차도까지 뛰쳐나왔다가는 달리는 차에 빤히 치일 상황이다.

그는 무의식적으로 도로로 뛰어나가 세발자전거가 내려오는 정면에 서서 양팔을 펼쳐 대기했다. 순간 그의 팔 안에 세발자전거가 들어오며 그 기세에 못 이긴 아이가 코부터 그의 가슴에 부딪혔다.

한순간 침묵이 흘렀다. 신기하게도 소리가 사라졌다. 정신이 들며 처음으로 공포가 치밀어 올랐는지, 불이라도 붙은 듯 울음을 터뜨리는 아이의 목소리가 정적을 깨뜨렸다. 그는 한 손으로 아이를 안아 올렸고 다른 한 손에 세발자전거를 들며 일어났다.

문득 정신이 들자 어머니로 보이는 여자가 이쪽을 향해 넘어질 듯이 뛰어오고 있다. 사색이 되어서는 아이의 이름을 연신 외쳐 댄다.

"엄마!"

아이는 엄마를 부르며 그의 가슴에서 벗어나려고 발버둥쳤다. 그가 조심스레 땅에 내려 주자, 아이는 쏜살같이 뛰어가 제 어머니 무릎에 딱 달라붙어 울기 시작했다. 어머니도 아이의 이름을 부르며, 아이의 머리를 쓰다듬는다.

어머니는 아이를 안아 올리고는, 금방이라도 울음을 터뜨릴 것 같은 얼굴로 그에게 다가왔다.

"정말 감사합니다. 정말 감사합니다."

어머니는 몇 번이고 몇 번이고 깊이 머리를 숙였다.

"괜찮습니다, 조심해야겠네요."

그는 그렇게만 대답했다. 그럴싸하게 웃음을 지어 보이려 애썼지만 실패로 끝났다. 안면 근육이 움찔할 뿐이었다. 그러나 흥분한 어머니는 전혀 알아차리지 못한 기색이다.

그는 하염없이 머리를 숙이는 어머니를 놔두고 자리를 떴다. 부모의 정이라는 걸 구태여 목격하기가 싫어서였다. 아이 어머니는 지금 안도감과 함께 아이가 살아 있음에 행복해하리라. 그가 이제 다시는 손에 쥘 수 없는 행복이다.

그건 분명, 그가 선사한 행복이다. 세상에 이렇게 얄궂은 일이
다 있을까.

그는 자기 처지를 돌아보지 않을 수 없었다. 그의 행복은……
이미 파괴되었다. 아니, 정말 그럴까.

갑작스레 어제 그 여자가 생각났다. 느닷없이 자신에게 말을 걸
었던 기묘한 여자 말이다. 불쑥 그에게 한 줄기 빛처럼 느껴졌던,
그 여자의 말이 선명하게 뇌리에 되살아났다.

"당신의 행복을 기도하게 해 주세요."

6

경시청 형사부장 가이 겐조(甲斐健造)는 사에키의 보고를 다 듣고 나서도 한동안 떨떠름한 표정을 지우려 들지 않았다.

사태는 시체 발견이라는 최악의 모양새가 됐다. 행방불명 단계상의 수색에 실수가 있음을 지적하는 목소리도 나오리라. 그 집중 포화의 대상은 수사 1과장 사에키와 형사부장 가이다. 내내 떨떠름한 표정을 짓는 것도 당연하다.

"……그래서 어떨 것 같나. 자네는 연속 사건이라 생각하나?"

긴 침묵 끝에 가이가 입을 열었다.

가이는 형사부장 명패가 놓인 자기 자리에서 미동도 않은 채, 앞에 선 사에키에게 묻기만 했다. 경시장(우리나라 경찰의 치안감에 해당하는 직급)과 경시의 계급 차를 역력히 보여 주겠다는 의도가 노골적으로 엿보였지만, 매번 벌어지는 일인지라 사에키는 딱히 화도 안 났다.

"가능성은 높다고 생각됩니다만, 속단은 금물이겠지요."

사에키의 목소리는 지극히 냉정했다.

"협박장 같은 건 전혀 없었다고 했지?"

가이는 초조하게 의자 팔걸이를 손가락으로 두드리며 물었다.

"예."

사에키의 대답은 짧았다. 그게 더욱 가이를 초조하게 만든 모양이다. 팔걸이를 두드리는 리듬이 한층 빨라졌다.

"정신이상자의 소행이라고 생각하나?"

"지금 단계에선 뭐라 말하기 어렵습니다."

사에키는 애매한 대답밖에 할 수 없는 질문만 던지는 가이를 냉랭한 눈길로 바라봤다. 가이가 형사부장에 부임한 이후, 처음 대사건으로 전개될 가능성을 내포한 건이었다. 가이가 연신 초조해하며 당연한 질문만 연거푸 던지는 건 자신감 결여 탓이리라.

순전한 거드름으로밖에 안 보이는 태도로 일관하던 가이가 문득 생각이 났다는 표정을 지으며 사에키를 정면으로 응시했다.

"아무래도 기자회견을 해야겠지?"

책상 위에 팔꿈치를 짚고 몸을 앞으로 내밀며 사에키에게 다가왔다. 가이 나름으로는 친근감을 드러내려는 제스처였다. 방금 전까지 잘난 체하며 너무 나댄 걸 반성하는 마음도 담긴.

노상 전개되는 과정이었다. 가이는 자신의 승진이 사에키 덕분이라는 걸 간과할 수 없었다. 가이의 형사부장 부임과 사에키의 수사 1과장 부임은 동시에 거행된 인사였다. 사에키는 캐리어로서 실경험이 많지 않다. 그런 인력을 수사 1과장 자리에 앉히는 게 이례적인 인사였기에, 균형을 맞춘다는 명목으로 가이가 형사부장에 발탁되었다. 가이는 이른바 밑바닥에서부터 올라온 논캐리어로, 본래대로라면 정년에 이르러서도 형사부장까지 승진할 수 없었다. 사에키의 무리한 인사에 대한 특혜라는 건 명백했다.

때문에 가이의 태도는 항상 이런 식이었다. 맨 처음에는 사에키 위에 올라타려고 한다. 사에키보다 자신의 계급이 위라는 걸 가르치려 든다. 그러고는 바로 소심해져서 사에키의 배경을 신경 쓰기 시작한다. 사에키의 미움을 샀다가 윗선으로 바로 보고될까 봐 무서워, 갑자기 비위를 맞추는 듯 간사한 목소리를 낸다. 사실 사에키에게 그럴 맘이 애당초 없다는 걸 전혀 눈치 채지 못하고 있으니, 우스꽝스러운 상황이었다.

"그런 요청은 당연히 있겠죠."

사에키는 아무런 감정도 섞지 않고 대답했다. 그는 가이에게 악감정이 없다. 하는 꼴이 우스꽝스럽다고는 생각하지만, 하찮게 여기지도 않는다. 외려 진절머리 나는 건 그런 자질구레한 관계를 발생시키는 자신의 혈연관계다.

"자네가 나가 주지 않겠나."

가이가 알랑거리는 눈매로 사에키를 바라봤다. 기자회견에 나가는 걸 좋아하는 유형과 싫어하는 유형이 있다. 싫어하는 유형은 물론 기자와 말을 주고받기가 성가셔서다. 좋아하는 유형은 순전한 속물지향으로 그저 텔레비전에 나오는 걸 즐기기 때문이다. 철

없어 보이지만, 기회만 되면 텔레비전에 나가고 싶어 하는 인간은 의외로 많다. 가이는 후자 쪽이었다. 그런데도 굳이 사에키에게 넘기겠다는 건 자기 나름대로 배려를 했다는 표시다. 맛있는 음식을 양보한다는 격이다. 사에키는 오히려 귀찮은 일을 맡게 되는 셈이지만.

"알겠습니다. 다만, 처음에는 서면으로만 발표해도 충분할 것 같습니다."

"응, 자네한테 맡기겠네."

"그럼, 히가시히노 서에 그렇게 연락해 두겠습니다."

"부탁하네."

가이는 "응, 응." 하고 고개를 끄덕였다.

"시체는 다마의 K의대로 운송하겠습니다. 밤중에는 해부 결과가 나오겠죠."

"그렇겠지."

해야 할 일을 착착 열거하는 사에키를 보며 안심이 됐는지, 가이의 표정이 점차 평온해졌다.

'이래서야 어느 쪽이 밑바닥에서부터 올라온 건지 알 수가 없군.'

사에키는 마음속으로 중얼거렸다. 이럴 때일수록 경험이 일천한 자신이 허둥대지 않도록 중심을 잡아 주라고 가이가 지금의 자리에 있는 게 아닌가. 그러나 실제로는 완전히 거꾸로다.

사에키가 보건대, 가이는 결코 무능하지 않다. 인사에 운이 관여된 건 사실이지만, 가이에게 형사부장 자리는 결코 버겁지 않다는 걸 사에키는 인정하고 있다. 뭐라 해도 가이는 몇 명 없는 논캐리어 경시장 중 한 사람이다. 그런 가이가 이런 식으로 나오는 건 전적으로 자기 때문이었다. 일반기업에서 말하는 중간관리직의 비애라는 걸 가이는 절감하고 있으리라. 사에키로서는 죄송할 따름이다.

"다마 서와 히가시히노 서에 합동수사본부를 설치하겠습니다. 저는 기자회견을 대비해서 히가시히노 서로 갈까 합니다. 괜찮겠습니까?"

일일이 허가받을 필요도 없지만, 가이의 입장을 배려하여 매사에 그의 체면을 세워 줘야 하는 게 성가셨다. 사에키가 조금이라도 가이를 무시하는 태도를 보였다가는, 바로 호가호위한다며 험담하리란 건 빤한 수순이다. 사에키로서는 그런 험담이야말로 콤플렉스에서 기인한 억측이라고 소리 높이고 싶은 입장이었다.

"응, 부탁하네."

가이가 책상 위에 손을 깍지 끼고 있어, 마치 기독교 신자가 기도를 드리는 자세처럼 보였다.

사에키가 부장실에서 나가려고 문으로 향하는데, 뒤에서 가이의 목소리가 쫓아왔다.

"곤란한 일이 있으면 언제든 상담하게."

'이거야 완전 중학생 취급이군.'

사에키는 쓴웃음을 금치 못했다. 가이는 자신이 얼마나 어울리지 않는 대사를 뱉었는지 자각하고 있을까. 가이로서는 그저 경력에 손상이 가면 안 될 높으신 집안 도련님을 맡고 있는 심정이리라.

'욕보시는군요.'

사에키로는 그런 마음이 절로 들었다.

7

'행복'이라는 단어가 마치 정전기로 착 달라붙은 부스러기처럼 그의 머릿속에서 떨어지지 않았다. 종잡을 데 없는 넋두리처럼 머릿속을 들쑤셔 놓다가 어느샌가 사고는 한 점으로 수렴된다. 인간에게 행복이란 대체 무엇인가. 그 물음이 그의 눈앞을 커다랗게 막아섰다.

그런 의문에 붙들린 원인은 잘 알고 있다. 인파 속에서 우연히 만난 여자가 기도를 해 주었기 때문이다. 그녀의 행동이 어딘가 미심쩍은 신흥종교의 행태와 비슷하다는 건 안다. 그럼에도 그 몇 분 동안의 치졸하달 수 있는 의식(儀式) 안에서 뭔가 말로는 표현하기 힘든 경건함을 느낀 것도 사실이다.

여자의 기도에는 분명 마음을 울리는 무언가가 있었다.

그게 무언지 알고 싶은 욕구가 그의 마음속에서 억누를 수 없을 만치 팽창했다. 여자와 재회하여 다시 한 번 대화를 나눈다면, 자신을 이 수렁에서 건져 올려 줄지도 모른다는 생각이 한 줄기 희망처럼 느껴졌다.

그는 또다시 인파 속에 섰다. 오가는 사람들의 흐름에 거슬러 서서 그 여자를 찾아 눈길을 헤매었다. 한 차례 훑어봤지만 여자의 모습은 보이지 않았다. 하지만 여자가 나타날 때까지 내내 이곳에서 기다릴 셈이었다. 뻥 뚫린 가슴의 구멍을 막을 수 있다면 염천 아래 꼼짝 않고 서 있는 정도야 일도 아니다.

그렇게 이십 분쯤 서 있었을까. "저, 죄송합니다."라고 소심하게 느껴지는 목소리가 그의 뒤편에서 들려왔다. 돌아보니 청바지에 티셔츠를 걸친 촌스러운 복장의 젊은 남자가 서 있었다. 모르는 얼굴이다.

"저기, 죄송합니다. 당신의 건강과 행복을 기도하게 해 주세요."

'건강과 행복?'

그는 눈을 치켜떴다. 그 여자 말고 다른 사람이 말을 거리라곤 상상도 못했다. 물론 걸어가는 사람에게 말을 거는 젊은이가 적지 않다는 건 안다. 누군가를 기다리는 표정으로 무료하게 서 있던 그야말로 말 걸기에 안성맞춤의 타깃이었으리라.

그는 한순간 주저하다가 고개를 끄덕였다. 부탁하지도 않았는데, 알지도 못하는 사람들이 차례차례 행복을 기도하고 싶다며 말을 건다. 지독히도 아이러니하다. 그의 뺨이 절로 일그러진다.

젊은이의 기도 시간은 길었다. 여자와는 달리, 자못 삼 분은 넘게 그의 머리 위에 손을 얹고 있었다. 젊은이의 설명에 따르자면,

손을 중계 지점으로 삼아 이 세상에 넘쳐흐르는 에너지를 그에게 따라 붓는 거라고 한다. 그동안 그는 말없이 눈을 감고 머리를 숙이고 있었다.

"어떠신가요. 뭔가 느끼셨습니까?"

기도가 끝나자 젊은이가 의욕적으로 물었다. 그는 아니라며 고개를 저었다.

"괜찮습니다. 처음에는 다들 그렇습니다. 이건 보내는 쪽의 의식이 높기만 해서는 안 되고, 받아들이는 쪽도 어느 정도 레벨에 도달해야만 합니다."

"그렇다면 지금 자네의 기도는 효과가 없었다는 건가?"

그는 되물었다.

"아뇨, 결코 그렇지는 않습니다. 정도의 문제죠. 기도가 전혀 듣지 않는 경우는 없습니다."

젊은이는 정색하며 반박했다.

"이걸로 나는 행복해지는 건가?"

"그렇습니다." 젊은이는 자신만만하게 단언한다. "세상은 이른바 물리의 법칙으로 측정할 수 없는 에너지로 가득 차 있습니다. 인간이 그걸 제대로 몸 안에 담으면, 지금보다 훨씬 건강하고 행복한 생활을 보낼 수 있습니다."

"정말 그런가?"

그가 확인하자, 젊은이는 살짝 변명처럼 덧붙였다.

"다만 몇 번이고 반복해야 합니다만."

그는 완전히 납득할 수 없었다. 그걸 표정에서 읽었는지, 젊은 이는 "혹시 괜찮으시다면, 지금 '하느님'의 말씀을 들으러 가지 않으시겠습니까." 하고 슬쩍 말을 꺼냈다.

'하느님?'

이 말 역시 그에게 있어선 색다른 단어였다. 그는 자기처럼 신불(神佛)과 인연이 적은 사람은 세상에 드무리라 여겨 왔다. 자신 앞에 펼쳐진 살벌한 현실 속에 신이라든가 종교라든가 하는 태평 스런 존재들이 끼어들 여유란 전혀 없었다.

하지만 안대를 찬 경주마 같은 생활에서 한 번 낙오하면, 진부 하다 여기던 단어마저 의미 있게 다가오기도 한다.

그는 고개를 끄덕이며 젊은이를 따라가기로 했다. 젊은이는 자신의 이름을 미우라(三浦)라고 밝히면서 자신들의 집회 장소가 세이부신주쿠 선(西部新宿線) 노가타(野方) 역 근처에 있다고 했다. 노가타라면 여기서 전차로 금방이다. 그는 차표를 사서 젊은 이와 함께 차량에 몸을 맡겼다. 미우라는 차 안에서 이러쿵저러쿵 떠들어 댔다. 자신이 믿고 있는 세계의 또 다른 법칙에 대한 미우라의 설명 중 태반은 그로서는 알아듣기 힘들었다.

미우라는 노가타 역에서 걸어서 몇 분 거리에 위치한, 산뜻한 타일로 치장된 맨션으로 그를 이끌었다.

"아참, 첫 수강료로 이천 엔을 받는데 괜찮으신지요?"

미우라는 문 앞에 이르러서야 느긋이 알렸다. 이런 데까지 끌고 와서 괜찮으냐고 물으면 뭐라 답하겠나. 그는 그 수작에 거부감을 느꼈지만 이제 와서 돌아가기도 아니꼬워 동의했다.

"아, 어서 오세요."

현관에 들어서자마자 안에서 목소리가 났다. 복도에서 나온 이는 마흔 전후로 보이는 남자였다. 그 뒤로 중년의 여자와 투박한 트레이닝복 차림의 어린 아가씨가 뒤따랐다. 좁은 현관 바닥은 구두로 가득했다.

"자, 들어오시죠."

남자는 손을 안으로 내밀며 들어오라고 재촉했다.

막다른 곳에 자리한 거실은 옆방과 경계를 허물어 꽤 넓었다. 그와 비슷하게 누군가를 따라왔는지, 젊은 남녀 몇이 거실에 앉아 있다. 그는 맨 뒤에 앉았다.

"그럼 슬슬 시작해 볼까요."

남자가 창가에 서서, 따라온 사람들을 향해 얼굴을 돌렸다. 미우라 일행은 뒤편에 앉았다.

"우선 오늘 여러분이 어떤 이유로 이 자리까지 오게 됐는지 잠깐 고민해 보시길 바랍니다. 누가 말을 걸어서? 아뇨, 그 이유만으로 여기에 오시지는 않았겠죠. 여러분 각자 뭔가 느낀 바가 있어 오셨을 겁니다. 그 뭔가는 사람에 따라 가지각색이겠지만, 무엇보다 '연(緣)'이라는 존재가 작용했다는 걸 이해해 주셨으면 합니다."

남자는 그런 식으로 입을 열더니 제법 능숙한 말솜씨를 선보였다. 세계에 충만한 영적 에너지, 보이지 않는 또 다른 세계, 우주의 위대한 법칙 등 독자적인 세계관을 열정적인 어조로 유창하게 늘어놓는다. 사이사이 사소한 농담이나 요새 유행하는 환경 문제 따위를 섞어 듣는 이의 이목을 집중시켰다. 셋이 함께 따라온 여자 애들은 그때마다 웃음을 터뜨리거나 연신 고개를 끄덕이는 걸 보니 상당히 감명받은 눈치다.

그러나 그는 앞에서 웅변하는 얘기에 쉽사리 동요하기 어려웠다. 남자가 부르짖는 건 '눈에 보이지 않는 에너지의 존재'로, 그야말로 '신'을 가리키는 듯싶었다. 요컨대 얼마나 에너지를 몸에 많이 받아들일 수 있느냐가 행복에 이르는 지름길이라는 건데, 그가 보기엔 건강식품 선전과 별반 차이가 없었다. 아니나 다를까 연설의 결론은 돌아가는 길에 에너지가 듬뿍 함유된 음식물을 판매하니 다들 구입하라는 것이었다.

내내 감탄을 금치 못하던 여자 애들은 즉시 정체를 알 수 없는 통조림과 야채를 사들였다. 아무래도 입회 결정을 한 모양이다.

"어떠셨나요. 재밌었죠?"

미우라가 의기양양한 얼굴로 다가왔다. 그는 잘 알아들을 수 없었다고 솔직히 대답했다.

"그랬을지도 모르겠군요. 처음 접하는 분께는 조금 어려운 얘기일 수도 있습니다만, 두세 번 듣다 보면 깊은 수준까지 이해하시게 될 겁니다."

"아니, 내게는 지나치게 어려운 것 같네."

그는 점잖게 거절했다.

"예? 뭐가 어려우셨나요. 에테르라든가 에너지 같은 단어 때문인가요? 그런 건 공부하면 차차 익숙해지실 겁니다."

미우라의 말투가 강압적으로 변해 갔다. 처음에 소심하게만 보이던 인상과는 완전 딴판이다.

그가 다시 거절하자, 연설을 했던 남자와 중년 여자가 다가왔다. 문득 주위를 둘러보니 그 자리에 남아 있는 사람은 자신뿐이었다. 다들 입회하고 돌아간 걸까.

"왜 그러세요. 뭘 그리 망설이는 겁니까."

남자가 무람없이 그의 어깨를 두드렸다. 그는 친한 척 구는 태도에 미간을 찌푸렸지만, 남자는 전혀 눈치 채지 못한 것 같았다.

"고정관념에 사로잡혀 계시군요. 고정관념이란 몸에 들러붙은 때와 같은 겁니다……."

남자는 유창한 말솜씨로 설득하려 들었다. 미우라와 중년 여자도 합세하여, 세 명이 구구절절 설교에 나섰다. 그들이 거듭 입에 담는 소리는 "모처럼의 인연인데 안타깝다."라는 말이었다. 대체 뭐가 안타까운 건지 그는 이해할 수 없었다.

설득은 장장 삼십 분에 다다랐다. 미우라는 내내 모처럼의 기회를 버리려는 그의 어리석음을 타박했고, 중년 여자는 눈물까지 글썽거리며 하소연했고, 남자는 자신들의 열의를 헛되게 만드는 그의 이기적인 태도를 비난했다.

"알겠습니다. 제가 아직까지 신이라는 존재를 모르고 지내 왔고, 말씀 듣는 것도 오늘이 처음인지라 아직 깨닫지 못한 모양입니다. 좀 더 공부한 뒤에 다시 오겠습니다."

여기까지 이르자, 자포자기하는 심정으로 교재를 구입하고 돌아가는 걸로 타협했다. 교재 값 만이천 엔을 치르고 전화번호를 가르쳐 주고서야 간신히 풀려났다. 하지만 주소만은 절대 가르쳐 주고 싶지 않아 그것만은 양해해 달라고 빌었다.

미우라 일행은 그때서야 핏발 섰던 눈을 겨우 누그러뜨렸다.

8

오카모토가 히가시히노 서 강당에 도착했을 때, 이미 수사본부 설치 준비는 끝나 있었다. 장식이 하나도 없어 창고처럼 느껴지는 공간 구석에 역시나 불퉁스레 긴 접이식 책상과 철제 의자가 몇 세트 정연히 늘어서 있다. 창가에 위치한 복수(複數)의 자리는 히가시히노 서 서장과 사에키 수사 1과장을 포함한 수사본부 수뇌진을 위한 자리였다. 사에키의 자리는 물론 비어 있다.

몇몇 형사와 인사를 나눈 뒤 제8계장으로부터 시체의 신원이 확인됐다는 말을 들었다. 사이토 나오미의 양친은 히가시히노 서 시체 안치실에서 싸늘히 식은 딸과 대면하여, 사이토 나오미가 맞다는 사실을 확인해 주었다. 모친은 충격을 받은 나머지 그 자리에서 졸도하여 약간 소동이 벌어졌다고 한다.

시체의 신원이 정식으로 확인됨에 따라 수사본부의 설치도 확정되었다. 실제 수사 방침을 비롯한 여러 가지 사안들은 경시청 사에키 수사 1과장이 매스컴과의 기자회견을 마치고 난 뒤 결정되지만, 오카모토에게는 자택으로 돌아간 양친으로부터 다시 한번 참고인 조사를 하라는 임무가 부여됐다. 형사 조 편성도 이미 결정되어, 오카모토는 히가시히노 서의 기타오카(北岡) 순사부장 (우리나라 경찰의 경장에 해당하는 직급)과 한 조가 되었다.

기타오카와 길게 얘기를 주고받은 적은 없지만 일단 안면이 있다. 아직 서른이 안 된 젊은 형사로, 수사에 대한 의욕에 넘쳤다. 콤비로 묶이는 데 이론이 없었다.

"당연히 사에키 수사 1과장이 진두지휘에 서겠군요." 사이토 나오미의 집으로 향하는 차 안에서 기타오카가 운전하며 말문을 열었다. "소문의 수사 1과장 밑에서 일하고 계시니 즐거우시겠네요."

"소문?" 귀를 쫑긋 세우며 오카모토가 되물었다. "무슨 소문 말인가?"

"캐리어임에도 불구하고 본인이 나서서 수사 1과장 자리를 희망한 괴짜라 들었습니다."

기타오카가 정면을 바라보며 대답했다. 통상 캐리어는 지방 경찰의 공안 분야를 거치며 출세 가도를 밟기 시작한다. 그러다 현장 발령이 나면 귀중품 취급을 받으며 경력에 손상이 가지 않도록 특별한 배려를 받게 된다. 본청에서 맡겨 놓은 귀중한 엘리트를 때 하나 묻히지 않고 되돌려 놔야 한다는 강박을 지방 경찰 측에서 갖게 되는 것이다. 그렇기에 일반적으로 형사부 수사 1과장이라는 상처 입기 쉬운 자리에 캐리어가 부임하는 경우는 좀처럼 드물다. 사에키의 수사 1과장 부임이 얼마나 이례적인 인사인지 알 수 있는 대목이다.

"그뿐인가?" 오카모토가 슬쩍 되물었다. 기타오카의 말투에서 불쾌한 뉘앙스를 느꼈기 때문이다. "소문이란 건 그뿐인가?"

그뿐일 리가 없다. 배경의 힘으로 출세하여 고생 따위 전혀 경험해 보지 않은 캐리어 과장이 뭘 할 수 있느냐는 무의식적인 야유가 담긴 품평이리라.

기타오카는 능글맞게 웃기만 할 뿐, 똑바로 대답하려 들지 않았다. 오카모토는 기타오카의 옆얼굴을 향해 나지막한 목소리로 대꾸했다.

"그 사람이 단순히 배경의 힘만으로 지금 위치에 올랐다고 생각하면 큰 착각이야. 자네도 조만간 깨닫게 되겠지."

"수완가라고 들었습니다. 공안 시절, 고르바초프 일본 방문 당시의 스파이 체포 건은 경시청 내에서도 모르는 사람이 없을 정도로 유명하니까요. 그렇긴 한데……." 기타오카가 오카모토에게 슬쩍 눈길을 돌렸다. "캐리어가 수사 1과장 자리에 부임하는 식의 현실적으로 무리한 인사가 가능한 데는 혈연관계가 작용했겠지요."

"과장의 부인이 경찰청 장관의 외동딸인 건 사실이네. 하지만 그뿐이야."

"그뿐…… 이라. 경찰청 장관이 사위로 삼은 것도 단순한 우연이라 할 수 있을까요."

오카모토는 살짝 진절머리가 났다. 기타오카가 유달리 사에키에게 악의를 품을 리 없다. 사에키를 바라보는 일반적인 인식이 그런 것이다. 외려 사에키에게 호의적인 오카모토의 입장이 소수파에 가까웠다. 오카모토는 사에키가 처한 상황에 동정을 금치 못했다.

"사에키 수사 1과장이 전 법무대신 오시카와 히데요시(押川英良)의 사생아라는 소문은 사실인가요?"

기타오카가 다시 물었다.

"난 모르네. 과장의 부친이 누군지 따위 흥미 없어."

오카모토는 퉁명스레 답했다.

"경찰청 장관은 몇 년 뒤 정치가로의 변신을 노린다고 들었습니다. 열렬한 오시카와 파(派)라지요. 정치가로 변신했을 때 오시카와 파벌에 합류하리란 건 안 봐도 뻔합니다. 그런 관계를 고려해보면 수사 1과장이라는 포지션도……."

"……."

오카모토는 탄식이 절로 나왔다. 속 편한 자신의 신세가 너무도 감사했다. 혹여 자신이 사에키와 같은 처지로, 주변에서 모두 색안경을 끼고 바라본다면 도저히 견딜 수 없으리라.

기타오카의 말은 모두 사실이었다. 사에키가 오시카와 히데요시의 사생아라는 건 공공연한 비밀이다. 그런 스캔들이 시중에 떠돌아도 그 기반에 전혀 흔들림이 없다는 데서 작금의 정계에 미치는 오시카와 히데요시의 숨겨진 위력을 실감할 수 있으나, 그 힘

이 강해지면 강해질수록 반발이 거세지며 그 화살이 사에키에게
집중되는 상황이었다.

"언젠가는 알게 될 걸세. 언젠가는 말이지."

오카모토는 사에키의 시선에서 느낀 위압감을 떠올렸다.

"몸은 좀 괜찮으신가요?"

마주 보고 앉은 사이토 나오미의 부모에게 오카모토가 안부를
건넸다.

"예, 덕분에."

파리한 얼굴의 모친은 손수건으로 입가를 가리며 얼굴을 숙인
채 고개를 끄덕였다.

다마 시내의 신흥 주택지에 위치한 사이토 가(家)는 일본 중산
층의 의식 수준을 그대로 구현한 집이었다. 삼십 평 남짓한 토지
위에 4LDK(방 넷, 거실, 식당, 부엌)로 이루어진 가옥. 거실은 특별
히 고급스럽지는 않았지만 그렇다고 초라하지도 않았다. 별로 비
싸 보이지 않는 응접세트를 사이에 두고 나오미의 양친과 오카모
토가 마주 앉았다.

"참혹한 사건을 겪고 계신 두 분께 송구스럽습니다만, 이렇게
악랄한 범인을 체포하기 위해서라도 협력을 부탁합니다."

오카모토는 사무적인 말투로 요청했다. 사정이야 안됐지만, 일
일이 동정하다가는 일을 할 수 없다. 쌍방을 위해서라도 사무적으
로 일을 마치는 게 최선이다.

오카모토는 연이어 질문을 던졌다. 마지막으로 나오미를 본 게 언제인지, 그때 복장은 어땠는지, 마지막으로 먹은 음식은 무엇이며, 수상한 사람을 본 적은 없는지, 범인으로부터 어떤 접촉 같은 건 없었는지 등등.

그 질문들은 모두 행방불명 통보 단계에서 한 차례 물어본 터였다. 그러나 당시에는 너무 놀라 잊고 있던 사실도 시간이 지나면서 떠오르는 경우도 있다. 경찰은 두세 번의 수고를 아까워하지 않는다. 그런 식으로 반복하는 가운데 생각지도 않은 사실이 튀어나오는 경우가 종종 발생하기 때문이다.

그러나 이번 건과 관련해서는 새로운 정보가 없었다. 양친에게 원한을 품을 만한 존재도 확인해 봤지만, 실상 일반 샐러리맨 가정에 그럴 만한 내력이 있을 리 만무했다.

생전의 딸 얘기가 언급되며 슬픔이 벅차올랐는지 어머니는 눈가를 훔치며 자리에서 일어났다. 때맞춰 오카모토 일행은 인사를 하고 떠났다.

기타오카는 차로 돌아와 메모한 수첩을 다시 한 번 골똘히 읽고는 탄식을 토하며 탁! 하고 닫았다.

"정말 내키지 않는 사건이군요. 어린 여자 아이가 살해되다니."

"그래. 나도 이런 사건이 제일 견디기 힘들어."

오카모토가 동의했다. 부모의 슬픔이 오카모토의 가슴에도 응어리졌다.

"역시 그거일까요? 변태."

기타오카가 시동을 걸고 차를 출발시켰다.

"아무래도 그런 느낌이 강하게 드는군."

오카모토는 결린 어깨를 풀어 주듯 목 돌리기를 했다.

검시관의 소견으로 사인은 액살(縊殺, 손이나 신체 부위로 목을 졸라 죽임)이었다. 영리 목적의 유괴가 아닌 이상, 정신이상자의 소행이라는 추측이 가장 유력했다.

"세상이 어쩌다 이렇게까지 됐는지. 옛날 같으면 이런 사건은 상상조차 못했는데 말이에요."

기타오카의 개탄에 오카모토는 가벼운 쓴웃음을 지었다.

"옛날을 회고할 만한 나이가 아니잖아."

"아니, 남 얘기가 아니라고요. 실은 저 곧 결혼할 예정이거든요."

"오, 그거 축하하네."

"감사합니다. 안 그래도 첫애는 딸이었으면 좋겠다고 여자 친구와 얘기하곤 했는데, 혹시라도 제 딸아이가 그런 봉변을 당했다고 생각하면 결코 남 얘기가 아니죠."

"그래, 그렇겠군."

오카모토가 깊이 수긍했다.

"아마도 미쳐 버리겠죠, 분명."

"그래, 나도 딸아이가 있으니."

"그러시군요. 장성했겠습니다."

"중학생이야. 이젠 머리통이 굵어져서 아비를 상대해 주지도 않네."

"따님, 귀여우신가요?"
"다행히 아비를 안 닮아서 말이지."

9

사 온 교재를 보고 그때서야 그 집단의 명칭이 '복음의 성교교
회(聖敎敎會)'라는 걸 알았다.

모처럼 사온 거라 대충 훑어 읽다 보니, 의외로 재미있었다. 의
식적으로 부정하지 않고 이런 사고방식도 가능하겠다며 인정하고
나니 처음 느꼈던 저항감도 덜해졌다. 직접적으로 감명을 받은 부
분은 없었지만, 좀 더 자세히 얘기를 들어 봐도 괜찮지 않을까 하
는 마음마저 생겼다.

그날 가르쳐 준 전화번호로 먼저 걸어 봤다. 마침 미우라는 자
리에 없었지만 전화를 받은 여성에게 공부하고 싶다며 다시 한 번
이야기를 들을 방법이 없겠냐고 묻자, 집회 날짜와 장소를 가르쳐
줬다.

가서 보니 이번에는 회원들까지 포함한 대규모 강습회였다. 교
단 소유로 보이는 큰 건물의 대형 홀에서 강습이 거행됐다. 참가

비로 만 엔을 내자 교재를 받았다. 이번 강연은 지난번보다 귀에 잘 들어왔다. 지난번과 같은 강압적인 권유도 없었다.

교단에 대한 흥미가 점점 이는 가운데, 미우라에게 전화가 왔다.

"요번 강습회에 참가하셨다고 들었습니다."

"아아."

수화기에 대고 고개를 끄덕였다.

"너무나 완고하셔서 이젠 글렀나 했는데 정말 기쁘군요."

수화기를 통해 들리는 미우라의 목소리는 아이처럼 톤이 높았다. 쨍쨍하는 새된 음이 귀를 찌른다.

"흥미가 생기셨군요. 혹시 괜찮으시다면 교주님의 말씀을 들어 보시지 않겠어요?"

"교주님?"

"예, 저희를 지도해 주시는 분입니다. 지난번에 구매하신 교재를 쓰신 분이죠."

교재에는 분명 얼굴 사진이 실려 있었다. 수염을 늘어뜨려 신선처럼 보이는 남자였다.

"초심자를 대상으로 한 합숙이 있어요. 거기에 참가하시면 교주님과 직접 말씀을 나눌 수 있습니다."

"합숙……."

"예, 저희도 교주님과 말씀을 나눌 기회는 좀처럼 없습니다. 드문 경우이니만큼 좋은 기회라 여겨집니다만."

합숙이라, 역시 귀에 익숙하지 않은 말이었다. 합숙에 가면 바

라던 무언가를 발견할 수 있을까. 교주라면 가슴의 구멍을 메워
줄 수 있을까.

"기간은 어떻게 되나."

"2박 3일과 5박 6일 두 개의 코스가 있습니다만, 역시 초심자들
께는 2박 3일 쪽이 낫겠지요. 장소는 나스(那須)입니다. 참가비는
십이만오천 엔입니다. 8월 2일부터 사흘간인데, 어떠신가요?"

일정에 특별한 문제는 없다. 어차피 하릴없는 몸이니. 참가비가
약간 비싸다싶었지만, 그렇다고 시가(市價)가 얼마인지도 몰랐
다. 기분 전환하는 셈치고 참가해 보면 울적한 맘도 조금은 해소
될지 모른다.

"재밌을 것 같군. 참가해 볼까……."

"그러시겠습니까!" 그의 대답에 미우라의 목소리가 달떴다.
"좋은 기회일 겁니다, 반드시요. 지금까지의 세계관이 바뀌면서
눈앞이 밝아질 겁니다."

미우라가 마음 깊이 기뻐하는 듯이 들려 조금은 낯간지러웠다.

"그런데……." 그는 염두에 두던 질문을 입에 담았다. "자네들
은 항상 그런 식으로 길거리에서 사람들에게 말을 거는가."

"아, 요전의 기도 말인가요? 예, 그렇습니다. 혼자서라도 행복
을 자주 기도하면 스스로도 행복해질 수 있으니까요."

"그런가. 자네들 교단에 속한 젊은 여자들 중에도 그런 식으로
기도를 드리는 친구가 있나."

"많이 있죠. 누구를 말씀하시는지."

미우라가 묻자 순간 난처했다. 말로는 설명하기 어려웠다. 자기 어휘의 빈약함이 원망스러워졌다.

머리가 길고 몸집이 작다 하며 떠오르는 대로 특징을 열거했지만, 자기가 듣기에도 뜬구름 잡는 설명이었다.

"그것만으로는 알아내기 힘들군요. 이름을 모르시나요?"

"응, 아니 됐네. 딱히 중요한 건 아니니까."

"그러시다면."

미우라도 딱히 깊이 파고들려 하지 않았다.

10

  시계 침이 이미 자정을 넘어서며 날짜는 1월 9일이 됐다.

  시체 발견에 대한 발표는 홍보과를 통해 매스컴으로 연락한 후, 오후 4시쯤 먼저 서면으로 이루어졌다. 히가시히노 서에 모인 각 신문사, 통신사, 방송국 기자들에게 B4지가 배포되었다. 문서에는 유류품 발견 상황, 발견자의 성명, 시체 발견 상황이 간결하게 씌어 있었다.

  첫 번째 기자회견에는 문서를 받아 든 보도진이 백여 명 몰려들었다. 회견장에는 히가시히노 서의 서장과 사에키가 자리했다. 사에키가 배포된 서면의 내용을 다시 읽고 나서, 시체가 사이토 나오미임을 확인했고, 현재 부검이 이루어지는 중이라고 덧붙였다. 기자들로부터 질문이 두세 개 날아들었지만 부검 결과가 나오는 대로 두 번째 기자회견을 열 예정이며, 그 자리에서 정리해 대답하겠노라며 묵살했다.

이후 자정이 지나며 두 번째 기자회견이 열렸다. 회견장에 모습을 드러낸 사에키를 향해 몇 차례 플래시가 터졌다. 보도진의 수는 이전보다 한층 불어나 사람들의 열기로 회견장은 숨이 막힐 듯했다.

사에키는 히가시히노 서의 서장이 옆에 착석한 걸 확인한 뒤 부검 결과를 알렸다. 사인은 목 졸림에 의한 질식이며, 시신은 사후한 달쯤 지났고, 위(胃)의 내용물은 소화가 시작된 지 너덧 시간 지난 상태로 밝혀졌으며 살해 시간은 특정하기 불가능하다, 등등.

"시체는 어떤 상태로 유기되어 있었나요?"

바로 기자로부터 질문이 날아왔다.

"아사카와 하천 부지의 억새 속에 버려져 있었습니다."

사에키는 한 단어 한 단어 끊어 읽듯이, 마이크를 향해 단어를 뱉어 냈다.

"옷가지가 먼저 발견되었다고 들었습니다. 그렇다면 시체는 옷이 벗겨져 있었다는 건가요?"

"그렇습니다."

웅성거림이 일었다.

"다른 옷은 발견되었습니까?"

"발견되었습니다."

"구체적으로 어디에 떨어져 있었는지 말씀해 주십쇼."

"시체 옆에 산재해 있었습니다. 흩어진 옷가지는 시체에서 떨어져 있지는 않았습니다."

"단순한 유기로 보십니까?"

"발견하기 어려운 장소가 아닌 만큼 현재로서는 그럴 가능성을 크게 봅니다."

사에키는 시체가 비닐봉지에 담겨 있었다는 사실을 철저히 숨겼다. 이 점만은 경찰 내부에도 엄중한 함구령을 내려놓았다. 수사 측으로선 비장의 패가 될 수도 있기 때문이다. 비닐봉지에 들어 있었다는 사실은 범인밖에 모르는 사항이다. 혹시 용의자가 체포되어 범행을 부인해도, 이 비장의 패를 쥔 이상 돌파구를 찾을 수도 있다. 그런 이유로 결코 매스컴에 누설할 수 없는 중요한 포인트였다. 그렇기에 대답은 애매모호하게 할 수밖에 없었다.

"범인을 정신이상자로 보시는지요?"

질문이 이어졌다.

"현 단계에선 뭐라 대답하기 어렵습니다."

"추측되는 범인상을 밝혀 주십시오."

사에키는 손에 쥔 서면에 시선을 떨어뜨리면서 잠시 시간을 뒀다. 사실은 머릿속에 모두 담겨 있었지만, 이렇게 간격을 두는 것도 보도진을 상대할 때 이용하는 흥정 방법 중 하나였다.

"우선 지역 연고자일 가능성. 주거, 혹은 빈번히 출입하는 거점이 히노 시, 다마 시 부근일 가능성. 연령은 알 수 없습니다. 피해자가 행방불명된 게 월요일 낮이라는 점에서, 월요일에 쉴 수 있는 직업이거나 혹은 정규 직업이 없는 자라 추측됩니다. 이 이상 현 단계에선 말씀드릴 수가 없습니다."

굳이 경찰이 견해를 기술할 필요도 없이 신문을 읽은 일반인이라도 추측할 만한 범인상이었다. 실제로 경찰로서도 이 이상 알아낸 게 없었다.

"작년 10월 15일에 행방이 묘연해진 가가와 유키호 실종 사건도 동일범의 범행이라 보시는지요?"

사에키를 포함한 수사진이 가장 듣고 싶지 않았던 질문이었다.

사에키의 직감으로는 두 사건이 관련됐을 가능성이 높았다. 사에키뿐만 아니라 수사에 참여하고 있는 누구라도 그 가능성을 고려하고 있으리라. 그러나 경솔하게 인정할 상황이 아니었다. 어디까지나 추측일 따름이기에 모르는 척하는 게 상책이었다.

"지금 상황에선 아무것도 말씀드릴 수 없습니다."

"그쪽 사건의 수사도 함께 진행되고 있습니까?"

이번 사건에서 너무도 벗어난 질문이다. 지금의 회견 주제는 사이토 나오미 살해 사건이다. 다른 사건에 대한 수사 상황을 물어본들 대답할 리가 없으며, 기자도 그 사실을 빤히 알 터였다. 결국엔 흥정인 셈이다. 이어지는 대답에 따라 새로운 사실이 튀어나올지도 모른다는 기대를 품고 있는 것이다.

"그에 대해선, 이 자리에서 대답할 수 없습니다."

사에키는 무표정하게 대답했다.

매스컴과 경찰과의 관계는 미묘하다. 어떤 종류의 사건과 관련해서는 보도를 보류해 주지 않으면 곤란할 경우가 있다. 유괴와 관련한 협정이 그렇다. 그 외에도 이번 비닐봉지 건처럼 언론에게 숨겨 두지 않으면 안 될 사안이 경찰에게는 실제로 다수 있다. 수사에 방해가 된다며 매스컴을 무턱대고 싫어하는 경찰 간부도 적지 않다. 그러나 수사가 정체에 빠졌을 때 매스컴의 협력을 요청해야만 하는 상황이 있다. 몽타주나 사진을 공개하여 일반인으로부터 정보를 수집해야 할 때는 신문이나 텔레비전과 같은 미디어의 힘을 빌릴 수밖에 없다. 경찰 입장에서 매스컴은 계륵과 같은 존재였다.

또 특종을 쫓을 수밖에 없는 매스컴의 특성상, 이번처럼 화제성 짙은 사건은 혈안이 되어 경찰을 괴롭힌다. 경찰이 숨겨 두고자 하는 사실에 대한 폭로가 바로 특종으로 이어지는 것이다. 그렇기에 기자들은 온갖 수단을 동원하여 수사원을 물고 늘어질 수밖에 없다.

긴 흥정이 될 모양이다. 사에키는 얼굴에서 진절머리 난다는 표정을 애써 지웠다.

11

8월의 첫 번째 금요일. 그는 '복음의 성교교회' 합숙에 참가하기 위해 집합 장소인 신주쿠로 향했다. 교단에서 대여한 버스에 신자들을 태워 나스까지 간다고 들었다.

이번 합숙에 미우라는 참가하지 않아, 안면 있는 얼굴은 보이지 않았다. 연령대는 십대 후반부터 이십대 전반까지, 학생으로 보이는 젊은이가 대부분이었다. 그와 같은 삼십대에 접어든 어엿한 어른은 극히 몇 안 되었다. 젊은이들은 흡사 놀러간다는 맘으로 참여했는지 서로 왁자지껄 떠들고 있다. 어울리지 않는 곳에 온 건가 하는 생각이 순간 그의 뇌리에 스쳤다.

한참을 가드레일에 홀로 앉아 하릴없이 담배를 피우는데, 점차 사람이 많아졌다. 출발 시간이 되어 버스에 탔다. 사십 명 정원의 좌석이 거의 만석이었다.

그는 젊은이들이 떠드는 목소리가 시끄러워 앞쪽 창가 자리에 앉았다. 창밖이나 바라보며 나스까지의 여정을 즐기자고 마음먹었다.

"여기, 비었나요."

누군가 말을 걸어 통로 측으로 얼굴을 돌리자, 은테 안경을 쓴 신경질적인 인상의 젊은 남자가 옆 좌석을 가리키고 있다.

"예, 앉아요."

무뚝뚝하게 대답하고 다시 창밖으로 시선을 돌렸다.

전원이 좌석에 앉은 걸 확인하고는 교단 관계자가 마이크로 "오늘 참가해 주셔서 대단히 감사합니다."라며 떠들어 대기 시작했다. 별 내용이 아닌 듯해, 그는 한 귀로 흘려들으며 멍하니 경치를 바라봤다.

연설이 끝나자 버스가 출발했다. 세 시간 정도면 나스에 도착한다고 한다. 그에게는 간만의 여행인 셈이다. 좌석 뒤편에선 이내 젊은이들이 새된 목소리로 수다를 떨기 시작했다.

고속도로에 들어서고 한 시간 정도 달린 뒤 휴게소에서 십오 분간 정차했다. 대부분이 용무를 보고 나자 버스는 출발했다.

휴게소에서 나와 또다시 버스가 고속도로를 달리기 시작하는데, "저어……."라며 조용한 목소리로 옆자리의 은테 안경 젊은이가 말을 걸었다.

그가 아무 말 없이 돌아보자, 상대는 조금 주눅 든 표정을 짓다가 턱을 끌어당기며 말을 이었다.

"저어, 얘기를 조금 나눠도 괜찮을까요."

"……."

느닷없는 청에 대체 무슨 일인가 싶어 아무 대답 않고 가만히 지켜보자, 은테 안경은 변명이라도 하듯 당황하며 말을 늘어놓았다.

"아니, 저어, 버스에 함께 앉은 김에 내내 얘기라도 나누고 싶었는데, 제가 소심해서 좀처럼 말씀드리기가……."

"그랬군요."

마땅히 대꾸할 말이 생각 안 나 그렇게만 대답했다.

"제가 저 뒤에서 떠드는 사람들처럼 성격이 적극적이지 못한데, 저기 끼기도 좀 거북하고 해서요. 그런데 이 교단에 들어온 목적이 제 소극적인 성격을 고쳐 보는 거라, 아무하고도 얘기 않고 가만히 있으면 안 되겠기에, 그나마 침착해 보이는 아저씨께 말을 걸었는데, 폐가 됐나요?"

은테 안경은 말썽 피우다 걸린 아이가 전력을 다해 핑계를 대듯 횡설수설했다. 고속도로에 들어서고 한 시간이 지나, 그도 그럭저럭 지루함을 느끼던 터라 괜찮다고 대답했다.

"아, 네, 감사합니다."

은테 안경은 기쁜 기색을 드러내며 고개를 꾸벅 숙였다. 그의 승낙에 용기를 얻었는지 이름이며 다니는 대학교, 입회하게 된 동기 등 줄줄 이야기하기 시작했다. 일단 말문이 트이자 얘기가 좀처럼 끝나지 않아, 그는 '소심하다면서 꽤나 수다스럽군.' 하며 속으로 상대를 냉정히 관찰했다.

"저는 이 교단의 교의를 들었을 때, "아아, 이거야!" 하며 머릿속에서 반짝했죠. 그래서 바로 입회를 결심했습니다. 정말로 이 교단과 만나게 돼서 다행이에요."

"그랬군요."

무슨 얘기인들 귀에 들어오지 않아 건성으로 대답했지만, 은테 안경은 눈치 채지 못하고 마냥 즐거워하며 이야기를 계속했다. 누군가와 떠들고 싶어 어쩔 줄 몰라 하면서도 마땅한 배수구를 여태 못 찾은 듯싶었다. 그는 이따금 적당히 맞장구를 치며 상대했다.

"아저씨는 어떻게 해서 입회하게 되셨어요?"

은테 안경은 한바탕 자기 얘기를 떠들고 나서야 간신히 화제를 돌렸다.

"응?"

그가 되묻자, 은테 안경은 "앗, 여쭤 보면 곤란한 문제인가요?" 하고 당황하며 그의 안색을 살폈다.

"아직 난 입회하지 않았어."

"그래요? 이상하네요."

"뭐가 이상한데?"

"아뇨, 합숙에 참가하는 사람은 모두 입회한 사람이라고 들어서요."

그는 눈살을 찌푸렸다.

"그럴 리가 없네. 난 아직 입회한다고 하지도 않았거니와 무엇보다 입회금도 내지 않았어."

"그럼 왜 합숙에 참가하셨죠?"

66

"교단에 흥미가 생긴 김에 교주의 얘기를 직접 들어 볼까 해서 왔지. 입회할지는 그 뒤에 결정할 생각이네."

은테 안경은 여전히 입속으로 우물거렸다.

그의 마음에도 일말의 의심이 싹텄다.

'교단은 이대로 야금야금 나를 입회시켜 버릴 작정인가.'

그는 언짢은 얼굴로 창밖을 바라봤다. 그때 갑자기 "어라." 하며 옆에서 괴상한 소리를 냈다.

"왜 그래?"

그가 돌아보자 은테 안경은 노골적으로 빤히 그의 얼굴을 쳐다 봤다.

"아뇨, 방금 옆얼굴을 보니까, 어디선가 아저씨와 만난 적이 있나 싶어서. 분명 어디선가 본 적이 있는데……."

그는 날카로운 눈길로 은테 안경을 슬쩍 노려보고는 "기분 탓이겠지." 하며 차갑게 내뱉었다.

"이상하네……."

은테 안경은 여전히 고개를 갸웃거렸다.

12

초동수사가 한 차례 끝났음에도 집으로 돌아가려는 형사는 없
었다. 방송국에서 반입한 모니터에 비치는 사에키 수사 1과장의
얼굴을 다들 진지한 표정으로 지켜보고 있다. 이 기자회견이 끝나
면 바로 수사 회의가 재개되어 이른 아침부터 나서야 할 탐문 담
당 구역이 결정된다. 그 전까지 형사들은 집에 돌아갈 수 없다.

시계 침이 자정을 넘어서자 오카모토는 오늘의 귀가를 포기했
다. 오늘 밤은 서의 수면실에서 보내기로 맘먹었다. 물론 누가 그
러라고 강요하는 건 아니었지만, 수사본부가 설치된 첫날만큼은
서에서 대기하는 편이 낫다. 마흔이 넘은 이후로 좀처럼 몸이 받
쳐 주질 않았지만, 마음만은 예나 지금이나 변함없었다.

오카모토는 모니터에 비치는 사에키의 얼굴을 힐끗 바라보다
가, 집에 전화를 넣어야겠다는 생각에 살며시 자리에서 일어났다.
수사본부로 사용되는 강당을 빠져나와 공중전화가 있는 현관홀로

발걸음을 옮겼다.

경찰서 현관 앞은 보도진 차량이 줄지어 서 있어 한밤중이라 믿기지 않을 만치 소란스러웠지만, 홀 내부는 쥐 죽은 듯이 조용했다.

'기자들은 다들 기자회견에 가 있겠지.'

지갑에서 꺼낸 십 엔 동전 몇 개를 전화기 위에 쌓아 올리고 다이얼을 돌렸다. 벌써 잠들었을 테지만 그래도 연락을 넣지 않으면 걱정을 한다. 늦더라도 전화를 해 둬야 가족이 안심한다.

신호음이 열 번 정도 울린 뒤 회선이 연결되는 소리가 났다.

"네."

아내의 낮은 목소리가 들린다. 장난 전화를 피하기 위해 전화를 받을 때 이름을 대지 않는 게 습관이 됐다.

오카모토가 짧게 대답했다.

"나야. 잤어?"

"아니, 다카시(隆)가 아직 안 자는걸."

"그래? 수험 공부하는 거야?"

"그럼, 이제 코앞이잖아."

"아직 소학생인데 고생이네."

"걔는 공부하는 걸 싫어하지 않는다고."

뼛속까지 스며드는 겨울밤의 추위가 오카모토가 서 있는 현관 홀까지 스멀스멀 기어들어 왔다. 이렇게도 추운 밤에 소학교 6학년 아이가 책상에 앉은 모습을 상상하자, 꼭 그래야만 하나 싶은 마음이 든다. 이 문제와 관련해 아내와 몇 번이나 말다툼한 끝에 패배를 시인하고 말았지만.

"애를 너무 밀어붙이지 마. 중학교 수험 같은 거 떨어진다고 큰일 나는 거 아니잖아. 삼중(三中)에 가면 되니까."

오카모토는 인근 공립중학교의 이름을 입에 담았다. 주변 평판이 그리 좋지 않은 학교였다. 일부 불량한 학생들의 행패가 유난스럽고, 이지메가 횡행한다는 소문도 있다. 아내가 아들을 사립에 보내겠다고 마음먹은 이유는 이 때문이었다.

"안 돼, 삼중 같은 데는. 이지메 당할지도 모르는데." 몇 번을 얘기하게 만드는 거냐는 항의가 아내의 말 속에 내포돼 있다. "걔는 몸이 약하다고."

"몸이 약하면 운동을 해서 단련해야지."

말은 그렇게 했지만, 오카모토는 아들이 타고난 체력이 별로 좋지 않다는 걸 잘 안다. 엄마를 닮았는지, 감기에 곧잘 걸리고 운동도 젬병이다. 분명 아내 말대로 공부 쪽이 기질에 맞는 것 같다.

"됐어, 그만 얘기해."

아내는 자신의 생각을 완고히 고집하려는 남편의 말을 진지하게 대하려 들지 않았다. 사실 오카모토도 끝까지 고집하려는 건 아니었다. 아들은 아들 나름으로 자기한테 맞는 일을 하면 된다. 스포츠가 서툰데 괜히 무리하게 몸을 놀릴 필요는 없다. 그는 종종 아내와 자식 얘기를 나눈다. 부부 사이의 이런 대화가 중요하다고 여겨서다.

"나미코(菜美子)는 자?"

"아니, 아직 안 자. 요새 애들은 올빼미가 다 됐어."

"얼른 자라고 해. 내일 학교 가잖아."

"말해 봐야 안 듣는걸."

오카모토는 쓴웃음을 지었다. 이미 자기 애들은 부모 말을 한 귀로 흘려듣는 나이가 됐다. 머리로는 받아들이라고 자신을 타이르면서도 어딘가 모르게 쓸쓸해지는 마음을 숨기기 힘들다.

"오늘, 못 들어가. 지금 히가시히노 서에 있는데, 오늘 밤은 여기서 잘 거야."

"고생이네."

아내는 일에 대해 참견하지 않는다. 사건이 뉴스에 보도됐으니 알고는 있겠지만, 아무것도 묻지 않았다.

문단속 잘하라며 주의를 주고 잘 자라는 말과 함께 전화기를 내려놓았다. 별다를 바 없는 통화였지만 오카모토는 내심 만족스러웠다. 딸을 잃은 부모와 대면하고 온 오늘은 더욱 그랬다.

남은 십 엔짜리 동전을 지갑에 넣으며, 사에키 1과장의 회견은 끝났을까 하는 생각을 문득 했다. 그러면서 자신의 보잘것없는 행복을 다시 한 번 음미했다.

사에키의 가정 사정은 어설프게나마 짐작하고 있다. 오카모토가 보건대, 사에키 부부의 사이는 원만하지 않은 듯싶었다. 소문이 사실이라면, 사에키 부부는 각자 부모의 정략에 따라 짝을 이룬 커플인 셈이다. 생판 남인 오카모토가 다른 사람의 부부 문제를 왈가왈부할 입장은 아니지만, 두 사람 사이의 문제는 애당초 두사람이 만나기 이전부터 내포된 게 아닐까 하는 생각이 든다. 만약 그렇다면 쌍방에게 불행한 일이다. 딸이 하나 있지만, 사에키는 일에만 매진할 뿐 가정을 돌보는 기색이 전혀 없다. 자택에도 돌아가지 않고 따로 빌린 맨션에서 생활하는 날이 잦은 모양이다. 출생에서부터 사에키는 육친의 정을 타고났다고 감히 말하기 어려웠다.

오카모토는 자신의 연하 상사를 생각하며 절로 안쓰러운 마음이 들었다. 비교하는 건 예의가 아님을 알면서도 새삼 자기 가족에 대한 고마움을 통감했다.

13

합숙은 혹독했다. 이 정도로 지독하리라곤 상상도 못했다. 참가한 자신이 어리석었노라고 추스르지 않았더라면, 부글부글 끓어오르는 분노를 억누를 수 없었을 것이다.

합숙에서 돌아온 이후 교단에서 거는 전화벨이 내내 울리자, 메시지를 녹음할 수 없는 전화기로 바꾸면서 전화벨 소리도 안 나게 해 뒀다. 그 바람에 다른 사람의 연락도 못 받게 됐지만, 애당초 그에게 전화를 걸 사람도 없었기에 걱정하지는 않았다.

아니 이걸로도 부족할지 모른다. 전화번호를 아예 바꾸는 편이 나을지도……. 정말 분통 터지는 상황이다.

그 사흘간의 생활을 다시 되새겨 보면, 역겨움이 치밀어 오른다. 합숙이라는 이름을 빙자한 완벽한 세뇌 과정과 다를 바 없었다.

사흘의 스케줄은 오직 강의, 식사, 강의의 반복이었다. 휴식 시간은 거의 주어지지 않았다. 화장실에서도, 욕조에서도 귀에 인이 박이도록 교단 음악이 흘러들었다. 수면 시간에마저 그랬다. BGM이 멈출 때는 강의 시간뿐이었지만, 그때조차 질문 공세가 쏟아져 잠시도 긴장을 풀 수 없었다. 청강생을 내내 긴장 상태에 두어 스스로 사고할 수 없을 때까지 몰아붙이려는 의도가 눈에 보였다. 전형적인 세뇌 방법이다.

교주가 모습을 드러낸 것도 첫날 한 시간뿐이었다. 직접 대화를 나누기는커녕, 자유 시간조차 전혀 주어지지 않았다. 대학생 연배쯤인 '강사'라는 남녀가 번갈아 나타나 주야장천 영문 모를 진리에 대해 떠들어 댔다. 계속 되풀이하는 말인즉슨, 교단을 믿어라, 포교에 정진하여 한 달에 두 명씩 신자를 늘려라, 교단에 기부하는 것이야말로 행복에 이르는 지름길이다, 이런 미심쩍은 내용뿐이었다. 그런 일련의 과정 속에서 몇몇 젊은이가 소리 높여 외치자, 나중에는 다들 로봇처럼 고개를 위아래로 끄덕이게 됐다.

덮어놓고 밀어붙이는 합숙 과정에 의문을 품은 강단 있는 사람이 없지는 않았다. 취침 시간이 지나고도 납득이 안 되는지 여섯 명이 함께 머문 방에서 같은 방 동료들과 설전을 벌인 이가 있었다. 그와 함께 어울리지 않았던 게 옳았다는 걸 다음 날 알았다. 교단을 비판하던 남자는 불려 가더니, 별도의 독실로 끌려간 뒤로 한 번도 보지 못했다. 그 남자가 어떻게 됐는지는 몰랐지만, 그다지 유쾌한 상황에 처해지지 않았으리라는 건 쉽사리 상상할 수 있었다.

사흘째 마지막 강의 시간에서는 참가자 대부분이 감격의 눈물을 쏟아 냈다. 멀쩡한 시선으로 보고 있노라니 이렇게 기괴한 광경이 세상에 또 있을까 싶었다. 청강생이 다들 진정한 신자로 거듭 태어난 것처럼 보였다.

시련은 그 후에 기다리고 있었다. 아직 입회하지 않은 그만 홀로 남겨져 주위를 빙 둘러싸고 입회하라며 압박했다. 노가타에 있던 맨션에서의 권유와는 비교할 수 없을 정도로 끈질겼다.

교단 사람들은 완고하게 입회를 거부하는 그를 보고 매도에 가까운 언어를 내뱉었다. 어쩌다 이런 말까지 들어야 하는지 의문이 들 만큼 그의 인격은 모멸당하고 짓밟혔다.

마음 약한 사람이었다면 그 위압적인 논법에 꺾여 자기 잘못을 자인하고 말았으리라. 그만큼 교단이 밀어붙이는 말에는 박력이 있었다. 그의 완강한 태도에 만만찮다고 판단했는지 장기전의 태세를 꾸리며 교대로 설득에 나섰다.

한 번이라도 수긍했다가는 끝장이라 생각한 그는, 장장 여섯 시간에 달하는 논쟁을 마지막까지 버텨 냈다. 목이 쉬었고 수마가 밀려와 머리가 몽롱했지만 단호한 자세를 굽히지 않았다. 종극에는 감금죄로 교단을 고소하겠다고 위협하자, 그제야 간신히 풀어 주었다.

그렇게 지독한 경험은 처음이었다. 신흥종교가 광신도를 만들어 내는 프로세스를 두 눈으로 똑똑히 지켜봤다. 이야말로 수상쩍은 신흥종교의 실태라는 걸 새삼 실감했다.

하지만 종교는 당분간 사양하리라는 단호한 결심은, 이 주가 지나자 점차 흔들리기 시작했다. 종교도 여느 것들과 마찬가지로 옥석이 섞여 있을 테고, 그 안에는 진짜배기가 존재하지 않을까 싶은 맘이 들었다. 자신의 구멍 뚫린 마음이 타인의 힘에 의지하려든다는 걸 자각하면서도 바꿀 의지도 없었다. 그가 지금껏 믿어온 인생의 기반은 모조리 무너져 사라졌다. 지금의 그에게는 의지할 만한 무언가가 너무나도 절실했다.

어딘가에 그의 마음을 메워 줄 누군가가 존재할 것이다. 그건 어쩌면 '신'일지도 모른다. 그렇다면 신의 목소리는 어디서 들을 수 있을까.

순간 그의 뇌리에 하늘의 계시처럼 어떤 얼굴이 스쳐 갔다. "행복을 기도하게 해 주세요."라며 진실한 태도로 그에게 말을 건 여자의 옆얼굴이었다.

'그 여자야말로 진짜 신과 연결된 사람이 아닐까. 그녀야말로 자신을 평온으로 인도해 주지 않을까.'

그런 마음이 일단 들자 머릿속은 그 생각으로 가득 찼다. 그 여자와의 재회가 그에게는 지상 목표로 다가왔다.

그는 다시 진실한 신을 구하여 거리를 헤매었다. 어딘가에 분명 가슴의 구멍을 메워 줄 가르침이 존재하리라 확신했다.

거리는 변함없이 무더웠다. 열기가 사람을 조급하게 만드는 걸까. 차로 빽빽한 도로에서 쉴 새 없이 클랙슨이 울린다. 대조적으로 거리를 걸어가는 사람은 누구라 할 것 없이 축 처져, 흡사 속으로 폭서를 향해 중얼중얼 저주라도 퍼붓는 듯이 보였다.

불쑥 손에 전단지가 쥐어졌다. 무의식적으로 전단지에 시선을 떨어뜨리자 정돈된 글씨로 다음과 같은 문구가 씌어 있다.

혹시 당신이 행복하지 않다면, 그건 행복해지는 시스템을 이해하지 못하기 때문입니다.

꽤 재밌는 문구라 여겨졌다. 이것도 역시 신흥종교에서 전도를 위해 나눠 주는 전단지인 모양이다. 이토록 좁은 나라에 이다지도 많은 신들이 아옹다옹하고 있다니.

캐치프레이즈 뒤에 작은 글씨로 그 종교에 대한 설명이 이어졌다. 딱히 읽겠다는 의도 없이 눈만 따라 내려가다가 순간 머릿속에서 아이디어가 번득였다.

'그래, 활자로 먼저 교의를 이해하고 난 뒤 참가하는 건 어떨까. 최근 신흥종교의 교본을 서점에서 구할 수 있지 않은가. 이거다 싶은 몇 권을 읽어 본 뒤에 행동으로 옮겨도 늦지 않다. 지난번에는 충동적으로 나섰다가 실패로 끝이 났다. 미리 공부해 두면 더 이상 사기에 걸릴 염려도 없겠지.'

그는 전단지를 주머니에 집어넣고, 서둘러 발걸음을 서점으로 옮겼다.

14

1월 10일 목요일. 특별수사본부가 설치되고 만 하루가 지났다. 저녁 무렵 그날 의무를 마친 형사들이 본부로 돌아오기 시작했다.

어젯밤 회의를 통해 시체 발견 장소와 자택 부근을 구획해 각각의 탐문 담당이 배당되었다. 형사들은 자신의 담당 구역을 한 집 한 집 순시하며 목격 정보를 취합해 갔다. 목격자의 기억이란 시간이 지나면서 흐려지기 때문에 오늘내일의 탐문이 사건 해결에 가장 중요한 포인트다.

오카모토와 기타오카가 담당 구역을 한 차례 돌고 서에 돌아오자, 시간은 저녁 7시를 조금 지나고 있었다.

서로 돌아온 형사는 그날 하루의 수확과 내일의 계획을 수사 1과장과 형사부장에게 보고했다. 보고를 끝낸 형사와 이제 보고를 해야 할 형사들은 각기 의자에 앉아 담배를 피우거나 캔 커피를 마시며 긴장을 풀고 있다. 담배 연기로 자욱이 뒤덮여, 밖에서 돌아온 오카모토 일행의 눈에는 강당에 안개가 피어오른 듯 보였다.

"수고하셨습니다."

오카모토 일행을 보고 동료 형사들이 인사를 했다.

"어, 수고들 하십니다."

오카모토도 가볍게 손을 들어 인사를 건넸다. 전반적으로 슬렁거리는 분위기가 감돌았다.

"……를 돌아다니려고 합니다. 이상입니다."

오늘 하루의 성과를 보고하는 목소리가 들린다. 오카모토는 그 소리에 귀를 기울이며 의자에 앉았다.

"이상이라는 건, 보고가 끝났다는 건가?"

딱히 큰 목소리가 아님에도 어째서인지 강당 전체에 울려 퍼진다. 잡담을 하던 형사들은 찬물이 끼얹어진 듯 싸악 조용해진다.

사에키가 보고하는 형사에게 다시 묻는다. 형사는 할 말을 잃고 무슨 뜻인지 모를 말을 입속으로 우물거렸다.

"나로선 자네가 오늘 하루 무얼 했는지 알아듣기 힘들군."

사에키가 다그쳤다. 사에키 앞에서 얼어붙은 형사의 얼굴이 새빨갛게 달아올랐지만 여전히 아무 말도 못 하고 있다.

"저 자식 또 시작했네." 옆에 앉은 동료가 팔꿈치로 오카모토를 찔렀다. "잘난 척도 적당히 좀 하시지. 제 아비 덕 보는 주제에."

"……."

오카모토는 뭐라 대꾸하지 않았다. 무슨 말을 해 봐야 소용없다는 걸 알기 때문이다.

"한 번이라도 제 발로 뛰어 수사를 해 본 적도 없는 자식이. 현장이 얼마나 힘든지 알지도 못하는 주제에 저렇게 잘난 소리만 해 대니."

동료는 작은 목소리로 투덜투덜 불평을 늘어놓았다. 오카모토는 동료의 말도 이해가 됐다.

사에키의 엄격함은 어제오늘 일이 아니었다. 그리고 공평히 따져 보면 다소 엄격한 경향은 있으나, 결코 불합리한 엄격함이 아니었다. 사에키가 하는 말의 대부분은 그 자리에 있는 사람이라면 당연히 나올 법한 지적이었다.

실제로 오카모토도 얼토당토않은 실수로 혹독한 질책을 받은 적이 있었다. 살인사건 초동수사 중 피해자의 수첩에 범인 이름이 기재된 걸 놓친 것이다. 결국 범인은 일주일 후 체포되었으나 오카모토의 간과만 아니었더라면 바로 다음 날 체포 가능했던 사건이었다. 다소 긴장이 느슨해진 가운데 벌어진 실수로, 누구보다도 오카모토 자신이 깊게 반성했지만, 그대로 묵과할 수만은 없었다. 사에키가 엄격히 주의를 주지 않으면 1과 전체의 규율이 유지되지 않는다. 사에키의 혹독한 질책은 불가피했다.

그렇지만 오카모토의 생각에, 사에키의 말투에는 분명 가시가 있다. 혼나는 대상의 마음을 고려하는 기색이 전혀 없다. 처음 오카모토는 사에키 본인이 부하보다 젊어, 호락호락하게 보일까 봐 괜히 오버하는 게 아닐까 싶었는데 지금은 생각이 바뀌었다. 엄격함은 사에키의 천성이었다. 부하를 대하는 태도는 '준열'이란 단어가 딱 어울렸다.

하지만 당하는 입장에서 보자면 쉽사리 수긍하기 어렵다. 똑같이 혼을 내더라도 자존심을 지켜 주는 경우와 그렇지 않은 경우는 천양지차다. 더더군다나 사에키의 경우, 천생 현장 경험 없는 캐리어 과장으로밖에 보이지 않는다. 오카모토처럼 처음 대면했을 때 강렬한 인상이 뇌리에 박혀 주눅 드는 경우도 있지만, 지금의 옆 동료처럼 무조건 반발하는 사람도 꽤 많다.

조금만 더 인간의 미묘한 심리를 이해해 주면 좋겠다는 아쉬움이 든다. 사에키의 엄격함은 분명 현장에서 필요한 요소다. 그러나 그걸 이해해 줄 만한 이는 별로 많지 않다.

"……됐어. 내일은 똑바로 하게."

사에키 앞의 형사가 간신히 풀려났다. 이마에 땀이 흐르고 있다. 자리에 돌아오자 하염없이 담배만 피워 댔다.

몇 사람의 보고 뒤로 오카모토도 그날의 수사를 보고했다. 오전 두 건, 오후 여섯 건의 탐문 끝에 수사와 관련 있을지도 모를 정보를 하나 찾아냈다. 전날 오후 9시경 강가 제방에서 조깅을 하던 고등학생과 만난 터였다. 고등학생은 그 시간까지 하천 부지에 아무것도 버려져 있지 않았다고 증언했다.

"밤이라 검정비닐을 못 본 게 아닐까?"

사에키 옆자리에 앉은 머리숱이 적은 히가시히노 서 형사과장이 물었다.

"그건 아닌 것 같습니다. 저도 그 부분을 확인했습니다만, 목격자는 자신 있게 단언했습니다. 제방 반대편에서 9시까지 영업하는 테니스코트 조명으로 전망이 환했다고 했습니다. 신뢰할 만한 증언이라 판단합니다."

오카모토의 정중한 설명에 형사과장도 납득했다.

이 정보에 따라 시체 유기 시간은 9시 이후로 추정된다. 범인이 한밤중에 행동했으리라는 추측은 최초부터 존재했으나, 구체적인 증거의 유무는 큰 차이가 있다. 이로 인해 미세하긴 하나 범인의 행동 시각을 좁힐 수 있다. 하나의 수확이라 할 만하다.

"수고했습니다. 내일도 부탁합니다."

사에키는 오카모토에게 정중한 말투로 당부했다. 오카모토는 가벼이 목례하고 물러났다.

유력한 정보를 가지고 온 건 오카모토 다음으로 보고한 형사였다. 범인이라 추정되는 인물을 목격한 이를 찾아냈다.

"……검은테 안경을 끼고 흔히 캡이라 부르는 야구 모자를 쓰고 있었다고 합니다. 복장은 새까만 점퍼에 청바지. 키는 백칠십 센티미터 전후, 마른 체형에 얼굴이 하얀 젊은 남자로 대학생쯤으로 보이는 나이였다고 합니다."

웅성거림이 일었다. 오늘 최초의 유력 정보다. 만약 정말 범인을 목격한 것이라면, 사건이 일거에 해결될 돌파구가 열리리라.

히가시히노 서 형사과장이 칭찬을 건넸다.

"수고했네. 좋아, 즉시 몽타주를 작성하도록. 내일 다시 한 번 목격자를 방문하게."

"알겠습니다."

형사는 고개를 끄덕였다.

"상당히 기대할 만한 목격 정보군요, 사에키 씨."

형사과장은 옆에 앉은 사에키에게 능글맞은 웃음을 지으며 돌아보았다.

"그럴까요."

사에키의 대답은 무뚝뚝했다.

"그렇지 않습니까? 틀림없이 이 녀석이 범인일 겁니다. 몽타주가 나오면 수사는 급진전하겠죠."

"속단은 금물이라 여겨집니다."

"네?"

형사과장이 사에키를 힐끗 노려본다. 자기 의견이 무시당하자 벗어진 이마에 불쑥 피가 몰린다.

"범인은 분명 시체 운반에 차를 사용했으리라 추측됩니다. 그렇다면 목격한 시점에서 차가 있어야 하죠. 그 남자 곁에 주차된 차를 봤다고 하던가."

"아뇨, 차는 못 봤다고 했습니다."

"그렇다면 역시 속단할 수 없죠. 아직까지는 참고인에 불과합니다."

"아니, 그럴 리가 없죠. 차 같은 건 어디에나 세워 둘 수 있거니와 안경에 모자라니, 어딜 봐도 수상한 옷차림 아닙니까?"

형사과장이 거세게 대들었다.

오카모토의 눈에는 히가시히노 서 형사과장이 사에키에 대한 거부감으로 더욱 반발하는 듯이 보였다. 아까부터 사사건건 사에키의 의견에 반론하고 있다. 게다가 한마디라도 자기 의견을 더하지 않으면 직성이 안 풀리는 성격인 듯하다.

'분명 저 형사과장도 사에키가 캐리어라는 이유로 무턱대고 저러는 거겠지.'

나이는 사에키보다 얼추 스무 살 가까이 위겠지만 계급은 한 직급 아래인 경부다. 더더군다나 형사과장은 사에키가 수사 1과장으로 부임하기 전에 경시청에서 계장으로 근무한 적이 있다. 그런 만큼 자존심도 세서 경험도 없는 애송이에게 수사 지휘를 맡기고 싶지 않다는 마음이 엿보였다.

"몽타주를 작성하는 데는 찬성입니다만, 공개수사는 잠시 보류해 뒀으면 합니다."

사에키의 목소리는 내내 냉랭했다. 형사과장은 불만스레 콧김을 흥 날리고는 자기 의견을 철회했다.

이후로 형사 두 명이 더 보고를 마치자, 시간은 9시가 넘었다. 형사과장이 자리에서 일어나 큰 소리로 알렸다.

"자네들도 들었겠지만, 유력한 탐문 정보가 하나 나왔다. 내일부터는 이 검은테 안경에 모자를 쓴 남자에 초점을 맞추고 탐문에 임해 주길 바란다. 몽타주는 작성되는 대로 배포할 테니, 그 전까지 쉼 없이 자기 담당 구역을 다시 조사하도록."

볼록 튀어나온 배를 들이밀며 형사과장은 주위를 둘러보았다.

사에키의 의견을 참고해 목격 정보를 숙고할 기색은 전혀 보이지 않았다. 자기 멋대로 그 자리를 파할 속셈이 역력했다.

"그럼 내일도 수고하게. 해산."

형사과장이 목소리를 드높였다. 사에키를 무시한 주제넘은 발언이었다. 수사를 주관하는 경시청 수사 1과장을 제치고, 관할 서 형사과장이 마무리 인사를 한 것이다. 사에키가 화를 내도 군소리 못할 태도인지라 제8계장이 눈을 부라리며 노려보고 있다.

오카모토는 가슴 졸이며 두 사람을 지켜봤다. 그러나 사에키는 얼굴색 하나 바뀌지 않은 채 자리 앞의 서류를 척척 정리하기 시작했다. 그 동작에 분노의 기색은 전혀 눈에 띄지 않았다.

오카모토는 속으로 살짝 감탄했다. 사에키는 자질구레한 체면 따위에 구애치 않는다. 수사가 지체 없이 나아간다면 그걸로 그만이다. 사에키의 장점 중 하나다. 하지만 사에키의 그런 배려를 포착한 형사는 한 명도 없어 보였다. 외려 형사과장의 태도를 속 시원히 여기는 건 아닐까.

사에키 주위로 오해와 편견이 충만해 있다. 그럼에도 그는 해소하려 들지 않았다. 오카모토는 사에키의 강인함에 애처로움을 느꼈다.

15

사 온 책 중에 '백광(白光)의 우주교단'이란 단체의 교의가 꽤나 재밌었다. 뒤늦게 알아차렸지만 전에 전단지를 나눠 줬던 단체였다.

대개의 종교서 내용은 표현만 다를 뿐 내용이 거기서 거기였다. 신을 믿어라, 교주를 믿어라, 교단을 믿어라. 요약해 보면 말하려는 바가 그뿐이었다.

불교계, 기독교계를 비롯하여 독자의 세계관에 뿌리를 둔 종교 단체까지 종류는 다양했지만, 여느 단체든 먼 곳에 존재하는 '신'과 신자를 잇는 유일한 고리가 교주라고 주장했다.

그런 교의는 그를 만족시키지 못했다. 그 말에 따르면 신은 터무니없이 먼 곳에 계셔 말단신자로서는 도저히 도달할 수 없는 존재가 되기 때문이다. 그리도 먼 데 위치해서야 어떻게 가슴의 구멍을 메워 주겠는가.

그 점에서 '백광의 우주교단'의 교의는 다른 곳과 달리 독자적인 견해를 갖고 있었다. 교본에 따르면 신과 인간은 마음의 저류(底流)에서 깊이 연결되어 있다고 한다. 신자는 자신의 내면을 응시하는 것만으로 신과 가까워질 수 있다는 것이다.

그 견해는 쉽게 이해되었다. 요컨대 신자 개인의 노력 여부에 달린 것이다. 신자가 노력을 거듭하여 자신의 마음속 깊은 데까지 들여다볼수록 신과 더욱 가까워진다. 다른 종교에 비해 이러한 가르침은 분명 타당하게 느껴졌다.

또한 교단은 자신을 들여다보는 프로세스를 시스템화했다고 한다. 마냥 자신을 돌아보라고 밀어붙이는 게 아니라, 신자를 깊은 이해로 인도하는 방법을 확립했다는 것이다. 이는 서양의 카발라 비법에 준한다고 교본에서는 설명했다.

카발라라는 게 대체 뭔지 그로서는 알 수 없었지만, 서양의 밀교 같은 거라 짐작했다. 다른 종교단체들은 불교나 기독교에서 말하는 기존의 교의에 근거를 둔 것과 비교해 봐도, 카발라라는 건 왠지 신선하게 느껴졌다.

어쨌든 '백광의 우주교'는 여러 모로 신뢰할 만한 교단으로 보였다. 실제 교단의 책이 서점 진열대에 가득 깔린 걸 보면 다른 교단의 책들과는 취급이 다른 듯했다. 그만큼 팔리는 것이리라. 읽어 보면 납득이 가기도 한다.

책의 저자는 교단의 교주로, 고이즈미 쇼에이(胡泉翔叡)라 씌어 있었다. 사진 한 장 안 실려 있다는 점도 흥미를 돋우었다.

그는 이틀에 걸쳐 열독한 뒤 책 말미에 씌어 있는 교단 광고부에 전화를 걸었다. 아이처럼 흥분됐고 설렜다.

"네, 백광의 우주교단입니다."

몇 번의 통화음이 울리고 수화기를 들어 올리는 소리가 났다. 이윽고 여성의 부드러운 목소리가 들려왔다.

"실례합니다. 조금 여쭙고 싶은 게 있어 전화를 드렸습니다." 그는 신중히 단어를 골랐다. 《행복으로의 도정》을 읽고 전화를 드리게 됐습니다만……."

"그러셨군요. 감사합니다."

여성이 바로 대답했다.

"네, 그래서 교단에 흥미가 좀 생겼습니다. 집회 같은 게 있다면 한번 참가해도 괜찮을까요."

"물론입니다. 언제가 좋으신가요?"

여성의 목소리는 너무나 쾌활했다. 전화를 잘못 걸었나 싶을 정도로, 종교라 하면 쉬 연상되는 일종의 광신적인 울림 같은 건 전혀 없었다. 그 점이 그를 안심시켰다.

"언제든 괜찮습니다. 저 같은 초심자가 들어도 알아듣기 쉬운 집회가 있을까요."

"그러시다면 언제든 편하실 때 교단에 방문하시는 건 어떨까요. 교단에는 늘 사람이 있으니, 친절히 설명해 드릴 겁니다."

"그런가요." 그는 조금 경계하는 마음이 들었다. "아직 입회하려고 결정한 게 아니라 단순히 참고하려는 마음에 말씀을 듣고 싶은데요."

"괜찮습니다. 그런 분들이 많이 계세요. 그냥 오셨다 가시는 분도 계시니까 안심하고 찾아오시기 바랍니다."

"네, 알겠습니다. 그럼 어디로 방문 드리면 될까요."

"《행복으로의 도정》을 갖고 계신다 하셨죠? 마지막 장에 나와 있는 교도(経堂) 주소가 세타가야(世田谷) 지부입니다. 도내에 지부가 몇 곳 있습니다만, 교도 지부가 제일 크니 그쪽으로 방문하시는 건 어떨까요?"

그는 수화기를 한 손에 쥐고 책을 살펴봤다. 분명 주소가 실려 있다. 지도를 보면 대충의 위치를 알 수 있으리라.

"주소만으로 모르시겠다면 지도를 보내 드릴까요?"

"아뇨, 찾아갈 수 있을 것 같습니다."

"교도 역 바로 앞에 있는 큰 빌딩이니 쉽게 찾으실 수 있을 겁니다. 혹시라도 모르시겠다면 역 앞에서 전화를 주세요. 누군가 마중 나가겠습니다."

"네, 감사합니다."

내일이나 모레쯤 방문하겠다고 알리고는 전화를 끊었다. 그러고 보니 인적 사항을 전혀 묻지 않았다. 꽤 양심적인 단체라는 인상이 들었다.

그는 가벼운 흥분으로 가슴이 일렁이는 걸 느꼈다.

16

　오카모토가 집에 돌아오자 시간은 11시가 넘었다. 특별수사본부가 설치된 것치곤 그나마 이른 귀가였다.

　아내에게 코트를 벗어 주고 거실에 털썩 앉았다. 아이 둘이 자기 방에서 얼굴을 내밀며 "다녀오셨어요."라고 인사한다.

　"아, 안 잤구나."

　오카모토는 아이들이 자지 않는 한 꼭 인사하도록 교육시켰다. 딱히 별 얘기를 하지 않더라도 상관없다. 일상의 인사만이라도 나누는 게 가족 간 최소한의 커뮤니케이션이라고 생각했기 때문이다.

　"공부는 어때?"

　오카모토가 아들에게 물었다.

　"그냥저냥."

　아들은 그렇게만 대답하고는 문 너머로 틀어박혀 버렸다.

　"오늘은 빨리 왔네."

아내가 차를 내왔다.

"응."

뜨거운 찻잔을 받아 한 모금 마셨다. 싸늘한 몸에 따뜻한 기운이 퍼진다.

"다니오(谷尾) 씨한테서 전화 왔었어."

"응? 다니오가?"

뜻밖의 말에 오카모토의 목소리 톤이 높아졌다. 사실 전화가 오리란 건 충분히 예상 가능했다. 이다지도 화제성 넘치는 사건이니, 다니오가 접근하지 않을 이유가 없다.

"뭐래?"

"다시 전화한다던데."

"그래."

분명 밤늦게라도 야간 방문에 나서리라. 오늘은 별로 피곤하지 않으니 속 편히 응해 줄 마음이 들었다.

일단 다니오가 오기 전에 욕조에 몸을 담그고 싶었다. 아내가 아직 물이 따뜻하다고 한다.

다니오가 찾아온 건 오카모토가 욕실에서 나왔을 때였다. 다시 전화한다고 하더니 바로 집으로 온 모양이다.

"실례가 안 될까요."

다니오가 넉살 좋은 미소를 지으며 말을 건넸다.

"그러려고 온 거잖아. 얼른 올라와."

"오카모토 선배한테는 못 당한다니까. 그럼 염치 불구하고."

부랴부랴 다니오는 꺼내 놓은 슬리퍼에 발을 끼웠다.

다니오는 오카모토의 고등학교 후배로, 같이 핸드볼을 했었다. 졸업 뒤 연락이 끊겼다가 오카모토가 경시청 수사 1과에 배속되면서 예기치 않게 재회했다.

다니오는 도토(東都)신문 사건기자다.

신문사 사건기자는 다들 취재원을 갖고 있다. 개인적으로 가깝게 지내며 경우에 따라 공표할 수 없는 정보를 흘려주는 형사가 그렇다. 신문으로선 경찰의 발표 내용만 기사로 내보낼 수는 없다. 어제 사에키가 얼렁뚱땅 넘어간 기자회견도 그렇다. 그 기자회견에서 나온 얘기만으로 결코 사건의 전모를 파악할 수 없기 때문이다. 그래서 기자들은 각자의 취재원 집으로 '야간 방문'을 나선다. 어떻게든 독자적인 정보를 얻어 특종으로 보도하려고 기를 쓰는 것이다.

보통 사람의 눈으로 보면 상당히 기이한 습성으로 비치리라. 신문기자가 한밤중에 형사의 집을 방문하여 공개되지 않은 정보를 달라며 조르는 상황이다. 어떻게 보면 형사와 기자와의 유착이라고까지 할 수 있다. 무엇보다 형사와 사건기자의 사이가 좋다는 자체가 평범한 시각으로는 받아들이기 힘드리라.

물론 무턱대고 기자가 형사의 집에 찾아가는 건 아니다. 서에서 만날 때는 싱글벙글 웃다가도 집까지 들이닥치면 노골적으로 싫은 내색을 드러내는 형사가 태반이다. 무엇보다 집주소를 알아내는 것조차 쉽지 않다. 막상 주소를 알아냈어도 대개는 문전박대를

당하기 일쑤다. 집에 없다며 따돌리거나 이미 잠들었다며 매몰차
게 내쫓긴다. 그런 거듭된 수모를 극복하며 서너 번 발걸음을 옮
기는 사이 형사도 마음이 누그러져 집 안까지 들이게 된다. 하지
만 그렇다고 정보를 흘려준다는 보장은 없다. 실상 사건기자의 야
간 방문은 들이는 품에 비해 얻는 건 별로인 셈이다.

그럼에도 이런 관습이 사라지지 않는 건 경찰만 한 정보 공급처
가 별로 없기 때문이다. 아무리 신문사가 정보망을 넓힌다 한들
수사권을 지닌 경찰을 따라갈 수 없다. 그렇기 때문에 사사로운
정까지 동원해서 정보를 구하려 든다. 그런 만큼 취재원의 존재가
소중할 수밖에 없다.

다니오는 오카모토와 재회했을 때 내심 환호작약했으리라. 별
다른 수고 없이 취재원을 획득한 게 아닌가. 오카모토는 입이 무
거운 편이라 좋은 취재원은 아니지만, 일단 문전 박대하지 않는
다. 그것만으로도 고마울 따름이다.

거실에 앉으며 다니오는 과자 상자를 내밀었다.

"저기 이건, 아이들한테……."

"이런 거 가져오지 마. 뇌물은 사양한다고 내가 얘기했을 텐데."

오카모토는 웃으면서 받아 들었다.

"엄청난 사건이 일어났네요."

다니오가 무릎을 꿇어앉으며 얘기를 꺼냈다.

"편히 앉아."

오카모토가 허물없이 턱짓을 했다.

"아, 그래도 될까요."

다니오는 웃음을 지으며 책상다리를 했다.

아내가 조용히 차를 내왔다. "천천히 쉬다 가세요."라며 일부러 강조하고는 물러난다. 별로 좋은 얼굴이 아니다.

"죄송합니다. 항상 이런 늦은 시각에."

다니오가 머리를 조아렸다.

"어쩔 수 없지. 자네도 일이 일이다 보니." 오카모토가 차를 한 모금 마셨다. "아들이 중학교 수험이라서 말이야. 좀 신경이 날카로울 거야."

"그러시군요. 정말 면목 없습니다."

"괜찮아. 큰 소리로 떠들지만 않으면 공부에 방해가 되지는 않을 테니."

"어딜 볼 건가요?"

"가이메이(開明)학원."

"가이메이라면 명문 아닙니까."

다니오가 눈썹을 치켜 올리며 익살맞은 표정을 지었다. 다니오는 옛날부터 넉살 좋게 구는 성격으로, 어디를 가나 미움을 사지 않았다. 마흔이 다 된 지금까지도 그대로다.

"가이메이에만 들어가면 고등학교까지는 일사천리겠네요. 더군다나 학교에서 백 등 안에만 들면 도쿄대도 따 놓은 당상이잖아요."

"아직 시험도 안 봤네. 그리고 시험은 아무나 볼 수 있어."

"아무나 볼 시험이 아니죠. 제 아들놈이 가이메이에 시험 보겠다고 나서면 담임선생부터 농담 말라고 깔깔 웃어 댈 걸요."

다니오는 시늉까지 하며 과장스럽게 익살을 떨었다.

"이 친구가, 너스레 떨긴. 자네 아들이 올해 몇이지?"

"다카시 군보다 하나 아래니까 소학교 5학년이죠. 저희 집은 아직 수험 걱정할 때는 아닙니다." 다니오가 손바닥을 치며 서서히 본론으로 들어가려 했다. "그나저나 아까 말이 나왔습니다만……"

"사건 말인가?"

"네. 엄청난 사건이더군요."

"그래. 자네들도 쉴 틈이 없겠군."

"만날 하는 일이라 그건 상관없습니다만." 다니오가 몸을 좀 더 가까이 내밀었다. "진짜 어떻게 된 건가요. 작년 10월의 히가시쿠루메 사건과도 관련이 있나요?"

오카모토가 고개를 저었다.

"몰라."

"에이, 또 이러시네. 오카모토 선배는 너무 입이 무겁다니까."

다니오는 간드러진 표정을 지으며 오카모토를 쳐다봤다.

"정말이야. 두 사건을 엮을 만한 공통점이 없어. 그저 두 사건 모두 여자 아이가 실종됐다는 것뿐이지."

"두 건 모두 월요일에 일어났다는 공통점에 대해선 수사본부는 어떻게 보고 있나요?"

"자네 생각은 어떤가? 단지 그런 공통점만으로 동일범이라 볼 수 있을까?"

오카모토가 다니오에게 의견을 구했다.

"무리겠죠. 음, 그렇죠."

다니오가 머리를 긁적거렸다.

"딱히 숨기는 게 아니야. 정말로 공통점이 없네."

"선배님 말씀이 그러시다면 믿을 수밖에요." 다니오가 소리 내며 차를 들이켰다. "그럼, 그 건은 접어 두고, 이번 사건에 대해서 말씀해 주십시오."

오카모토가 쓴웃음을 지었다.

"몇 번을 얘기해야 하나. 수사 상황은 가르쳐 줄 수가 없네. 그건 자네가 더 잘 알지 않나."

"아직까지 진전이 없다는 말씀이신가요?" 다니오는 오카모토의 말은 전혀 귀에 안 들어온다는 듯 계속 물었다. "그럴 리 없잖습니까."

"사람 말 좀 듣게."

"그렇게까지 감추시는 걸 보면 뭔가 유력한 실마리가 있다는 거군요. 목격자인가요."

다니오는 끈덕졌다. 실실 웃는 얼굴에 속아 넘어가면 어느샌가 심중을 뒤지고 있다. 다니오의 특기였다.

"그렇군요. 목격자가 있군요."

"내가 언제 그런 말을 했나."

"숨기지 마시고요. 저도 현장 탐방 취재에 나가서 뭔가 찾으면 바로 선배한테 말씀드릴 테니까요."

현장 탐방 취재란 사건기자가 형사와 동행하여 인근 탐문을 함께하는 조사를 말한다.

"선배가 목격 정보를 숨기려고 해도 이쪽 현장 탐방 취재에 걸려드는 건 시간문제예요."

오카모토는 다시 쓴웃음을 지었다. 아무래도 자기가 진 모양이다.

"알았어. 알았다고. 자네한텐 못 당하겠다니까."

오카모토는 그렇게 말하면서도 속으로 재빨리 헤아려 봤다. 분명 다니오의 말대로 목격 정보는 늦든 빠르든 신문에 실리리라. 그렇다면 이 시점에서 신문사에 빚을 하나 만들어 두는 것도 나쁘지 않다. 아직까지 범인이라 추정하지 않는다는 점만 강조해 두면, 나중에 문제될 게 없을 듯했다.

"수상한 인물을 본 사람이 나타났어."

"역시."

다니오의 얼굴에 만족스러운 웃음이 떠올랐다.

"하지만 범인이라 단정할 수 없네. 내 짐작으로는 아마 아닐 거야. 그 점은 오해하면 안 되네."

"알겠습니다."

다니오는 곧 손이라도 비벼댈 듯 야비한 웃음을 지으며 고개를 끄덕였다.

오카모토는 남자의 특징을 얘기하기 시작했다.

17

교도 역에서 내려 남쪽 출구로 나오자 어느 빌딩인지 금세 알아
챘다. 아담한 오피스 빌딩 3층에서 6층까지 교단에서 사용하는 모
양이었다. 임대료만 해도 만만찮을 듯해 보여, 신흥종교의 재력을
새삼 확인했다.

엘리베이터를 타고 3층에 내리자, 정면 유리문에 '백광의 우주
교단 세타가야 지부'라는 하얀 글씨가 부착되어 있다. 유리문 안
쪽이 환했다.

잠깐 주저하다 문을 밀었다.

"어서 오세요."

여성의 목소리가 바로 날아들었다. 오른편 카운터가 접수처인
모양이다. 'INFORMATION' 명패 뒤로 감색 재킷 차림으로 앉아
있는 여성의 모습이 보인다.

"어떤 일로 방문하셨는지요?"

여성이 방긋 웃으며 묻는다. 흡사 대기업의 안내 데스크 같다.

"전, 어제 견학하고 싶다고 전화 드린 사람입니다만."

그는 다소 주눅 든 채로 입을 열었다. 이런 경험은 평생 처음이었다.

"네, 말씀은 들었습니다. 이쪽으로 들어오세요."

여성이 시원시원한 태도로 자리에서 일어나 안내했다. 그는 고개를 끄덕이고 뒤를 따랐다.

접수 카운터 외에 관엽식물과 그림으로 잘 꾸며 놓은 입구 플로어 한쪽에는 산뜻한 응접세트가 마련되어 있었다. 가히 최첨단 기업의 로비와 견줄만 했다.

여성은 그를 소파로 안내한 뒤 "여기서 기다려 주세요."라는 말과 함께 인사하고 자기 자리로 돌아갔다. 전혀 종교단체라고 느껴지지 않는 세련된 분위기다.

일 분도 채 안 되어 파티션 건너편에서 중년 남성이 모습을 드러냈다. 노타이에 면바지 차림이 편안해 보인다. 나이는 자신보다 조금 위로, 삼십대 후반처럼 보인다.

"기다리게 해서 죄송합니다. 저는 이런 사람입니다."

뜻밖에도 명함을 내밀자 그는 일어나 받았다. 명함에는 '백광의 우주교단 필로소푸스(Philosophus, 철학자) 가와카미 모토하루(川上基治)'라고 씌어 있다. '필로소푸스'라는 단어가 뭘 의미하는지는 몰랐지만, 교단 내의 계급 같은 거라 추측했다.

"죄송합니다. 전 명함 같은 걸 갖고 있질 못해서."

"마음 쓰지 마세요. 교단 내에서도 굳이 명함 만드는 사람은 많지 않습니다. 제 취미 같은 겁니다."

가와카미가 개의치 말라며 권유했다.

"앉으시죠."

가와카미가 손을 내밀며 권해 그는 자리에 도로 앉으며 자기 이름을 댔다.

"만나서 반갑습니다. 오늘은 제가 안내를 하게 됐네요. 잘 부탁합니다."

"아뇨, 저야말로."

공손히 머리를 숙였다.

"견학하러 오셨다고 들었습니다. 어떤 경위로 교단에 흥미를 갖게 되셨나요?"

가와카미는 시원시원한 말투로 거침없이 물었다. 마치 비즈니스맨과의 면담처럼 느껴졌다.

"네, 실은 《행복으로의 도정》을 읽고 마음에 와 닿는 데가 있어 좀 더 자세히 알고 싶다는 생각이 들어서요."

"그러셨군요. 그 책이 이미 삼백만 부 넘게 팔렸으니, 엄청난 베스트셀러죠. 그 책을 읽고 교단에 들어오신 분도 상당히 많지요."

가와카미는 자랑스럽다는 듯 눈썹을 실룩거렸다.

"오늘, 교단의 상세한 교의와 일반적인 활동 내용을 좀 들을 수 있을까요."

가와카미가 고개를 가볍게 끄덕였다.

"알겠습니다. 그럼 우선 절 따라오시죠."

자리에서 일어난 가와카미를 따라 계단을 통해 4층으로 올라갔다. 4층은 몇 개의 방으로 나뉘어 있는 공간인 모양이다. 가와카미가 그 방 중 하나를 열어 안으로 들어갔다.

방에는 책상이 달린 철제 의자가 열 개 정도 나열해 있고, 양편으로 화이트보드와 비디오 프로젝터가 설치되어 있었다.

"먼저 여기서 비디오를 시청해 주세요. 오늘 시간은 괜찮으신가요?"

가와카미의 질문에 "시간은 걱정 안 하셔도 됩니다."라고 대답했다.

"처음 오신 분들을 위한 사십 분 분량의 비디오테이프를 틀겠습니다. 비디오를 보시면 어느 정도 이해하실 거라 생각됩니다만, 이후에 제가 보충 설명을 드리겠습니다. 그러고 나서 지부 내부를 안내해 드리지요."

가와카미가 권해 제일 앞자리에 앉았다. 가와카미는 검은색 커튼을 치더니 "그럼 나중에 뵙겠습니다."라는 말을 남기고 방에서 나갔다. 홀로 남겨지자 학생 시절로 돌아간 듯 막연한 불안감이 들었다.

비디오가 시작됐다. 컴퓨터 그래픽으로 만든 우주 배경에 글자가 떠오른다. 첫눈에 봐도 꽤 돈을 들인 영상물 같다.

타이틀이 올라간 뒤 한 쌍의 젊은 남녀가 화면에 등장하더니 교단과의 만남을 연기하기 시작했다. 이 두 사람이 일종의 안내자 역할을 하며 영상이 진행되는 모양이다.

고민을 안고 있던 남녀가 우연히 한 권의 책과 만나며 교단과 인연이 닿아 입회하게 된다. 지금의 그처럼 견학부터 시작하여 교단의 교의에 대한 간단한 설명을 들은 뒤, 수행에 들어서게 되며 마지막에는 마음의 평안을 얻는다는 스토리였다.

콤팩트하게 정리되어 상당히 이해하기 쉬운 영상이었다. 종교적인 색채는 전혀 띠지 않았다. 요즘 스타일로 세련됐다고 할까, 어쨌든 통념을 깨뜨리는 파격적인 영상물이었다.

"어떠셨습니까."

비디오가 끝나 갈 때쯤 방에 들어와 뒤에서 대기하던 가와카미가 불을 켜며 곁에 다가왔다.

"내용이 다소 간단히 설명되어 부족하게 느껴질지도 모르겠군요. 진정한 이해를 구하신다면, 이 정도 맛보기로는 간에 기별도 안 가겠지요."

그는 솔직한 감상을 털어놓았다.

"상당히 이해하기 쉬웠습니다. 이렇게 영상으로 접하는 건 아주 좋은 방법 같군요. 교단의 진정한 모습을 이해하기가 용이했습니다."

가와카미가 커튼을 걷었다.

"실은 얼마 전 복음의 성교교회라는 단체의 합숙에 참가했다가 지독한 꼴을 당한 적이 있습니다."

가와카미가 시원스레 고개를 끄덕였다.

"아, 거기 말인가요. 안 좋은 일을 겪으셨군요."

"네, 좀. 하지만 여기는 그쪽과는 아주 다른 느낌이네요."

슬쩍 화제를 바꿔 봤지만 가와카미는 호락호락 넘어가지 않았다.

"각각의 교단에는 저마다의 방식이 있으니까요. 저도 복음의 성교교회에 대한 소문은 들었습니다만, 저희 교단과 어떻게 다른지 이러쿵저러쿵 말씀드리기는 껄끄럽네요."

"흐음."

의외라는 듯 일부러 콧소리를 내 봤다.

"그쪽 가르침을 믿고 계신 분도 많으실 테죠. 그분들이 그곳에서 행복하시다면 그걸로 족하지 않겠습니까."

"그렇군요."

신흥종교 단체는 서로들 비방하기 십상이라 생각했는데, 아무래도 여긴 안 그런 모양이다. 그게 가와카미라는 사람의 성격에서 비롯한 건지 아니면 교단의 기본 방침인지는 모르지만, 최소한 지레 상상했던 음습한 분위기는 느껴지지 않았다.

"그럼 한 층 더 올라가 볼까요. 거기 계신 다른 분들과 대화를 나눠 보시는 것도 참고가 될 겁니다."

가와카미를 따라 다시 계단을 올라갔다. 5층도 4층과 마찬가지로 하얀 복도 양옆으로 하얀 문이 늘어서 있다. 가와카미가 바로 앞문을 열었다.

방에는 대여섯 명의 남녀가 있었다. 삼십대에서 오십대에 이르는 성인들이 책상을 좁히고 서로 마주 앉아 뭔가 토론하는 듯이 보였다.

"이쪽은 오늘 처음 견학하러 오신 마쓰모토(松本) 씨입니다."

가와카미가 일동에게 소개하자 그는 가볍게 머리를 숙였다.

"잘 오셨습니다, 이쪽으로 오시죠."

가장 나이 들어 보이는 남자가 일어나 의자를 뒤로 당겼다. 거기에 앉으라는 얘기이겠거니 싶어, 그는 순순히 따랐다.

"견학을 하셨다면 비디오는 보셨나요?"

허물없이 바로 말을 걸어 그도 애써 밝게 대답했다.

자기소개가 이어졌다. 단번에 외울 수는 없었지만, 다들 공통적으로 명랑해 보이는 모습이 인상적이었다. 각자 소개하며 입회 동기도 같이 밝혔다. 가족 모두 가입한 사람도 있고, 온갖 종교를 전전하다가 마지막으로 이 교단에 이르렀다는 역전의 용사도 있었다. 어쨌든 그가 견학하러 온 걸 분명 다들 환영하는 듯 보였다.

"저도 선배랍시고 이렇게 잘난 척하고는 있지만 교단에서의 위치는 밑에서 네 번째죠." 가와카미가 머리를 긁적이며 말을 이었다. "이분들은 여기서 다음 출판물에 대한 회의를 하고 있었는데, 전 논의에 끼지 못해 쫓겨난 겁니다."

"가와카미는 씨는 수행이 부족하다고요."

가족 전원이 입회했다는 중년 여성이 놀리자, 다들 맞장구를 쳤다.

"단계가 있나요?"

그가 질문했다.

"예, 있습니다. 다만 지위나 계급 같은 건 아니고 이를테면 주산 급수 같은 겁니다. 수련을 거듭할수록 급수가 올라가잖아요. 그런 의미죠."

처음 일어났던 남자가 설명했다.

"마쓰모토 씨가 들어오시면 먼저 네오피테(Neophyte, 초심자)부터 출발합니다. 모두들 최종적으로는 가장 위인 이프시시무스(Ipsissimus, 깨달음을 얻은 자)가 되기 위해 수행하지만, 그 단계까지 오르신 분은 아직까지 고이즈미 도사님이 유일하시죠."

단어의 뜻은 몰랐지만 일단 교단의 조직 같은 거라 대충 짐작됐다. "논의하시는 데 방해가 되면 안 되니……." 하며 그는 자리에서 일어났다.

"아까는 시니어 모임이었고요, 젊은 사람들 모임도 오늘 있습니다. 잠깐 들러 볼까요."

복도로 나오자 가와카미가 제안했다. 그로서는 거절할 이유가 없었다.

복도 안쪽으로 더 들어가 다른 방문을 열었다. 아까와 비슷한 배치로 어수선한 가운데 집회가 열리고 있었다. 구성원은 다들 학생으로 보였다.

가와카미가 그를 소개했지만 그는 전혀 듣고 있지 않았다. 방에 들어선 순간 뒤통수를 내리치는 듯한 충격에 휩싸였다. 그곳에 있는 한 여자에게 시선을 완전히 뺏기고 말았다.

그 여자였다. 그에게 행복을 기도해 준 기묘한 여자.

다들 그에게 환영의 인사를 건넸으나 자신이 뭐라 대꾸했는지 나중에 되돌아봐도 전혀 기억나지 않았다. 여자에게 온 마음을 다 뺏겨 다른 사람의 말은 건성으로 듣고 말았다.

"안녕하세요. 기타무라 사키(北村沙貴)라고 합니다."

여자가 꾸벅 머리를 숙였다. 긴 머리카락이 귓가에서 사뿐히 내려왔다.

"전에 만난 적이 있죠?"

그가 물었다. 이런 장소에서 그 여자와 재회하리라곤 예상도 못했다. 목소리가 떨리지는 않는지 걱정됐다.

"예? 저를요?"

기타무라 사키는 의아해하는 눈치다. 그를 기억 못하는 모양이다.

무리가 아니다. 그와는 한순간의 접촉일 뿐이었다. 하루에도 얼마나 많은 사람들에게 말을 걸까. 그 사람들의 얼굴을 일일이 기억하는 자체가 이상한 일이다.

"전에 제게 행복을 기도하게 해 달라고 말을 걸었었죠."

그의 말에 기타무라 사키는 부끄러운지 고개를 숙였다.

"어휴, 제가 그랬나요?"

주위 남자들이 "뭐야, 그런 일을 했다고?" 하며 야유를 던졌다. 그 야유 속에는 명백한 호감이 깃들어 있었다. 이 여자는 이 자리의 남성들에게 관심의 대상인 모양이다.

"아니, 저와도 어디선가 뵌 적이 없으신가요." 가와카미가 끼어들었다. "실은 아까부터 계속 맘에 걸려서 여쭤 보려고 했어요."

"……글쎄요. 전 기억이 없군요."

"그래요? 이상하네."

가와카미는 고개를 갸웃거리며 기억을 되살려 보려 했지만, 그가 딱 부러진 태도로 부정하자 화제는 더 이상 이어지지 않았다.

한참의 잡담 끝에 물러나겠다고 인사하자 젊은이들은 밝은 표정으로 그를 배웅했다. 그들의 얼굴에서는 한 치의 어두운 그림자도 비치지 않았다.

엘리베이터 홀까지 가와카미가 배웅해 줬다.

"마음에 드셨는지요."

"예, 감동을 받았습니다."

솔직한 마음을 털어놓았다. 그는 이미 입회하기로 결심했다. 기타무라 사키와의 재회가 하늘의 계시인 양 그에게 다가왔기 때문이다.

"다시 찾아뵙겠습니다." 엘리베이터에 올라타며 인사했다. "신세 많았습니다."

머리를 숙이는 사이 엘리베이터 문이 닫혔다.

18

    히노에서부터 운전해 온 블루버드를 주차장에 집어넣고 맨션으로 올라갔다. 사에키는 자택과 별도로 빌려 사는 고엔지(高円寺)의 맨션을 매스컴 쪽에서 냄새 맡지 않도록 자기 차로 통근한다. 역대 수사 1과장 중에는 공용차에 운전사까지 대동하고 출퇴근한 사람도 있다고 하나, 사에키는 그런 대우를 극구 사양했다.

    피곤한 몸을 이끌고 맨션 출입구를 지나 엘리베이터에 타서야 간신히 긴장이 풀리면서 어깨를 짓누르던 피로를 절감했다.

    5층에서 내려 주머니에서 열쇠를 뒤졌다. 잠금장치를 풀어 손잡이를 돌리는 순간 안에서 인기척을 느꼈다.

    문을 열어젖히자 현관에서 검은색 여자 구두가 보인다. 부엌에서 뭔가 볶는 소리가 들리며 식욕을 북돋운다.

    "슬슬 돌아올 때가 된 거 같아서 말이야."

    거실로 들어서자 이쓰코(伊津子)가 부엌을 등지고 선 채 말을 건넸다.

"센스 좋군."

사에키는 소파에 가방을 던져 놓고 넥타이를 느슨하게 풀었다.

두 사람의 관계는 사에키가 수사 1과장으로 부임한 직후로, 이
제 이 년이 다 되어 간다. 이쓰코는 올해로 서른이 됐는데도 얼굴
이 동안이라 결코 제 나이로 보이지 않는다. 어느 날 길러 온 머리
를 싹둑 잘라 쇼트헤어로 바꾼 게 외려 더 젊어 보이게 했다. 이쓰
코 본인은 어려 보이는 얼굴에 얕잡혀 보일까 봐 맘에 안 들어 했
지만, 사에키는 늘 앳된 이쓰코의 외모가 좋았다.

수사본부가 설치되면 항상 이쓰코는 딱 한 번 사에키의 맨션을
방문한다. 특기인 요리를 선보여 사에키의 원기를 북돋우려는 의
도 같다. 그러고는 사건이 해결될 때까지 전혀 얼굴을 내밀지 않
는다. 이쓰코의 딱 부러진 마음 씀씀이가 엿보이는 태도다.

"저녁, 아직 안 먹었지?"

이쓰코가 젓가락을 든 채 사에키를 돌아봤다. 성긴 줄무늬 티셔
츠에 청바지 차림으로 앞치마도 두르지 않고 가스레인지 앞에 서
있다. 짧은 머리 탓에 뒷모습이 소년처럼 보인다.

"응, 아직."

"오늘은 스테이크야."

"진수성찬이군."

"물론 재료값은 각자 반반이야."

사에키는 쓴웃음을 지으며 세면실로 향했다. 찬물로 찰싹찰싹

얼굴을 씻어 내리며 생각보다 피곤하지 않다고 느꼈다. 그게 찬물로 세수한 덕분인지, 혹은 다른 이유에서인지는 굳이 따져 고민하지 않았다.

"매번 미안하네."

사에키답지 않은 인사치레가 튀어나왔다. 자신도 전혀 의식하지 못한 말이었다.

역시 이쓰코도 깜짝 놀란 표정을 짓는다.

"왜 그래? 자기답지 않게 새삼. 무슨 일 있어?"

"아냐, 별로."

생전 하지 않던 말을 한 게 쑥스러워 사에키는 애매하게 얼버무렸다. 냉장고에서 우롱차 페트병을 꺼내 컵에 따르지 않고 입을 대 마셨다.

"금방 될 거야. 배고파?"

"괜찮아."

"힘없어 보이네. 꽤 피곤한가 봐."

"그렇지도 않아."

사에키가 식탁 의자를 당겨 앉았다. 그 자세로 멍하니 이쓰코가 능숙한 솜씨로 요리를 해 나가는 모습을 바라봤다.

이쓰코는 결혼한 경험이 있어서인지 요리 솜씨가 발군이다. 남에게 음식을 만들어 먹이는 일을 상당히 즐긴다. 청소도 척척 해내는 걸 보면 꽤 가정적인 면이 있구나 싶어 감탄스럽다가도 빨래나 다림질은 의외로 서툴다. 일 년 내내 빨래 바구니를 가득 채워 놓았더니 남편이 이혼 서류를 내밀더라며, 이쓰코는 반농담조로 말하곤 했다. 이 세상에서 가장 획기적인 발명은 전자동 세탁기와 의류 건조기라는 게 이쓰코의 지론이다.

"다 됐어. 접시 꺼내 줘."

이쓰코가 프라이팬을 한 손에 든 채 사에키에게 부탁했다. 사에키는 식기장에서 접시 두 개를 꺼냈다.

이쓰코가 능숙한 손놀림으로 지글지글 소리 나는 고기를 프라이팬에서 접시로 옮긴다. 으깬 감자를 올리고 믹스 베지터블을 곁들인다. 거기에 양상추, 옥수수, 새싹 샐러드, 미역 된장국까지 등장하자 오늘의 메뉴가 다 차려졌다.

"맛있겠지?"

이쓰코가 만면에 희색을 띠며 요리 하나하나를 가리켰다. 다소 천진난만한 제스처였지만, 그래서 이쓰코에게 더욱 어울렸다.

"응."

반면에 대조적이라 할 정도로 사에키의 반응은 무뚝뚝했다. 고기 익는 소리가 공복감을 자극하여 뱃속부터 서서히 식욕이 치솟아 올랐지만, 유난 떨지는 않았다. 뇌의 반절이 다른 데 정신 팔린 것처럼 산만해 보였다.

"자, 먹자."

이쓰코는 사에키에게 근심스러운 눈빛을 보내면서도 굳이 파고들지 않았다. 밝은 목소리를 내며 빈 그릇에 밥을 담는다.

여느 때처럼 이쓰코의 요리는 맛있었다. 이 정도로 바지런한 면이 있는데 굳이 처자 딸린 남자가 아니라 번듯한 남자와 만나 새로 가정을 꾸려도 되지 않을까 하고 사에키는 곧잘 생각한다. 하지만 그런 생각을 입 밖에 내본 적은 없다. 자신이 얼마나 이기적인지 자각하면서도 지금의 관계를 무너뜨리기 싫었다.

"자기, 큰 사건이 벌어졌더라."

이쓰코는 왕성한 식욕을 유감없이 발휘하며 눈을 반짝거린다. 그녀는 마른 몸이 무색할 정도로 대식가였다. 아무리 먹어도 살이 안 찌는 체질이라, 잠깐 한눈팔면 어느새 사에키보다 더 먹고 있다. 두뇌 활동에는 영양 보충이 필수적이라는 게 이쓰코가 항상 주장하는 바다.

"범인 윤곽은 잡혀?"

이쓰코는 아무 거리낌 없이 천연덕스레 묻는다. 남의 일에 관여 않는다는 식의 배려는 이쓰코의 직업상 불필요하다. 호기심이 이는 대로 이것저것 마구 질문한다. 사에키는 그런 모습이 처음에는 불쾌하여 때로는 발끈한 척하고 때로는 갖은 변명으로 회피했지만, 어느샌가 자신이 그 상황을 즐긴다는 걸 깨달았다. 그때부터 이쓰코와의 만남이 시작됐다.

"아직."

사에키의 입은 무거웠다. 매스컴 종사자에게 함부로 수사 진행 상황을 언급하지 않는다. 이쓰코는 사에키의 그런 융통성 없는 태도가 우스워 괜히 질문을 던져 본 거지만, 사에키는 결코 자신의 규칙을 무너뜨리지 않는다.

이쓰코는 프리랜서 르포라이터다. 작년 논픽션계의 아쿠타가와 상이라 불리는 일본 논픽션라이터 상을 수상할 정도로 업계에선 상당히 인정받는 여성 작가다. 여성이라는 핸디캡 따위는 전혀 아랑곳하지 않는 취재력으로 정평이 났고, 사에키도 이쓰코의 명확한 관점을 높이 평가했다. 요새는 대학병원 의료 미스 문제에 몰두하는 중이란다. 사회에 파문을 던질 르포가 완성되리라는 데 사에키는 추호도 의심을 품지 않았다.

"통렬한 사건이지만 그런 만큼 화제성이 넘치겠네. 매스컴도 무지 야단법석 떨지?"

"저열한 기사 때문에 골치 아파."

"그렇지만 이렇게 세간의 주목을 받으면 당신한테도 기회인 셈이잖아."

"기회?"

사에키가 미간을 찡그렸다.

"응, 실적을 쌓을 기회."

"난 그런 식으로 생각해 본 적 없어."

"불경한지 모르지만 중요한 문제잖아. 자긴 자기 실력을 인정받고 싶어서 일부러 수사 1과장 자리로 옮겨 갔잖아. 머리만 앞세우는 캐리어 과장이라며 바보 취급하는 사람들에게 실력을 보여 줄 좋은 기회라고 생각해."

"그런 식으로 생각해 본 적 없다니까."

"거짓말." 이쓰코가 단칼에 잘랐다. "아니라면 왜 굳이 그렇게까지 무리해서 그 자리로 간 거야?"

"……."

사에키는 뚱하게 입을 다물었다. 이쓰코는 의기양양한 얼굴로 덧붙였다.

"난 다 안다고."

한동안 대화가 끊긴 채 두 사람은 잠자코 식사를 이어 갔다. 사에키는 두 그릇째에 밥을 반 정도 남기고 차를 준비했다. 이쓰코가 그 모습을 보고 개수대 밑에서 우메보시(일본 전통식 매실장아찌) 단지를 꺼냈다.

"수사 1과의 귀신 과장님께서 오차즈케(밥에 뜨거운 차를 부은 음식)를 좋아하실 거라곤 아무도 상상 못하겠지?"

이쓰코가 눈웃음을 지어 보였다. 사에키도 쓴웃음을 지으며 주전자에 보온병의 뜨거운 물을 받았다.

사에키는 식사 때마다 반 정도 남긴 밥을 오차즈케로 마무리해야 직성이 풀렸다. 흰 쌀밥 위에 우메보시와 김을 얹고, 그냥 뜨거운 물이 아니라 진짜 녹차를 따라 붓는다. 거기에 다시 분말과 간장 한 방울을 떨어뜨리곤 후루룩 들이켜 먹는 것이다. 이쓰코가 굳이 한 소리 않더라도 늙수그레한 취향임을 자신도 느꼈지만, 오랜 습관이라 좀처럼 버릴 수 없다. 이쓰코가 미소를 지으며 사에키를 바라봤다.

식사를 마치고 거실 소파로 자리를 옮겼다. 식기를 개수대로 옮기는 이쓰코에게 "설거지는 내가 할 테니까 내버려 둬."라고 말했다. 설거지는 사에키의 담당이라고 암묵적으로 약속됐다. 사에키는 서로 균등하게 배분된 자신들의 관계가 마음에 들었다. 아내와는 결코 성립할 수 없었던 관계다.

부엌에서 거실로 나오던 이쓰코에게 사에키가 물었다.

"아까 했던 말, 정말이야?"

"무슨 말?"

이쓰코가 고개를 갸웃하며 사에키와 비켜 앉았다. 등 뒤로 커피메이커에서 커피 내리는 소리가 났다.

"내가 무슨 생각 하는지 안다고 했잖아."

"아, 그거?" 이쓰코가 개구쟁이 소년처럼 익살맞은 표정을 짓는다. "왠지 느낌이 온다고 할까. 아까 내가 한 말도 맞지?"

"글쎄."

사에키의 반응이 뜨뜻미지근하자, 이쓰코가 미심쩍다는 표정으로 이마에 주름을 짓는다.

"자기 오늘 이상하네."

"뭐가?"

"음, 평소보다 입이 무겁다고 할까."

"아냐."

"나, 와이프 행세 할 생각 없어."

"언제 그러래."

"그럼 상관없지만." 이쓰코는 이내 시선을 피하며 커피메이커로 눈길을 돌렸다. "아, 커피 다 됐다."

혼잣말처럼 말하고는 소파에서 일어났다.

사에키가 몸을 돌려 등받이에 팔꿈치를 올렸다.

"오늘, 자고 갈 거지?"

이쓰코는 작정하고 얼굴을 잔뜩 찡그렸다.

"저처럼 조신한 여자가 어찌 그런 난잡한 짓을 하겠어요."

그렇게 말하고는 경쾌한 웃음을 터뜨렸다.

19

  시간이 지나면서 한층 기타무라 사키와의 재회가 터무니없는 기적이라 여겨졌다.

  '세상에 이런 우연이 다 있다니. 이건 하늘의 계시임에 틀림없다.'

  그는 점점 강한 확신이 들었다. '백광의 우주교단'이야말로 자신이 바라 마지않던 '진짜'다. 기타무라 사키는 그가 길을 잘못 들어서지 않게 하늘에서 파견된 천사, 그 자체다.

  교단 빌딩에서 돌아온 뒤에도 기분이 들떠 진정되지 않았다. 마음을 온통 교단에 뺏기고 말았다. 하루라도 빨리 입회하여 진정한 신자가 되리라 기도했다.

  다음 날 그는 일어나자마자 교단에 전화를 걸었다. 아침 8시에 일어나다니 실로 오랜만의 일이다. 잠에서 깰 때마다 덮쳐 오던 불쾌한 기분이 신기하게도 삽시간에 사라졌다.

입회하고 싶다는 희망을 밝히자 밝은 목소리로 다시 방문하라며 재촉한다. 첫사랑에 빠진 소년처럼 마음이 달뜬다.

'기타무라 사키는 오늘도 있을까? 다시 만나 천천히 얘기하고 싶다.'

머릿속은 그 바람으로 가득 찼다.

빌딩 수납처에는 어제와 다른 여성이 앉아 있었다. 방문 목적을 밝히자 다시 응접세트로 안내했다. 이윽고 여성 사무원이 나타나 입회서를 기입해 달라고 했다. 그는 자신의 이름과 주소를 또박또박 써 내려갔다. 직업란은 공란으로 비워 뒀다.

"신분을 증명하실 만한 걸 갖고 계신가요?"

그는 운전면허증을 꺼내 보였다. 자신을 명시할 만한 걸 가져오라는 얘기를 아침에 전화로 들었다.

"예, 됐습니다."

여성이 그가 쓴 입회서와 면허증을 찬찬히 대조하더니 고개를 끄덕였다.

"꽤 엄격하군요."

면허증을 돌려받으며 그가 한마디 했다.

"예, 저희는 신분이 확실한 분이 아니면 입회를 받지 않습니다. 최소한 가짜 이름을 쓰시는 분은 그 자리에서 거절하죠."

고개를 끄덕거리면서도, 직업이 없는 거랑은 상관없나 하는 의문이 들었다. 그가 직업란을 비워 놓은 건 분명 봤을 텐데⋯⋯. 하지만 더 이상 캐물을 맘은 안 들었다.

"증명사진과 입회금, 그리고 육 개월 치 회비는 갖고 오셨는지요?"

"돈은 가져왔습니다만, 사진은 없습니다. 여기서 찍을 수 있다고 들었는데요."

"그러시군요. 알겠습니다. 우선 회비부터 받겠습니다."

그는 입회금 삼만 엔과 육 개월 치 회비 삼만 엔까지 하여 총 육만 엔을 여성에게 건넸다. 비싸다는 생각은 안 들었다.

여성은 수중의 지폐를 천천히 세고는 "확인했습니다."라고 했다.

"이건 회칙과 교본입니다. 교본 중 한 권은 고이즈미 도사님의 생애를 정리한 것이고, 또 하나는 도사님의 영언집(靈言集)입니다. 두 권 모두 필독 도서이니 속히 읽어 주시길 바랍니다. 모든 회원 분들이 읽으신 책이니까요."

"알겠습니다."

"다른 책을 더 읽고 싶으시면 6층 출판부에서 판매하고 있으니 들러 보시기 바랍니다. 통신판매도 하니까 출판부에 있는 카탈로그를 참조해 주세요. 그밖에 한 달에 한 번씩 회보가 댁으로 발송됩니다. 다른 질문이 있으신지요?"

"아뇨, 없습니다."

그는 고개를 저었다.

"그럼 사진을 찍겠습니다. 이쪽으로 오시겠어요?"

여성은 군더더기 없는 동작으로 그를 안쪽 방으로 안내했다.

작은 공간에 촬영용 스튜디오가 마련되어 있었다. 그는 말없이 의자에 앉아 사진을 찍었다. 지금 찍은 사진이 회원증에 들어간다며 여성이 부연 설명을 했다. 현금카드처럼 마그네틱 카드로 만들어져 회원의 출석이나 기부 회수를 관리한다는 말에, 그는 속으로 놀랐다.

'이 정도로 정교한 시스템을 갖추다니.'

"카드는 만들어지는 대로 댁으로 발송해 드리겠습니다. 카드에 회원 번호가 인쇄되어 있으니, 꼭 기억해 두시길 바랍니다. 교단에 소속되어 있는 한 바뀌지 않는 번호입니다. 카드를 받으시기 전까지는 이 임시 카드를 사용하세요."

여성은 물 흐르듯 미끈한 말투로 설명하며 카드를 건넸다.

"이걸로 수속은 끝났습니다. 이제 마쓰모토 씨도 저희 교단의 정식 회원이 되신 겁니다."

여성이 처음으로 방긋 미소 짓는다.

"모임에 참가하기 위한 구체적인 방법은 어디서 들을 수 있나요."

"4층 수납처에서 여쭤 보시길 바랍니다. 다른 분이 안내해 드릴 겁니다."

"알겠습니다."

그는 인사를 하고 얼른 4층으로 올라갔다. 수납처로 가자 "마쓰모토 씨죠?"라고 묻는다.

"잠깐만 기다려 주세요. 지금 담당자가 오고 있습니다."

안내 아가씨가 상냥하게 말을 건넸다.

4층 플로어에는 응접실이 따로 없어 그는 어중간히 창가에 서서 바깥 경치를 멍하니 바라봤다. 그때 등 뒤로 "어머." 하는 목소리가 들려왔다.

"어제 오시지 않았나요?"

그는 돌아보고 자신의 눈을 의심했다. 기타무라 사키가 그 자리에 서 있었다.

"아, 안녕."

그는 겸연쩍게 인사를 건넸다.

"입회하신 건가요?"

사키가 미소를 띠며 묻는다. 오늘은 여름 분위기가 물씬 풍기는 푸른빛 투피스를 입고 있다. 손에 든 서류를 끌어안듯 가슴에 감싸 쥐고서.

"응, 바로."

그는 고개를 끄덕였다.

"그럼 오늘부터 함께 활동할 수 있겠네요."

그때 감색 슈트를 입은 여성이 나타났다. 안내하러 온 담당자인 모양이다.

"기다리게 해 드려 죄송합니다. 그럼 바로 가실까요."

여성은 다나카(田中)라고 이름을 밝혔다.

"다나카 씨가 오늘 마쓰모토 씨를 안내하시는 건가요?"

"예."

"제가 대신해도 될까요?"

"기타무라 씨가요?"

"예, 저, 마쓰모토 씨와 전에 한 번 뵌 적이 있거든요. 괜찮겠죠?"

"네, 뭐, 그러시다면." 다나카라는 여성이 마지못해 승낙했다. "그럼, 기타무라 씨한테 부탁할게요. 혹시 궁금하신 점이 있으면 나중에라도 질문해 주세요."

다나카가 그렇게 말하고는 안으로 사라졌다.

"이래도 되나?"

그가 사키에게 물었다. 사키의 얼굴이 환한 미소로 가득 찼다.

"괜찮아요, 저한테 맡겨 주세요. 근데 잠깐만 기다려 주시겠어요. 이 서류를 5층에 갖다 줘야 하거든요."

"함께 가지."

그는 사키와 함께 5층으로 올라가 그녀가 서류를 갖다 주는 사이 복도에서 기다렸다. 사키는 방으로 들어갔다가 바로 나왔다.

"기다리셨죠. 이제 돌아볼까요?"

사키가 몸을 홱 돌리자 주름치마가 살랑거린다.

"우선 교단의 구조에 대해 설명 드릴게요." 사키가 걸어가며 귀엽게 손가락을 하나 세웠다. "신입 회원은 우선 세 개의 코스 중 하나를 선택해요. 자기 수련 코스, 자원 봉사 코스, 그리고 육체 수행, 이렇게 세 가지가 있어요. 그중 하나를 골랐다고 나머지 두 가지 코스로 변경할 수 없는 건 아니고요, 세 가지 모두 경험할 수 있어요. 그러니까 자기 수련 코스를 듣는 사람도 육체 수행에 참

122

가할 수 있고, 자원 봉사 활동까지 더할 수 있는 거죠."

"사키는 어떤 코스를 하지?"

그가 물었다.

"저요? 전 자기 수련 코스예요. 그렇지만 자원 봉사 코스에도 참가하고 있어요. 처음 들어오시는 분들은 다들 자기 수련 코스에 들어가죠." 사키는 복도 막다른 곳에 위치한 문을 열었다. "아무도 없네. 그럼 여기서 얘기할까요?"

그 방은 제법 쓸 만한 응접실 같은 방이었다. 간단한 응접세트와 책장에 관엽식물이 놓여 있다. 책장에 꽂힌 책들의 저자명은 모두 '고이즈미 쇼에이'였다.

"앉으세요."

사키가 손으로 소파를 가리키며 자기도 사뿐히 내려앉았다.

"어디까지 얘기했더라?"

"다들 자기 수련 코스를 선택한다는 말까지 했어."

"아, 맞다. 사실 코스로 나뉘긴 하지만 다들 편의대로 참가하는 형편이라 굳이 나눌 의미가 없다며 개정하자는 의견도 있어요. 다들 자기 수련 코스를 들으면서도 자원 봉사도 참가하곤 하니까요."

"어제도 자원 봉사에 대한 논의로 모인 건가?"

"예, 맞아요. 교단은 회원의 의견을 상당히 존중해 주니까요. 모여서 합의한 의견을 제안하면 바로 실행에 옮겨 줘요. 물론 교단에 간부는 존재하지만 진정한 의미로 교단을 운영하는 건 회원이라 할 수 있죠."

"그렇군."

"상당히 양심적인 조직이죠? 혁신적이기까지 하다니까요."

사키의 눈이 반짝거렸다.

"어제 듣기로는 단계가 있다고 하던데."

"예, 단계는 교단에 대한 참가 의지에 따라 결정돼요. 그러니까 수영 급수 같은 거라 할까요. 소학교 때 있잖아요. 자유형이 가능하면 6급, 평형까지 가능하면 5급, 이런 식으로요."

"그래."

그는 미소 지었다.

"그거랑 마찬가지로 열 단계까지 있어요. 세피로스(Sephiroth, 카발리즘 속에서 신의 현시가 드러나는 열 단계를 의미함)라고 부르는데요. 처음은 네오피테, 다음은 젤라토르(Zelator, 견습생)이고……." 사에키는 살짝 미간을 찌푸렸다. "사실 여기까지밖에 기억 못 해요. 솔직히 고백하면 저도 입회한 지 얼마 안 됐거든요."

"그런가. 그럼……."

"예, 전에 제가 마쓰모토 씨께 말을 걸었을 땐 다른 종교의 활동이었어요."

"거긴 관뒀어?"

"예. 거긴 너무 무리하게 강요하더라고요. 하루에 서른 명 이상에게 말을 걸어야 한다는 식의 할당량이 있었어요. 힘들어서 관뒀죠."

"그랬군." 그는 웃으며 고개를 끄덕였다. "그나저나 단계를 표현하는 그 어려운 말들의 의미는 뭐지?"

"저도 정확히는 모르는데 별을 상징한다고 들었어요. 네오피테는 지구고 젤라토르는 달이고요."

"그렇군. 사키는 어떤 단계인데?"

"전 젤라토르예요. 자원 봉사에 참가하면 젤라토르는 금방이에요. 의지만 있으면 세피로스가 올라가는 건 간단한 모양이에요."

"자원 봉사 말고 또 어떤 활동들이 있지?"

"다양한 행사가 있어요." 사키가 손가락을 펼쳐 하나씩 구부리기 시작했다. "공부 모임은 수시로 열려요. 한 달에 한 번씩 정례회도 있고요. 수행 모임도 자주 열리고. 아참, 반년에 한 번 큰 대회가 열리는데 거기에는 도사님도 참가한다고 들었어요."

"고이즈미 도사님 말이지? 사키는 도사님과 만난 적 있어?"

"아뇨, 아직은. 고이즈미 도사님과 직접 뵙고 말씀을 나눌 수 있는 건 제5단계 이상의 분들이래요. 저희는 아직 불가능해요."

"흐음, 까다롭군. 공부 모임이라는 데선 뭘 하지?"

"공부 모임은 회원들이 자율적으로 갖는 모임이에요. 높은 단계의 세피로스 분을 강사로 모시고 카발라 시스템에 대한 강의를 듣죠."

"그 카발라라는 게 대체 뭐야?"

"저 같은 신출내기한테 여쭤 보시면 곤란하죠." 사키는 웃으며 손을 저었다. "그걸 알려고 공부하는 것 아니겠어요."

"그것도 그렇군."

그는 쓴웃음을 지었다.

"행사 안내는 항상 우편으로 발송돼요. 이번 달 치는 그 책 안에 들어 있을 걸요?" 사키는 그가 곁에 내려놓은 책을 가리켰다. "저도 아직 신참이니까 같이 열심히 해요."

"응."

그는 바로 동의했다. 단단히 얼어붙었던 마음이 이제야 녹아내리는 것만 같다.

"사키는 어떡하다 입회하게 됐어?"

"저요?" 사키의 눈이 동그래졌다. "으음. 물어보시니 굳이 말씀드리자면, 교단의 세련된 면이 마음에 들었다고 할까요. 이 오피스 빌딩도 멋있고 카드를 도입한 것도 앞서 가 보이잖아요. 게다가 카발라라는 것도 딴 데랑 달라서 새로운 느낌이 들었고요."

"교의에 끌린 건 아니고?"

"물론 그것도 있죠. 저도 깨달음을 얻고 싶으니까요."

마치 패션 트렌드를 이야기하는 것 같은 말투 속에는 고민의 흔적이라곤 엿보이지 않았다.

그는 살짝 실망감을 느끼면서도 오늘이 실질적인 첫 대면인 만큼 앞으로 자주 대화를 나누다 보면 예전에 자신이 느낀 경건함을 다시 발견할 수 있을지 모른다고 스스로를 납득시켰다.

"위에 올라가 보실래요? 다른 분들이 계실 거예요. 다양한 분들과 많은 대화를 나누는 것도 교단에선 중요하니까요."

그는 자신보다 띠 동갑은 아래일 사키의 말에 순순히 따랐다.
과거의 그였다면 결코 상상할 수 없는 일이다.

"마음의 준비를 해야겠군."

그는 자리에서 일어났다.

20

시체가 발견되고 사십팔 시간이 훌쩍 지났다. 수사는 이제 사흘째로, 형사들의 사기가 떨어진 기색은 안 보였다. 다들 피곤 따위는 아랑곳 않는다는 얼굴로 히가시히노 서로 출근했다. 하지만 일주일째로 접어들면 서서히 각자의 얼굴에 초조함이 드러나기 시작하고, 한 달째에 접어들면 절망감으로 뒤덮인다.

어쨌든 형사들은 오늘 아침 충분한 여력을 비축해 두고 있다. 오카모토가 수사본부에 얼굴을 내밀자 여기저기서 원기 왕성한 인사가 날아들었다.

"좋은 아침입니다."

오카모토도 인사를 건네며 재떨이부터 찾았다. 일단 담배부터 한 대 맛봐야겠다.

"오카모토 씨, 재떨이 찾으세요?"

기타오카가 말을 건다. 오른손에는 피우던 담배를, 왼손에는 재떨이를 들고 있다.

"어, 고마워."

오카모토가 기타오카의 손에서 재떨이를 낚아챘다.

"불."

기타오카가 불을 내민다. 오카모토는 턱을 내밀어 담배에 불을 붙였다.

"일찍도 오셨네요."

"일찍은 무슨. 지금 비아냥대는 거야?"

오카모토는 기타오카의 얼굴을 향해 담배연기를 내뿜었다.

"오카모토 씨 말고요. 저쪽."

기타오카가 얼굴을 찡그리며 입에 문 담배로 창가를 가리켰다.

"과장?"

"예, 제가 출근했을 때 이미 와 있더라고요. 아무래도 제일 먼저 온 모양이에요."

"흐음." 오카모토는 목을 좌우로 몇 번 돌렸다. "엄격한 사람이니까. 자기한테도 엄격하겠지."

"오카모토 씨도 힘드시겠어요. 상사가 저러면 숨이 턱턱 막히지 않나요?"

"그렇지도 않아. 우린 샐러리맨 아닌가. 칠칠맞은 상사보다야 자기 관리 확실한 쪽이 낫지."

"어이구, 그러십니까. 이거 본받아야겠군요." 기타오카는 과장되게 어깨를 움츠렸다. "저도 결혼하면 와이프더러 일찍 깨워 달라고 해야겠군요."

"그래야지."

오카모토가 웃으며 고개를 끄덕거렸다.

그때였다. 사에키가 읽고 있던 신문을 반듯이 접어 내려놓더니 오카모토의 이름을 불렀다.

"네."

담배를 끄고 자리에서 일어났다.

기타오카가 얼굴을 찡그리며 작은 목소리로 물었다.

"무슨 일일까요. 오카모토 씨, 뭔 사고 쳤어요?"

"시끄러워. 사고는 무슨."

오카모토는 기타오카의 등을 쿡 찌르고 사에키 앞으로 갔다.

"무슨 일이십니까."

사에키는 신문을 들어 올리며 1면 기사를 오카모토에게 보였다. 도토신문이었다. 오카모토가 흘린 목격자 정보가 톱기사를 장식하고 있다. 다니오는 오카모토가 얘기해 준 정보를 충실히 기사로 옮겨 놓았다. 신중한 표현을 통해 범인 여부에 대한 단정은 피한 채 그저 중요한 목격 정보라고만 썼다.

"오카모토 씨, 이 기사 읽으셨나요."

사에키의 목소리는 담담했다.

"예, 오늘 아침 읽었습니다. 저희 집도 도토신문을 받아 봐서."

오카모토는 시치미를 뗐다. 대체 기사 중 어떤 내용이 사에키의 눈길을 끈 걸까.

"빠르다는 생각이 안 드십니까."

사에키가 오카모토의 눈을 지그시 바라봤다. 속내를 꿰뚫어 보는 듯한 눈길에 순간 당혹감이 일었다.

"그런 편이군요."

오카모토는 스스로도 마음의 동요를 용케 눌렀다 싶었다.

"누군가가 정보를 흘렸겠죠. 곤란하네요."

"그렇겠습니다."

오카모토는 사에키가 자신을 부른 진의를 제대로 파악할 수 없어 일단 동의만 표했다.

"오카모토 씨는 도토신문의 다니오라는 기자와 각별하시다면서요?"

사에키의 말이 날카로운 비수로 다가와 오카모토의 가슴을 찔렀다. 설마 사에키가 다니오와의 관계를 알고 있으리라곤 짐작도 못했다. 이번에는 감정을 얼굴에 표출해 버린 듯하다.

"이걸 도토신문에 흘린 건 오카모토 씨겠죠."

사에키의 목소리는 낮았다. 주위 사람들은 둘이서 무슨 밀담을 나누나 의아해할 것이다.

"……."

오카모토는 땀이 배어 나오는 게 느껴졌다. 뭐라 대답해야 할지 말문이 턱 막혔다.

"안 그렇습니까."

사에키의 추궁은 가차 없었다. 말투는 나지막했지만 애매하게

통곡 | 131

대답했다가는 용서치 않겠다는 분위기다.

"다니오의 존재에 대해서 어떻게 아셨습니까."

오카모토는 간신히 입을 뗐다.

"저도 취재원의 존재가 부득이하다는 건 잘 알고 있습니다. 오카모토 씨 정도의 베테랑이면 친한 기자 한둘쯤은 있게 마련이죠. 그래서 지금까지 묵인해 왔습니다만, 이번처럼 신문에 톱으로 나올 만한 정보가 새어 나가면 한마디 주의를 안 드릴 수가 없군요."

"면목…… 없습니다."

순순히 사죄할 수밖에 없었다. 오카모토는 머리를 조아렸다.

사에키가 의자 등받이에 기대며 말을 이었다.

"물론 이번 경우는 새어 나간대서 특별히 곤란할 만한 정보가 아니었고, 오카모토 씨도 그 점을 고려해서 얘기했겠죠. 일단 불문에 부치겠습니다만, 앞으로 조심하길 바랍니다." 사에키는 그렇게만 언급하고 의자를 획 돌려 시선을 외면했다. "됐습니다."

"네?"

"이제 됐다고요. 할 말 다 했습니다."

"네."

오카모토는 다시 한 번 머리를 조아리고는 자리로 돌아갔다. 겨드랑이가 땀으로 흥건해졌다.

"무슨 일입니까?"

기타오카가 흥미진진하단 얼굴로 물었다. 오카모토는 손수건을 꺼내 이마를 훔쳤다.

"아무 일도 아냐."

기타오카가 물끄러미 오카모토의 얼굴을 응시했지만 그 이상 캐물으려 하지는 않았다.

"저기 기타오카." 오카모토의 입이 절로 열렸다. "이 세상에 절대 만만하게 봐선 안 될 인물이 있다면, 그건 사에키 과장이야."

21

팸플릿에 따르면 이번 주 토요일인 8월 31일에 공부 모임이 있다. 기타무라 사키도 권유했고, 카발라에 대한 흥미도 일어 출석하기로 했다.

공부 모임이 열리는 5층 방에 가자, 삼십여 명이 모여 있었다. 대학 강의실처럼 책상과 의자가 늘어선 공간의 80퍼센트가 이미 찬 터였다. 정면에 단상 뒤로 프로젝터 스크린이 걸려 있다.

"아, 마쓰모토 씨."

방에 들어서자 누군가가 바로 부른다. 처음 교단을 방문했을 때 안내해 준 가와카미였다.

"입회하셨군요. 제가 다 기쁩니다."

"예, 바로 다음 날 입회했습니다."

"잘하셨어요." 가와카미는 연신 고개를 주억거렸다. "오늘부터 바로 공부 모임에 참석하시는 건가요?"

"네, 아직 좌우 분간도 못하는 처지라서."

"오늘 강의는 처음 오신 분께 많은 도움이 될 겁니다."

"가와카미 씨가 강의를 하시나요?"

"아뇨, 당치도 않습니다." 가와카미가 손사래를 쳤다. "전 아직 그럴 세피로스가 아니에요. 오늘은 그냥 거들러 왔어요. 프로젝터를 조작할 사람이 필요하다고 해서."

"아, 그렇군요."

가와카미가 단상으로 시선을 돌렸다.

"이제 슬슬 시작할 때가 됐습니다. 되도록 앞자리에 앉는 게 좋으실 겁니다."

"그렇게 하겠습니다."

그는 고개를 끄덕이고 앉을 자리를 찾았다. 가와카미는 방 뒤쪽 문을 열고 나갔다.

가장 앞 열은 이미 다 찼고, 두 번째 열 오른쪽에 빈자리가 있어 그쪽에 앉았다. 통로 편에 앉아 있던 장작처럼 빼빼 마른 남자에게 양해를 구하고 뒤로 지나갔다.

"실례합니다."

마른 남자는 안경 쓴 얼굴을 들어 그를 쳐다봤다. 별 특징 없이 아무렇게나 머리를 갈라놓은 남자의 안색은 창백하여 건강해 보이지 않았다.

"여기 짐을 놔도 괜찮겠습니까?"

손가락으로 마른 남자의 옆자리를 가리키며 묻고 괜찮다는 대답에, 책상 위에 올려 뒀던 짐을 그쪽으로 옮겨 놨다.

자리에 앉고 이 분도 채 안 되어 강사가 나타났다. 보디빌딩이라도 했는지 상당히 건장한 체격의 남자였다. 강사는 마이크가 필요 없을 정도로 우렁찬 목소리로 인사했다.

"오늘 처음 오신 분도 계신 만큼 먼저 카발라의 기초적인 내용부터 말씀드리고자 합니다."

학창 시절 체육선생님을 연상케 하는 말투로 얘기하기 시작했다. 내용은 별로 딱딱하지 않았다. 카발라에 대해 전혀 모르는 사람도 쉽게 들을 만했다.

"……이를테면 가까운 예로 이름이 있습니다. 성명 판단처럼 이름을 통해 점을 보기도 합니다만, 카발라는 그런 애매한 것들과는 다르게 분명한 법칙이 만들어져 있습니다. 원래 카발라는 서양에서 기원했기 때문에 우리 일본인의 이름은 로마자로 치환해야 합니다. 여러분의 이름은 모두 1부터 10까지의 숫자로 분해할 수 있습니다. 이걸 디지털 루트라고 합니다. 이 디지털 루트는 아주 중요하죠, 말하자면 우리의 운명을 좌우하는 신비의 숫자입니다. 예를 들어 디지털 루트가 8인 사람은 권력과 부와 세속성을 지니고 태어납니다. 단순하게 말하자면 성공과 실패를 가르는 숫자인 셈이죠. 크게 성공한 사람들의 경우 모두 8이라는 디지털 루트를 가지고 있습니다. 반대로 4라는 수를 지닌 사람은 건실하고 평범하며 지루한 편입니다. 결코 부자가 될 수 없죠. 그렇기 때문에 사업하시는 분들 가운데 디지털 루트가 4인 분은 얼른 개명하시는 게 좋습니다."

곳곳에서 웃음이 일었다. 강사는 능수능란하게 강의를 전개하며 한 시간 동안 청중을 쥐락펴락하면서 시선을 못 떼게 만들었다. 그도 이따금 함께 웃으며 강의에 빠져 들었다.

"……라는 말씀을 드리며, 시간이 다 되었기에 오늘은 이것으로 강의를 마치고자 합니다. 방금 설명 드린 방법으로 스스로 디지털 루트를 계산해 보시길 바랍니다. 지금까지 몰랐던 자신의 운명을 알게 되실 겁니다."

강사가 머리를 숙이자 일제히 박수 소리가 터져 나왔다. 그도 만족하여 함께 손뼉을 쳤다.

강사가 자리를 떠난 뒤에도 한참 동안 흥분의 여운이 맴돌았다. 그는 이제 어떻게 할까 고민하며 교재를 가방에 담았다.

그때 옆에 앉았던 빼빼 마른 남자가 그에게 몸을 기울였다.

"처음 뵙는 것 같군요. 새로 오셨나요?"

"예, 그렇습니다만."

그는 남자의 목소리가 너무 음산해 움찔했다.

"저는 시마(司摩)라고 합니다."

남자가 머리를 꾸벅 숙이자 그는 당황하며 자기 이름을 밝혔다.

"오늘 들으신 얘기는 어떠셨습니까?"

시마의 목소리는 겨울의 성마른 바람처럼 어딘가 공허하게 들렸다.

"아주 재밌게 들었습니다. 카발라라는 게 어떤 건지 막연하게나

마 알 수 있는 기회였습니다."

대화를 나누기에 유쾌한 상대 같지는 않지만, 어제 사키의 조언도 있고 하여 잠깐 얘기에 응하기로 맘먹었다.

"그러셨군요. 다행입니다."

시마의 입가가 씨익 올라갔다. 아마도 웃는 것일 테지만, 결코 웃음처럼 보이지 않았다.

"시마 씨는 입회하신 지 오래되셨나요?"

대화의 실마리를 찾기 위해 일단 그렇게 물어봤다.

"예, 뭐." 시마는 착 달라붙는 말투로 고개를 끄덕였다. "그냥 오래만 됐지, 좀처럼 쫓아가질 못해 지진아 신세죠."

"네에."

뭐라 대답해야 할지 몰라 막연히 고개만 끄덕였다. 경력이 오래됐다면서 초심자를 위한 공부 모임에 나오다니 뭔가 이상하다. 이름만 올려놓고 그간 활동이 거의 뜸했던 걸까.

"마쓰모토 씨는 어떤 이유로 입회하셨습니까?"

시마가 끈끈한 눈길을 보내며 한층 몸을 기울여 왔다.

"저 말인가요. 음, 전 이 교단의 가르침에서 진짜배기의 냄새를 맡았다는 느낌이 들었습니다. 전에 엉터리 종교에 붙잡혀 호된 경험을 치른 이후로 진짜를 찾아 헤맸었죠."

"어째서 진짜를 찾고 계셨나요?"

시마가 거듭 물어 왔다.

"어째서라……."

그는 자기 흉중을 상세히 털어놓을 맘이 없었다. 가슴속 구멍은 아무에게도 말할 수 없다.

"마쓰모토 씨, 어두운 걸 몸에 달고 다니시는군요."

"어두운 것?" 시마가 하는 말의 의미를 이해할 수 없어 얼굴이 찡그려졌다. "무슨 말이신지……."

"글쎄요, 저는 모르지요." 시마의 목에서 가래 끓는 소리가 났다. 설마 이게 웃음소리일까. "그건 마쓰모토 씨가 가장 잘 알겠지요."

그는 시마의 진의를 파악할 수 없어 다소 불쾌한 기분마저 들었다.

"무슨 말씀인지 통."

그는 무뚝뚝하게 대꾸했다. 시마가 이른바 광신도 같은 인간이라면 가까이 하고 싶지 않았다.

"아뇨, 마쓰모토 씨께서 뭔가 무거운 걸 짊어지고 계신 듯 보여서요. 당신의 과거에서 비롯한 것일까요?"

가슴이 철렁했다. 시마는 뭔가 알고 있다는 뉘앙스를 풍겼다. 상대가 그의 과거를 알 리 없을 텐데…….

"저로선 도저히 알아들을 수 없는 말씀이시군요. 이제 막 들어온 풋내기다 보니 어려운 말씀을 하셔도 무슨 말인지 모릅니다."

대화를 끝낼 마음으로 단호히 잘라 말했다.

"마쓰모토 씨, 이 교단에 잘 들어오셨습니다. 당신이라면 분명 여기서 구원을 찾으실 겁니다."

뭐랄까 묵직하게 가라앉은 목소리가 흡사 미래를 전하는 예언자처럼 들렸다.

"실례하겠습니다."

그는 가볍게 머리를 숙이고 자리에서 일어났다. 더 이상 대화를 계속하고 싶지 않았다. 시마도 딱히 그를 붙잡으려 하지 않았다.

돌아가는 길에 6층 판매부에 들렀다가 기타무라 사키와 조우했다. 그녀는 책을 들고 설렁설렁 넘겨 보고 있었다. 순간 그는 마음이 놓였다.

"아, 안녕."

"어머." 사키는 놀랐는지 눈썹을 치켜세우더니 방긋 미소를 지어 보였다. "공부 모임에 참석하셨군요."

"응. 지금 끝났어."

"어떠셨어요? 재밌죠?"

"그래, 꽤 재밌더군."

"카발라가 뭔지 이제 아셨어요?"

사키의 말에는 어두운 구석이라곤 전혀 안 보였다. 시마와 대화를 나눈 뒤라 더 그렇게 느껴졌다.

"응, 훨씬 어려울 거라 생각했는데 마냥 그렇지도 않더군."

"그렇죠?" 사키가 기뻐하며 거보란 듯이 손가락을 흔들었다. "그렇다고요. 카발라는 정말 우리와 가까워요. 바로 일상생활에서도 응용이 가능하잖아요."

"그래, 이해하기 어렵지 않았어."

"그렇죠?"

사키는 자신이 칭찬받은 양 기뻐했다.

사키의 구김살 없는 모습을 보며 방금 전 시마와의 대화가 불쑥 떠올랐다. 사키는 시마가 어떤 인물인지 알려나⋯⋯.

"그나저나 아까 강의를 듣는데, 좀 기묘한 사람 옆자리에 앉게 됐어. 이름이 시마라던데 알아?"

"네, 알죠. 교단에서 유명한 분이에요."

"유명해?"

귀가 의심스러워 되물었다.

"네. 시마 씨 꽤 유명해요. 이상한 사람이라고."

사키의 눈이 반짝거리며 재밌어했다.

"이상한 사람? 확실히 이상하긴 하던데, 유명하기까지 해?"

"유명하죠. 제가 다 아니까. 그분, 그렇게 보여도 경력이 상당하세요. 교단 설립 당시부터 계셨다는 소문을 들었어요."

"헤."

"그 소문이 사실이라면 진작 간부가 됐어도 한참 전에 됐어야 할 텐데, 무슨 영문인지 제4단계에 머물러 있어요. 이유는 모르지만 본인이 자청해서 위로 안 올라갔다는 얘기도 들었어요."

제4단계라고 해도 꽤 높은 위치일 것이다. 그런 사람이 무엇 하러 초심자를 위한 공부 모임에 참가한 걸까. 사키에게 슬쩍 물었더니, "글쎄요, 그러니까 이상한 사람이라고 하겠죠."라며 대수롭지 않게 받아들였다.

"흐음."

그는 납득이 안 돼 건성으로 맞장구쳤다. 시마의 말이 가시처럼
박혀 마음에 자리 잡았다.

22

시체 발견일로부터 일주일이 지났다.

도토신문에 게재된 수상한 인물에 대한 정보는 각 신문사가 잇달아 보도하여 전국적으로 유포되었다. 그에 따른 다수의 추가 정보가 수사본부에 몰려들어 수사원은 차례차례 한 건씩 확인했으나, 대부분 착각이나 오해에서 비롯한 '엉터리 정보'였다.

수사본부에도 점차 피로의 기색이 드러나기 시작했다.

쓸데없는 정보뿐이라 전혀 진전을 보이지 않는 수사 상황이 무엇보다 신경을 소모시켰다. 이번 사건이 원한이나 이해관계로 발생한 살인사건이라면, 어느 정도 수사 대상의 범위를 좁힐 수 있다. 그러나 이번처럼 우발적이고 무차별적으로 보이는 살인은 범인에게 전과가 없는 한 대상을 한정 짓기가 어려워, 탐문을 통한 목격 정보 수집이 전부라고 할 상황이었다. 게다가 시체 유기 장소가 사람의 통행이 적지 않은 강가임에도 신뢰할 만한 목격자가 거의 나타나지 않아서, 수사는 난항으로 빠져 든 상태다.

탐문 수사와 함께 과거 변태 행위로 체포된 적 있는 전과자들의 수사도 병행되었다. 이런 사건을 일으킬 만한 범인이라면 전에도 유사 범죄로 체포됐을 가능성이 점쳐졌다. 하지만 이 방면의 조사도 순조롭지 못했다. 전과자들 가운데 갱생하여 어엿이 사회생활을 해 나가는 이들도 있어, 그들의 생활을 직접적으로 침해할 위험성 때문에 수사에 적극 나설 수 없었다. 결과적으로 은밀한 뒷조사에 그쳐 성에 차지 않았다.

그런 와중에 움직임이 하나 나타났다. 히노 시내에서 성인 남자가 유아에게 추행을 저지르다 현장에서 체포된 것이다.

체포된 남자는 즉시 히가시히노 서로 호송되어 오카모토가 취조를 담당하게 됐다. 오카모토가 취조실에 들어서자 완전히 풀이 죽어 고개를 푹 숙인 초라한 남자가 보였다. 남자는 스물한 살로, 학생이라고 했다. 은테 안경에 머리카락이 귀를 덮을 만큼 장발이었고, 트레이닝복에 야구점퍼라는 정말 센스 없어 보이는 옷차림을 하고 있었다. 이른바 '오타쿠'라 불리는 유형의 젊은이였다.

책상을 사이에 두고 오카모토와 마주 앉자, 남자는 불쑥 고개를 들더니 다시는 이런 짓 않겠다며 두 손을 싹싹 빌었다.

'……아니다.'

오카모토는 남자를 보자마자 그런 생각이 들었다. 이 젊은이에게 살인을 저지를 만한 배짱 따위는 없다. 단지 우발적인 충동으로 유아에게 추행을 저질렀다가, 시기가 시기인지라 일이 커져 버린 경우에 불과하다.

남자는 과자를 미끼로 혼자 놀고 있는 여자 아이를 꼬드겨 정글 짐에 오르게 하고는 그 밑에서 사진을 찍었다고 한다. 마침 그곳을 지나가던 사람이 뭐라 한마디 하자 당황하여 도망치다가 신고를 받고 출동한 파출소 경관에게 붙잡혔다. 오카모토가 사실관계를 확인하자 남자는 눈물을 흘리며 인정했다. 그가 질문하기도 전에 남자는 동기를 밝혔다. 또래 여자들이 자신을 상대해 주지 않으면서 유아에 흥미가 생긴 모양이다. 사진을 찍은 건 이번이 처음은 아니지만, 만지거나 혹은 데려간 적은 한 번도 없다고 했다. 본인이 소녀 유괴 살인 사건의 범인이라 의심받는다는 걸 알자 얼굴이 새파래지며 극구 부정했다. 오카모토는 범인이 아니라는 심증을 굳혔다.

변태 행위자 체포 소식에 수사본부는 일순 흥분이 일었으나 범인이 아니라고 판명되자, 바로 평소의 수사로 돌아갔다. 그러나 파문은 생각지도 않은 형태로 나타났다. 어찌 된 영문인지 용의자가 체포됐다는 보도가 매스컴에서 나와 버린 것이다.

오카모토는 다니오로부터 그 소식을 들었다.

다니오는 그날 밤에도 오카모토의 집에 찾아왔다. 밤늦게 찾아와 죄송하다며 연신 머리를 조아렸다. 오카모토는 그를 다른 기자와 똑같이 대우할 마음이 애당초 없었지만, 상대도 나름 신경이 쓰일 것이다. 평소의 걸걸한 목소리를 한층 낮추며 나지막이 말을 꺼내 들었다.

"용의자가 체포됐다면서요?"

"빠르군."

오카모토는 놀라움을 금치 못했다. 쓸데없는 혼란을 피하자며 엄중한 함구령이 떨어졌다. 그런데도 매스컴은 어디선가 정보를 입수한 것이다. 새삼 매스컴의 발 빠른 정보 수집력에 눈이 휘둥그레졌다.

"진범인가요?"

평소의 장난기는 온데간데없고 다니오답지 않게 진지했다.

오카모토는 바로 부인하려다가 순간 주저했다. 어제 사에키로부터 받은 질책이 떠올랐기 때문이다. 그러나 여기서 자신이 애매하게 대답했다가는, 내일 조간엔 '용의자 체포'라는 기사로 크게 장식되고 만다. 빤히 알면서도 잘못된 정보가 밖으로 나가게 놔둔다는 건 악의적으로 세상에 혼란을 초래하는 거나 다름없다. 오카모토는 마음을 다잡고 고개를 저었다.

"아니, 그 녀석은 범인이 아니야."

"정말인가요? 아직 증거가 불충분해서 확실하게 말씀 못하시는 건 아니고요?"

다니오는 가차 없이 물고 늘어졌다.

"거짓말 아냐. 사건 당일의 알리바이가 확인됐어."

오카모토는 솔직히 털어놓았다. 사실이다. 체포와 동시에 남자의 진술에 기초하여 작년 12월 10일의 알리바이를 조사했다. 남자는 그날 하루 종일 지바(千葉)의 대학 구내에 있었다는 게 확인되어 정식으로 알리바이가 성립됐다. 나오미 실종 사건의 범인이 아니라는 건 확실했다.

오카모토가 사정을 설명하자, 그제야 다니오의 얼굴이 누그러졌다.

"그런데 그 정보는 어디서 입수했나?"

정보의 출처가 문제였다. 혹시라도 그 취재원으로부터 다른 신문사로 정보가 흘러들어서, 확인 취재도 없이 기사로 나왔다가는 명백한 오보가 된다. 오카모토는 그게 가장 걱정됐다.

"출처는 마이초(每朝)신문입니다."

다니오가 순순히 자백했다. 오카모토가 정직히 사실 관계를 확인해 준 보답 차원이리라.

"마이초가 어디서 정보를 입수했는지는 모릅니다. 저희는 이 정보를 우연히 주워들었지만, 마이초 이외는 아직 알려지지 않은 것 같아요. 마이초는 지난번 저희 특종에 대항하려고 안달이 났으니까요."

다니오가 말하는 '특종'은 오카모토가 흘린 수상한 인물에 대한 기사였다. 그 기사는 타사보다 먼저 보도되어 도토신문만의 특종이 됐다.

"마이초는 알리바이에 대해 어디까지 파악한 것 같나?"

"글쎄요."

오카모토의 물음에 다니오는 고개를 저었다.

아니다 다를까, 다음 날 마이초신문 1면 기사로 '용의자 체포'

라는 글자가 대문짝만하게 찍혔다. 특종 경쟁에 열을 낸 마이초신문사의 명백한 실수다. 사에키가 기자회견을 통해 다시 한 번 기사를 부정하여 마이초신문은 더욱 웃음을 샀다.

하지만 이 오보는 수사에 큰 영향을 미쳤다. 그때까지만 해도 그럭저럭 들어왔던 일반인으로부터의 정보가 격감하여 수사본부는 손발이 다 잘린 상황이 되고 만 것이다.

수사는 점점 혼미에 빠져 들었다.

23

　9월 첫 번째 일요일, 그는 사키의 권유로 수행 모임에 참석했다. 모임에 배당된 방은 6층 판매부 옆에 위치한 커다란 강당이었다. 다른 방에 비해 천장이 높고 아래는 왁스를 발랐는지 번들거리는 나무 바닥이라 학교 체육관을 연상케 했다. 강당에는 소학생부터 일흔 넘은 노인까지 약 오십 명 가까이 모였다. 바닥에 매트가 몇 장 깔려 있어, 이제 곧 운동회라도 열릴 것 같은 분위기였다. 편한 복장으로 오라 하여 그는 특별히 준비 않고 평상복으로 나왔는데, 스포츠웨어를 갖춰 입은 사람들이 제법 됐다.
　"마쓰모토 씨."
　강당에 들어와 주위를 두리번거리자 사키가 다가오며 불렀다. 티셔츠에 쇼트팬츠 차림이다. 긴 머리카락을 뒤로 묶어 소년처럼 보였다.
　"오늘, 열심히 수행해 봐요."

사키의 말투는 변함없이 밝았다.

"그래. 그런데 이런 복장이라도 괜찮을까?"

그는 자기 옷차림이 신경 쓰였다.

"괜찮아요. 땀이 많이 나는 수행이 아니니까요. 어머, 얼른 가운데로 가야 해요."

사키는 그의 팔을 붙들고 강당 한가운데로 이끌었다.

"아, 안녕하세요."

누군가 인사하는 소리가 들렸다. 목소리의 주인공은 처음 견학 왔을 때 소개받았던 학생이었다. 분명 이름은 아라이(荒井)였을 것이다. 키가 커 백팔십 센티미터는 충분히 돼 보인다. 훤칠한 체격에 반듯한 외모로 여성에게 인기가 많을 듯했다.

"수행에 나오셨군요."

아라이가 만면에 웃음을 띠며 말을 걸었다. 입가의 하얀 치아가 반짝거린다. 그가 건성으로 대꾸하자 아라이의 흥미 대상이 사키에게로 옮겨 갔다. 수행에 대해 이러쿵저러쿵 떠들기 시작한다. 사키도 싫은 내색 없이 웃으며 얘기를 나눈다. 그는 끼어들 틈이 없어 오도카니 서 있었다.

이윽고 강사가 들어왔다. 지난번 체육선생님 풍의 강사가 아닌, 오늘은 물리선생님으로 보이는 파리한 얼굴의 남자가 강사로 등장했다.

강사는 전원이 모이자 바닥에 앉으라고 했다. 처음 온 사람은 손을 들라 하여 그는 왼손을 들어 올렸다. 그 외에도 몇 명의 남녀가 손을 들자 그중 한 사람을 앞으로 나오라고 부른다.

"자, 이제 이분을 보며 따라하시기 바랍니다. 경험자들은 익히 들으셨겠지만, 이 수행은 육체와 정신을 컨트롤하는 방법입니다. 카발라에서는 무엇보다 육체와 정신을 제어하는 노력이 아주 중요합니다." 남자는 설명과 함께 앞에 나온 남자를 무릎 꿇게 했다. "네, 왼다리를 천천히 뒤로 뻗어 주세요. 그리고 서서히 들어 올립니다. 이 동작에 맞춰 상체는 바닥으로 숙입니다. 균형을 잡기 어려우신 분은 양팔을 옆으로 펼쳐도 좋습니다."

시범을 보이는 남자는 자세 잡기가 쉽지 않은지 몸이 좌우로 휘청휘청 흔들렸다.

"이렇게 불안정한 상태를 지속하게 되면 집중력을 높일 수 있습니다. 이 자세를 한 시간은 유지할 수 있도록 다들 노력해 주시기 바랍니다. 자, 이제 각자 해 보시죠."

각자 자기 자리에서 기묘한 무릎 서기를 시도했다. 그도 시도해 봤지만 균형 잡기가 상당히 힘들었다. 십 초 정도 견디다가 금세 들어 올린 발이 바닥에 닿고 만다. 이 자세를 한 시간이나 유지한다는 건 예삿일이 아니다. 과연 이래서 수행이라 하나 보다며 이해했다.

강사는 찬찬히 주위를 둘러보며 호흡법도 설명해 줬다. 십 초간 들이마셨다가 삼십 초간 숨을 멈춘 뒤 이십 초간 내뱉는 리듬을 유지하라고 했다. 그로서는 균형 잡는 데 급급하여 도저히 호흡까지는 신경 쓸 수 없었다.

젊은 사람들은 수행을 즐기는 듯이 보인다. 역시 나이 먹은 사람들에 비해 빨리 익힌다. 긴 시간 자세를 유지하는 이들은 대부분 젊은 사람들이었다. 다들 표정만은 진지하다. 단순한 여흥으로 온 사람은 거의 없어 보였다.

사키는 곁에 딱 달라붙은 아라이와 함께 무릎 서기를 하다 균형이 무너지며 아라이 쪽으로 넘어질 뻔하자 까르르 웃음을 터뜨리고 있다. 진지한 분위기 속에서 그들만이 정적을 깨뜨렸다.

이후 오른발로 서서 오른손으로 왼 발목을 잡고 왼손 엄지는 입가에 대는 기묘한 동작 등을 따라 하다 보니, 어느새 두 시간이 지나갔다. 강사로 나온 남자는 명색이 강사답게 균형 감각이 뛰어나, 부자연스럽기 이를 데 없는 자세인데도 전혀 미동 없이 유지한다. 물리선생님처럼 파리한 얼굴이 어느샌가 요가 수행자처럼 보여 신기했다.

"오늘은 여기까지 하겠습니다. 이 수행은 상당히 중요하니, 일상생활에 응용해 평소에도 항상 연마하시길 바랍니다. 발이 꼬이지 않게 주의하고 왼손이 허리보다 올라가지 않게 부단히 신경을 쓰시면 더욱 훌륭한 수행이 될 겁니다. 이를 통해 여러분들도 하루빨리 어엿한 카발리스트가 되기를 기원하겠습니다. 모쪼록 힘내십시오."

강사의 끝인사와 함께 해산했다. 사키가 땀이 별로 안 날 거라 했는데, 그는 온몸이 흠뻑 젖고 말았다. 자신은 이제 젊지 않다는 걸 절절히 실감했다.

"애쓰셨네요, 마쓰모토 씨."

사키가 상기된 얼굴로 위로했다. 운동 후의 개운한 미소를 짓고 있다.

"꽤 힘드네."

그는 쓴웃음을 지으며, 자신이 살짝 가쁜 숨을 몰아쉬는 걸 느꼈다.

"그야 수행이니까요."

사키가 당연하다는 듯 가슴을 폈다.

"몸을 단련하지 않으면 못 따라가겠어."

"그래도 아직 젊으시잖아요."

두서없이 대화를 나누는데 아라이가 끼어들었다.

"상당히 열심히 하시던데요. 열의가 팍팍 느껴졌습니다."

"그래?"

그는 무뚝뚝하게 대답했다. 아라이가 교단보다 사키에게 흥미가 쏠려 있는 건 분명했다. 그런 아라이의 태도가 못마땅했다.

아라이는 사키의 시선을 자신에게 돌리려 했다. 막무가내로 끼어든다 싶더니 그를 무시하고 사키하고만 눈길을 마주치며 대화한다. 그는 한심스러워져 자리를 뜨려고 했다.

"······다음 주에 가메이도 지부에서 수행이 있다더라. 나랑 같이 안 갈래?"

수행을 구실 삼아 사키를 꾀려는 속셈이 역력했다.

"어머, 그럼 마쓰모토 씨와 함께 가면 되겠다."

아라이의 마음을 전혀 몰라주고 사키가 천진스레 대답했다. 뒤로 물러서던 그가 사키의 얼굴을 쳐다봤다.

그냥 거절하려는데 사키의 모습 뒤로 언짢은 표정을 숨기지 못하는 아라이의 얼굴이 보이자 순간 심술궂은 마음이 고개를 내밀었다.

"좋지, 같이 가자고."

사키는 손을 모으며 기뻐했다. 아라이는 노골적으로 실망한 기색을 드러냈다.

그는 속으로 낙담한 아라이를 비웃었다.

24

마이초신문의 오보로 수사본부의 비밀주의가 한층 강화됐다는 말들이 나오기 시작했다. 각 보도기관들은 수사본부가 발표하는 정보가 너무 빈약하여 곤란을 타개하려는 방책으로 독자적인 조사를 실시하였으나 헛발질이 연이어졌다. 경찰의 이러한 방침에 신문사 내부에서도 노골적으로 비판하는 움직임을 서서히 보이기 시작했다.

그러나 실상은, 비밀로 하고 말 것도 없이 발표할 내용이 거의 없는 상태였다.

지체에 빠진 수사와 보조를 맞출 수 없다는 듯 각 매스컴의 독단적인 보도가 증가했다. 마이초신문의 오보를 발단으로 각 사가 독자적인 취재원으로부터 얻은 정보를 보도하기 시작했다. 시체 유기 장소에 이전부터 변태가 출몰했다, 범인이 경찰에 범행을 예고했다, 일 년 전 시즈오카(静岡) 현에서 발생한 남자 아이 실종 사건도 일련의 사건과 관계가 있어 시즈오카 현과 합동수사를 단행할 태세다, 등등 별의별 보도가 난무했다.

모든 게 근거 없는 오보였다. 수사본부는 무책임한 보도들에 일일이 코멘트하기를 피하고 묵살했다. 오보는 금세 꺼지게 마련이다. 오히려 그런 보도에 갈팡질팡하는 세상의 **비뚤어진** 관심이 문제였다.

연속되는 보도에 발맞춰, 피해자인 사이토의 집에 걸려오는 장난 전화도 증가했다. 아무 말 없이 끊는 전화부터 자신이 범인이라 일컫는 전화가 하루에도 오십 통 이상 걸려 왔다. 일본 사회의 병든 일면을 여실히 보여 주는 잔인하고 무자비한 장난이었다. 나오미의 어머니가 마음고생 끝에 몸져누웠다는 보고가 수사본부에 들어왔다.

경찰은 일련의 소동에 완전히 휘둘렸다. 매스컴 보도나 장난 전화 내용을 하나하나 확인해야만 했기 때문이다. 엉터리 정보라는 게 눈에 보였지만, 그냥 무시하고 넘길 수도 없었다. 만약에 사실 정보가 하나라도 섞여 있다면 큰일 아닌가. 그러나 결국 모두 엉터리였다. 아무런 보상 없는 수사로 인해 수사원의 피로는 배가됐다.

1월 13일 일요일. 사이토 나오미의 집에 무시할 수 없는 전화가 걸려 왔다. 낮은 남자 목소리로, "범인은 나다. 목을 졸라 죽였다. 또 다시 저지르겠다. 다음은 1월 21일이다. 어린 여자 아이가 있는 집은 조심해라."라는 말이 자동응답기에 녹음되었다고 한다. 테이프를 바로 경시청 과학수사연구소로 보내 감정을 받기로 했다.

이 건을 두고 매스컴에 발표할지 여부로 수사본부 의견이 반으로 나뉘었다. 장난 전화라고 단호히 단정하는 사에키에게 히가시히노 서 형사과장은 근거 없는 독단이라며 매스컴에 발표해야 한다고 주장했다. 형사과장의 주장이 사에키에게 반대하기 위한 반대라는 인상이 역력하여, 회의 분위기는 발표를 대기한다는 의견으로 추세가 몰렸다. 결국 장난 전화라 간주하여 묵살하기로 결정됐으나, 21일 당일 수사원들의 얼굴에 팽팽한 긴장감이 맴돌 수밖에 없었다.

사에키의 단정은 옳았다. 21일에는 사건이라 불릴 만한 일이 발생하지 않았다. 수사원들은 다 같이 안도의 한숨을 내뱉었다.

그러나 이 해프닝은 장난 전화에 대한 주의를 촉발시켰다. 실제로 범인이 유괴당한 아이의 부모에게 접촉을 기도하지 않았을까 하는 의견이 대두된 것이다. 그 접촉이 직접적으로 인지하지 못한 형태로 이루어져서 부모가 놓쳐 버렸다면, 중요한 단서를 눈앞에서 날린 꼴이 된다.

수사본부는 사건 발생 이후로 피해자 집에 걸려 온 전화나 투서 등을 다시 한 번 검토하는 동시에, 지금까지 관련성을 의심했던 가가와 유키호 실종 사건과도 연계해 비공식적으로 수사할 것을 결정했다. 범인이 사이토 나오미의 집에 접촉하지는 않았어도 가가와 유키호의 부모에게 접근했을 가능성도 배제할 수 없었다. 그 임무는 오카모토 팀에게 맡겨졌다. 오카모토와 기타오카는 즉시

가가와 유키호의 어머니를 만나러 출발했다.

가가와 유키호의 가정은 어머니 혼자 자식을 키우는 이른바 모자 가정이었다. 어머니는 이케부쿠로(池袋)의 술집에서 일하며 홀로 유키호를 키웠었다.

유키호의 어머니는 세이부이케부쿠로 선 히가시쿠루메 역에서 걸어 십오 분 정도 걸리는 곳에 위치한, 싸구려 원룸 맨션에 살고 있었다. 아직도 일을 계속 해서 낮에는 집에 있다고 했다. 오카모토 일행은 오후 2시를 지나 현관 벨을 눌렀다.

"네."

대답과 함께 눈매에 피곤한 기색이 역력한 여성이 문을 열며 얼굴을 내밀었다. 낮이라 화장을 안 했겠지만 겉으로 보이는 민얼굴은 빈말이라도 젊어 보인다고 말하기 힘들었다. 분명 아직 스물여덟밖에 안 됐을 터인데 벌써 마흔이 다 된 중년 여성의 찌든 얼굴을 떠올리게 했다. 딸이 행방불명되어 야윈 건지, 밤 장사가 소모를 가중시켜 그런 건지 오카모토로서는 판단하기 어려웠다.

"실례하겠습니다."

들어오라는 말에 오카모토와 기타오카가 현관에 발을 들여놓았다.

전체적으로 살풍경한 방이었다. 가구는 거울과 화장대, 싱글베드 뿐 그 외에 아무것도 없다. 화장대 위에 놓인 아이 물건으로 보이는 인형 몇 개가 그나마 휑뎅그렁한 분위기를 누그러뜨려 주었다.

"앉으시죠. 차를 내오겠습니다."

어머니는 짝이 안 맞는 방석 두 개를 내밀며 앉으라고 청했다.

"신경 안 쓰셔도 됩니다."

일단 방석을 받아 엉덩이 밑에 깔고 앉았다. 아래는 마룻바닥
이다.

어머니가 부엌에서 말없이 물을 끓이는 이 분 남짓한 시간에 무
거운 침묵이 방 안을 지배했다.

기타오카는 뭐가 불편한지 꿈지럭대며 몸을 뒤척였지만 오카모
토는 태연히 기다렸다.

이윽고 역시나 짝이 안 맞는 찻잔에 녹차를 담아 가져왔다. "드
세요."라는 한마디가 간신히 침묵을 깨뜨렸다.

"유키호는…… 아직 아무 단서가 없는 건가요?"

어머니가 멀거니 서서 중얼거렸다. 목소리가 너무나 어두침침
했다.

"안타깝습니다만. 오늘도 사건과 관련하여 여쭤 볼 일이 있어
방문 드렸습니다."

오카모토는 의연히 대답했다. 그는 피해자 가족에게 결코 동정
의 빛을 드러내지 않는다. 분위기를 맞춘답시고 조금이라도 그런
기색을 내비쳤다가는 슬픔을 부추겨 아무 말도 들을 수 없게 된
다. 사무적으로 질문을 던지는 것만이 최선의 방법이라 믿었다.

"뭐에 대해?"

어머니가 살짝 고개를 들어 올려 눈을 치켜뜨며 오카모토를 바라봤다. 새삼 얼굴을 정면으로 바라봐도 이십대라고는 결코 여겨지지 않는다. 피곤이 피부에 농밀하게 배어 있다.

오카모토는 사이토 가에 걸려 온 장난 전화에 대해 설명했다.

"예, 실은…… 그런 전화가 댁에도 온 적 없는지 확인하려고 이렇게 찾아뵈었습니다."

"걱정해 주신 덕분에 저희 집에는 그런 전화가 없었습니다. 전화번호부에도 안 실려 있어서요."

"아, 그렇군요."

오카모토가 고개를 크게 끄덕거렸다.

"편지 같은 건 없었나요?"

기타오카가 물어봤다.

"편지라…… 어떤 편지 말인가요?"

어머니는 느릿한 어조로 되물었다. 너무나 피곤하여 사고마저 마비된 듯이 보였다.

"'내가 범인이다' 라는 식으로 범인이라 자처하는 편지 말입니다."

기타오카가 끈기 있게 말을 이었다.

"아아, 그런 편지는 몇 통 있었어요."

"왔었군요." 기타오카의 목소리가 커졌다. "지금도 갖고 계신가요?"

"아뇨, 아무리 봐도 장난 같아서 버렸는데."

기타오카는 실망한 기색을 감추지 못했다. 탄식하며 시선을 아래로 떨어뜨렸다. 오카모토가 교대했다.

"내용은 기억하십니까?"

어머니가 힘없이 다시 고개를 저었다.

"아뇨, 내용까지는. 석 달도 더 지난 일이라서."

"그렇군요."

"이젠 끝인가요? 유키호는 돌아오지 못하는 건가요?"

어머니가 불쑥 물었다. 기타오카가 오카모토의 얼굴을 쳐다보자 그의 눈에 비애의 빛이 떠올랐다.

"어머니, 희망을 버리시면 안 됩니다. 경찰도 전력을 다해 계속 수사할 테니까요."

너무나 빤한 말이다. 그러나 경찰관인 자신이 절망적인 예측을 입에 담을 수는 없었다. 어머니로서도 그런 말을 듣고 싶어 할 리가 없다.

"아직도 일은 나가시나 보네요."

화제를 바꾸려고 별 탈 없는 얘기를 꺼내 들었다. 어머니가 고개를 끄덕인다.

"예, 일을 안 하면 먹고살 수가 없으니까요."

"실례되는 질문입니다만, 유키호의 아버지는 어디에 계신가요?"

"글쎄요."

어머니는 고개를 갸우뚱하더니 절레절레 저었다. 처음으로 빈정거리는 웃음이 떠올랐다.

"어디서 뭐 해 먹고 있으려나……. 유키호 일도 모를 거예요."

"유키호가 태어나고 내내 혼자서 키워 오신 건가요?"

오카모토는 말이 나온 김에 물어본 건데, 이 질문은 격한 반응을 불러일으켰다.

"그럼요! 제가 줄곧 혼자서 키웠죠." 어머니의 말투가 갑작스레 거칠어졌다. "내 편은 단 한 명도 없었어. 내겐 유키호만이 유일한 버팀목이었다고. 세상은 사생아라며 나랑 유키호를 형편없이 취급했지만 난 혼신의 힘을 다해 살아왔어. 유키호를 낳은 걸 절대 후회하지 않아. 아버지 없는 사생아라는 건 부인할 수 없지만 난 전혀 부끄럽지 않아. 난 성실하게 살아왔다고. 그런데 누군가가 내게서 유키호를 뺏어 갔어. 누군가가……."

마지막 말은 오열 속에 삼켜졌다. 한순간의 격정이 사라진 다음의 어머니는 그저 지쳐 빠진 한 여자의 모습이었다.

오카모토가 기타오카와 눈빛을 주고받았다. 슬슬 물러날 시점이다.

"마지막으로 여쭙겠습니다." 비정할 수도 있는 질문이었다. "유키호의 행방불명과 사이토 나오미의 살해 사건에 어떤 관련이 있다고 보시는지요?"

어머니는 눈초리를 치켜세우며 대답했다.

"유키호만 돌아와 준다면 그걸로 족해. 다른 건 아무 상관없어."

25

가메이도 역을 나와 역 앞 상점가를 곧장 지나갔다. 9월로 들어서며 갑작스레 선선한 바람이 불어와 바깥나들이 하기가 편해졌다. 더위가 물러나자 사람들도 활력을 되찾았는지 상점가에도 활기가 넘쳐 났다.

북쪽으로 한참 걸은 뒤 가메이도텐진에서 왼쪽으로 꺾었다. 과거에 딸을 데리고 참배한 기억이 아련히 떠올랐다. 아득히 멀어진 옛날이다. 잊었던 두통이 머릿속에서 살짝 되살아나려 한다.

목적지인 빌딩은 쉽게 찾을 수 있었다. 교단 간판이 크게 걸린 덕분이다. 교도 지부와 다르게 갈색의 다세대 빌딩이었다. 이 빌딩 4층을 교단이 빌려 쓰는 모양이다.

엘리베이터를 타고 4층에서 내려 눈앞의 문을 열자, 벽에 가득 붙은 포스터가 눈에 들어왔다. 교주 고이즈미 쇼에이의 사진을 커다랗게 확대한, 이번 달에 열릴 대집회 포스터였다. 샐러리맨처럼 반듯이 슈트를 입은 마흔 전후의 남자가 단상에서 연설하는 순간을 포착한 사진이었다. 배우라 해도 고개를 주억거릴 만치 정연한 외모에서 자신감이 넘쳐흘렀다. 카리스마가 전신에서 뿜어져 나왔다.

주위를 한 차례 훑어보며 병원 대합실 같다는 인상을 받았다. 벽 쪽에 검은색 비닐 소파가 마련되어 있고, 테이블 위로 교단 잡지가 몇 권 보인다. 신발장에 놓인 슬리퍼로 갈아 신게 해 놓았다. 교도 지부와는 돌아가는 시스템이 사뭇 다른 인상이다.

신발을 신발장에 넣고 슬리퍼를 신었다. 가방을 쥔 채 어디가 수행장일까 눈길을 돌리던 차에 안에서 사람이 나오는 기척이 들렸다.

마침 잘됐다 싶어 물어보려고 발걸음을 그쪽으로 향하려다 멈춰 섰다. 문을 열고 나온 사람이 너무나도 뜻밖의 인물이었기 때문이다.

시마였다.

시마는 그와 눈길을 마주치고도 별로 놀란 기색도 없이 "아아." 하며 말을 걸었다.

"오늘도 수행이신가요. 열심이시군요."

시마가 그의 손에 든 가방을 슬쩍 보고는 아는 체를 했다. 변함없이 음침한 목소리다.

"예, 뭐."

별로 가까이하고 싶지 않은 상대라 애매하게 말을 흐렸다. 하지만 시마는 그의 태도에 아랑곳 않고 살갑게 군다.

"저도 그렇습니다. 재밌는 우연이군요."

그에게 한 발 다가왔다.

"아직 시간이 남았는데 모처럼 뵀으니 잠깐 앉아서 말씀이나 나누죠."

시마가 소파를 가리켰다. 그는 거절하려 했지만 팔이 붙들려 소파까지 끌려가, 거절하기 어렵게 되어 버렸다.

어쩔 수 없어 자리에 앉자 시마도 옆에 훌쩍 앉는다. 체중이 전혀 느껴지지 않는 몸놀림이다.

담배라도 피워야겠다 싶어 재떨이를 앞에 당겨 놓고 왼손으로 라이터를 켰다. 시마에게도 권했지만 사양했다.

"헤, 왼손잡이신가요?"

시마가 그의 왼손에 쥔 라이터를 보고 있다.

"예, 태어날 때부터 이랬다는군요. 그런데 왜."

"카발라에서는 왼손잡이라는 게 상당한 의미가 있다고 해서요."

시마가 그의 왼손을 지그시 바라보다가 그의 눈으로 시선을 돌렸다. 흠칫 빨려 들어갈 듯 새카만 눈동자다.

"그렇습니까."

그는 괜히 라이터 뚜껑을 두세 번 여닫다가 가방에 넣었다. 문득 요전에 사키가 해 준 얘기가 떠올랐다.

"시마 씨는 여기 경력이 상당하시다고 들었습니다."

"예, 그런 편이죠."

시마의 얼굴에 웃음이 떠올랐다. 무언가의 웃음과 닮아 있다는 생각이 든다.

"카발라에 대해 잘 아시나 봅니다."

"조금은요." 시마가 고개를 끄덕이며 말을 이었다. "카발라에 흥미가 있으신가요?"

"카발라, 라기보다는 교단의 교의에 흥미가 있지요."

"오호, 어떤 면에?"

시마가 계속해서 물었다. 그는 종교 논쟁을 벌일 생각이 없었지만, 여기까지 얘기가 나와 버려 어쩔 수 없었다.

"'신'에 대해 알고 싶습니다."

그는 체념하고 대답했다. 시마가 논쟁을 벌일 기색이 보이면 바로 자리에서 일어나야겠다고 마음먹었다.

하지만 시마는 그의 말을 예사로이 받아들였다.

"과연, '신'이라."

시마가 그의 얼굴을 지그시 바라보며 침묵에 잠겼다. 무슨 말을 꺼낼까 잠자코 기다렸지만, 좀처럼 다음 말을 잇지 않는다. 자신을 바라보는 눈길이 너무나 집요하여 저도 모르게 "왜 이러냐."라고 언성을 높이려는 순간, 시마의 입이 열리며 그의 의표를 찌르는 말을 던졌다.

"당신, 가슴에 구멍이 났군요."

그는 경악하여 순간 백치처럼 멍하니 입을 벌리고만 있었다.

'어떻게 시마가 아는가! 대체 이 남자는 뭐 하는 인간인가!'

"그렇군요, 역시."

시마는 그의 반응이 재밌는지 너무나도 유쾌하다는 듯 입가를 실룩댔다.

"어떻게, 어떻게 아는 건가요?"

그는 시치미를 뗄 경황도 없었다. 문득 정신이 들었을 때 이미 시마의 지적에 긍정하고 말았다.

"보면 알 수 있습니다. 마쓰모토 씨는 너무나도 무거운 슬픔을 짊어지고 계시군요."

시마가 담담히 대꾸했다.

그는 시마의 얼굴을 처음 본다는 듯 응시했다. 너무 놀라 이전의 인상과 일변하고 말았다. 그저 음침하기만 하여 전혀 관심이 가지 않던 남자에서, 정체는 알 수 없지만 뭔가 깊은 통찰력을 지닌 인물로 바뀌어 보인다.

"그건…… 카발라의 힘인가요?"

"그럴지도 모르죠."

시마의 대답은 모호했다. 속마음을 감추려는 걸까.

"시마 씨는 특별한 힘을 갖고 계신가요?"

시마는 고개를 저으며 부정했다.

"당신의 마음을 읽은 건 아닙니다. 제게 그런 힘은 없습니다. 다만 마쓰모토 씨를 보면 누구라도 알 수 있습니다. 당신이 구원을 바라 이 교단에 왔다는 걸."

지난번에 시마가 한 말이 떠올랐다.

"시마 씨는 제가 구원을 찾고 있다고 요전에 말씀하셨죠. 그건 무슨 의미였나요?"

"저는 모릅니다. 모든 건 고이즈미 도사님께서 대답해 주실 겁니다."

"고이즈미 도사님이라면 제 가슴의 구멍을 막아 주실 수 있습니까?"

거의 매달리는 심정으로 물었다. 그토록 찾아 헤맸던 구원의 실마리에 마침내 도달했을지 모른다는 맘이 들었다.

"가능합니다. 도사님은 마음에 구멍 난 분들을 여럿 구원했으니까요."

시마가 단언했다.

"어떻게 하면 고이즈미 도사님을 만나 뵐 수 있습니까."

"믿으세요. 교단을 믿고 노력을 거듭하면 세피로스는 올라갑니다. 아데프투스 메이저(Adeptus Major, 마스터 마법사) 이상이 되면, 도사님과 직접 뵙고 말씀을 나눌 수 있습니다."

시마의 대답에 가벼운 실망감을 맛봤다. 교주와 만나게 되기까지 얼마나 시간이 걸릴지 막막하여 맥이 빠졌다.

"그러나 당신이 마음 깊이 도사님과 대화하기를 갈망하신다면 가까운 시일에 이뤄질 수도 있습니다. 어떻게든 만나고 싶어 하신다면."

시마가 수수께끼 같은 말을 했다. 그가 기댈 수 있는 건 그 말뿐이었다.

"정말인가요? 가까운 시일 안에 만날 수 있을까요?"

"마쓰모토 씨에게 달렸죠."

시마의 입가가 씨익 일그러진다.

그때였다. 입구 문이 열리며 젊은 남녀가 들어왔다. 사키와 아라이였다. 사키는 그에게 시선을 멈추며 "어머, 마쓰모토 씨." 하고 목소리를 높였다. 곁에 있던 아라이도 기다란 몸을 구부리며 인사했다.

"오늘도 열심히 수행해 봐요."

밝게 격려하며 아라이와 함께 안으로 들어갔다. 그는 말없이 고개만 끄덕였다.

"밝은 아이로군요." 두 사람이 사라지자 시마가 평했다. "저 아이가 입회하고 나서 젊은이들 모임 분위기도 많이 바뀌었습니다."

"그렇겠죠."

그의 맞장구를 들으며 시마는 말을 이었다.

"저 기타무라 사키라는 아이는 이른바 종교 마니아입니다. 온갖 종교단체를 전전하고 있죠. 집이 부유하니 그게 가능하겠지만."

그가 놀라 시마를 바라봤다.

'시마는 어떻게 그걸 아는 걸까.'

뭔가 미심쩍다.

"그렇다고 딱히 책망할 일은 아니지요. 함께 있던 아라이 군이 더 문제죠."

그는 무의식적으로 고개를 돌려 두 사람이 사라진 방향을 바라봤다. 시마의 말에 귀가 번쩍 뜨였다.

"저 친구에게는 사념(邪念)이 있습니다. 교단과는 어울리지 않아요."

26

1월 25일 금요일. 사에키는 가이 형사부장의 호출을 받고 경시
청으로 등청했다. 복도에서 스쳐 지나간 동료들 중 어떤 이는 난
항에 빠진 수사 지휘관에게 동정의 눈빛을 보냈고, 어떤 이는 경
멸의 눈길을 날렸다. 사에키는 어느 시선이나 성가시게 느끼며 부
장실 문을 노크했다.

"들어오세요."

가이의 목소리가 안에서 들려왔다.

"실례하겠습니다."

사에키는 고개를 숙이고 부장 앞까지 발걸음을 옮겼다.

가이 형사부장은 이보다 더 떨떠름한 표정을 지을 수 없다는 양
우거지상을 하고 있다. 명목상일지라도 자신의 이름이 본부장으
로 올라 있는 수사가 지체되어 세상이 들썩거린다. 즐거울 리가
없다. 사에키가 불려 온 이유는 자연히 명백해진다. 결코 마음 설

렐 용건이 아니라는 걸 알면서도 사에키의 안색은 전혀 변함이 없다.

가이의 불안한 눈길이 사에키에게 향하나 싶더니 천장으로 올라갔다가, 책상으로 떨어지며 손가락 끝을 응시한다. 그러고는 다시 사에키의 얼굴에 시선이 날아든다.

"용건은 짐작하고 있으리라 생각하네만."

"네." 사에키는 턱을 잡아당겼다. "마음의 준비를 하고 왔습니다."

"수사 상황을 듣고 싶군."

사에키는 살짝 숨을 고른 뒤 단숨에 말을 토해 냈다.

"현재 실종 당시와 시체 유기 시점의 목격자를 찾는 데 중점을 두어 샅샅이 탐문 중입니다. 이와 동시에 동일 전과범의 최근 동향 및 알리바이에 대한 수사도 병행하고 있습니다."

"그래서 진척 상황은?"

"순조롭지 않습니다."

사에키의 거리낌 없는 답변에 가이는 점점 더 얼굴을 찡그렸다.

"순조롭지 않다, 라. 그래서야 곤란하지."

가이가 안절부절못하며 손끝으로 책상을 두드리기 시작했다.

"전력을 다해 수사에 임하겠습니다."

대조적으로 사에키의 어조는 한층 냉정해졌다.

"그건 아네. 아무도 자네들이 게으름 피운다고는 생각하지 않아. 다만 수사 방침을 재점검할 필요가 있지 않나 얘기하는 걸

세."

가이의 관자놀이가 실룩거렸다.

"조만간 유력한 정보가 반드시 나오리라 믿습니다."

사에키의 동요 없는 대답에 가이는 잠깐 입을 악물며 초조하게 다리를 떨었다.

"범인의 모습은 어떻게 예상하고 있나?"

사에키는 순간 입을 다물고 생각을 정리하기 위해 가이의 등 뒤 창문으로 내려다보이는 풍경에 눈길을 돌렸다. 고쿄(皇居)의 해자 수면에 겨울의 부드러운 햇살이 비춰 은빛으로 반짝이고 있다.

"데이터가 너무 적어 범인상을 한정시키는 건 다소 위험하다고 생각됩니다만, 굳이 막연하게나마 말씀드리자면……." 사에키는 열중쉬어 자세로 등 뒤로 돌려 있던 손을 앞으로 내밀며 손가락 하나를 치켜세웠다. "우선 첫 번째, 자동차를 소유한 인물이라는 점. 두 번째로 소녀를 데리고 갈 장소, 즉 시체를 보관할 만한 자신만의 장소를 갖고 있는 인물. 이는 시체 유기 시점이 유괴 직후가 아니라는 점에서 추측할 수 있습니다."

가이가 크게 고개를 주억거렸다.

"계속하게."

"세 번째로 지역 연고자일 가능성. 환경적인 추측은 이 정도가 한계인 듯싶습니다."

"그렇겠군. 연령은?"

"데이터가 부족합니다. 성적 대상으로 삼지 않았다는 점에서 밑

으로는 소학생부터 위로는 성불구자인 노인까지 모든 연령층에
혐의를 둘 수 있습니다."

"소학생까지 범위가 넓어지나?"

가이는 깜짝 놀라 눈이 휘둥그레졌다.

"실제로 해외에선 그런 범죄 사례가 존재합니다. 일본만은 예외
라고 여긴다는 건 너무나 낙관적인 생각이겠죠. 물론 실제 가능성
은 높지 않다고 판단합니다. 아까 말씀드린 환경적인 조건과는 맞
지 않으니까요."

"그렇겠지."

가이가 안도하듯 대꾸했다.

"차를 소유하고 있으리란 점으로 봐서 한층 더 추측을 거듭하여
굳이 한정 짓는다면, 자기 차를 소유할 정도의 연령인 대학생을
하한선으로 둘 수 있을 것 같습니다. 다만 쉽게 단언하기에는 저
자신도 저항감이 듭니다. 고등학생 혹은 중학생일 가능성도 전혀
없다고는 확신할 수 없으니까요."

"으음."

가이가 고개를 끄덕였다.

"위로는 장년 정도겠죠. 행동이 불편한 노인을 제외하면. 요새
야 예순 넘어도 다들 정정하니 구체적인 연령까지는 판단하기 어
렵습니다."

"그렇겠지."

"성별은…… 불명확합니다."

"뭐? 남자일 수밖에 없잖은가."

가이는 사에키의 말에 너무 놀라 언성이 높아졌다.

"꼭 그렇다고 단언하기는 어렵습니다. 성적 대상으로 삼지 않았다는 점에서 여성일 가능성도 있습니다."

가이가 신음을 토했다.

"정말 그렇게 생각하나?"

"가능성의 문제겠지요. 귀여워서 데려갔는데 너무 우니까 죽여버렸다. 이런 사정이라면 범인이 여성이라도 납득할 수 있지 않을까요."

"흐음."

가이가 내는 콧소리를 들으며 사에키는 말을 이었다.

"다음은 심리적인 측면입니다. 범죄심리학의 권위자이신 도보(東邦) 의과대학 야마나 가즈히로(山名和弘) 교수님의 조언을 받았습니다."

"아, 야마나 선생님." 가이는 납득할 만하다는 듯 고개를 깊이 끄덕였다. "그래, 뭐라 하시던가?"

"첫 번째로……." 사에키는 다시 왼손가락을 들어 올렸다. "범인은 정신적으로 미숙하다는 점입니다. 자신 안에 유아와 가까운 존재가 자리 잡고 있을 가능성을 지적했습니다. 이른바 롤리타 콤플렉스라는 일그러진 심인 증상과는 다릅니다. 어떤 사정으로 유아를 잃은 어머니도 이 범주에 들어갈 수 있습니다. 어쨌든 연령에 따라 발달해야 할 자아가 성장을 멈추고 만 가능성이 높다고 야마나 교수는 설명했습니다."

"그래, 그리고?"

가이가 재촉했다.

"확실하게 말할 수 있는 건 여기까지입니다만, '무리하게 추측을 밀어붙이면' 이라고 야마나 교수는 단서를 다시더군요. 범인이 남자라면 성적으로 미숙할 가능성, 그러니까 심인성 임포텐츠일 가능성을 말씀하셨습니다."

"오호, 그렇다면 역시 변태인가?"

"임포텐츠라는 증상에서 살펴보면 높은 교양 수준을 지닌 인물이라는 추측도 가능합니다. 심인성 임포텐츠의 경우 인텔리에게 자주 발생한다고 하니까요."

"그런가."

가이는 얄궂다는 듯 얼굴을 찡그렸다.

"세 번째로, 자라온 가정환경이 일그러졌을 가능성도 지적했습니다. 부친의 부재, 모친의 결여 등 원만치 않은 환경에서 자란 사람의 경우 종종 유아에 대한 강한 집착을 드러낸다고 합니다. 자신이 받지 못한 부성과 모성을 유아에게 투사하려는 것이겠죠."

'그래서 뭔가?' 라며 자신의 얼굴을 바라보는 가이의 시선을 사에키는 무시했다.

"이상입니다. 마지막으로 말씀드린 두 가지는 초점에서 벗어났을 가능성도 있으니, 어디까지나 참고삼아 들어 달라고 하시더군요."

가이는 신음을 내뱉더니 팔짱을 꼈다. 잠깐 생각에 잠긴 듯 고개를 갸웃거렸다.

"너무나 막연하군. 좀 더 구체적인 의견은 없나?"

"수사원들 가운데서는 이른바 '오타쿠'라 불리는 젊은이로 범인상을 좁혀 놓은 형사도 있습니다만, 저로서는 위험한 선입관이라 보입니다."

"과거에도 유사한 범죄를 저질렀으니, 세상사람들도 그런 상상들을 하겠지."

"범인이 '오타쿠'인 변태라는 얘기가 시중에 떠도는 모양입니다."

"흐음. 그래 이제 앞으로 어쩔 셈인가."

가이의 목소리에 점차 기운이 빠지기 시작했다. 반면, 사에키의 대답은 딱 부러졌다.

"무엇보다 목격자 수색이 우선이라고 생각합니다. 특히 현장 부근을 배회하던 수상한 차량의 정보를 입수하는 데 중점을 두려 합니다. 동시에 현장 탐색에도 수사원을 할애할 예정입니다. 혼자 사는 사람이 유아와 함께 다닌다는 식의 정보에 적극적으로 정보망을 열어 두려고 합니다."

가이는 사에키의 설명 하나하나에 "음. 음." 하며 고개를 끄덕였다.

"그래, 그래야겠지. 그런 면에서 좀 더 애써 주게."

가이는 일단 말을 끊고는 뭔가 입에 담기 껄끄러운 얘기를 머릿속에서 만지작거리듯 주저하다가 "실은……." 하며 몸을 앞으로 내밀었다.

"실은 경험 없는 자네한테는 무리라는 목소리도 간간히 들려오기 시작해서 말일세."

사에키의 표정은 여전히 변함이 없었지만 마음속으로 '역시'라는 생각이 절로 들었다. 오늘 가이가 자신을 부른 이유는 이 말을 하고 싶어서였으리라.

"물론 난 자네를 두둔했네만, 나도 꽤 미묘한 입장에 처해서 말이야. 수사가 너무 길어지면 내가 나서야 하는 상황이 닥칠지도 모르니까 말일세."

"……."

사에키는 아무 대꾸도 하지 않았다. 애당초 이런 말이 나오리라 예상했었다.

"되도록 그런 일이 없었으면 싶네, 나로서는. 그러니 자네도 상황을 염두에 두고 다시 한 번 애써 줬음 좋겠군."

"알겠습니다."

사에키는 순순히 고개를 끄덕였다.

사에키가 반발하리라 예상했다가 별말 없이 수긍하자 가이의 표정이 밝아졌다.

"음, 그래서 불렀네. 여기저기서 자네에게 가하는 비난의 화살이 드세지는 건 나도 잘 아네. 그러니 자네도 남들이 군소리 못하도록 보기 좋게 실적을 올려 주게나. 기대하겠네."

"감사합니다."

사에키의 고분고분한 태도에 용기를 얻었는지 가이가 한마디 더했다.

"그나저나 자네, 최근 부인과 별거한다는 얘기를 들었는데."

"……"

사에키는 꾹 입을 다물었다.

'가이로서는 경찰청 장관의 딸과 자기 부하의 사이가 안 좋다면 상당히 곤란한 입장에 놓이겠지. 아니 본인 스스로 곤란해 하고 있나?'

사에키 입장에서 보자면 가이가 걱정할 일이 아니지만, 복잡한 역학관계를 고려하면 본인도 그런 말을 내뱉을 처지가 아니었다.

"부장님은 제가 그렇다고 말씀드리길 바라십니까?"

사에키가 담담하게 물었다. 개인적인 사정은 함부로 입에 안 담았으면 좋겠다고는 말할 수 없었다.

"아, 아닐세. 그럼 됐네. 그냥 별로 사이가 좋지 않다는 소문을 들어서 노파심이 들었네."

가이가 얼버무리며 서둘러 자리를 정리했다. 사에키는 화를 낼 마음도 안 들었다.

"제 부덕의 소치겠지요. 명심하겠습니다."

사에키의 대답은 무뚝뚝했다.

27

　9월 20일 금요일은 반년에 한 번 열린다는 대집회 일이었다. 굳이 금요일에 대집회를 여는 이유는 9와 2와 0을 합친 수인 11이 카발라에서는 힘 있는 숫자라고 믿기 때문이라는 설명을 들었다.
　대집회는 해안지역에 위치한 최신 홀을 전세 내서 열렸다. 젊은 뮤지션이 곧잘 콘서트를 여는 홀이다. 회원 수가 격증하는 교단의 기세를 느끼게 했다.
　그는 JR 마이하마(舞浜) 역에서 내려 역 앞에서 버스를 탔다. 버스 정류장에 늘어선 모두가 교단 사람들이었다. 낯익은 사람들이 보여 한두 마디 인사를 나누었다. 대화 가운데 최근 교단을 탈회한 사람들 이야기가 나왔다. 중년 여성 하나가 왜 관뒀는지 모르겠다며 연신 고개를 갸웃거린다.
　'그러고 보니…….' 하며 그는 생각에 잠겼다. 사키를 졸졸 따라다니던 아라이가 교단을 관뒀다는 소문을 며칠 전 들었다. 가메이도 지부에서 본 이후로 지금까지 이 주 정도 안 보이긴 했다. 사키는 변함없이 교단에 빈번히 드나드는 걸 보면, 둘이 함께 나간 건 아닌 모양이다. 사키는 평소와 다름없이 항상 활기가 넘쳐, 아라이 혼자서 헛다리를 짚다가 차인 게 아닐까 싶었다.

버스를 타고 오 분도 채 안 되어 홀 앞에 도착했다. 이미 입구에는 행렬이 길게 늘어서 티켓을 끊는 계원이 쩔쩔매는 모습이 눈에 들어왔다.

그는 잠자코 행렬의 끄트머리에 서서 입구에 도달하기를 기다렸다. 교주의 강연으로 시작되는 집회 개시 시간은 2시, 지금은 1시를 몇 분 지났다. 초조해할 필요가 없다.

간신히 홀 안에 들어섰을 때는 1시 반을 지나고 있었다. 대성황이었다. 최소한 만 명 이상의 신자가 집결했으리라. 새삼 교단의 위세를 실감했다.

티켓에 씌어 있는 번호에 맞춰 자리를 잡았다. 한가운데서 약간 앞자리다. 정면에 강단과 거대한 프로젝터 스크린이 보인다. 교주의 모습이 한눈에 들어오는 괜찮은 자리다.

입구에서 나눠 준 팸플릿을 훑어보며 집회가 시작되기를 기다렸다. 사람들은 복도에서 담배를 피우거나 주스를 마시거나 하여 마치 콘서트를 기다리는 군중 같았다. 수많은 대화의 소음들이 뒤섞이며 이명처럼 귀에 울려 퍼졌다.

팸플릿에 적힌 교주의 말을 묵독하는데, 문득 조명이 가려졌다. 누가 곁에 다가와 불빛이 가려진 것이다. 눈을 들어 보자 시마가 서 있다.

"어쩐지 자주 뵙게 되네요."

시마의 얼굴에 희미한 웃음의 흔적이 떠오른다.

"그렇군요."

정말 우연이라고밖에 말할 수 없으리라. 이렇게 혼잡한 가운데 특정인을 발견하기란 도통 쉬운 노릇이 아니다.

"끝나고 다시 뵙겠습니다."

무슨 말을 꺼내지 않을까 싶었는데 시마는 그렇게만 말하곤 선선히 물러났다. 그의 고개가 절로 갸웃거렸다.

2시 몇 분 전부터 서서히 조명이 한곳에 집중되기 시작했다. 어느 새 홀의 좌석이 빽빽이 메워져 있다. 무언의 기대가 물리적인 압력으로 변한 듯 홀 안에 소용돌이친다.

갑자기 불빛이 사라졌다. 순간 암흑으로 뒤덮였다가 폭발음이 터지더니 스테이지 위로 불꽃이 솟아오른다. 그와 동시에 장엄한 음악이 흐르기 시작하며 서서히 음량을 키워 간다.

'꽉!' 하며 스포트라이트가 한 점에 집중되자 그 자리에 한 남자가 서 있다. '백광의 우주교단' 교주 고이즈미 쇼에이였다.

회장은 순간 흥분의 환성으로 휩싸였다. 이제 음악은 최고조에 달해 열광이 더더욱 치솟아 오른다.

고이즈미 쇼에이는 천천히 단상에 올랐다. 등 뒤의 스크린에도 화상이 비춰진다. 세련된 슈트를 입은 교주는 한 치의 빈틈도 없을 만치 단정한 옷매무새였다. 고이즈미 쇼에이는 단상에 손을 짚고 회장을 한 차례 빙 훑어본다.

"여러분."

깊이가 묻어나는 낭랑한 목소리가 홀에 울려 퍼진다. 어느 새 음악이 꺼져 있다.

"잘 오셨습니다. 여러분이 이 자리에 계신 건 결코 우연이 아닙니다. 여러분은 선택받은 사람들입니다. 전세에 이미 결정된 사실입니다. 우리 모두는 전세에서 재회를 약속했었습니다. 그리고 지금 여기서 이렇게 다시 만나게 되었습니다. 지금, 이곳에 위대한 기적이 일어나려 하고 있습니다. 이 어찌 기쁜 일이라 하지 않을 수 없겠습니까."

다시 한 번 열광의 소용돌이가 용솟음쳤다. 고이즈미 쇼에이의 말에는 열정이 배어, 청중의 기대를 한층 고조시키는 천성의 카리스마를 갖추고 있었다. 일류 선동가들이 공통적으로 지닌 자신감 넘치는 단언조로 삽시간에 청중의 마음을 휘어잡았다.

"……신은 인간의 본질이라 할 수 있는 근원적인 아이덴티티입니다. 그건 일견 무질서하고 난삽해 보이는 세계의 배후를 가로지르는, 모든 현상의 근원적 조화입니다."

고이즈미 쇼에이가 주저 없이 단호한 목소리로 신의 섭리를 말했다. 청중은 쥐 죽은 듯 조용해지며 몇만이라는 사람의 시선을 한곳에 집중시켰다. 그도 마른침을 삼키며 교주의 말에 귀를 기울였다.

"카발라는 이 잡다하고 무질서한 우주에 하나의 법칙을 드러냈습니다. 카발리스트의 눈으로 보자면, 세계는 신이 그린 하나의 아름다운 디자인입니다. 정밀한 기계처럼 의미 없는 부분은 하나도 없고, 구석구석까지 모두 계산된 완전한 기능미를 내보입니다."

이제는 헛기침조차 들리지 않았다. 고이즈미 쇼에이는 수만 청중의 마음을 대담한 화술의 힘으로 꽉 붙잡아 결코 틈을 주지 않았다.

"그리고 인간이야말로 신의 세밀화인 우주의 아날로지입니다. 인간은 다양한 부분으로 구성되어 있습니다. 머리가 있고, 팔이 있고, 다리가 있고, 그리고 내장이 있고, 골격이 있고, 뇌가 있습니다. 이것들 하나하나에는 별다른 개성이 없습니다. 그러나 이것들이 하나로 모여 다양한 정신의 특징, 기분이나 기질과 연결됨에 따라 근원적인 퍼스낼리티가 형성됩니다. 이는 미크로의 레벨까지 내려가더라도 완전히 똑같습니다. 하나하나는 하잘것없는 세포가 몇억 개 모여서 하나의 지적 생물이 됩니다. 이것이야말로 신의 예술이 아니고서 무엇이겠습니까."

고이즈미 쇼에이는 주먹을 치켜들며 열변을 이어 갔다. 교주 자신이 점차 자기도취의 성(城)을 쌓아 올려 갈수록 그 취기가 회장 전체에 만연해 갔다. 교주의 도취에 휘말려 들지 않는 청중은 한 사람도 없었다.

"매크로의 레벨에서도 마찬가지입니다. 우주는 수억의 인간이 결집된 유기체입니다. 거대한 하나의 퍼스낼리티입니다. 인간의 성격이 다양한 형상을 보이는 것과 마찬가지로 우주에 있어서 모든 현상은 단 하나의 '유일한 존재'의 다양한 단편에 불과합니다. '유일한 존재'는 힘입니다. 원리입니다. 물질입니다. 그리고 언어로써는 형용할 수 없는 무엇입니다. 이것이야말로 '신'입니다."

고이즈미 쇼에이의 말은 하나의 주술(呪術)이었다. 회장 안의 전원이 고이즈미 쇼에이의 마술에 걸려들어 집단 최면에 빠져 들었다.

"우주의 모든 것이 신을 구성하고 있습니다. 우주 전체가 신이며, 우주의 축소인 인간도 역시 신의 복제물입니다. 인간의 내부에는 위대한 힘이 잠들어 있습니다. 그 힘을 불러 깨우는 건 정신의 확장입니다. 정신이 세계를 완전히 뒤덮고 이내 하늘보다도 높이 치솟아 올랐을 때, 인간에게서 내면의 신이 모습을 드러냅니다. 이러한 달성이야말로 위대한 업적입니다. 이를 이루는 건 한 인간의 전 생애가 필요합니다. 한나절에 가능한 일이 아닙니다. 그러나……"

고이즈미 쇼에이는 강단을 '탕!' 하고 내리쳤다. 청중은 침을 꿀꺽 삼키며 그 모습을 지켜봤다.

"두려워할 필요 없습니다. 교단이 여러분께 도움이 되어 드리겠습니다. 제가 여러분을 한층 더 높은 곳으로 인도하겠습니다. 저를 믿으십시오. 교단을 믿으십시오. 신을 믿으십시오."

열광은 정점에 달했다. 청중은 자리에서 일어나 다 같이 함성을 질렀다. 노도와 같은 흥분이 일며 회오리바람이 되어 모든 이들을 쓰러뜨렸다. 터질 듯한 박수 속에서 사람들은 쉴 새 없이 눈물을 흘렸다. 저마다 교주의 위대함을 찬탄하였고, 누구 하나 그 광기에 의심을 품은 이는 없었다.

그도 예외는 아니었다. 흘러나오는 눈물을 멈추려 들지 않고 그대로 흐르게 놔뒀다. '찾았다!' 하는 환희가 마음속에서 폭발하며 휘몰아쳤다. 찾았다, 찾아냈다. 마음의 황야 속에 가까스로 한 점의 광명이 켜졌다고 그는 느꼈다.

28

사에키는 가이에게 굳이 한마디 들어서 그러는 것은 아니었지만, 슬슬 집에 들러 봐야겠다는 생각이 들었다. 요요기(代々木)의 집에는 아내 미에(美絵)와 딸 에리코(恵理子)가 산다. 사에키가 아내와 별거를 단행하고 벌써 이 년이란 시간이 흘렀다. 한 달에 한 번 돌아가기는 하지만, 간헐적인 만남으로 냉담해진 부부 '관계'가 회복될 리 없었다.

사에키는 차를 요요기로 돌렸다. 요요기의 집은 사에키의 명의로 되어 있지만 지금은 남의 집이나 다름없다. 살고 있는 '남'은 아내와 친딸이다.

실상 사에키의 집도 아버지에게 '선사받은' 것이었다. 사에키의 부친인 오시카와 히데요시는 총애하던 여자가 임신했다는 걸 알고 대범하게 턱하니 집을 선사했다. 그러나 그저 생색일 뿐 사에키가 태어난 사실조차 알지 못했다. 사에키 모자(母子)는 금전적인 원조를 전혀 받지 못한 채 생활해야 했다. 오시카와 히데요시는 위자료 셈치고 요요기의 집을 주며 관계를 끊은 것이다. 하지만 삼십여 년 전이라 해도 요요기의 일등지에 위치한 팔십 평 가까운 토지를 건네줬으니, 오시카와 히데요시가 마냥 인색하게 군 건 아니었다고 인정할 수밖에 없다.

그렇긴 해도 오시카와 히데요시는 그 이상 돌보기를 완강히 거부했다. 어머니는 차라리 속 시원했다고 훗날 웃으며 얘기했다. 어머니는 어린 자식을 키우고자 주위 시선을 아랑곳 않고 열심히 일했다. 내겐 집이 있으니 행복하다는 게 어머니의 말버릇이었다.

그러나 사에키는 어머니처럼 낙관적으로 받아들일 수 없었다. 어릴 때부터 그와 어머니를 내팽개친 오시카와 히데요시를 내내 증오하며 자랐다. 남들과 같은 가정을 갖지 못한 자신의 불행을 저주하며, 무책임한 파괴자인 생물학적 아버지를 미워했다.

사에키가 오시카와 히데요시의 영향력을 처음으로 실감하게 된 건 고등학교 시절이었다. 당시 오시카와 히데요시는 불의의 사고로 외아들을 잃은 참이었다. 난폭한 운전으로 요절했다는 말은 들었지만, 사에키는 관심을 끊고 자세히 알려 하지 않았다. 자신과 상관없는 일이라 여겼다.

그러나 자기 생각과는 별개로 사에키의 삶은 오시카와 히데요시의 강인한 완력에 의해 억지로 방향 전환을 당했다. 대를 이을 자식을 잃은 오시카와 히데요시는 십여 년 전 다른 곳에서 낳은 아들의 존재를 떠올린 것이다. 그는 사에키가 진학률이 높기로 유명한 도립 명문고에 들어갔다는 걸 알고 손바닥 뒤집듯 획 태도를 바꿔 접근해 왔다. 금전적 원조는 아끼지 않을 테니 어떻게든 도쿄 대학에 들어가라고 명령했다. 사에키는 크게 반발했지만, 어머니의 수입만으로는 참고서조차 마음껏 살 수 없는 형편이었다. 그럼에도 단호히 오시카와 히데요시와의 접촉을 완전히 끊었으나 뒤늦게야 어머니가 돈을 계속 받았다는 사실을 알게 됐다. 자신의 대학 입학금이 오시카와 히데요시의 주머니에서 나왔다는 걸 알았을 때는 끼니를 넘길 수 없을 정도로 충격을 받았다. 사에키가 오시카와 히데요시라는 존재를 무시할 수 없게 된 건 그때부터였다.

오시카와 히데요시는 자신의 피를 나눈 존재를 측근으로 두고 싶어 했다. 그러나 사에키는 끝까지 아버지의 의중을 거스르며 경관의 길을 택했다. 자신의 힘으로 국가공무원 상급 시험에 패스하여 캐리어로서의 삶으로 나아갔다. 이제야 어머니를 편히 모시고 살 수 있게 됐다며 기뻐하던 찰나에 어머니가 유방암으로 돌아가시고 말았다. 사에키 나이 스물다섯의 일이었다.

어느 날 동료의 소개로 미에와 알게 됐다. 반쯤은 맞선에 가까운 소개였다. 그는 미에가 맘에 들었고, 미에도 사에키의 마음을 기쁘게 여기는 듯했다. 그러면서 교제가 시작됐다. 구체적으로 결혼 이야기가 나오면서 처음으로 미에의 아버지가 경찰청 장관인 사에키 준이치로(佐伯潤一郎)라는 걸 알게 됐다. 자신은 아버지와 인연을 끊고 살았기에 크게 개의치 않았다. 마침 사귄 여자의 아버지가 자신의 상사였다는 우연에 불과하다고 여겼다.

데릴사위로 들어가는 걸 승낙하고 결혼식 날짜가 잡힐 무렵에서야 자신이 얼마나 어수룩했는지 깨달았다. 또다시 오시카와 히데요시가 앞길을 가로막고 서 있었던 것이다. 사에키 경찰청 장관은 오시카와 히데요시와는 각별한 사이로, 자신이 이른바 정략결혼의 도구로 이용되었다는 걸 그제야 알게 됐다. 미에를 소개해준 지인도 사에키 경찰청 장관, 더 나아가 오시카와 히데요시의 입김에 움직였다는 걸 나중에야 알았다. 이미 모든 준비가 끝나 무를 수도 없는 상황이었다. 그는 패배감에 사로잡힌 채 미에와의 결혼 생활을 시작했다.

자신이 오시카와 히데요시에게 장기판의 말 중 하나로 이용됐다는 걸 알았을 때, 이미 미에에 대한 애정은 사라져 버렸다. 미에의 탓이 아니라는 건 익히 알고 있음에도 납득할 수가 없었다. 이성이 아니라 감정의 문제였다. 미에와의 사이에 딸을 낳고서도 실질적인 부부 생활은 이어갈 수 없었다. 그는 별도의 맨션을 빌려 요요기의 집에서 나왔다.

고슈(甲州) 가도에서 야마테(山手) 도로로 우회전하여 차를 남쪽으로 향했다. 길 양옆에 같은 간격으로 늘어선 가로등 불빛이 차례차례 뒤로 흘러간다. 사에키는 피로에서 오는 가벼운 편두통을 느끼며 집으로 향했다. 문 앞에서 일단 정차하여 차고 문을 연 뒤 차머리부터 집어넣었다.

엔진을 끄자 갑작스레 정적이 찾아들었다. 이 부근은 도심이라 생각되지 않을 정도로 고요함을 품고 있다. 각기 주택 부지가 넓어 가구(家口)가 밀집하지 않았다는 점도 작용했으리라. 인기척이 전혀 없어 으스스한 분위기마저 자아냈다.

벨을 누르긴 했지만 현관으로 마중 나오리라고는 기대하지 않았다. 사에키는 자신의 열쇠를 꺼내 문을 열었다. 말없이 문을 열고 현관 마루에 걸터앉아 신발을 벗는데 뒤에서 목소리가 들렸다.

"어머, 돌아왔네."

잠옷을 입은 미에가 거실에서 얼굴을 드러냈다. 오늘은 돌아간다고 연락해 둔 터였다. '돌아왔네, 라니 무슨 흰소리야.' 사에키는 속으로 투덜거렸다.

"내 집에 돌아오는데 무슨 문제 있나?"

이내 공격적인 말투가 되어 버린다. 이래선 안 된다는 걸 알면서도 이런 말투가 몸에 배어 버렸다.

"에리코가 자. 목소리 높이지 마." 미에는 진절머리 난다는 표정을 감추지 않았다. "안 그래도 에리코는 당신이 돌아온대서 무서워했으니까."

사에키는 깜짝 놀라 미에의 얼굴을 쳐다봤다.

"에리코가 날 무서워한다고?"

미에가 밉살스레 얼굴을 찡그린다.

"그래. 에리코는 당신을 무서워해."

처음 듣는 얘기다. 에리코가 자기를 따르지 않는다는 건 진작 알았지만, 설마 무서워하리라곤 생각도 못했다.

아내가 에리코에게 노상 사에키에 대한 원성을 불어넣는다는 건 안다. 그래서 에리코는 자기 아버지로부터 완전히 멀어지고 말았다. 한 달에 한 번밖에 얼굴을 마주하지 못해 그 간극은 더욱 깊어져 갔다.

피로가 납으로 변해 양어깨를 덮쳐누르는 것처럼 느껴졌다. 발걸음이 무거워 거실로 들어서자마자 쓰러지듯 소파에 앉았다.

"지쳐 보이네." 미에가 팔짱을 끼고 문틀에 몸을 기댔다. "일이 힘든 거야, 아님 어디서 여자랑 노닥거리느라 힘을 다 쓴 거야?"

미에의 말은 독을 품고 있었다. "바람피운 건 피차일반 아냐?"라는 말이 목까지 올라왔지만 사에키는 꾹 눌렀다. 지금껏 얼마나 수많은 불모의 언쟁을 벌여 왔던가.

"커피 있어?"

사에키는 애써 차분히 물었다. 말다툼은 이제 사양하고 싶다.

"있지요. 타 드릴까요?"

"응, 부탁해도 될까?"

"그쯤이야 해 드리지요."

미에가 획 하고 복도에서 사라졌다.

또다시 두통이 밀려온다. 그는 머리를 그러안았다.

문득 눈을 들어 보니 파자마를 입은 에리코가 문가에 서서 사에키를 가만히 바라보고 있었다.

"에리코, 일어났구나."

사에키는 망연히 말을 건넸다. 딸의 얼굴을 보게 되리라곤 기대하지 않았다.

에리코는 아무 대답이 없다. 경직된 얼굴로 사에키를 지그시 응시하더니 불쑥 모습을 감춘다. 사에키는 엉덩이를 어중간하게 들어 올리다가 고개를 한 번 젓고는 다시 소파에 몸을 내맡겼다.

"에리코가 깼어."

미에가 쟁반을 들고 돌아왔다. 그 뒤로 에리코의 불안해하는 얼굴이 뒤따라온다.

"자, 인스턴트커피지만. 프림은 넣었어."

미에가 테이블 위에 커피 잔을 내려놓았다.

"아, 고마워."

사에키는 미에에게 대답하면서도 딸에게서 시선을 뗄 수 없었다.

에리코는 별로 졸리지 않은지 눈을 동그랗게 뜨고 사에키를 바라보고 있다. 그 시선은 동물원에서 곰이나 호랑이 같은 맹수를 바라보는 눈매와 비슷하다. 사에키는 마음이 아려 왔다.

"자, 에리코, 얼른 자야지. 엄마가 곁에 없어도 잘 수 있지?"

미에가 에리코를 내려다보며 타이르자 고개를 꾸벅 끄덕이더니 에리코가 거실에서 나갔다.

"저 애는 그날 이후로 당신을 무서워해."

미에가 테이블을 사이에 두고 사에키 정면에 앉는다.

"그날?"

사에키는 뜨거운 잔을 입가로 가져가다 멈췄다.

"그래, 당신이 날 때린 그날."

미에가 자기 오른뺨을 천천히 어루만졌다.

사에키는 지금도 기억한다. 자신이 아내에게 손찌검을 한 건 그 날 딱 한 번이었다.

아내가 바람피웠다는 걸 알고 벌어진 일이다. 아내는 대학 시절 의 친구와 몇 번 몰래 만났다고 했다. 일이 바쁘다는 핑계로 집에 잘 들어오지도 않는 남편의 눈을 피하는 건 일도 아니었다며, 전 혀 주눅 들지 않고 대들었다. 순간 사에키의 눈에 피가 몰리며 정 신이 들었을 때는 이미 미에가 쓰러져 있었다. 사에키가 아내와 별거하기로 결단을 내린 건 그때였다. 이쓰코와의 관계는 이후의 일이다.

"그걸…… 에리코가 본 건가."

사에키는 망연자실했다. 그날 자신이 무슨 행동을 했는지 정확 히 기억하지 못했다. 한껏 욕설을 내뱉은 건 분명했다. 그 모습은 딸에게 괴물처럼 보였으리라. 엄마를 괴롭히는 남자를 딸은 그 순 간 마음에서 몰아낸 것일까.

"봤나 봐. 무서워서 엉엉 울고 있더라고. 가엽게도."

미에의 어깨가 움찔했다.

"내가 잘못한 건가."

사에키는 묻지 않을 수 없었다.

"글쎄, 이제 와서 무슨 상관이겠어." 미에가 툭 내뱉는다. "에리 코에게는 아빠가 없어."

그 말을 끝으로 미에는 자리에서 일어났다.

"잘래."

문득 자신을 둘러보자 어깨가 지독히 무겁다고 느껴졌다. 진흙탕 속에 빠진 것처럼 머리끝까지 피로가 짓누르는 것 같았다. 커피잔을 들기조차, 아니 호흡하기조차 너무 힘들었다. 흙덩어리를 삼키기라도 한 양 목부터 가슴에 이르기까지 불쾌한 이물감으로 가득 찼다. 위장에 이물질이 들어앉아 점점 팽창하는 기분이 들었다.

'왜 이리 심난한 걸까.' 사에키는 자문했다. 답은 이미 알고 있었다. 자신에 대한 딸의 마음을 알아 버렸기 때문이다. '아니, 내가 지금껏 딸을 그렇게 소중하게 여겼던가.'

대답은 '아니오.'였다. 사에키는 분명 좋은 아버지가 아니었다. 유치원에 데려간 적도, 데려온 적도 한 번 없었다. 유원지나 동물원에 같이 간 기억이 희미할 정도로 몇 번 없었다. 에리코에게 사에키는 있으나 마나 한 의지되지 않은 아버지임에 틀림없었다.

'아니, 그거라면 차라리 낫지.' 사에키는 자조했다. '있으나마나 한 존재가 아니다. 딸에게 나란 인간은 무서워 견딜 수 없는 존재다. 에리코에게, 나는 증오의 대상일 뿐이다. 새삼스럽지도 않다. 내가 오시카와 히데요시에게 품었던 감정과 똑같지 않은가. 아버지를 내내 증오해 왔던 내가 아버지와 똑같은 짓을 자식에게 되풀이하고 있다. 이렇게 어리석은 일이 다 있을까.'

사에키는 그 사실을 깨닫고 경악했다. 가까스로 그는 미처 깨닫지 못했던 인식에까지 도달했다. 이번 소녀 살해 사건에 대해 자신이 상상 이상으로 고통스러워했다는 걸. 이쓰코가 지적한 건 그런 자신의 마음이었다. 민감한 이쓰코는 사에키도 의식하지 못했던 자신의 심적 고통을 알아차렸다. 그리고 그녀다운 방식으로 그 사실을 일러 줬다.

사에키는 살해당한 사이토 나오미에게서 딸의 환영을 보고 있었다. 살갑게 굴지 못한 자신을 무의식 속에서 나무라며, 아버지라는 존재가 곁에 없는 자기 딸을 가엽게 여기고 있었다. 딸을 잃은 부모의 슬픔에 자신을 포개며, 살아 있는 자기 딸의 존재를 항상 머리 한구석에 담고 있었다. 그건 도망칠 수 없는 자신의 과거, 그 자체였다.

"최악이다."

사에키는 나지막이 읊조렸다. 이에 대답해 주는 이는 아무도 없었다.

29

    교단의 성가(聖歌)를 합창하며 집회는 종료됐다. 흥분의 여운을 식히지 못해 다들 상기된 얼굴로 서로 열변을 토했다.

    그는 일행이 없으니 혼잡해지기 전에 돌아가려는 마음에, 홀에서 앞서 나오다가 누가 부르는 소리에 뒤돌아봤다. 목소리의 주인공은 시마였다. 그는 딱히 서두르는 기색도 없이 느긋한 발걸음으로 다가왔다. 집회 시작 전에 나중에 보자고 했던 시마의 말이 떠올랐다.

    "아, 다행이다. 돌아가시는 참이었군요."

    시마는 경련이 이는 듯한 웃음을 입가에 띠었다.

    "예에."

    그의 어중간한 대답에, "너무하시네요. 나중에 뵙자고 말씀드렸잖아요." 하며 시마가 원망하듯 내뱉었다.

    "무슨 일이라도?"

그는 시마의 반응에 개의치 않고 물었다. 시마가 쓰윽 다가오더니 그의 두 팔을 붙잡았다.

"좋은 얘깁니다. 마쓰모토 씨, 고이즈미 도사님을 뵙고 싶다고 말씀하셨죠?"

"예, 그런데 왜······."

미심쩍어하는 그의 얼굴을 보며 시마의 오른쪽 뺨이 실룩거렸다.

"만나게 해 드릴까요?"

"정말입니까?"

반신반의하며 물었다. 일개 회원에 불과한 시마가 무슨 권한으로 이런 말을 할까.

"그렇게 의심스러운 눈길로만 보지 마시고요. 어떻습니까, 만나고 싶으세요, 만나기 싫으세요?"

그렇게 물어보면 수긍할 수밖에 없다. 혹여 정말로 만날 수만 있다면 천재일우의 기회다.

"만나고 싶습니다."

그는 분명히 의사를 밝혔다.

"그러시겠죠." 시마의 얼굴은 경련이 더욱 심해졌다. "자, 이쪽으로 오세요. 얼른."

시마가 붙든 팔을 놓지 않고 그를 힘껏 끌어당겼다. 복도를 내달려 관계자 외 출입금지라고 씌어 있는 문을 주저 없이 열었다.

그 안은 이른바 출연자 대기실 같은 공간으로 보였다. 좌우로 작은 방들이 늘어서 있고 문틈으로 간부들이 나누는 담소가 들렸다. 시마는 전혀 망설임 없이 안으로 들어갔다. 누구냐고 캐묻지 않을까 심장이 떨렸지만 신기하게도 누구 하나 나타나지 않았다.

"자, 여기입니다."

가장 안쪽 방 앞에 멈춰 선 시마는 그제야 팔을 풀어 줬다. 둔탁한 통증에 가까운 온기가 팔뚝에 남았다.

"안에 고이즈미 도사님이 계십니다. 마쓰모토 씨의 얘기를 들어 주시기 위해 기다리십니다."

시마는 그렇게 말하며 문을 활짝 열었다.

그곳은 거울로 둘러싸인 큰 다다미방이었다. 구석에 쌓아 올린 방석 중 몇 장이 바닥에 흩어져 있다. 안에는 한 사람만이 있다. 사진으로만 몇 번 본 고이즈미 쇼에이가 그 자리에 있었다.

"자, 어서. 안으로 들어와서 문을 닫아 주세요."

시마가 재촉하여 그는 간신히 정신을 차렸다. 자기도 모르는 새 고이즈미 쇼에이에게 시선을 뺏겨 그 자리에 우두커니 서 있었던 모양이다. 그는 당황하며 문을 닫았다.

"어서 들어와 여기 앉으시지요."

고이즈미 쇼에이가 방긋 웃으며 방석을 가리켰다. 단상에서의 신비한 카리스마는 어딘가로 깨끗이 사라져 있다. 겉모습은 넥타이를 푼 샐러리맨과 전혀 차이가 없어 보였다.

"어서요."

시마가 등을 떠밀었다.

"아, 예."

그는 시마가 곁에 있다는 걸 간신히 깨닫고 가볍게 고개를 끄덕였다.

"실례하겠습니다."

머리를 숙이며 신발을 벗었다. 방석을 앞에 두고 다다미에 똑바로 정좌했다.

"마쓰모토 씨입니다."

시마가 뒤에서 소개했다. 그도 자기 입으로 인사를 드렸다.

"고이즈미 쇼에이입니다."

교주는 여유로운 목소리로 인사를 했다. 흔들림 없는 침착함이 느껴졌다.

"자, 방석에 앉으시죠."

"네."

고이즈미 쇼에이가 재차 권하자 그제야 한 걸음 앞으로 나가 교주와 얼굴을 마주했다.

고이즈미 쇼에이는 새카만 눈동자로 그의 눈을 지그시 응시했다. 족히 일 분은 그러고 있었으리라. 그는 등줄기를 곧게 펴고 그 시선을 받아들였다. 시마는 내내 등 뒤에 서 있었다.

"당신은 상당히 무거운 짐을 짊어지고 계시군요." 고이즈미 쇼에이가 불쑥 읊조렸다. "한없이 깊디깊은 슬픔이군요. 가엾게도."

교주는 고개를 돌리며 질끈 눈을 감았다. 계속 지켜보기가 견디기 어렵다는 몸짓이다.

"그게 보이십니까?"

그는 크게 놀라지 않으며 물었다. 고이즈미 쇼에이가 자기 마음을 꿰뚫어 보는 정도야 당연하게 여겨졌다.

"보입니다. 당신 가슴에 구멍이 난 게 똑똑히 보입니다." 시마와 똑같은 말을 교주가 입 밖에 냈다. "그것만이 아닙니다. 당신이 어째서 그리 무거운 짐을 짊어지게 됐는지도 제게는 보입니다."

고이즈미 쇼에이가 손가락 두 개를 세우고는 자기 이마에 갖다 댔다. 지그시 눈을 감고 사고를 집중하는 듯 미간을 찡그렸다.

그는 미동도 않고 기다렸다. 별달리 흥분되지도 않았다. 이대로 자연스레 교주의 말에 따르면 된다. 그런 안도감에 모든 걸 의탁했다. 이렇게 편안한 기분에 온몸이 젖어든 게 도대체 얼마만일까.

"당신은⋯⋯." 고이즈미 쇼에이가 간신히 입을 열었다. "따님을 잃으셨군요."

"예."

그는 너무나 당연하다는 듯 고개를 끄덕였다. 고이즈미 쇼에이는 모든 것을 꿰뚫어 본다고 납득했다.

"그게 당신의 마음에 구멍을 뚫었다, 그렇지요?"

"말씀하신 대로입니다."

"따님 이름의 디지털 루트가 4인가요?"

"그렇습니다."

이 지적에는 살짝 놀랐다. 교주는 거기까지 꿰뚫어 본단 말인

가. 전에 시험 삼아 계산해 보기로, 분명 죽은 딸 이름의 디지털 루트는 4였다.

고이즈미 쇼에이가 고통스레 고개를 저었다.

"그게 잘못이었습니다. 4는 불길한 숫자입니다. 음울함과 고통으로 가득 찬 고갈된 수입니다. 너무나 안됐지만 따님은 그런 운명의 법칙에 놓여 있었습니다."

"정말 그렇습니까?" 그는 처음으로 몸을 앞으로 내밀었다. "정말로 딸의 죽음은 운명으로 결정된 것이었습니까?"

교주는 위엄에 찬 얼굴로 고개를 끄덕였다.

"안타깝지만."

"제게 문제가 있던 게 아닙니까?"

매달리는 마음으로 그는 거의 다그치듯 물었다. 그것이야말로 오랜 기간 그를 괴롭혀 왔던 자책의 물음이었다.

"아닙니다. 사람의 죽음은 그 누구의 탓도 아닙니다. 그건 그 사람 고유의 운명입니다."

불쑥 몸에서 힘이 빠져나갔다. 형용하기 힘든 안도감이 몸 안에 넘치며 현기증을 불러일으켰다.

"자책할 필요 없습니다. 카발라의 법칙은 누구도 바꿀 수 없습니다. 안타깝지만 따님의 죽음은 이미 결정된 일이었습니다."

고이즈미 쇼에이의 목소리가 부드럽게 그의 귀를 내리쳤다.

"……감사합니다. 이제야 간신히 구원받은 것 같습니다."

그는 더듬거리며 인사했다. 머리를 잘라 버리고 싶을 정도로 지독했던 두통에서 갑자기 치유된 기분이 들었다.

"다행이군요." 교주가 빙긋 웃었다. "하지만 방심하시면 안 됩니다. 당신이 지금 얻은 마음의 평안은 일시적인 겁니다. 시간이 지남에 따라 당신은 또다시 자신을 책망하게 될 겁니다. 그렇게 되지 않기 위해서 수행을 쌓아 마음을 빛으로 가득 채우시길 바랍니다."

교주와의 대화를 속으로 골똘히 반추하며 걸어가는 사이, 어느새 홀 밖에 나와 있었다. 곁에 시마가 말없이 서 있다.

그는 시마를 향해 깊이 머리를 조아렸다.

"정말 고맙습니다. 시마 씨 덕분에 오랜 울증이 사라졌습니다."

"아닙니다. 제 힘이 아닙니다. 모두 고이즈미 도사님의 힘이지요."

"아뇨. 시마 씨가 안 계셨더라면 이렇게나 빨리 도사님과 말씀을 나눌 수 없었겠죠. 정말로 감사합니다."

"그 마음은 마쓰모토 씨 자신을 위해 소중히 간직해 주세요." 시마가 한 발 가까이 다가왔다. "당신 자신을 위해."

"저 자신을 위해서요?"

"네. 마쓰모토 씨는 점점 세피로스가 올라갈 분입니다. 그걸 알았기 때문에 도사님과 뵙게 해 드린 겁니다."

"세피로스가 올라간다……."

그는 시마의 말을 곱씹었다.

"예. 마쓰모토 씨는 네오피테(제10단계)나 젤라토르(제9단계) 정도의 위치에 만족해선 안 될 분입니다. 아데프투스 이그젬투스(제4단계)나 마기스터 템플리(제3단계) 또는 마구스(제2단계)(Magus, 최고마법사)까지 올라갈 자격이 있습니다."

시마의 말은 그의 가슴을 찔러 와 저도 모르게 물었다.

"어떻게 하면, 어떻게 하면 세피로스가 올라갈 수 있을까요?"

"기부를 하는 겁니다." 시마는 틈을 두지 않고 바로 말했다. "기부는 당신의 정신을 보다 높은 곳으로 인도해 줍니다. 기부를 주저해선 안 됩니다. 교단을 믿고 당신의 모든 것을 봉헌하십시오. 그러면 자연스레 구원이 다가올 것입니다."

시마는 열정적으로 설득했다. 모든 말들이 쐐기처럼 그의 가슴에 깊게 박혀 왔다.

"믿겠습니다. 교단을 굳게 믿겠습니다."

30

1월 마지막 날, 또다시 수사본부도 모르는 목격 정보가 신문 지면에 실렸다. 시체 발견 전날 밤에 현장 부근에서 수상한 차가 배회했다고 한다. 이 기사가 게재된 곳은 닛포(日報)신문이었다. 닛포의 기자와 친한 형사가 바로 전화를 넣어 취재원을 알아냈다. 정확한 내막을 캐기 위해 오카모토와 기타오카가 출동했다.

"어차피 또 엉터리 정보겠죠."

기타오카가 지레 포기하듯 내뱉었다. 지금껏 헛걸음 친 일들을 하나하나 열거하며 얼마나 헛고생했는지 투덜거렸다. 이런 소극적인 마음은 비단 기타오카만 드는 게 아니었다. 어느샌가 권태감이 수사본부를 뒤덮기 시작했다. 전혀 진전 없는 수사가 의식하지 못하는 사이 수사원의 신경을 갉아 먹고 있었다. 상당히 좋지 않은 징후였다.

"……."

오카모토는 새삼스레 한마디 할 마음도 안 들었다. 화낸다고 없던 의욕이 돌아오는 것도 아니다. 스스로 깨닫고 활기를 찾는 길 외에 치료법은 없다.

닛포신문이 가르쳐 준 목격자는 현장에서 가까운 피자가게에서 아르바이트를 하는 학생이었다. 이전에 오카모토가 탐문 수사를 한 구역이었다. 분명 그 가게에도 두 번은 찾아갔을 터였다.

자동문에 들어서자 "어서 오세요."라며 젊은 여자 아이의 목소리가 맞이한다. 오카모토는 슬그머니 경찰수첩을 보이며 증언한 학생을 찾았다. 계산대에 있던 여자 아이가 부르자, 아직 여드름이 송송 난 젊은 남자가 얼굴을 드러냈다.

"형사님이시래."

여자 아이가 흥미로워하는 얼굴로 일러 주자, 남자는 눈알이 튀어나올 것처럼 놀란 표정을 지었다.

"아, 놀랄 필요 없네. 자네가 닛포신문 기자한테 했다는 얘기를 우리한테도 들려줬으면 하고 왔어."

오카모토가 애써 상냥한 말투로 얘기하자, 학생은 "아아. 그렇군요. 깜짝 놀랐어요."라고 머리를 긁적였다.

"잠깐 밖에서 얘기할 수 있을까?"

오카모토가 손짓을 하며 부르자, "아뇨, 여기서도 괜찮아요. 밖은 추운 걸요." 하며 학생은 가게 빈자리를 가리켰다.

"폐가 되지 않을까?"

"괜찮아요. 여기는 배달 전문인데다 이 앞에는 손님들이 안 오거든요."

그렇게 말하며 학생은 장의자에 앉았다. 오카모토와 기타오카
도 함께 마주 앉았다.

"전에도 이 가게에 들러 묻고 간 적이 있었는데, 그땐 없었나 보
군."

오카모토가 묻자 학생이 꾸벅 고개를 끄덕였다.

"시험 기간이라 잠시 아르바이트를 쉬었거든요. 그러다 어제 신
문기자라는 분이 와서 이것저것 묻기에 별 주문도 없는 한가로운
시간이라 말상대를 해 줬죠. 얘기하다 보니까 그날 일이 생각나더
라고요."

'그래서 빠뜨렸군.'

오카모토는 납득했다.

"늦게 통보 드려서 죄송해요. 근데 진짜 범인 맞아요?"

"그걸 확인하기 위해서라도 다시 얘기를 해 줬으면 좋겠네."

학생이 고개를 끄덕였다.

"배달이었어요. 피자 배달. 여기는 포장 배달 가게라 저걸 이용
해서 피자를 배달하죠. 아시죠?"

학생이 가게 앞에 세워 놓은 오토바이를 가리켰다. 오카모토는
맞장구를 치며 계속 얘기하라고 했다.

"딱 10시쯤 됐나. 제방을 달리고 있는데 앞에 거북이걸음으
로 달리는 차가 한 대 보이더라고요. 배달용 오토바이로도 추월할
수 있을 만큼 천천히요. 뭔가 찾는 것처럼 보였어요."

"오호, 그래서?"

"그게 다예요."

학생은 맥이 빠질 정도로 시원스레 답했다.

"차종은 뭐였어?"

기타오카가 끼어들었다.

"감색 실비아였어요. 번호까지는 못 봤어요."

"전혀 기억이 안 나?"

"예, 전혀요. 평소에 누가 지나가는 차 번호 같은 데 신경을 쓰겠어요. 더구나 그 차가 사건과 관련이 있을 거라곤 어제 신문기자라는 분이 얘기 안 해 줬으면 상상도 못했을 걸요."

학생이 입을 뾰족 내밀었다.

이번 증언을 둘러싸고 수사본부의 의견이 두 패로 나뉘었다. 신뢰할 만한 증언이라 공식적으로 인정하여 일반인으로부터 폭넓게 정보를 모아야 한다는 히가시히노 서 형사과장 파와, 불확실한 정보인 만큼 좀 더 보강 조사를 거친 뒤 발표하는 게 낫다고 주장하는 사에키의 의견, 이렇게 두 측이 충돌했다.

히가시히노 서 형사과장의 주장은 단호했다.

"그렇지 않아도 진척이 없는 수사입니다. 게다가 하루하루를 거듭하며 유력한 정보는 희박해지고 있습니다. 이제 곧 시체 발견일로부터 한 달이 되는데, 대체 경찰은 뭘 하고 있느냐는 목소리가 드세지는 것도 시간문제입니다. 조금이라도 범인에게 다가가고 있다는 걸 세상에 내보이지 않으면 경찰 상부에도 문제가 생길 게 뻔합니다."

"그렇지만," 사에키의 목소리는 대조적으로 차분했다. "그 차가 범인인 것이라는 확증도 없지요. 공연히 범인상을 고착시켰다가 만일 범인이 아닐 경우 발생할 위험성은 감당하기 어렵습니다."

"모처럼 손에 들어온 확실한 정보 아닙니까? 그 차가 수상하다는 건 아무도 부정할 수 없습니다. 발표하더라도 실제 주인이 나타나면 그걸로 끝입니다. 전혀 반응이 없다면 그 경우야말로 그 차가 범인이라는 걸 방증하는 거죠."

형사과장의 주장은 난폭했지만 동조하는 형사가 많았다. 그만큼 수사원들의 마음도 다급했던 것이리라.

"어쩔 수 없군요."

사에키는 잠시 생각에 잠긴 끝에 형사과장의 의견에 동의했다.

그날 밤, 긴급 기자회견이 열렸다. 사에키는 닛포신문 기사의 정확성을 인정하며 세간의 정보를 널리 구했다. 지금껏 매스컴을 무시하기만 해 온 수사본부가 처음으로 매체의 도움을 요청한 회견이었다. 이는 수사가 벽에 부딪쳤음을 상징하는 사건이었다. 신문에게 추월당했다는 점에서도 경찰의 체면은 구겨진 셈이다.

그러나 사에키는 감색 실비아의 주인이 유력한 참고인이라는 점만 시사했을 뿐, 범인이라고는 단정하지 않았다. 기자들도 그 점에 대해 지적하며 질문했지만 사에키는 아직까지 범인이라 볼 수 없다고 강조했다. 다른 유력한 정보가 누락될 상황이 두려웠기 때문이다.

다음 날, 사에키의 우려대로 '범인 목격'이라는 단정적인 어조로 기사를 게재한 신문이 두 곳이나 있었다. 사에키가 가장 경계했던 상황이었다.

사에키의 의지를 받들어 오카모토가 조사에 착수했다. 클레임을 제기하여 정정 기사를 싣지 않으면 안 된다. 허나 뒷수습은 이미 때늦었다. 일반 독자들은 대개 제목으로만 추려 읽는다. 대부분의 사람들은 정정 기사 따위 시선을 기울이지 않는다. 이제 범인 차가 실비아라고 보도됨에 따라 세상의 고정관념은 더욱 확고해진 셈이다. 이 일로 혹시 다른 수상한 차를 목격한 사람이 있더라도 경찰에 정보를 알리지 않는다. 매스컴의 독단적인 전횡이 경찰의 발을 붙잡은 전형적인 예가 아닐 수 없다.

그런데 오카모토는 다니오의 휴대전화에 연락을 넣었다가 기겁할 사실을 들었다. 다니오의 목소리는 잡음에 섞여 알아듣기 쉽지 않았다.

"그 기사 말인가요? 그거 히가시히노 서 형사과장이 인정했다고 들었는데요. 진짜 범인 차 맞습니까?"

"뭐라고? 다시 한 번 말해 줘."

자기도 모르게 오카모토는 따져 묻듯이 수화기를 향해 목소리를 높였다.

"그 차가 범인인 것이라고 수사본부가 단정 지었고, 그 사실을 히가시히노 서 형사과장이 누설했다고요. 그래서 그런 식으로 보도가 나간 거죠."

오카모토는 자기 귀를 의심하며 고맙다고 인사한 뒤 전화를 끊었다. 면전에 보이는 형사과장은 지금 어떤 통화가 오갔는지 알지도 못하고 태평스런 얼굴이다.

오카모토는 진절머리 나는 마음을 지그시 눌렀다. 수사의 주도권을 쥐고픈 형사과장은 매스컴 앞에서 호들갑을 떨며 잘난 척했을 게 틀림없다. 세간의 생각처럼 경찰 조직은 단단하지 않다. 오히려 내부 갈등은 일반기업보다 더 치열하다고까지 할 만하다. 그런 내분으로 수사가 정체에 빠져 범인을 놓친 사례도 적지 않다. 이번에도 형사과장 한 사람의 어리석은 독단으로 그릇된 전철을 밟으려 하고 있다.

"……기타오카, 슬슬 나가자고."

오카모토는 치밀어 오르는 분노를 꾹 누르고 옆자리의 기타오카를 재촉하며 자리에서 일어났다.

31

백만 엔을 '기부' 하자 그는 필로소푸스(제7단계)로 승격했다. 젤라토르(제9단계)로부터 두 단계 승진이었다. 네오피테(제10단계)에서 젤라토르로 승진할 때는 별다른 감흥이 없었는데, '기부' 이후의 특진은 교단에 대한 귀속감을 한층 북돋웠다.

비교적 목돈을 기부한 부유한 회원들 모임에 그도 참가했다. 중소기업 오너부터 일류기업 중역까지 다양한 직종의 사람들이 배석하고 있다. 저마다 기부로 인한 공덕이라고 말했다.

"전 여태 일만 바라보며 가족을 돌아볼 경황 따위는 전혀 없었죠. 무작정 일에 파묻혀 살다가 어느 날 저 자신을 돌아보니 제가 얼마나 살벌한 삶을 살아왔는지 깜짝 놀라게 됐죠. 대체 난 왜 이렇게 살아온 걸까. 돈을 쌓아놓고 산들 무슨 의미가 있나 하는 회의가 들었죠. 그때 교단을 알게 됐습니다. 그제야 처음으로 제 사명을 깨달았습니다. 아아, 내가 부를 축적할 수 있었던 건 기부를 하기 위해서구나, 라고 말이죠."

한 중소기업 오너가 열정적으로 발언했다.

이번에는 어느 대형은행 중역이 말문을 열었다.

"기부를 하면 마음속이 정화되는 게 확실히 느껴집니다. 정말로 '쏴아.' 하고 가벼워져요. 돈이란 건 결국 수갑이죠. 그 사실을 한 번 깨닫고 나면 어째서 지금까지 기껏 몇 푼에 전전긍긍하며 살아왔나 싶어 저 자신이 한심하게 느껴지죠."

남편이 유명 연예인이었다는 여성도 눈을 반짝거리며 경험을 털어놓았다.

"저도 그랬어요. 저희 집은 교단에 들어오기 전까지는 다들 뿔뿔이 흩어져 살았죠. 제각기 멋대로 살아, 사는 것만 같을 뿐 결코 가족이라 말할 수 없었어요. 그런데 교단에 들어와서 바뀌었어요. 가족 모두가 입회하면서 공통의 화제도 생겼고 유대감도 깊어지면서 전과는 너무 달라졌어요. 이 모두가 교단 덕분이니까 얼마를 기부해도 즐거울 따름이죠."

"저도 이번에 처음 기부를 했습니다. 확실히 충실감이 있더군요. 이제야 진정한 교단의 일원이 됐구나 하는 느낌이 들며 기쁨이 치솟더군요."

그의 말에 다들 기쁜 표정으로 고개를 끄덕였다.

"그래요, 더욱 기부를 하셔야 합니다. 젊은 친구들은 아르바이트를 하면서까지 기부를 한다는데, 저희처럼 나잇살 먹은 사람들도 지지 말아야죠."

은행 중역이 거들었다.

"세피로스도 올라가잖아요." 연예인 부인이 웃었다. "언제쯤이면 올라가게 될까 상상하는 게 요새 제 낙이라니까요."

"전 아직 입회한 지 얼마 안 돼 이제 겨우 필로소푸스가 됐지만, 하루라도 빨리 높은 단계로 올라가고 싶다는 생각뿐입니다."

그가 맞장구를 치자 바로 말들이 이어졌다.

"기부를 하면 됩니다. 기부는 매일을 충실하게 만들어 줍니다. 마쓰모토 씨는 비교적 돈에 구애받을 필요 없으시죠? 그렇다면 망설일 필요 없습니다. 아데프투스 메이저보다 높아지면 도사님과 사사로이 대화를 나눌 수 있습니다."

그는 크게 고개를 주억거렸다.

교단은 승격 시스템에 포인트제를 도입했다. 기부나 자원 봉사를 통해 교단에 공헌하면 포인트가 올라간다. 모든 활동은 컴퓨터로 관리되어 등록됐다. 그는 주위의 활동에 자극 받아 전혀 아까운 마음 없이 교단에 돈을 집어넣었다. 10월에 들어서는 아데프투스 메이저가 됐다.

"승격을 축하합니다."

어느 날 로비에서 혼자 담배를 피우는데 시마가 말을 걸었다. 시마는 평일에도 교단에 얼굴을 비춘다. 서로 안 지 몇 주가 지났는데도, 아직 그가 무슨 일을 하는지 몰랐다.

"이제 언제든지 고이즈미 도사님과 뵐 수 있겠군요."

그는 고개를 끄덕였다.

"그렇습니다. 간신히 여기까지 왔네요."

"그걸로 만족하시면 안 되죠. 아직 더 높은 단계가 남아 있으니까요."

시마는 변함없이 어슴푸레한 웃음을 지어 보였다. 그가 진지한 표정으로 수긍하자 상대가 쓰윽 다가왔다.

"아데프투스 메이저가 되면 서서히 카발라의 비의를 전수받을 수 있습니다. 물론 원치 않으시면 거부하고 지금처럼 활동할 수도 있습니다만, 마쓰모토 씨는 어떻게 하시겠습니까?"

"카발라의 비의?" 처음 듣는 얘기라 되물었다. "그게 뭔가요?"

시마가 목소리를 낮추며 대답했다.

"아무에게도 말씀하시면 안 됩니다. 마쓰모토 씨니까 이렇게 권해 드리는 겁니다. 다른 사람한테 말씀하시면 정말 곤란합니다. 아시겠습니까?"

시마가 진지한 표정으로 다짐받자, 그는 저도 모르게 움찔했다.

"무서워하실 필요는 없습니다. 고이즈미 도사님께서 카발라 비의에 대해 부정기적으로 신의 말씀을 받는 의식이 있어요. 혹시 마쓰모토 씨만 괜찮으시다면 제가 말을 해 놓겠습니다."

"그런 중요한 의식에 참가할 수 있나요?"

그의 눈이 휘둥그레졌다.

"예, 마쓰모토 씨가 희망하신다면."

"꼭, 꼭 참가하게 해 주십시오."

그는 전심을 다해 부탁했다. 시마의 입가가 쓰윽 일그러졌다.

"그러실 줄 알았습니다. 역시 제가 사람을 잘 봤죠. 마쓰모토 씨는 카발리스트가 될 소질을 갖고 계신다니까요."

32

수사는 완전히 교착상태에 빠졌다.

한 달이 무위로 지나고 암중모색인 가운데 새달을 맞이했다. 산발적으로 정보는 들어왔지만 어느 것 하나 결정적인 정보는 없었다. 시체 발견 직후 들어온 검은테 안경에 모자를 쓴 남자에 대해서도 유력한 단서는 잡히지 않았다. 수사원은 작성된 모자이크를 들고 일대를 이 잡듯 뒤졌지만, 뒤편에서 슬쩍 본 사람을 그린 스케치로는 애매한 증언밖에 들을 수 없었다. 애당초 최초 목격자부터가 얼굴을 분명히 보지 못했던 것이다. 완전한 용모파기를 만들지 못하고서는 탐문은 허탕에 그칠 수밖에 없었다.

기대했던 수상한 실비아 차량에 대한 정보도 들어오는 것마다 모두 신뢰성이 떨어졌다. 어디 사는 아무개가 감색 실비아를 갖고 있다는 식의 정보만 달랑 전하는 사람들뿐이었다. 수사본부는 감색 실비아 소유자에 대한 재조사에 중점을 두고 수사를 진행하기로 결정했다. 딜러로부터 판매리스트를 받아, 한 집 한 집 형사가 직접 돌아다니며 탐문하여, 그중 근무처가 불확실한 자, 주변 평판이 안 좋은 자, 평소 기행을 저지른 자를 선출하는 작업이 시작됐다. 범인은 인근 현 소재자일 가능성도 있어, 사이타마(埼玉)와 가나가와(神奈川) 양 현청의 응원도 청했다. 수사원의 끈질긴 조사에 승부가 달렸다.

그런 가운데 이내 가이 형사부장의 수사본부 시찰이 결정됐다. 원래대로라면 수사본부 본부장은 경시청 형사부장이어야 하지만 통상 진두지휘는 1과장에게 맡겨졌다. 그러나 지금처럼 수사가 지체되는 경우 형사부장이 감독하러 오는 일이 종종 있었다. 형사부장이 방문한다고 해서 수사가 눈에 띄게 진전될 리는 없지만, 현장에 긴장감을 불어넣는다는 의미로서는 다소 효과를 기대할 만했다. 실상 일선 형사들에게는 형사부장의 시찰이 시행된다는 것 자체가 굴욕이기 때문이다.

형사부장의 시찰이 결정된 이유는 뻔했다. 수상한 실비아 차량에 대한 정보를 닛포신문이 먼저 낚아채 보도하여, 경시청 상층부에서는 체면이 구겨졌다고 여겼기 때문이다. 이번 시찰은 사에키가 기자회견을 연 것도 한 몫 단단히 했다.

2월 2일, 수사원들이 실비아 소유자를 조사하러 나간 사이, 형사부장 보좌관이 방문했다. 사에키는 애써 정중히 마중 나갔지만 보좌관은 모멸의 기색을 숨기려 들지 않았다.

"결국 이렇게 됐군."

보좌관이 내리까는 눈길로 쏘아붙였다. 보좌관의 계급은 사에키와 같은 경시였다. 그러나 그 직무는 천양지차라 할 만큼 다르다. 수사 1과장은 새로 취임하면 전국지(紙)에 고지될 만큼 인기 있는 자리지만 형사부장 보좌관은 실질적으로 하는 일이 아무것도 없었다. 실제로 인사가 제대로 됐으면, 이 보좌관이야말로 지금쯤 1과장이 됐어도 전혀 이상하지 않은 상황이다. 그러나 사에키 때문에 이른바 한직으로 밀려난 격이었다. 사에키를 바라보는 보좌관의 시선이 곱지 않은 것도 무리가 아니었다.

"유감스럽습니다."

모멸감을 억누르고 사에키가 짧게 대답했다. 함께 배석한 형사과장이 곁눈질하며 고소하다는 듯 비웃었다.

"나는 평소 사에키 군이 어떤 수사 방침을 갖고 있는지 궁금했었네. 기회가 기회니 만큼 오늘 차분히 얘기를 들을 수 있겠지."

가이 형사부장의 수사본부 시찰일은 내일이다. 보좌관의 역할은 예고편일 뿐이다. 수사에서 돌아온 형사들로부터 진행 상황을 듣고 불명확한 점이 있으면 따져 묻는다. 그런 과정을 다시 한 번 형사부장 앞에서 되풀이한다. 이렇게 두 번 품이 드는데다가, 귀가 따갑게 잔소리를 늘어놓기 때문에 형사들로서는 너무나 곤욕스런 일이었다. 현장에서 불만이 터져 나올 수밖에 없는, 합리성이 결여된 악습일 뿐이었다.

보좌관도 자신의 존재가 경원시 되는 걸 알기에 더더욱 짜증이 났다. 그 기분이 사에키에 대한 혐오로 뒤바뀌어 드러난 것이다.

"수사본부에 대해 세간에서 터져 나오는 비난의 목소리가 날로 더해 가네. 그렇지 않아도 경관에 의한 불상사가 연이어 일어나면서 경찰 신뢰가 떨어지는 마당일세. 이러다 또다시 사건이 일어나기라도 했다가는 매스컴에서 얼마나 야단법석을 떨지 눈에 선하지 않나."

"결코 그런 일은 없도록 하겠습니다."

사에키가 단호히 대답했다.

"두고 보겠네."

보좌관은 슬쩍 깔보는 것처럼 턱을 치켜 올렸다.

일주일 뒤, 보좌관의 걱정은 적중했다.

33

시마로부터 고이즈미 쇼에이가 신의 말씀을 받는 의식이 10월 6일 오후 11시부터 거행된다고 들었다. 날짜와 시간도 카발라 비법에 따라 정해졌다고 한다.

심신을 깨끗이 하고 오라는 지시에, 목욕을 하고 나서 자동차를 몰고 교단 지부로 향했다. 빌딩 입구에 도착하자 내부에 인기척이 전혀 없었다.

잠겨 있지 않을까 했는데 유리문은 아무 저항 없이 열렸다. 홀에는 비상등만 켜져, 흡사 심야 병동 같은 분위기를 풍겼다.

시계를 보자 10시 45분이었다. 잘 맞춰 왔다. 그는 엘리베이터를 타고 6층으로 올라갔다.

엘리베이터 안에서 층 표시등을 바라보며 책으로 읽은 지식을 되새겨 봤다. 고이즈미 쇼에이는 스물네 살에 갑작스레 신의 계시를 받았다. 자신의 의식과 상관없이 입에서 신의 말들이 쏟아져 나온 것이다. 고이즈미 쇼에이는 그 말에 깜짝 놀랐다. 신의 진리를 전하고 있었기 때문이다. 고이즈미 쇼에이는 정신없이 말들을 받아 적었다고 한다. 고이즈미 쇼에이는 이후로도 때때로 신의 말씀을 영접했다. 고이즈미는 그 말씀들을 한 권의 책으로 정리하여 자비 출판했다. 그게 교단의 시작이었다. 그가 입회했을 때 받은 영언집이 바로 그 최초의 책이다.

교단의 교의는 신의 말씀에 따라 구성됐다고 한다. 즉, 잠시 후면 거행될 의식이야말로 교단의 근간과 연관되는 중요한 의식이다. 자신이 그 의식에 참가한다고 생각하니 흥분이 부글부글 일며 치솟아 올랐다.

엘리베이터 문이 열리자 낯익은 중년 여성이 기다리고 있었다. 여성의 안내에 따라 제한된 조명이 비추는 복도를 지나 판매부 옆 작은 방에 들어갔다. 그곳에서 하얀 가운 같은 옷을 건네며 갈아입으라고 지시했다.

여성이 나가고 옷을 갈아입었다. 판초처럼 가운데 구멍이 뚫려 있었다. 얼굴을 가릴 마스크도 함께 받았다. 눈 주위만 가리는 것이 꼭 가면무도회에서나 쓸 만한 마스크였다.

옷을 다 갈아입고 복도에 나와 다시 중년 여성의 안내를 받으며 안으로 들어갔다. 수행을 했던 강당을 지나 더 들어가자 한 번도 발 디딘 적 없는 공간이 나타났다.

문을 열자 거기에 또 다른 엘리베이터가 있다. 이런 데 엘리베이터가 있다는 건 전혀 몰랐다.

"이걸 타고 올라가 주세요. 엘리베이터가 멈추는 데서 내리면 됩니다."

여성은 그렇게만 지시하고는 복도를 거슬러 돌아갔다.

버튼을 누르자 문이 열렸다. 안에는 층 표시등도 없이 '열림'과 '닫힘' 버튼만이 있다. '닫힘'을 누르자 엘리베이터가 그를 위로 태워 갔다.

한 층 정도 올라갔을까, 엘리베이터가 멈췄다. 아무래도 7층인 모양이다. 천천히 열리는 문틈으로 희미한 불빛이 들이비쳤다.

"어서 오세요."

엘리베이터 홀에 서 있던 남자가 정중히 머리를 숙였다. 그와 똑같은 하얀 가운을 입었다. 얼굴을 가렸지만, 목소리와 몸집으로 시마라는 걸 눈치 챘다.

"여기서는 서로의 이름을 부르는 게 금지되어 있습니다. 양해하시길."

시마가 음침한 목소리로 주의를 줬다. 그는 말없이 고개만 끄덕였다.

"들어오시죠."

시마가 문을 열며 들어오길 재촉했다.

눈에 먼저 들어온 건, 정면에 위치한 커다란 상(像)이었다. 그리스 조각 풍으로 공들여 새긴 기둥과 제단 사이로, 새의 얼굴을 한 전신상이 위풍당당하게 솟아 있다. 방은 학교 교실만 한 크기였다. 그곳에 하얀 가운을 입은 열 명 남짓한 사람들이 무릎 꿇고 있다. 향 같은 걸 피웠는지 난생 처음 맡는 냄새로 방 안이 자욱했다. 붉은 조명이 사람들의 옷을 핏빛으로 물들였다.

그는 분위기에 압도당해 제자리에서 우두커니 섰다. 장엄한 이세계(異世界)의 기운이 방을 에워싸, 일종의 괴이한 분위기를 자아냈다.

"자."

시마가 등을 떠밀자 그제야 그는 제정신이 들었다. 그도 사람들 뒤를 따라 무릎을 꿇었다.

시계를 풀러 놓아 시간을 알 수 없었지만, 대충 십 분 정도 그렇게 대기하다 다시 세 명이 더 들어오자 의식이 시작됐다.

마지막으로 안으로 들어서며 시마가 문을 닫고 느릿한 발걸음으로 단상에 올라갔다. 그는 제단 앞에 서서 음침하기 이를 데 없는 목소리로 말문을 열었다.

"지금부터 고이즈미 도사님께서 카발라 비법에 따라 신의 말씀을 받습니다. 누차 드리는 말씀입니다만, 이제부터 일절 서로의 이름을 불러선 안 됩니다. 카발라에서 이름은 아주 강력한 힘을 갖는다고 여겨집니다. 함부로 이름을 불렀다가 사악한 기운이 들어올 가능성이 있으니 꼭 주의하시기 바랍니다."

시마는 말을 마치고 아래로 내려오는 대신, 단상에 위치한 왼편 자리에서 대기했다. 그는 시마가 진행을 담당하는 데 깜짝 놀랐다.

'대체 시마는 교단에서 어떤 지위에 있는 걸까.'

한참을 기다리자 오른편 문이 열리며 고이즈미 쇼에이가 모습을 드러냈다. 역시 똑같은 하얀 옷을 입었지만, 마스크는 하지 않았다. 이 자리에서 홀로 민얼굴을 드러내고 있다.

고이즈미 쇼에이는 자리에 모인 신자들에게 눈길 한 번 안 돌리고, 골똘히 생각에 잠긴 표정으로 제단과 마주섰다. 입을 꽉 다문 옆얼굴에 붉은 조명이 비추자 더욱 이국적인 용모로 보였다.

고이즈미 쇼에이가 그 자리에 무릎 꿇더니 기도하듯 손을 모았다. 아니, 이미 기도는 시작되었다. 눈을 질끈 감고 뭔가 암송하듯 입술을 움직였다. 그가 의식했을 때에는 주위의 신자들도 똑같은 자세로 기도를 하고 있었다. 그도 다급히 손을 모았다.

이윽고 고이즈미 쇼에이의 목소리가 서서히 커지며, 방 안에 뿌옇게 자욱한 향내도 더욱 강하게 느껴졌다. 목소리가 점차 높아지며 주위의 긴장감도 수위를 더해 갔다. 뭔가 눈에 보이지 않는 힘이 시나브로 방 안에 모여드는 기분이었다.

고이즈미 쇼에이의 목소리는 무슨 말을 하는지 알아들을 정도로 커졌다. 교주는 낭랑히 울리는 목소리로 몇 번이고 되풀이해 말했다.

오너라. 오너라.

나를 따라 오너라.

모든 영들은 나를 따르라.

천공의 영, 에테르의 영, 지상의 영,

지하의 영, 사막의 영, 바다의 영,
소용돌이치는 대기의 영, 밀어닥치는 불의 영,
그리고 신의 모든 마술과 재앙이여.
나를 따르라.

가면을 쓴 신자들은 고이즈미 쇼에이를 따라 그 말들을 합창한
다. 음습한 목소리가 서서히 높아지며 물리적인 압력이 되어 방
안에 충만하다.
고이즈미 쇼에이가 다시 기도를 이어 간다.

······나는 그대의 편, 나는 그대의 것,
그대의 무리 속 산양, 나는 황금, 나는 신,
그대의 뼈와 살, 그대 지팡이의 장식품.
쇠 발굽을 신고 나는 바위 위를 달리노라,
불굴의 분점(分點)을 지나 지점(至點)으로.

괴이한 이국의 기운이 급속히 팽창해 간다. 여기까지 온 이상은
원 상태로 거슬러 갈 수 없다. 그 자리의 전원이 열병으로 정신이
혼미해진 듯 되풀이 말한다.

······그리고 나는 절규하며, 능욕하며,
파헤치며, 찢어발긴다,

영원히, 끝없는 세계를
방울새를, 딸을, 마이너스를, 사람을,
판의 힘에 의해.

고이즈미 쇼에이는 양손을 들어 올려 머리 위로 높이 합장한다.

이오, 이오, 판!
이오, 이오, 판!
판! 판! 판!

기묘한 구호에 맞춰 신자들은 몇 번이고 몇 번이고 손을 합장했
다. 그도 뒤처지지 않으려고 필사적으로 주문을 외웠다.

그 상태로 내내 구호가 이어졌다. 이미 시간 감각은 마비됐다.
일 분이 일 초인가 싶다가 일 초가 한 시간으로 느껴졌다. 머릿속
이 하얘지며 아무것도 생각할 수 없다. 사고 회로는 붉게 뒤덮여,
그저 로봇처럼 손뼉을 칠뿐이었다.

"그대, 내게 길을 보여라. 나를 인도하라. 나를 한층 높은 곳으
로 데려가라!"

고이즈미 쇼에이의 절규가 메아리쳤다. 그게 단발마의 비명이
었는지 교주가 픽 하고 쓰러졌다. 큰 충격을 받은 듯 그 자리에 엎
드려 어깨로 가쁜 숨을 연신 토해 냈다.

교주의 기이한 행동에 감동을 받은 걸까, 함께 쓰러지는 신자도

있었다. 그 면상을 지켜보자 입에 거품을 물고 있다. 실신한 모양이다.

얼마 뒤 숨이 진정됐는지 교주가 벌떡 몸을 일으킨다. 그 입에서 말씀이 흘러나왔다.

"화합이 창조하리라."

그렇게만 말하고는 다시 고이즈미 쇼에이는 쓰러졌다. 이젠 미동조차 하지 않는다.

그 과정을 꼼짝 않고 가만히 지켜보던 시마가 그제야 일어났다. 그는 그 모습을 곁눈으로 바라봤다.

"말씀이 내려졌습니다. 신께서 오셨습니다. 인간의 화합이 가장 중요하다고, 교단의 화합이 새로운 세계를 창조한다고 말입니다. 이 자리에 계신 여러분은 신의 목소리를 들으셨습니다. 저희야말로 새로운 세계의 선민(選民)이 됩니다. 다른 사람들을 인도할 사명을 부여받았습니다. 이 사실을 잊지 말아 주십시오."

시마는 머리를 조아리고는 내려갔다. 신자는 다 같이 "오오." 하고 목소리를 높였다. 열광의 기개가 정점에 다다라, 모두들 누구라 할 것 없이 교주에게 달려갔다.

"고맙습니다, 고맙습니다."

쓰러져 있는 교주의 몸을 만지며 그 땀을 손바닥에 담아 자신의 얼굴에 마구 바른다. 주위 시선을 의식하지 않는 추태가 그 자리의 모든 이에게서 벌어졌다.

그도 예외는 아니었다.

34

농밀한 시간 뒤의 평온함이 방 안에 떠돌았다. 사에키는 옆에 누워 있는 이쓰코가 불을 붙여 준 담배의 연기를 나른히 폐에 불어넣었다.

이쓰코의 방은 언제 와도 깨끗이 정돈되어 있다. 마치 사람이 살지 않는 모델하우스 같다. 그렇다고 온기가 없는 것도 아니다. 세밀한 배려 속에 물건이 제자리에 반듯이 놓여 있어 안도감이 든다. 난잡하지 않게 한층 마음을 안정시키는 공간을 이쓰코는 연출했다.

수사본부가 설치된 이래로 이쓰코의 방에 찾아온 건 처음이었다. 사에키는 항상 업무가 한창일 때는 자기 맨션에 돌아간다. 신경이 곤두 서 있어 이쓰코한테 싫은 소리를 할지도 모르거니와 무엇보다도 스스로에 대한 제어의 의미가 컸다.

그러나 오늘은 스스로 정한 룰을 자기 손으로 깼다. 하염없이 이쓰코가 만나고 싶었다.

원인은 안다. 며칠 전 아내와의 실랑이가 의외로 데미지가 되어 남았기 때문이다. 사에키는 지금까지 자신의 일은 자기 혼자 처리할 수 있다고 믿었다. 그러나 지금, 그게 당치도 않은 착각이라는 걸 깨달았다. 그저 지금까지는 혼자 짊어질 만한 하중일 뿐이었다. 그 사실을 통렬하게 실감했다.

'뜻밖에도 난 다른 사람들이 생각하는 것만큼 강한 인간이 아니구나.'

그의 얼굴에 쓴웃음이 떠올랐다. 서른을 넘기고 나서야 자신의 심약함을 깨닫는다는 건 별로 유쾌한 일이 아니다. 강인함을 긍지로 삼아 살아온 그에게는 더더욱 그렇다.

진창에 빠진 듯 피로가 온몸을 뒤덮었지만 행위는 유달리 격렬했다. 자신을 학대하듯 그는 행위에 몰두했다. 지금은 그저 상쾌한 권태감에 몸을 맡기고 싶었다.

"나도 담배 하나 줘."

사에키의 팔에 안겨 눈을 감고 있던 이쓰코가 몸을 일으켰다. 사에키가 말없이 담배를 건넸다.

"고마워."

이쓰코가 맛있다는 표정으로 연기를 뱉는다. 이쓰코는 사에키 이상으로 애연가였다.

"안 졸려?"

이쓰코가 이불을 가슴까지 걷어 올리고 바닥에 내려가 침대 가에 등을 기댄다.

"오늘은 있잖아, 그때 말했던 의료 미스 르포 취재 때문에 게이호(慶邦)대학 부속병원에 갔다 왔거든. 근데 거긴 안 되겠더라. 취재 신청을 하지 않고 대합실에서 가만히 간호사들 행태를 지켜봤는데, 다들 어찌나 건방진데다가 날림으로 사람을 돌보는지. 인력 부족으로 고되다는 건 알지만 그래도 정도라는 게 있잖아……. 자기, 듣고 있어?"

"아, 응."

사에키는 정신이 들었다. 그때까지 전혀 이쓰코의 얘기를 듣고 있지 않았다.

"내 얘기 안 들었지? 요새 대화 부족이야."

그는 몸을 비틀어 재떨이에 담배를 눌러 껐다.

"미안. 잠깐 생각하느라고."

"일?"

"으응." 사에키는 고개를 꾸벅 숙였다. "미안."

"괜찮아, 나도 일 얘기였는걸. 피차일반이네." 이쓰코는 가볍게 사에키의 오른팔을 때렸다. "미안하네, 생각에 잠긴 걸 방해해서."

"아냐, 별 생각 아니었는걸." 사에키는 침대에서 내려와 이쓰코를 내려다보며 물었다. "목마르네. 뭐 마실 거 있어?"

"응, 냉장고에 우롱차 있어."

사에키는 부엌 냉장고에서 우롱차 캔을 꺼내 와 하나를 이쓰코에게 건넸다. 오른손에 남은 캔을 열어 한 모금 들이켰다.

"맞다. 이쓰코한테 물어봐야겠군."

사에키는 다시 침대로 들어가며 말했다.

"뭐?"

"사건과 관련해서 말이야. 내가 요새 맡고 있는 소녀 살해 사건에 대해."

"신기하네, 나한테 사건 얘기를 다 하다니. 수사 사항에 대해선 비밀 엄수가 자기 원칙 아냐?"

"이쓰코의 의견을 듣고 싶어. 범인이 남자인지 여자인지 확신이 서지 않아서 말이야."

이쓰코는 깜짝 놀랐는지 눈썹을 치켜 올렸다.

"정말? 완전 남자라고 생각했는데."

"범인은 어떤 사람일 것 같아?"

사에키가 거듭 물었다.

"그냥 이미지라도 괜찮아?"

사에키가 고개를 끄덕이는 걸 확인하고 이쓰코는 담뱃불을 껐다.

"역시 성별은 남성. 연령은 이십대 중반에서 후반. 머리카락은 윤기가 없는 퍼석퍼석한 직모. 안경을 썼고 옷차림은 트레이닝복에 청바지, 야구점퍼. 하여간 촌스러워 보이는 복장. 좋아하는 건 게임, 애니메이션, 비디오. 응석받이로 자라 자아가 기묘하게 발달하여 자존심이 세. 그렇지만 사회 부적응자라 세상과 동떨어지는 데 초초해하는 인물."

막힘없이 술술 얘기하는 이쓰코를 보며 사에키가 쓴웃음을 지었다.

"대단해. 심리학자 같군. 르포라이터를 관둬도 어엿이 먹고살겠는걸."

"전부 기사를 보고 상상한 인상이야. 다른 사람들도 다들 그런 이미지를 갖고 있을걸?"

사에키의 목소리가 침울해졌다.

"역시 그런가. 경찰이 그런 정보를 흘리지 않았는데."

"그래? 그럼 내가 방금 한 얘기는 단순한 선입관이라는 거야?"

"완전히 그래. 더더군다나 상당히 위험한 선입관이야."

"헤에."

이쓰코는 감탄했다는 목소리를 냈다.

"몇 년 전에 일어난 비슷한 사건이 사람들 기억에 남았겠지. 이쓰코가 방금 말한 특징은 모두 그 사건 범인에 해당하는 이미지야. 하지만 과거에만 하더라도 변태라고 하면 중년 남성이라는 통념이 박혀 있었는데 말이야."

"그래? 듣고 보니 그런 것도 같네. 그렇지만 이번 범인이 중년 남자라고 생각하는 사람은 별로 없지 않아?"

"그러니까 위험하다는 거야. 그 고정된 이미지 때문에 목격 정보가 줄어들었겠지."

"그럼 경찰은 어떻게 생각하는데?"

"그걸 이쓰코랑 고민하고 싶다는 거야. 알겠지?" 사에키는 다시 담배를 꺼내 불을 붙였다. "먼저 성별부터 시작해 보자. 범인은 남자일까, 여자일까?"

"여자일 가능이 있을까?"

이쓰코는 고개를 갸웃거렸다.

"어때? 여자의 범행이라고는 여겨지지 않아?"

"동기는? 어떤 여자가 어린아이를 죽일 수 있을까?"

"예를 들어 자기 아이를 잃은 어머니. 잃어버린 아이에 대한 그리움으로 그만 우연히 본 여자 아이에게서 자기 딸의 모습을 보고 데려간 거지. 나중에 정신 차리고 보니까 처지 곤란인지라 결국 죽이고 말았다?"

이쓰코는 말없이 한참 고민하더니 천천히 고개를 저었다.

"내 생각에는 불가능한 일 같아."

"그런가?"

"응. 난 아이를 낳아 본 적이 없어서 그냥 내가 느낀 인상에 불과하지만." 이쓰코는 전제를 깔아 놓듯이 덧붙였다. "전에 입양 가족에 대한 르포를 쓰려고 취재를 한 적이 있어."

"알아. 그런데?"

"아이를 잃은 부모와도 상당히 많이 만났지. 그때의 인상을 말하자면 한번 아이를 잃은 부모는 두 번 다시 그런 경험을 하고 싶어 하지 않아. 그게 다른 사람의 아이라 해도. 모르는 애가 울거나 하면 어떻게든 달래고 싶은 마음이 든대."

"그렇군."

"그러니까 아이를 잃은 부모라는 가정은 성립하지 않을 거 같아. 아이를 잃은 슬픔을 겪어 본 이상 결코 살인 따위 할 수 없겠지."

"흐음. 역시 여성만이 내놓을 수 있는 날카로운 의견이네. 수사본부에선 결코 이런 의견은 안 나오지."

사에키는 팔짱을 낀 채 수긍했다.

"다들 경찰의 시점으로만 보는구나."

이쓰코는 미간을 찌푸렸다.

"아무래도 그렇지. 그렇다면 여성이 범인일 다른 가능성은 생각할 수 없을까?"

"으음, 정상적인 인간으로 국한하면 난 도저히 상상이 안 돼. 미친 사람이라면 별개의 얘기겠지만."

"역시 광인이거나 혹은 정신이상자의 소행일 거 같아?"

"영리 유괴가 아니잖아. 아, 맞다. 부모에게 원한을 품은 사람일 가능성은?"

"낮아."

"그렇겠지. 아이에게 원한을 갖는 사람일 리도 없을 테니까. 역시 정신이상자일까?"

"실은 수사본부에서도 그런 의견으로 수렴되고 있어."

"시체에 무슨 짓을 했어? 성적 학대라든가."

"옷만 벗겨 놨어. 그 뒤에 목을 졸랐고."

"이상하네. 옷을 벗겨 놨다면 아무리 봐도 남자 변태의 짓 같은 데, 그것 말고는 아무 짓도 안 했다라……."

"응. 그래서 난 남자의 소행으로 꾸민 여자 범인설을 버리기가 힘들어."

"과도한 생각이 아닐까? 여자가 범인일 가능성은 아무리 봐도 적은걸."

이쓰코는 끝까지 자기 의견을 굽히지 않았다.

"과거에 비슷한 사례가 전혀 없지는 않아. 여자가 어린아이를 죽인 일도 드물진 않고."

"그렇지만 다 오래된 사례잖아. 여성이 억압을 받아 애정을 쏟을 데가 아이뿐이었던 시대에나 벌어지던 일 아니겠어. 그런 과도한 애정이 생각지 못했던 사고로 연결됐겠지."

"확실히 그렇긴 한데."

"시체가 발견되기 전날 밤에 수상한 차가 목격됐다면서. 실비아라며. 젊은 사람들이 모는 차잖아. 젊은 사람이라면 절대 여자가 아냐. 범인은 남자야."

이쓰코의 단정에 사에키는 팔짱을 끼고 침묵에 잠겼다. 이쓰코가 무슨 말을 하고 있는지 잘 안다. 그럼에도 뭔가 석연치 않은 점이 남았다.

'혹시 내가 당했다면……. 혹시 에리코가 살해당한다면 나는 어떻게 할까…….' 사에키는 그렇게 가정해 봤다. '미쳐 버리겠지.'

답이 즉시 떠올랐다. 딸이 참혹하게 살해당한다면 분명 미치리

라. 아무리 아버지를 미워하는 딸일지라도. 그렇기 때문에 사에키로서는 더욱 젊은 정신이상자로 범인상을 고정하는 데 저항감을 느꼈다. 제정신을 잃은 부모가 무슨 짓을 저지를지는 아무도 예상할 수 없기 때문이다. 설령 당사자가 자신이라 하여도.

35

　거의 매일 교단에 얼굴을 내밀다 보니, 회원의 드나드는 상황이
얼추 보였다. 신입 회원도 빈번히 들어오지만 어느샌가 발걸음을
딱 끊은 사람도 있다. 요새 안 보이네 싶으면 대개의 경우 탈회했
다. 그가 입회하기 전에 친절히 안내한 가와카미도 그중 한 사람
이었다. 교단 안에서 처음 얘기를 나눈 회원이었기에 그는 한층
놀랐다.

　"왜 관두셨나요?"

　그는 사무 여성에 물어봤지만, "탈회 이유는 말씀드릴 수 없습
니다."라며 기계적인 목소리로 퇴짜 맞았다.

　교단 탈회가 적잖다는 건 알았지만, 자신과 전혀 관계없는 얘기
라 생각했다. 관둔 이들과는 그다지 각별한 사이도 아니었거니와
그런 사람들은 애당초 인연이 아닌 중생이라 여겼기 때문이다.

　그러나 가와카미의 탈회는 쇼크였다. 대체 어떤 이유로 관두게

됐는지 확인하지 않고는 견딜 수 없었다.

그는 다시 사무국에서 명부를 살펴 가와카미가 근무하는 회사 전화번호를 알아냈다. 수도권에 다수의 점포를 출점하고 있는 부동산 업체가 가와카미의 근무처였다. 그가 주저 없이 전화를 걸자 가와카미는 다소 당황한 목소리를 비췄다.

"아아, 마쓰모토 씨군요. 건강하시죠?"

회사라 그런지 모르겠지만 변함없이 싹싹한 대답이었다.

"깜짝 놀랐어요. 최근 못 뵈었다 싶었는데 교단을 관두셨다니."

"예에, 그렇게 됐습니다."

가와카미의 목소리는 밝았다. 그의 전화를 불편해하는 기색은 안 보였다. 이에 힘을 얻어 그는 이유를 물어봤다.

"한마디로 대답해 드리기는 쉽지 않네요. 지금 업무 중이라 좀 양해해 주세요."

"그럼 나중에라도 얘기를 들려주시지 않겠어요?"

그가 끈덕지게 늘어지자 상대가 승낙했다.

"좋습니다. 마쓰모토 씨는 여전히 열성적으로 신앙생활을 하고 계신 모양이군요."

"물론입니다."

강한 어조로 인정했다.

"그렇다면 역시 사정을 말씀드리는 게 낫겠군요. 입회하신 데 제게도 책임이 있으니."

"사정이요?"

"예, 교단이 얼마나 수상한 곳인지를 말이죠."

"무슨 말씀을 하시는 겁니까?"

그는 자신의 품성을 의심 산 것처럼 섭섭함을 감추기 어려웠다.

"뭐, 만나서 말씀 드리죠. 그래야 상세한 얘기도 드릴 수 있을 테고. 언제가 좋으시겠어요?"

언제든 상관없다고 하자, 가와카미는 오늘 저녁 6시면 갈 수 있을 거라며 이케부쿠로의 찻집에서 보자고 했다. 그는 대답하고 전화를 끊었다.

가와카미는 약속 시간보다 십 분 늦게 나타났다. 신문을 읽던 그를 발견하고는 머리를 굽실굽실 조아리며 다가왔다.

"죄송합니다. 늦었군요."

"뭘요. 괜찮습니다."

그는 신문을 접어 옆 의자에 내려놓았다.

"죄송합니다, 업무가 길어져서요."

가와카미가 다시 사과했다.

"아니에요. 별로 기다리지도 않았는걸요. 저도 일할 때는 좀처럼 시간 약속을 지키지 못했죠."

"마쓰모토 씨는 전에 어떤 일을 하셨다고 했죠?"

가와카미는 별 생각 없이 물었는데, 그가 갑자기 말문을 닫아 버렸다.

"아, 죄송합니다. 굳이 말씀 안 하셔도 됩니다."

가와카미는 괘념치 말라는 듯 손사래를 쳤다.

"자, 제가 왜 교단을 관뒀나, 이게 궁금하신 거죠?"

가와카미는 양복 안주머니에서 담배를 꺼내 그에게 양해를 구하고는 불을 붙였다.

"어디서부터 얘기하면 좋을까……. 음, 우선 제가 어떻게 해서 입회하게 됐는지부터 말씀드리죠."

가와카미는 세일즈맨 특유의 능숙한 말투로 막힘없이 말문을 열었다. 그는 잠자코 고개를 끄덕였다.

"처음 전 대학 시절 친구가 권해서 입회하게 됐지요. 저도 학생 때부터 사상 관련 책을 읽어서 종교에 관심이 많은지라 별 저항감은 없었습니다. 그 친구와 친하기도 했거니와 또 상당히 적극적으로 권해서 딱히 거절할 이유를 찾지 못한 채 입회하게 됐죠.

그 친구한테 교단을 어떻게 알게 됐냐고 물었더니 삼촌한테 들었다고 하더군요. 그 친구의 삼촌이 열렬한 신자인데, 조카의 친구한테까지 입회를 권한 셈이죠."

가와카미는 담배를 끄고 커피로 목을 적시며 말을 이어 갔다. 친구의 삼촌은 정밀기계 제조 분야에서는 나름 유명한, 규모는 작지만 건실한 회사로 알려진 회사 사장이었다. 중소기업 오너가 신흥종교에 빠져 드는 경우는 드문 일이 아니다. 인척을 자기 회사에 들여놓는 경우 역시 전혀 이상하지 않다.

"삼촌인 동시에 사장의 말을 친구로서는 거스를 수 없었겠죠. 그 친구에게는 삼촌이란 존재가 절대적이니까요."

친구는 반신반의로 입회했다가 이내 진심으로 가와카미를 권유하는 데까지 이르렀다. 가와카미는 입사하고 나서 삼 년째라 업무의 장단점을 다 파악해 마침 생활에 지루함을 느끼던 시기였다. 가와카미는 그런 경험은 난생 처음이라 할 정도로 진지하게 교단 활동에 빠져 들었다고 했다.

"보너스도 대부분 기부에 쑤셔 넣었죠. 덕분에 지금은 적금 한 푼 없이 월말이면 돈을 갚으라는 재촉에 쫓기는 삶입니다만."

가와카미가 쓴웃음을 지었다.

돈을 쑤셔 넣기로는 친구의 삼촌은 어느 누구에게도 뒤지지 않았다. 세밀한 제품을 다루는 일을 하면서도 돈 쓰는 데는 거침이 없었다. 툭하면 백만, 이백만 엔을 교단에 기부했다고 한다.

"당시에는 경기가 괜찮았으니까요. 그런 무모한 짓도 가능한 시기였죠."

친구 삼촌의 세피로스는 당연하게도 눈 깜짝할 사이 높은 데까지 이르렀다. 제4단계의 아데프투스 이그젬투스가 되어 교단 운영에도 영향을 미칠 만큼 발언권도 강해졌다.

"어쨌든 기부 액수로는 교단 안에서도 1~2위를 다퉜으니까요. 그 정도로 교단에 전념하면 좀 더 세피로스가 올라갔어야 했죠."

그런데 삼촌은 어떤 사람과 충돌했다. 그 인물에게 미움을 사 삼촌의 승격은 제4단계에서 멈춘 것이다.

"그렇지만 공헌도가 높았기 때문에 교단에서도 친구의 삼촌을 중히 여겼죠. 세피로스가 제4단계라 해도 그의 의견은 대개의 경우 먹혔죠. 교단의 새로운 기획이나 이벤트에도 그의 의견이 적잖이 반영되었습니다."

상황이 바뀐 건 경기가 후퇴하면서부터였다. 일 년 전부터 조짐을 보이며 일본 대부분의 전 직종을 직격한 불황은 특히 생산 업체에 큰 타격을 가했다. 삼촌은 종교는커녕 자기 발밑마저 위태로워졌다.

"이전까지의 호쾌한 돈 씀씀이가 빌미가 됐겠죠. 기계 발주를 해 주던 대기업마저 근간이 흔들릴 정도였으니, 하청 회사는 말할 나위 없었죠."

기부 액수가 격감하다 종극에는 한 푼도 내지 못하게 되자 교단 안에서 삼촌의 지위는 삽시간에 바닥을 쳤다. 간부들이 삼촌을 완전히 무시하자, 가와카미의 친구는 삼촌과 반목했던 인물의 사주라며 거칠게 목소리를 높여 반발했다고 한다.

"결국 회사가 도산했죠. 그와 동시에 세피로스도 필로소푸스까지 떨어졌죠. 친구의 삼촌은 너무나 기가 차 눈앞이 캄캄해졌다고 하더군요."

결국 교단에서 토사구팽당한 격이라며 가와카미는 얼굴을 일그러뜨렸다. 삼촌이 관두자 친구도 따라 탈회했고, 가와카미 자신도 그런 식으로 돈만 밝히는 교단의 야비함에 의문을 품고 발길이 뜸해졌다고 했다.

그는 그제야 입을 열었다.

"하지만 그건 일방적인 견해가 아닐까요. 지인이 불행에 처한 데는 안됐다고 생각합니다만, 그걸 교단에 대한 원망으로 치환하는 건 번지수를 잘못 짚은 거죠."

그의 반론에 가와카미가 쓴웃음을 지었다.

"아무래도 마쓰모토 씨는 교단에 완전히 세뇌당한 모양이군요. 종교에는 그런 마력이 있긴 하지요. 안에 들어가 열심히 활동할 때는 안 보이지만 한 발자국 물러나 냉정히 바라보면 미심쩍은 데가 금방 눈에 띕니다."

그는 얼굴을 찡그렸다.

"미심쩍은 데? 교단 어디가 이상하다는 겁니까?"

가와카미는 어깨를 움츠리며 새 담배를 꺼냈다.

"마쓰모토 씨한테 기부, 기부 하며 졸라 대지 않던가요?"

"그런 적 없습니다. 제가 자발적으로 기부를 한 거죠."

"교단은 부자만 소중히 여기죠. 돈 없는 사람들은 기껏해야 사람 불러 모으는 도구로나 부려 먹을 뿐이죠. 교단으로선 돈도 없는데다가 자원 봉사에도 제대로 참가하지 않는 사람은 아무짝에도 쓸모없죠."

"가와카미 씨의 편견입니다."

그는 고개를 저었다.

"편견이 아니에요. 증거를 대 볼까요?" 가와카미가 자신만만하게 단언했다. "마쓰모토 씨는 비교적 부유하시다고 들었습니다만."

그 질문에 그는 애매하게 말을 흐렸다.

"어느 정도라야 부유하다고 할지 모르겠군요."

"시마라는 남자 아시죠?"

가와카미가 진지한 눈매로 물었다.

"네. 잘 알죠."

그는 뭘 물어볼지 가늠이 안 되면서도 시인했다.

"시마가 바로 친구의 삼촌을 내쫓아 낸 장본인입니다."

"그래서요?"

딱히 놀라지도 않아 그는 허투루 맞장구만 쳤는데, 이어지는 가와카미의 말에는 의표를 찔렸다.

"시마는 실질적으로 교단을 지배하는 어둠의 지배자입니다. 마쓰모토 씨, 알고 계셨나요?"

"무슨 말씀이십니까?"

그는 의아해하는 표정을 숨기려 들지 않았다.

"단도직입적으로 말해서 고이즈미 쇼에이는 시마의 꼭두각시에 불과하다는 겁니다."

그는 안정을 찾기 위해 커피를 마셨다.

"믿을 수 없습니다."

"마스모토 씨, 시마한테 붙들려서 괴이한 의식에 초대된 적 없습니까?"

놀란 표정을 밖으로 내보이지 않으려고 안간힘을 썼다. 얼굴 근육 하나 움찔하지 않았으리라.

"비교적 연배가 있는 사람이 입회하면 교단은 그 사람에 대한 신변 조사를 하죠. 부유한 사람이란 걸 알면 시마가 접근해 옵니다. 그러고는 교단에 돈을 봉헌하라고 강요하죠."

"전 강요받은 적 없어요."

그가 반론했지만 가와카미는 무시했다.

"시마의 역할은 돈줄을 붙잡는 것과 함께 괴이한 의식을 여는 겁니다. 시마는 자신을 위한 의식을 열고자 교단이란 위장물을 만들었어요."

"시마 씨가 교단을 설립했다는 겁니까?"

"예, 모르셨어요?"

가와카미는 당연하다는 표정으로 대꾸했다. 그는 놀라움을 금치 못했다. 시마가 창설 당시부터 회원이라는 얘기는 들었지만, 설마 설립과 관련됐으리라곤 상상도 못했다.

"증거가 있나요?"

그의 말투가 점점 격해졌다.

"시마가 행하는 건 흑마술이라고 하더군요."

가와카미는 그의 질문에 에둘러 답했다.

"흑마술?"

"예, 중세 유럽에서 유행한 악마적 의식입니다. 흑미사라든가 사바트(Sabbath)라는 말은 들어 보셨죠? 동물이나 젊은 여성을 산 제물로 삼아 악마에게 기도를 올리는 사교(邪敎)죠. 마쓰모토 씨는 참가하신 적 없습니까?"

"금시초문입니다!"

그는 소리를 질렀다. 가와카미의 말은 너무나 현실감 없게 들렸다.

"제 친구의 삼촌으로부터 직접 그 실태에 대해 들었습니다. 뒤에서 악마를 숭배하는 교단입니다."

"안됐지만 가와카미 씨의 말씀은 전혀 증거가 없습니다. 전 믿을 수가 없군요."

"증거는 시마가 당신에게 접근한 걸로 충분하지 않습니까. 지금 부정하고 계시지만 마쓰모토 씨도 시마의 의식에 참가하셨죠?"

"아뇨. 결코 참가한 적 없어요."

"그렇다면 다행이군요. 제 말을 믿으세요. 악마 숭배에 참가하기 전에 얼른 교단에서 손을 떼셔야 해요."

가와카미가 타이르듯이 일렀다. 그는 그럴 수 없다는 의지를 밝히기 위해 힘없이 고개만 저을 뿐이었다.

36

　오카모토와 기타오카는 오전 중에 탐문이 끝나자, 일단 수사본부로 돌아왔다. 자동차 딜러로부터 건네받은 리스트를 들고 감색 실비아 소유자를 한 집 한 집 뒤져 봤지만 아직 수확은 없었다. 수사본부가 설치된 초반에는 하루 돌아다니면 새로운 정보와 만날 수 있었는데, 날이 거듭될수록 허탕 치는 일이 잦아졌다. 근래 들어서는 정보를 들고 돌아오는 수사원이 드문 상황에 이르렀다.

　"이래서야 통 의욕이 안 나네요."

　기타오카가 코트를 입은 채 난로 옆에 다가갔다. 완전히 곱은 손을 불에 굽기라도 하듯 난로 열기를 쬐었다. 2월이 되자 추위는 한층 맹위를 떨쳤다.

　"왜 만날 이렇게 헛걸음만 치게 될까요. 누가 몰래 메밀국수라도 먹은 거 아냐?"

　창가에 앉아 있는 높은 사람들한테 들리지 않도록 기타오카가 목소리를 낮추며 말했다.

"젊은 친구가 미신 같은 걸 따지는군."

오카모토가 놀리듯이 대꾸했다. 수사본부가 설치되면 사건이 장기화되지 않기를 바라는 마음에 형사들은 면류를 안 먹으려 한다. 기타오카의 푸념은 그런 미신에서 나온 것이다.

"아아, 이렇게 추운 날에는 라면이라도 먹으면 좋겠네."

기타오카의 한탄이 너무나 절절하여 오카모토는 웃음이 났다.

문득 생각이 나 벽걸이 시계를 봤다. 12시 반이었다. 슬슬 결과가 나올 시간이다.

"전화 좀 걸고 올게."

오카모토의 말에 기타오카는 짐작 가는 데가 있다는 듯 웃음을 지어 보였다.

"합격했으면 좋겠군요."

"고맙네."

오카모토는 1층 로비로 향했다. 오늘은 아들 중학교 시험 발표 날이다. 시험 결과를 묻자 다카시는 자신이 없는지 "가능성은 반반. 너무 기대하지 마."라고만 했다. 결과도 나오지 않았는데 위로하기도 무엇해 그냥 놔뒀다. 그렇지만 오늘은 아침부터 내내 마음이 진정되지 않았다. 잠이 부족한데도 새벽에 눈이 뜨여 6시 전에 일어나고 말았다. 아침에 차려진 된장국을 쏟자 "당신 일도 아닌데 왜 그리 긴장해."라고 아내에게 꾸지람을 들었다.

공립이라도 상관없다며 줄곧 말은 해 왔지만, 정작 닥치고 보니

우스울 정도로 심장이 떨렸다. 지금도 생각은 바뀌지 않았지만 기왕지사 본 시험이라면 합격했으면 하는 마음이 들었다. 좌절을 맛보기에 열두 살이란 나이는 너무 어리다.

절로 심장이 두근거린다. 깊게 호흡을 하고 공중전화박스에 동전을 집어넣었다. 다이얼을 돌리는 손가락은 그나마 떨리지 않았다.

"여보세요."

전화가 연결되자 아직 변성기 전인 아들의 목소리가 들렸다. 오카모토는 아내가 받았으면 했는데 아들이 전화를 받자 가벼운 낭패감을 느꼈다.

"아, 아빠야." 순간 무슨 말을 해야 할지 몰라 필사적으로 단어를 찾았다. "어, 어떻게 됐어?"

"어떻게 됐느냐니, 뭐가?"

아들은 자기 맘을 전혀 모르는지 태평스런 목소리다.

"시험 말이야. 발표 났을 거 아니야."

다리를 떨고 싶을 만치 속이 탔다. 이 상황에 뭐가, 라니.

"발표? 아아, 합격했어."

아들이 새치름하게 답했다.

순간 온몸에서 힘이 빠졌다. 안도감에 무릎이 휘청하는 듯했다.

"뭐야, 해냈잖아."

"그렇지 뭐."

방긋 웃으며 답하는 얼굴이 떠올랐다.

250

"엄마는 뭐래?"

"잘됐다고 하던데."

"그래." 그는 "응, 응." 하며 고개를 두 번 끄덕였다. "정말 잘됐네."

"고마워."

구김살 없는 인사가 돌아왔다.

아내와 잠깐 얘기를 나누고 전화를 끊었다. 조금이나마 발걸음이 가벼워졌다.

본부에 돌아오자 기타오카는 눈치 빠르게 오카모토의 표정에서 소식을 읽어 냈다.

"아무래도 결과가 좋은 모양이군요."

"응, 덕분에. 날 안 닮아서 애 머리가 나쁘지 않아."

오카모토가 겸연쩍다는 듯 머리를 긁적였다.

"축하합니다."

기타오카가 웃음을 지었다.

"응, 고마워."

괜히 덩달아 웃음이 나올 것 같아 꾹 참았다. 사에키가 이쪽을 보고 있다는 걸 알아차렸다. 희희낙락한 표정을 지을 때가 아니었다.

그때 사에키가 자리에서 일어나 다가왔다.

"아드님, 합격했습니까? 축하합니다."

"아, 감사합니다."

오카모토는 황송해하며 인사했다. 사에키가 철제 의자를 하나 끌어당겨 앉았다.

"마음 놓으셨겠습니다. 잘됐군요."

사에키 입에서 그런 말이 나오리라곤 상상도 못해 오카모토는 당혹스럽기까지 했다.

"아뇨, 뭐, 네. 그래 봐야 중학교 시험이니까요. 떨어지면 공립에 가도 되니까 별로 걱정하지는 않았습니다."

오카모토의 허세에 사에키는 그냥 고개를 끄덕였다.

"다음은 따님 고등학교 시험이겠군요."

"네, 그렇습니다. 정말 부모 맘고생이란 끝이 없네요."

"그렇군요." 오카모토의 푸념에 사에키는 쓸쓸한 미소를 지었다. "그래도 고생할 때가 좋은 거 아니겠습니까. 두 아이 모두 대학을 졸업하고 독립하면 분명 적적하겠죠."

"그럴지도 모르겠습니다."

사에키와 이런 대화를 나누다니 믿기지 않았다. 입 다물고 듣고만 있는 기타오카도 놀란 눈치다.

"그러고 보면 과장님 따님은 아직 어린 만큼 함께할 시간이 한참 남으셨잖아요."

"아뇨, 전 딸과 사이가 안 좋아서요. 안타깝지만 그런 걱정과는 인연이 없을 듯합니다."

"……."

뭐라 대답할 말이 없어 자기도 모르게 기타오카와 눈길이 마주치고 말았다. 괜한 말을 꺼낸 모양이다.

사에키가 쓴웃음을 지으며 일어나 의자를 접으며 말을 건넸다.

"미안합니다. 말씀 중에 끼어들어서. 오카모토 씨가 부러웠나 봅니다."

오카모토가 깜짝 놀라 사에키의 얼굴을 살펴보게 될 정도로 사에키의 목소리는 힘이 없었다. 그가 이렇게 축 처진 모습은 처음 본다.

"오카모토 씨, 그래도 부모 마음이란 다 같겠죠." 사에키가 자조하듯 말을 이었다. "이런 저라도 다른 부모들처럼 딸 문제라면 돌변하게 되죠. 창피한 애깁니다만."

사에키가 등을 돌리고 자기 자리로 천천히 걸어갔다. 기분 탓일까. 오카모토는 그 뒷모습에서 고독한 우수의 빛을 발견했다.

37

막상 붙잡으려고 하자 시마는 좀처럼 모습을 드러내지 않았다. 초조한 마음으로 교단에 드나든 지 사흘째 되어서야 시마가 간신히 모습을 드러냈다.

그는 시마의 팔을 잡고 사람이 없는 회의실로 끌고 갔다. 가와카미와 만난 일과 그가 한 얘기에 대해 털어놓았다. 진위를 밝히기 전까지는 시마를 놓아줄 마음이 없었다. 결코 얼렁뚱땅 넘어가지 않겠다는 결의를 다지며 추궁했다.

시마는 잠자코 그의 말을 듣다가, 이야기가 끝난 걸 확인하고 슬쩍 어깨를 들썩였다.

"얘기 다 하셨습니까? 그럼 전 실례하겠습니다."

그를 무시하고 자리에서 일어나려고 했다.

"잠깐만요. 제대로 대답해 주시지 않으면 전 납득할 수 없습니다."

그의 당황한 목소리에 시마는 어이없다는 눈길로 쳐다보더니 고개를 한 번 돌리고는 다시 앉았다.

"무슨 말을 듣고 싶으신 겁니까?"

"가와카미 씨의 말이 사실인가요?"

"마쓰모토 씨는 어떻게 생각하십니까?"

"……."

그는 신중히 입을 다물었다.

"마쓰모토 씨가 보기에 교단이 돈을 모으는 데 광분하고 있습니까?" 시마의 말투는 날카로웠다. "당신이 그렇게 생각하신다면 아무런 말도 드릴 필요가 없겠죠. 교단을 관두고 말고도 편한 대로 하시죠."

"그럼, 부정하시는 거군요."

그의 추궁은 점점 약해졌다.

"부정이고 뭐고 간에 마쓰모토 씨 본인이 판단하시죠."

시마의 얼굴은 대조적으로 태연했다.

"알겠습니다. 말을 꺼내고 보니 확실히 그렇군요. 교단을 믿습니다."

"그렇지요?" 시마가 방긋 웃었다. "마쓰모토 씨라면 알아주시리라 생각했습니다. 관둔 사람들의 비난은 결국 일방적인 편견이죠. 그들이 뭐라고 한들 우리 모두는 믿음을 지키면 됩니다."

"그럼, 흑마술이나 악마 숭배 얘기는 왜 나온 거죠?"

그는 다시 힐문조가 됐다. 바닥이 보이지 않는 늪과 같은 시마의 새까만 눈동자가 그를 응시했다.

"그야말로 생트집이죠. 흑마술이 아닙니다. 제가 행하는 건 카발라에 기초한 정식 의식입니다."

"악마 숭배가 아니라는 말씀이시죠?"

"물론입니다. 20세기 한복판에 누가 악마 숭배 따위를 진지하게 믿겠어요. 그런 생각은 교단의 가르침과도 맞지 않습니다. 안타깝지만 카발라 시스템을 이해하려는 사람은 많지 않습니다. 그래서 그런 오해가 생기는 겁니다."

"……."

그는 시마가 부정하는 말을 듣고 내심 안도했다. 부정해 줬으면 하는 생각에 시마를 다그친 자신의 바람을 자각했다.

"카발라 시스템은 물리법칙으로 정확히 떨어지는 게 아닙니다. 그래서 지식이 모자라는 사람 눈에 마치 흑마술처럼 보이는 것도 어떤 의미에선 무리가 아니죠. 우리는 그런 오해를 피해기 위해서라도 극히 제한된 분들에게만 비의를 보여 드리고 있습니다. 교단에서 가장 중요한 의식이기 때문입니다."

"제가 참석했던 신의 말씀을 받는 의식과는 다른 의식이군요."

시마가 천천히 고개를 끄덕였다.

"예에. 결국엔 마쓰모토 씨께도 권하려고 마음먹고 있었습니다. 마침 좋은 계기인 만큼 다음 의식에 참가해 보시지 않겠습니까? 직접 본인의 눈으로 보고 확인하신다면 분명 안심하실 겁니다."

"꼭 참석하고 싶군요."

"그러시겠죠." 시마가 다시 웃음을 짓는다. "저도 안심했습니다. 편견으로 가득 찬 사람이 사념을 불어넣어 마쓰모토 씨가 길을 잃고 헤맬까 걱정했었으니까요."

시마는 몸을 앞으로 내밀어 얼굴을 가까이 하며 말을 이었다.

"오랫동안 신심을 유지하고 계시면 헤맬 일도 없습니다. 어느 지점에서 길을 잘못 드느냐에 따라 그 사람의 장래가 갈라지지요. 마쓰모토 씨를 바른 길로 인도하기 위해 교단은 늘 기도하고 있습니다. 아참, 말씀 드리는 걸 잊었군요. 비의에 대해서는 결코 밖에서 언급하지 마시기 바랍니다."

"알고 있습니다."

그는 턱을 당기며 끄덕였다.

"그렇다면 걱정 없습니다."

시마가 자리에서 일어나 문으로 향했다. 그는 다급히 몸을 돌려 시마의 등을 향해 질문을 던졌다.

"마지막으로 하나만 더요. 교단의 진짜 권력자가 당신이라는 말은 정말인가요?"

시마가 문손잡이를 쥔 채 돌아섰다.

"근거 없는 중상입니다."

그러고는 소리도 없이 방에서 나갔다.

38

　사건에 새로운 국면을 맞이한 건 2월 10일 월요일의 일이었다.

　급보가 밤 8시를 지나 날아들었다. 그 시각 수사본부는 그날의 탐문에 대해 검토가 한창인 가운데, 피곤한 발을 쭉 뻗은 형사들의 웅성거림으로 가득했다.

　데스크에 놓인 전화가 울리며 사에키가 통화를 주고받았다. 급작스런 전화에 형사 일동이 삽시간에 입을 다물었다. 오카모토도 마른침을 삼키며 지켜봤다.

　사에키는 순간 놀란 표정을 짓더니 고개를 끄덕이며 수화기를 내려놨다.

　"다들 주목하길 바란다." 사에키가 자리에서 일어나 자신을 바라보는 일동의 얼굴을 싸악 훑어봤다. "방금 전화는 니시오구(西尾久) 서에서의 연락이다. 니시오구 서 관내에서 다시 유아가 행방불명됐다. 지금 막 부모에게서 통보가 와 바로 이쪽으로도 연락을 쳤다. 자세한 내용은 아직 알려지지 않았다."

곳곳에서 놀라워하는 목소리가 일렁이며 일동은 서로서로 얼굴을 마주 봤다.

"우리 사건과의 연관성은 아직 모른다. 단순한 사고일 가능성도 배제할 수 없으니 니시오구 서의 수색 결과를 기다려야 할 것 같다."

사에키는 입을 다물고 오카모토를 찬찬히 바라봤다. 오카모토는 사에키가 뭘 바라는지 대충 짐작이 갔다.

"자세한 상황에 대해서 오카모토 씨가 가서 확인해 줬으면 좋겠군요. 다녀오고 난 뒤 내일 아침 다시 한 번 대책 회의를 갖겠습니다."

오카모토는 피곤을 잊고 자리에서 일어났다.

"알겠습니다. 바로 출발하겠습니다."

로커로 가서 코트를 꺼내 들었다. 긴장한 표정으로 자신을 바라보는 동료들이 위로의 말을 던졌다. 오카모토는 답례를 하며 본부를 뒤로했다.

JR 중앙선에 타서 일단 도쿄 역으로 향했다. 거기서 갈아타 니시닛포리(西日暮里) 역에 가서 택시를 잡을 생각이었다.

귀가 러시와 역방향이라 전차는 비어 있어 안도하며 빈 좌석에 몸을 내려놨다. 앞으로 한 시간 넘게 서서 간다고 생각하면 엄두가 안 났다.

정면 창밖으로 보이는 야경은 단조로웠다. 수도권에 비해 압도적으로 불빛이 적다. 마냥 새카맣기만 한 야경은 구경거리치곤 그다지 매력적이지 않았다.

오카모토는 바깥을 바라보며 아까 들어온 정보에 대해 생각해봤다. 사이토 나오미 살해 사건과 이번 유아 실종과는 커다란 차이가 하나 있다. 사건 발생 장소가 다르다. 히노 시는 개발되었다해도 어디까지나 도심 베드타운 중 하나에 불과하다. 이런 식으로 전차에서 보이는 풍경도 역에서 조금만 떨어져도 호젓하기 이를데 없다. 유아가 행방불명되었다고 하면 강에 떨어졌거나 차에 치인 사고일 가능성이 높다.

하지만 이번 사건 발생 장소는 사람들 이목이 여간한 지역이다. 아라카와(荒川) 구라 하면 도심 중에서는 한적한 편이나, 그래도 도쿄 스물세 개 구 중 하나다. 유아가 실종됐다면 바로 사건으로 이어질 위험이 농후하다.

또 하나 신경 쓰이는 점이 있다. 오늘이 월요일라는 것이다. 사이토 나오미를 누군가가 데려간 날도 월요일이었다. 또한 작년 10월 행방이 묘연해진 가가와 유키호도 월요일에 모습을 감췄다. 그 공통점을 지적하며 소란을 떤 매스컴도 존재했다.

오늘이 월요일이라는 건 단순한 우연일까. 역시 세 번째 일어난 연속 사건이라고 봐야 하는 걸까. 만약 연속 사건이라면 경시청은 세 번째 희생자를 방치한 꼴이 된다. 오카모토로서는 이를 악물고 픈 심정이었다.

도쿄 역에서 니시오구 서에 연락을 하자 니시닛포리 역으로 차를 보내 주겠다고 했다. 조속한 행동을 위해서 호의를 고맙게 받아들이기로 했다. 서에서는 총동원하여 수색하고 있으나 아직 유아를 발견 못했다고 한다.

니시닛포리 역 동쪽 출구에서 패트롤카가 기다리고 있었다. 운전석 창유리를 똑똑 두드리며 신호를 보내자 제복경관이 알아보고 문을 열었다.

"수고하십니다. 경시청 오카모토 경부보입니다."

"아닙니다. 경부님이야말로 이런 시간에 고생 많으십니다."

제복 경관은 지나치게 격식을 차리며 대답했다.

"아직 발견 못 한 모양이지?"

차가 움직이자 바로 물었다.

"안타깝습니다만……. 전력을 다하고 있습니다."

제복 경관은 침통한 목소리다.

"행방불명된 아이의 이름은 뭔가?"

"다다 쇼코(多田粧子)라고 들었습니다. 나이는 네 살이고, 유치원에 다니는 아동입니다."

"네 살이라." 오카토의 얼굴이 찡그려졌다. "양친 직업은 아나?"

"일반 샐러리맨이라고 들었습니다만, 자세히는 모르겠습니다."

"그런가."

짧은 대화를 나누는 사이 패트롤카는 니시오구 서 정면 현관에 도착했다. 오카모토는 고맙다고 인사한 뒤 서둘러 형사과로 발걸음을 옮겼다.

문을 열어 이름을 대며 "수고하십니다."라고 인사했다. 곰처럼 덩치가 큰 남자가 일어나 걸어왔다. 전에 만난 적이 있다. 분명 이름이 미사와(三沢)였으리라.

미사와가 커다란 얼굴을 불쑥 들이밀더니 고개를 반쯤 돌리며 눈으로 뒤를 가리켰다.

"저기 앉아 계신 분이 부모입니다."

의자 귀퉁이에 아직 젊어 보이는 부부가 고개를 푹 숙인 채 앉아 있다. 부인은 눈가에 손수건을 대고 연신 코를 훌쩍였다. 남편은 망연자실한 표정으로 허공을 응시하고 있다.

"남편은 제정신이 아닙니다. 얘기를 들으려면 그나마 부인 쪽이 낫습니다."

미사와가 나지막이 일러 주었다.

오카모토가 고개를 끄덕이며 부인에게 다가갔다. 부인이 알아채고 고개를 들었다.

"경시청 오카모토 경부보라고 합니다." 그가 머리를 숙였다. "아직 정확한 상황이 판명되지 않았으니 너무 낙심 마시길 바랍니다."

부인은 고개를 두세 번 끄덕이며 "감사합니다."라고 의외로 분명한 목소리로 대답했다. 남편은 여전히 허공을 응시한 채다.

"자세한 얘기를 듣고 싶군요."

오카모토가 근처에 놓인 의자를 잡아당겨 앉았다. 미사와도 곁에 앉았다.

"따님이 없다는 걸 알게 된 건 언제인가요?"

"오후 6시 반이었어요."

오카모토의 질문에 부인이 바로 대답했다. 이미 몇 번이나 질문을 받아 확실히 기억하는 것이리라. 망설임 없는 말투였다.

"저녁에 아르바이트하는 슈퍼에서 일을 끝내고 돌아왔는데 쇼코가 없다는 걸 알았어요."

"따님은 항상 집에 있습니까?"

"아뇨, 항상 그렇지는 않고 친구랑 늦게까지 놀다 오는 경우도 종종 있어요. 하지만 요새는 추워져서 집에서 혼자 게임하며 지내는 일이 잦았어요."

"그렇군요. 돌아오니 없었다……. 따님은 유치원에는 다니지 않나요?"

"다녀요. 제 일이 점심부터 저녁까지라 유치원이 끝나는 3시에는 집을 비우게 됩니다. 그래서 일단 마중 나가 애를 집에 데려오고 저는 슈퍼에 다시 갔죠."

"그럼 마지막으로 따님을 본 건 3시를 지났을 무렵이겠군요."

"4시까지는 집에 있었어요. 그때 집에서 나왔으니까요. 그 이후에 아마 딸이 바깥에 나간 것 같습니다."

"어디 갔는지 짐작 가는 데 없으신지요?"

"갈 만한 데는 다 전화해 봤어요. 친구 집에도 없고, 항상 가는 공원에도 없었어요."

"남편 분은 짐작 가는 데가 없으신가요?"

목소리를 키워 부인 곁에 앉은 남편에게 물었다.

"아뇨, 저는 전혀. 아내가 모르면 저는……."

남편은 힘없이 고개만 저었다.

"그렇군요. 댁은 어디신가요?"

부인이 대답했다.

"일반 주택가예요. 열 동으로 된 작은 분양지예요."

"분양지에 살고 계신 분들 외에 외래인의 출입이 잦은 편인가요?"

"큰 도로와 인접해 있어서 부지 안을 가로질러 가는 사람도 있죠. 통행이 잦은 편이에요."

오카모토는 고개를 끄덕이며 잠시 생각해 보다가 다시 물었다.

"전에도 이런 적이 있었는지요? 따님이 멀리 놀러갔다가 늦어진 경우라던가."

부인은 포기했다는 듯이 고개를 저었다.

"없었어요. 단 한 번도."

그 뒤로 오카모토는 딸의 용모나 체격의 특징, 복장 등을 상세히 묻고 나서 자리에서 일어났다. 부인은 손수건으로 코끝을 누르며 머리를 숙였다.

미사와도 함께 복도에 나와 담배를 입에 물었다. 미사와에게도 권했지만 사양했다.

"괜찮습니다. 전……."

미사와가 손을 저으며 사양하자 오카모토는 그제야 생각이 났다. 분명 덩치가 곰만 한데 술도 담배도 안 한다고 했었다.

　"어떤가요, 그쪽 사건과도 관계있는 것 같습니까?"

　미사와가 애달프게 들리는 목소리로 물었다. 그 모습이 흡사 부드러운 눈매를 가진 대형견을 연상시켰다.

　"사건임에는 틀림없어 보이네." 오카모토는 고개를 옆으로 돌려 연기를 뱉었다. "우리 사건과의 연관성은 모르겠어. 나로서는 그저 관련되지 않기를 빌 뿐일세."

　"혹시 동일 인물이 범인이라면……."

　오카모토의 얼굴에 긴장감이 서렸다.

　"그래. 엄청난 사건이 되겠지."

39

시마가 직접 연락을 했다. 그는 괜히 섬뜩한 기분이 들어 수화기를 든 손이 떨리기까지 했다.

"아무에게도 말씀하시면 안 됩니다. 우리가 행하는 의식은 오해받기 쉽습니다. 꼭 비밀을 지키셔야 합니다."

시마가 다짐을 받았다.

"물론입니다. 아무에게도 얘기 않겠습니다."

"그럼 다행입니다." 만족한 목소리였다. "그럼 오늘 밤 0시부터 시작하니 늦지 않도록 그 전에 오시길 바랍니다."

두세 마디 더 주고받은 뒤 수화기를 내려놓았다. 그는 욕실에 들어가 묵묵히 몸을 씻고 난 뒤 차를 몰아 교도로 향했다.

신의 말씀을 받는 의식 때와 마찬가지로 비상등만 점등한 복도를 지나 엘리베이터에 탔다. 6층에 내리자 대기하던 여성의 지시에 따라 하얀 가운으로 갈아입었다. 비밀 엘리베이터를 타고 7층으로 올라가자 오늘은 처음 보는 청년이 서 있었다. 청년도 비슷한 아이마스크를 하고 있었다. 립스틱이라도 바른 듯 빨간 입술이 인상적이었다.

청년은 아무 말 없이 그를 이끌어 방으로 안내했다. 열려 있던 문을 지나 안으로 들어갔다.

새의 머리를 한 전신상이 지난번과 똑같이 서 있다. 그러나 단상에는 지난번 의식 때 안 보였던 도구가 놓여 있다. 그는 하얀 옷차림으로 이미 줄 지어 앉아 있는 사람들 뒤에 앉아 다시금 곰곰이 제단 위를 바라봤다.

가장 먼저 눈에 들어온 건 네 개의 오목거울이었다. 제단 중심을 향해 각각 네 모퉁이에 설치된 오목거울은 붉은 조명을 복잡한 각도로 반사하고 있다.

그 오목거울을 연결하듯이 쇠사슬이 제단에 둘러쳐져 있다. 사슬 안쪽에 하얀 연기를 피워 올리는 화로 두 개가 옆에 목탄을 쌓아 놓고 놓여 있다. 가느다란 불꽃을 피우는 촛대 네 개와 제단 왼편으로 날카로운 빛을 내뿜는 칼과 와인글라스가 열두 개 늘어서 있다. 칼은 그늘진 곳 없이 번득인다.

제단 정면에는 오망성이, 바닥에는 마법진이 그려져 있다. 그리고 단상의 다양한 제기(祭器)들 뒤로 천이 드리워진 물체가 보인다. 천 바깥으로 드러나는 형태로 봐선 사람이 누워 있는 듯했다.

붉은 조명에 물든 방 안에 뭐라 형용하기 힘든 향내가 물씬 풍겼다. 신자들은 "므음"이라는 식으로 입 안에서 소리를 울리고 있다. 그에 맞춰 그도 소리를 내고 있자니, 머릿속이 멍해지며 사고력이 점점 감퇴하는 것 같았다.

문득 정신이 들자 마법진 한가운데에 사람이 서 있다. 교주의 얼굴을 확인하기 위해 목을 뺐던 그는 눈이 휘둥그레지고 말았다.

고이즈미 쇼에이가 아니라 시마가 서 있었다.

시마는 하얀 가운을 입고 있지만 아이마스크는 하지 않았다. 대신에 철사로 엮인 월계관을 머리에 썼다. 손에 검은 깃털을 들고 전방으로 쭉 내밀었다. 깃털로 화로 위를 스치듯이 왕복하며 입에서 기묘한 말을 내뱉었다.

일본어는 아니었다. 그렇다고 영어나 프랑스어 같지도 않았다. 굳이 말하자면 지중해 연안의 나라 말과 비슷하게 들렸다. 신자들이 다들 합창하여 그도 자연스레 따라 외쳤다. 무슨 말인지 알 수 없었지만 흉내 내기는 어렵지 않았다.

연기로 물씬한 방 안에 주문(呪文)이 높아졌다 낮아졌다 하며 음산히 메아리친다. 그 모습은 외견은 다소 다를지언정, 마치 밀교승의 독경하는 것과 흡사했다.

의식이 시작되었다.

이내 시마의 동작이 커지며 양손에 쥔 깃털을 상하좌우로 휘젓기 시작한다. 아울러 기묘한 언어는 더욱 커졌다. 시마의 이마에 땀이 솟으며 그 움직임에 따라 땀이 흩날렸다. 평소의 무뚝뚝한 인상은 온데간데없고, 황홀한 표정이 떠올라 있다. 트랜스 상태에 빠져 든 것이다.

그도 최면술에 걸리기라도 한 양 꿈을 꾸는 기분이었다. 몸이 허공에 뜬 것처럼 기댈 데 없는 감각에 휩싸였다. 자신의 중심이 사라지며 한없이 퍼져 가는 게 느껴졌다. 망아(忘我)의 경지에 이르렀다.

시마의 동작이 불쑥 멈추자 돌연 기이한 소리가 울려 퍼졌다. 목을 찢어발기는 듯한 새된 울음소리였다. 제단 옆에 빨간 입술의 청년이 나타났다. 손에는 파드닥 홰치는 검은 닭을 안고 있다.

청년은 말없이 시마에게 다가가 닭의 목과 다리를 잡고 시마에게 들어 올리며 내민다. 어깻숨을 몰아쉬던 시마는 제단 위의 칼을 쥐고 찌를 것 같은 눈매로 닭을 노려본다. 빨갛게 충혈이 된 눈이 명백한 광기를 표출했지만, 누구 하나 섬뜩하게 여기는 사람이 없었다.

"하아하아……."

거친 숨소리가 방 안에 메아리친다. 시마는 칼을 쥐고 일 분 정도 꼼짝 안 했다. 닭은 손에서 벗어나기 위해 고통스러운 소리를 내지르며 날개를 파닥거린다. 청년은 전혀 구애치 않고 무표정한 얼굴로 닭을 쥔 손에 힘을 준다.

갑자기 시마가 휙 칼을 들어 올리더니 거침없이 내리친다. 무엇 하나 걸리는 것 없이 미끄러운 동작으로 칼날이 떨어진다. 그 순간 닭은 목과 몸통이 분리되며 절명했다. 단말마의 비명조차 나지 않았다. 다리를 축 늘어뜨린 몸통은 세 번 파닥거리고는 끝이었다. 목이 있던 곳에서 선혈이 콸콸 흘러내렸다.

청년의 하얀 옷이 새빨갛게 물들었지만 전혀 개의치 않는 표정이다. 손에 든 닭의 몸통을 아무렇지도 않게 제단으로 옮겨 가 떨어지는 피를 와인글라스에 따르기 시작했다.

시마는 이미 평정한 호흡으로 돌아왔다. 칼을 제단에 내려놓고 청년의 동작을 냉정한 눈길로 바라본다.

청년이 모든 글라스에 고르게 피를 따르고는 머리를 조아리며 옆으로 내려갔다. 시마는 그 모습을 끝까지 지켜보고 품 안에서 십자가 모양을 한 노란 초를 꺼냈다. 초를 촛대에 꽂아 불을 붙이고는 또다시 기묘한 언어를 암송하기 시작한다. 촛불은 서서히 촛농을 떨어뜨리며 타다닥 소리를 냈다. 시마는 촛농을 한 방울 한 방울 와인글라스에 정중히 떨어뜨리고는 만족했다는 양 촛불을 입으로 불어 끈다.

시마가 글라스를 손에 쥐고 머리 위로 치켜 올린다. 시마의 입에서 드디어 일본어가 나왔다.

······산 제물인신 암양이여.

그대, 악령에 맞설 힘의 기둥이시여.

죽음을 맞이할 암양이여.

암흑 속 신들보다 뛰어난 힘을 우리에게 내려 주소서.

산 제물이신 산양이여.

반역하는 악령들을 억누를 힘을 우리에게 내려 주소서.

말을 마친 동시에 시마는 단상의 하얀 천을 휙 걷어 내렸다. 천 아래에는 전라의 여성이 나타났다. 기타무라 사키였다.

사키는 잠들어 있지 않고 공허한 눈동자로 허공을 바라보고 있다. 나체가 드러났는데도 아무런 반응을 보이지 않는다. 그녀의 맥 빠진 눈동자를 정통한 사람이 봤다면 어떤 종류의 약품으로 인한 혼탁이라 알아봤으리라. 그러나 그 사실을 지적하는 사람은 아무도 없다.

그는 돌연한 사키의 등장에 잠깐 눈길을 뺏겼지만 그다지 놀라지 않았다. 감각이 마비되어 그 무엇에도 동요되지 않았다. 냉정한 눈길로 돌아가는 상황을 지켜봤다.

누워 있는 사키의 가슴이 완만한 호흡에 고요히 들썩인다. 시마는 글라스를 기울여 거기에 닭의 피를 떨어뜨렸다. 사키의 하얀 가슴이 빨간 핏물에 선명히 퍼져 간다. 시마는 글라스를 내려놓고 손을 뻗어 사키를 만졌다. 애무하는 듯한 손길로 천천히 피를 몸에 발랐다. 시마의 얼굴에 환희의 빛이 떠오른다. 신자들은 그저 가만히 그 모습을 지켜볼 뿐이었다.

얼마나 그랬을까. 피가 굳어 이제 피부 위로 퍼지지 않자, 그제야 시마는 동작을 멈춘다. 만족스러운 얼굴로 한 발 내려왔다.

옆에서 대기하던 청년이 일어나 단상 앞으로 내려와서, 신자들과 정면으로 마주 보고 또렷한 발음으로 말했다.

"이제 여러분들 차례입니다. 글라스를 들고 마음속 소원을 빌며 성스러운 암양에게 성혈을 발라 주십시오. **당신의 소원은 이루어**

질 것입니다."

그때 처음으로 그의 혼탁했던 의식 일부가 분명해졌다. 청년의 말에는 칠흑 같은 밤을 가르는 한 줄기 빛 같은 힘이 있었다. 그의 눈이 형형하게 빛나며 눈 하나 깜빡이지 않고 단상의 사키를 응시했다. 그의 눈은 광기로 뒤덮이기 바로 직전의 희망이 어른거리고 있었지만, 그걸 읽어 낸 사람은 없었다.

신자들은 말없이 자리에서 일어나 한 사람 한 사람 단상으로 올라갔다. 남녀 가릴 것 없이 아무 의문도 품지 않고 사키의 나체에 피를 칠한다. 어떤 이는 황홀해했고, 어떤 이는 변태적인 기쁨을 얼굴에 드리웠고, 어떤 이는 소원에 대한 집착을 눈빛에 번득이며, 모두가 한마음으로 몰입했다.

이윽고 그의 차례가 돌아왔다. 그는 일부러 천천히 단상으로 올라가 청년이 내민 와인글라스를 받아 들었다. 그러고는 사키의 옆에 서서 지그시 내려다봤다. 사키는 망연히 허공을 응시하고 있다. 그 표정은 정교하게 만들어진 도자기 인형처럼 생기가 없었다.

그는 글라스를 기울였다. 질척한 피가 실로 이어져 떨어진다. 이미 빨갛게 물든 피부 위로 핏물이 튀며 옆구리로 흘러내린다. 그가 오른손을 내밀어 피가 떨어지는 걸 막았다. 손바닥에 모여든 피를 온몸에 바르기 시작했다. 피를 다 바르자 글라스를 기울여 새로운 피를 떨어뜨렸다. 이를 몇 번이고 몇 번이고 반복했다.

그의 머릿속에선 단 하나의 소원만이 메아리쳤다. 그의 머리가 터질 것처럼 소원이 이루어지기를 갈망했다. 소원만 이루어진다면 그 어떤 희생도 마다하지 않을 각오였다.

그의 소원은 단 하나였다.

'제발 내 딸을 돌려줘.'

40

　다다 쇼코 실종 시점으로부터 사십팔 시간이 경과하며 생존 가
능성은 절망적으로 변했다. 아직까지는 매스컴에 대한 발표를 보
류하여 여론은 잠잠했지만 결국에는 어딘가에서 냄새를 맡으리
라. 수사본부를 향한 비난의 여론이 가차 없이 쏟아질 건 시간문
제였다.

　2월 13일. 사에키는 경찰청으로 등청하라는 지시를 받았다. 작
금의 사태를 우려한 경찰청 장관이 직접 얘기를 듣고 싶다고 전해
왔다.

　사에키는 발을 질질 끌듯이 가스미가세키(霞が関)의 경찰청으
로 무거운 발걸음을 옮겼다. 다리가 무거운 건 비단 피로 탓만은
아니었다. 순조롭지 못한 수사에 대해 한마디 들을 일도 마음이
무거웠지만, 그보다 관계가 원만치 않은 아내의 아버지와 만나야
한다는 사실이 몇 배 더 마음을 우울하게 만들었다.

접수처에서 방문을 신청하자 여성 비서가 4층 장관실까지 안내해 줬다. 문을 노크하고 비서는 사에키의 도착을 알렸다.

"들어오게."

안에서 목소리가 답하자, 비서가 문을 열며 옆으로 물러나 사에키한테 들어가라고 눈짓했다. 각오를 다지고 발걸음을 내디뎠다.

호화롭게 꾸민 공간이었다. 발소리가 거의 나지 않는 털이 긴 카펫, 그 왼편에 보이는 진짜 가죽으로 만든 응접세트, 그리고 창가에는 거대한 마호가니 책상과 그에 걸맞은 거드름을 물씬 풍기는 남자가 서 있다.

사에키 경찰청 장관은 그 세대의 남자치고는 이례적이다 할 정도로 용모가 단정한 인물이다. 적당한 밀도로 섞인 백발은 나이 든 인상보다는 풍부한 경험을 연상케 하였고, 얼굴에 새겨진 주름은 연륜 그 자체를 내보였다. 오십을 넘긴 나이라고는 여겨지지 않을 만큼 탄탄한 몸매다. 중년 비만 따위와는 인연이 없는 모양이다. 침통함을 머금은 외모에는 베테랑 배우가 자아내는 풍취와 겹치는 데가 있었다.

그가 바로 사에키의 장인이다.

사에키가 인사를 하고 장인 앞으로 나아갔다. 그러고는 똑바로 서서 경례를 올렸다.

"사에키 경시, 명을 받고 출두했습니다."

사에키의 동작을 하나하나 지켜보던 경찰청 장관은 "음." 하며 고개를 끄덕이고는 사에키의 얼굴을 지그시 바라봤다. 사에키는 자신을 뚫어져라 쳐다보는 시선을 잠자코 감내했다.

장인이 천천히 입을 열었다. 깊이 있는 저음이다.

"오늘 아침, 방송국에서 취재를 신청해 왔다. 소녀 살해 사건에 대해 코멘트를 요청하더군."

"……."

사에키는 아무런 추임새도 넣지 않았다. 장관도 딱히 무얼 기대하는 눈치가 아니었다.

"오구(尾久)의 사건이 어느 정도 밝혀졌는지 모르기 때문에 거절해 뒀다. 인터뷰에 응해 놓고서 새로운 실종 사건에 대해 아무 언급도 않다가, 나중에 무슨 말을 듣게 될지 몰라서다."

사에키는 여전히 아무 대꾸도 하지 않았다. 굳이 대답을 듣겠다는 말이 아니기 때문이다. 사에키의 대답을 들으려 했다면 장인은 에두르지 않고 바로 대답을 요구했으리라. 사에키 경찰청 장관은 그런 인물이다.

"자네의 의견을 듣고 싶다."

장인이 딱 잘라 말했다. 전혀 거침없는 말투다.

"사건과의 연관성 말씀이십니까?"

사에키가 되물었다. 장인이 뭘 묻는지 알았으나 일종의 절차로서 확인했다.

"그래."

장인의 얼굴이 굳어졌다. 사에키는 주저 없이 대답했다.

"가능성은 상당히 높습니다."

"동일범이란 말인가?"

"아마도."

"흐음." 장인이 살짝 턱을 당겼다. "그게 의미하는 바는 당연히 알고 있겠지?"

"명심하고자 합니다."

"생존 가능성은?"

사에키가 천천히 고개를 저었다.

"안타깝지만 지금 단계에서 발견되지 않는다면 절망적이라 할 수 있습니다."

"그런가." 장인의 얼굴에 침통한 표정이 떠오른다. "통렬한 상황이군."

잠깐 입을 다물었다가 장인이 말을 꺼냈다.

"실종된 여자 아이가 네 살이라고 했지?"

"그렇습니다."

"네 살이라면 에리코와 한 살 차이군. 그렇지?"

"네."

사에키의 대답은 짧았다.

"만약 에리코가 사라진다면 나는 슬퍼하겠지. 자네도 슬플 테고. 마찬가지로 그 여자 아이에게도 부모가 있고 조부모도 계시겠지. 지금쯤이면 그 심정이 어떻겠나."

"……."

"조속한 해결이 최선이다. 그건 알고 있겠지?"

"명심하겠습니다."

장인이 고개를 깊게 주억거린다.

"그럼 됐네. 아직 수사 방침에 끼어들 마음은 없어. 자네들을 신뢰하네."

"기대에 보답하도록 노력하겠습니다."

사에키의 말투는 시종일관 딱딱했다.

"내가 자네를 부른 이유는 자식 잃은 가족의 슬픔을 자네가 염두에 두고 있나 확인하려는 것이었다."

장인의 말에 사에키의 미간이 찡그려졌다. 장인이 무슨 말을 하려는지 이해가 안 됐다.

"자네가 명석한 사람이란 건 잘 알아. 그러나 명석한 사람은 종종 정을 간과하는 경우가 있어. 난 그 점이 걱정스럽네."

사에키는 지금 이 자리에는 침묵이 현명하다는 걸 알았다. 이야기가 돌아가는 방향이 막연하게나마 보였기 때문이다.

"정에 의해 수사 방침을 오도하는 건 금물이다. 하지만 수사원 하나하나가 가족의 슬픔을 마음 깊이 명심하고 범인에 대한 분노를 가슴에 새기고 수사에 임해야 한다. 안 그런가?"

"저도 그렇게 생각합니다."

"그 말을 들으니 안심이 되는군. 이참에 물어보겠네, 범인에 대한 자네의 각오를."

"한시라도 빨리 법의 심판을 가하고 싶습니다."

"흐음."

장인은 불만스럽다는 듯 콧소리를 냈다. 사에키도 자신의 대답이 장인의 성에 안 차리라는 걸 알았다.

"에리코도 올해면 학교에 들어가."

장인은 의자를 회전시켜 옆으로 몸을 돌렸다. 자신의 패배를 인정한 어조였다. 뭐라고 말을 꺼낼까 망설이다가 결국 제대로 된 서두를 찾지 못했다는 유감스러움이 살짝 엿보였다.

"소학생이라면 이제 한 사람으로서 모든 걸 알 나이가 됐네. 자기 일은 자기가 고민하고 판단할 거야. 그런 나이에 아버지가 집에 오지 않는다는 사실을 어떻게 받아들이겠나."

사에키의 얼굴에는 미세한 흔들림조차 보이지 않았다.

"근래 집에 들어가질 않는다지. 이미 실질적인 별거의 단계에 들어선 건가?"

"그건 아닙니다."

"설마 이혼을 생각하는 건 아니겠지?"

장인의 눈매가 일그러진다.

장인이 우려하는 바는 명백했다. 이 시점에서 딸이 이혼이라도 했다가는 모처럼 연결된 오시카와 히데요시와의 인척 관계가 소멸되고 만다. 겉으로나마 부부 관계를 유지하라는 것이겠지.

"아닙니다. 에리코가 있으니까요."

사에키의 대답은 쌀쌀맞았다.

"그래, 에리코 생각을 하게. 부모의 이혼이 에리코에게 얼마나 큰 충격을 줄지."

상대가 경찰청 장관만 아니었다면 코웃음 쳤을 상황이다.

'부모가 이혼한다면 에리코가 충격을 받을까. 외려 두 손 들며 기뻐하겠지.'

사에키는 이런 자신의 생각이 짜증스러웠다.

장인은 일부러 헛기침을 한 번 내뱉고, 말하기도 귀찮다는 표정을 그대로 드러내며 입을 열었다.

"나도 자네들 사정을 잘 알아. 하지만 둘 다 바람을 피운 셈 아닌가. 에리코의 장래를 진심으로 걱정한다면 자네들도 조금은 생각을 바꿔야지."

"걱정을 끼쳐 드려 죄송합니다, **장관님.**"

사에키는 상대의 직위를 환기시키려는 것처럼 괜히 더 강조했다. 수사본부에서 불려 나온 이유가 장인으로서 한마디 하기 위해서였다면 공사 혼동도 이만저만이 아니다.

장인도 그걸 알아차렸는지 노기 어린 목소리로 꾸짖었다.

"내가 이런 말을 하고 싶어서 하는 줄 아나. 경시청 수사 1과장이 추문에 휩싸여서야 부하들 앞에서 면목이 없질 않나. 그 점은 분명히 명심하게."

"송구스럽습니다."

사에키는 공손히 머리를 숙였다.

41

그의 소원은 물론 이루어지지 않았다.

그러나 그는 실망하지 않았다. 그러기는커녕 오히려 미칠 듯한 희망으로 온몸이 바싹 죄이는 기분이 들었다. 다시 찾을 수 없다고 포기했던 딸의 죽음에 일말의 빛이 비춘 것만 같았다.

요전의 의식은 그를 위한 것만이 아니었다. 몇 사람의 욕망과 야망이 뒤섞여 힘이 분산됐음에 틀림없다. 그렇다면 그의 소원만을 위해 모든 것을 갖추고 집중한다면 사자(死者)의 부활도 가능하지 않겠는가. 카발라 속에는 그런 영험함이 숨겨져 있지 않겠는가.

그는 진심으로 그렇게 믿었다. 상식적인 사고는 머릿속에서 지워질 만큼 한 번 불붙은 희망은 강렬했다.

그는 시마와 대화하기를 열렬히 바랐다. 이제 그도 모든 걸 알게 됐다. 탈회한 가와카미의 말은 어떤 면에서 옳았다. 시마가 어떤 종류의 힘을 갖고 있는 건 사실이었다. 고이즈미 쇼에이가 시마의 꼭두각시라는 말도 어쩌면 진실인지 모른다. 하지만 이미 그에게는 아무 상관없었다. 시마가 무슨 목적으로 교단을 설립했건, 교단이 돈 모으는 데만 열을 올리건 간에 더 이상 관심 없었다. 중요한 건 시마가 지식을 갖췄다는 점이다. 그 지식을 자신에게 나눠 준다면 돈은 아낌없이 바치리라 마음먹었다.

의식 다음 날, 그는 시마를 찾아 붙들고 지난번처럼 아무도 사용하지 않는 응접실로 데려가 문을 단단히 잠갔다. 아무도 들어선 안 될 이야기다.

"대체 오늘은 무슨 일인가요?"

시마가 입술을 실룩거리며 웃음 지었다. 전부터 뭔가와 닮았다고 생각했었는데 그 정체를 가까스로 깨달았다. 시마의 웃음은 악마의 미소를 떠올리게 했다. 아니, 상관없다. 소원을 이루기 위해 악마에게 영혼을 팔아야 한다면, 기꺼이 내주리라.

"의식에 참가하게 해 주셔서 정말 감사합니다." 그는 시마를 뚫어져라 응시했다. 눈 한 번 깜빡이지 않았다. "그 의식은 참가자의 소망을 이루기 위한 마술이었지요."

"마술이란 표현을 사용하고 싶으시다면 편한 대로 하시죠. 그러나 어디까지나 흑마술이 아니라 백마술입니다."

시마가 시치미를 뗐다.

"소원은 이루어지나요?"

그가 날카로운 눈매로 묻자 시마는 그의 박력에 다소 움츠러든 기색이었다. 살짝 뒤로 물러서며 말문을 열었다.

"소원의 종류에 달렸죠. 사소한 소원이라면 틀림없이 이루어집니다."

"정말 그렇습니까?"

시마가 그의 얼굴을 말끄러미 쳐다봤다.

"마쓰모토 씨는 무슨 소원을 비셨습니까?"

그는 주저 없이 대답했다.

"딸의 부활입니다."

"예?" 시마가 처음으로 동요하는 모습을 보인다. "따님은 분명……."

"네, 죽었죠. 그래서 카발라의 힘으로 소생하기를 빌었습니다."

"그런 일은……."

"무리인가요?"

그가 시마의 말을 가로막았다. 시마는 그의 눈빛을 들여다보다가 진지한 표정을 짓는다.

"진심으로 하시는 말씀인가요?"

"진심입니다."

그는 단호히 대답했다.

한참 동안 침묵이 흘렀다. 그가 시마의 눈을 응시하자 시마도 그의 눈길을 피하지 않았다. 보이지 않는 불꽃이 튀는 듯했다.

"그렇군요." 불쑥 눈에서 힘을 빼며 시마가 고개를 끄덕인다. "정말 진심이신 모양이군요."

"물론입니다."

시마가 의자 등받이에 몸을 기대며 다리를 꼬았다.

"그래서, 마쓰모토 씨는 제게 뭘 묻고 싶으신 건가요?"

"지식을…… 카발라의 지식을 나누어 주십시오."

"사자의 부활에 대한 지식 말인가요?"

"네."

시마가 고개를 한쪽으로 갸우뚱하더니 한숨을 내뱉었다. 그는 대답을 재촉했다.

"불가능한가요?"

시마가 어깨를 들썩거렸다.

"카발라의 영험함에는 불가능이란 없습니다. 우주의 법칙을 해독할 수 있다면 당연히 모든 게 가능하죠. 하지만……."

그는 시마의 다음 말을 잠자코 기다렸다. 시마는 애태우듯 뜸을 들였다.

"그건 카발라의 비밀 중에서도 최고의 비밀, 금단의 비의 중 하나입니다. 신의 의지를 거스르는 일이니까요."

"파세요. 제게 그 비의를 파세요. 돈은 얼마든지 드리겠습니다."

시마가 가격이라도 매기는 듯 그를 뚫어져라 쳐다봤다.

"돈은 얼마든지 내겠다고 하셨지요?"

"네."

"과연." 시마의 입가가 일그러진다. "지금껏 진지하게 기부를 해 온 마쓰모토 씨의 말이라면 거짓일 리가 없겠죠."

"절대."

그는 고개를 저었다.

"아무리 고액이라도 상관없다는 건가요? 예컨대······."

시마가 액수를 얘기했다. 샐러리맨의 연평균 수입에 필적하는 금액이었다.

"어떻게든 준비하겠습니다."

시마의 얼굴에서 웃음이 새어 나온다.

"그렇습니까? 그렇게까지 마음을 다잡으셨다면 가르쳐 드리지요. 이건 특별한 케이스입니다. 알고 계시죠?"

그는 고개를 주억거렸다. 시마가 만족스러운 표정으로 말을 이었다.

"돈은 교단을 통해 기부해 주십시오. 당신의 공헌은 교단에서 높게 평가할 것입니다."

"돈이 들어와야 비의를 가르쳐 주시겠다는 말인가요?"

"무슨 말씀을. 마쓰모토 씨를 믿지요. 지금 가르쳐 드리겠습니다. 자료를 보며 설명해 드릴 테니 자리를 옮기시죠."

시마가 일어났다.

그는 시마의 뒤를 따랐다. 시마가 비밀 엘리베이터를 타고 7층으로 올라가 한 번도 들어가 본 적 없는 방으로 그를 안내했다.

그곳은 시마의 개인 방인 모양이었다. 다다미 여덟 장 크기의 공간에 커다란 나무 책상이 놓여 있다. 벽 양편 책장은 고서로 보이는 갈색 책등으로 가득 메워져 있다.

시마는 그를 앉히고 몇 권의 책을 펼쳐 설명하기 시작했다. 한 단어도 놓치지 않기 위해 메모를 하며 열심히 들었다.

시마의 설명은 아무 현실성 없는 엉터리에 불과했다. 시마 본인조차 믿고 하는 소리가 아니었다. 그러나 그는 믿었다. **믿고 싶었기 때문에 믿었다.**

"……이걸 정성을 다해 실행하면 영혼이 반드시 내려옵니다. 다행스럽게도 당신은 왼손잡이입니다. 카발라에서 왼쪽은 강력한 힘을 갖고 있다고 여깁니다. 제가 말씀 드린 내용을 충실히 지키신다면 따님의 영혼은 돌아올 겁니다."

그는 말없이 고개를 끄덕였다. 시마의 말이 계속 이어졌다.

"중세 유럽에서 행한 의식에서는 영혼이 머물 대리물로 인간의 시체가 이용되었습니다만, 물론 요즘 세상에선 불가능하지요. 범죄자가 될 테니까요. 대리물로는 따님과 꼭 닮게 만든 인형을 사용하기를 권해 드립니다."

"알겠습니다."

그는 눈동자에 머금은 어두운 불꽃을 보이지 않으려고 고개를 꾸벅 숙였다.

42

장인과의 신경전으로 지친 사에키에게 더욱 진절머리 나는 상황이 일어났다. 사에키는 자신의 재수 없음에 혀를 차고 싶을 정도였다.

장관실을 나와 엘리베이터를 기다릴 때였다. 소리 없이 열린 문에서 나오는 인물을 보고 사에키는 노골적으로 얼굴을 찡그렸다.

경무국 소속 감찰관인 이시가미 경시와 우연히 마주친 것이다. 세상에는 궁합 안 맞는 인간이 있게 마련으로, 사에키에게는 이시가미 감찰관이 딱 그런 사람이었다. 자신이 가장 만나고 싶지 않은 순간에 별렀다는 듯 나타난다. 이 얄궂은 관계는 사람의 노력으로 도저히 어떻게 할 수 없는 사이라 해야 하리라.

사에키는 무시하고 엘리베이터에 타려고 했지만 이시가미가 팔을 붙들었다.

"이것 참 별난 데서 마주쳤군, 사에키 경시."

막무가내로 붙잡고 파충류를 닮아 튀어나온 눈알에 파리한 얼굴을 가까이 들이민다. 그 사이 엘리베이터는 내려가고 말았다.

사에키는 포기하고 이제야 알아봤다는 표정을 지었다.

"이시가미 경시시군요. 몰라봤습니다."

"그렇게 대놓고 무시할 거 없잖아, 서자님. 바쁜 건 알지만."

이시가미가 간신히 팔을 놔주었다.

사에키는 딱히 변명하고 싶지도 않았다. 대화를 나누는 행위 자체에 속이 메스꺼웠다.

"경시청 수사 1과장이 이런 데 있다는 건, 장관님의 꾸중을 들었다는 의미인가?"

이시가미가 얄밉기 짝이 없는 웃음을 지었다.

"날카로우시군요, 이시가미 경시."

"수사가 난항에 처한 모양이더군." 이시가미는 뭐가 즐겁다는 양 얼굴이 점점 상기된다. "엄청난 사건으로 번져 버려 자네로선 계산 착오였겠군."

"계산 착오?"

사에키는 무슨 말인가 싶어 되물었다.

"그래. 자네에겐 승진의 구실이 필요했겠지. 아무 실적도 남기지 않고 단순히 연줄만으로 계급이 올라가서야 남들 보기에 안 좋을 테니. 그런 점에서 얼른 결과가 나오는 수사 1과장으로 자리를 옮겼겠지. 삼 년 정도 가만히 앉아만 있어도 실적은 따라올 테니까. 그런 뒤 경찰청에 돌아오면 이제 경시정님이 되실 거고. 그런

데 이렇게 난항을 겪는 사건이 일어나리라고는 예상 못 했겠지.
이런 데서 우물쭈물 대다가는 실적에도 흠이 가니, 얼마나 애가
타겠나. 그러니 계산 착오라고 한 걸세. 틀렸나?"

"일고의 가치도 없는 억측이군요."

사에키가 내뱉었다.

"동정하고 있다고, 나는." 이시가미는 사에키의 말을 전혀 아랑
곳하지 않았다. "뒤치다꺼리하는 것도 큰일이겠어."

말대꾸하는 자체가 한심하게 느껴졌지만 한마디 쏘아붙이지 않
고서는 속이 안 풀릴 것 같았다.

"뒤치다꺼리는 그쪽 노릇이겠지요."

"흥." 이시가미가 코웃음 쳤다. "분명 아주 유쾌한 일이라곤 말
못하지. 어찌 됐든 내가 들춰내야 할 대상은 같은 경찰관의 흠이
니까. 하지만 이만큼 보람 있는 일도 없네."

"……"

사에키는 말없이 노려봤다.

"난 경찰을 정화한다는 자부심을 갖고 있으니까."

"그야말로 엄청난 착각이시군요. 경찰 조직의 썩은 고름을 외부
에 누출하지 않으려고 은밀히 업무를 매조지하는 게 당신들 감찰
관의 임무 아닌가요."

이시가미는 사에키의 말을 태평스레 무시하고 말을 이었다.

"그 썩은 고름이 문제야. 지난번에 만났을 때 얘기했던 경찰관
명부 유출 건 범인을 드디어 잡았네."

"……."

"범인은 수사 1과 소속이 아니니 안심하시죠."

"당연하지."

"역시 논캐리어 자식의 소행이었어. 하여간 그 녀석들은 어쩔 수 없는 쓰레기야."

"그런 발언 함부로 하지 마시죠." 사에키는 저도 모르게 말투가 거칠어졌다. "같은 캐리어라고 나까지 싸잡힐까 겁나니까요."

이시가미가 과장스럽게 어깨를 씰룩거렸다.

"이것 참 놀라운 일이군. 사에키 경시께서는 논캐리어를 동정하고 계시다는 건가. 박애심도 많으시지."

"네 녀석을 싫어하는 만큼 그래!" 하며 쏘아붙이고 싶은 마음을 사에키는 필사적으로 억눌렀다. 여기서 괜한 소리를 내뱉었다가는 상대와 똑같이 저열해진다. 그렇게는 되고 싶지 않았다.

"그러고 보니 한참 전에 여자 르포라이터 하나가 끈질기게 덤벼든 적이 있었지." 이시가미가 또다시 능글맞은 웃음을 흘렸다. "캐리어 제도를 어떻게 생각하느냐고 지겹게 달라붙더군. 이름이 시노(篠)였던가. 사에키 경시한테는 안 찾아갔었나."

사에키는 무시했다. 드디어 엘리베이터가 올라왔다.

"그 르포라이터랑 사에키 경시가 각별하다는 소문을 들었는데, 진짜야?"

"만일 진짜라면 감찰관 나리께서 나서기라도 하겠다는 건가요?"

사에키는 엘리베이터로 휙 들어가 얼른 닫힘 버튼을 눌렀다. 닫히는 문틈으로 이시가미의 목소리가 날아들었다.

"한번 고려해 보지."

43

그는 한 가지 방안을 머릿속에 떠올렸다. 그 생각에는 이미 일반인의 상식을 초월한 광기가 배어 있었다. 광기를 발아한 건 맹신이었다.

그는 시마의 설명을 전적으로 믿었다. 가짜 의식에 효과가 있다고 굳게 믿었다. 그 순간, 위태로이 균형을 유지하던 그의 정신이 굴러 떨어지듯 광기로 치달았다.

그의 소망은 단 하나, 딸의 완전한 부활이었다. 인형에 영혼을 불어넣는 것만으로는 만족할 수 없다, 피와 살을 갖춘 존재로서의 부활을 갈구했다.

광기와 기묘히 공존하는 냉정한 판단력으로 자기 나름의 준비를 해 나갔다. 가장 먼저 고민할 바는 의식을 집행할 장소다. 이에 알맞은 장소가 있었다. 수 년 전 한노(飯能)에 위치한 통나무집을 구입했었다. 그 통나무집은 의식을 집행하기에 안성맞춤인 입지 조건에 위치했다. 한노 역에서 차로 이동할 수밖에 없는 곳에 위치하여 자연으로 둘러싸여 있다는 것만이 유일한 장점인 공간이었다. 주변에는 비슷한 형태의 별장이 몇 채 산재했지만, 시즌이 아닌 요즘에 찾아오는 사람은 없으리라. 밤이 되면 섬뜩할 정도로 괴괴해진다. 차가 있으니 도쿄에서 드나들기도 편하다. 일을 하던 당시에는 직업적인 특성상 도쿄와 떨어진 장소에서 별장을 구할 수밖에 없었는데, 이제 와서 이렇게 요긴하게 쓰이리라곤 상상도 못했다.

그는 먼저 차를 몰아 예비 조사에 착수했다. 예상대로 주변 별장에 사람이 주거하는 기척은 안 보였다. 일시적인 호경기에 충동적으로 구입한 주인들은 섣부른 구매를 지금 후회하고 있으리라. 한노는 리조트 분위기를 내기엔 도쿄에서 너무 가깝다. 지금의 그에게는 외려 유리한 조건이었지만.

이어 의식을 위한 준비를 시작했다. 시마의 설명에 따르면, 의식에 사용하는 제기 일체는 한 번도 사용하지 않은 물건이라야 한다고 했다. 사람 손이 타지 않은 재료로 자신이 직접 만드는 게 가장 바람직하지만, 불가능할 경우에는 새 제품을 의식용으로 사라고 했다. 카발라에 따르면, 중고품에는 의식의 목적과 조화롭지 못한 영향력이 들러붙었을 가능성이 있는 모양이다. 다른 종류의 힘은 시술자의 힘과 합선을 일으켜 위험한 결과를 낳는다. 그렇기에 내재한 에너지가 낭비되지 않은, 아무도 사용하지 않은 새 제품을 써야 한다. 의식에 있어서는 상당히 중요한 부분이었다.

그는 주의 깊게 하나하나 사들이기 시작했다. 도쿄 전역을 끈덕지게 걸어 다니며 모든 도구를 각각 다른 상점에서 샀다. 가장 중요한 도구인 지팡이는 직접 손으로 만들었다. 일출과 동시에 개암나무 가지를 벴다. 그 가지를 19인치(약 48센티미터) 길이로 깎아, 양끝에는 쇠두껍을 씌웠다. 완성된 지팡이는 아마추어의 솜씨치곤 그럭저럭 봐줄 만했다. 그는 새로 산 나이프와 함께 지팡이를 하얀 비단포로 싸 두었다.

옷은 하얀색이 아니라 굳이 붉은색으로 골랐다. 사자의 부활을 위해선 강력한 에너지를 내포하는 화성(火星)의 힘이 필요했기 때문이다. 화성을 상징하는 색이 붉은색이다. 그는 의식에 사용할 방을 붉은색으로 완전히 통일시켰다. 커튼과 카펫은 불론 벽의 목재도 붉은색으로 새로 칠했다.

그러한 준비를 모두 완료하는 데 이 주가 걸렸다. 밤에도 거의 자지 않고 준비에 매달렸는데도, 그만큼이나 시간이 걸렸다. 그는 그 사이 하루에 한 끼밖에 섭취하지 않았다. 자신의 몸을 정화하여 내적 힘을 활성화하기 위해서였다. 실제로 의식에 들어갈 때는 일주일 전부터 단식을 하지 않으면 안 된다.

그는 세세한 규칙과 금기들을 엄수하며 행동을 개시했다. 딸의 영혼이 머무를 대리물을 찾아내야 한다. 그는 인형으로 족할 마음은 애당초 없었다. 그가 원한 건 살아 있는 인간의 몸이었다.

그는 과거에 곧잘 그랬던 것처럼 공원 벤치에서 시간을 보냈다. 그곳에서 노는 아이들이 그의 표적이다. 그저 해바라기를 즐기는 척하며, 그는 주의 깊게 아이들을 살펴봤다. 가장 중요한 건 대리물의 선정이다. 거기서 어긋나면 지금까지의 준비가 모두 쓸모없어진다.

그가 가장 중히 여긴 건 체격과 이름이었다. 체격은 딸과 비슷해야 한다. 동시에 이름도 중요하다. 딸과 같이 디지털 루트가 4인 이름이어야 한다. 그렇지 않으면 내려온 영혼이 대리물과 완전히 조화하려는 순간 어긋난다.

이 부분이 가장 어려웠다. 한 사람 한 사람 말을 걸어 이름을 확인할 수가 없었다. 이를테면 과자를 미끼로 캐묻는다고 조건에 맞는 아이와 만난다는 보장이 없었다. 그런 짓을 반복했다가는 부모들의 경계를 불러일으키리라. 이상한 남자가 출몰한다는 평판이 도는 순간, 그걸로 끝이다.

그는 이틀간 하릴없이 시간을 보내다가 좋은 아이디어가 떠올랐다. 개를 데리고 온 노인 주위로 아이들이 모여드는 걸 보고 머릿속이 번뜩했다. 얼른 되도록 작고 귀여운 강아지를 샀다. 목에 줄을 달아 강아지를 공원에 데리고 다니는 것만으로 아이들이 즐거워하며 모여들었다.

그는 방긋 미소를 지으며 개를 쓰다듬는 아이들에게 말을 걸었다. 남자 애들에게는 볼일이 없다. 다섯 살쯤 되어 보이는 예쁘게 생긴 여자 아이가 바람직하다.

"강아지 좋아해?"

그렇게 묻는 것만으로 아이들은 아무 의심 없이 그를 따랐다.

"강아지 이름이 뭐예요?"

"이 개, 몇 살이에요?"

그는 질문에 대답을 해 주며 자연스레 아이들의 이름을 물었다.

개를 데리고 다닌 지 사흘째 되는 날이었다. 유치원에서 귀가하오는 3시경을 노리고 공원으로 향했다. 아이들이 멋대로 '치비'라 이름 붙인 강아지 주위로 순식간에 아이들이 모여든다. 그는 친절히 상대하며 한 아이, 한 아이의 이름을 물었다. 그러다 디지털 루트가 4인 아이를 찾아냈다. 계산이 틀리지 않았는지 머릿속으로 몇 번이고 확인했다. 틀림없다. 그는 확신에 찼다.

"어디 사니?"

그는 상냥히 물었다.

아이는 자기 집을 설명하는 데 빠져 들었다. "저기서 돌았다가 거기서 이렇게 돌면 우리 집이에요."라고 했다. 유치하고 엉성한 길 안내였지만, 그거면 충분했다.

"오늘은 엄마랑 함께 왔니?"

"응." 아이가 기운차게 고개를 끄덕인다. "저기 있어요. 그렇지만 엄마는 저녁에 일 나가야 해서 나 혼자 집을 지켜요."

"와, 대단하네."

그의 눈이 반짝거렸다.

목표가 결정됐다.

44

현관 벨을 누르자 누구냐고 묻지도 않고 문을 연다. 이쓰코가
문 사이로 민얼굴을 내밀었다.

"별일이네. 수사 중에 두 번이나 찾아오다니."

"방해가 됐나?"

사에키가 미끄러지듯 안으로 들어섰다.

"그럴 리가 없잖아. 언제든 대환영이야."

이쓰코가 몸을 비켜 사에키를 안으로 들어오게 했다.

안으로 발걸음을 옮기자 변함없이 깨끗이 정리된 거실이 보인
다. 미리 간다고 전화를 넣기는 했지만, 그렇다고 다급히 청소하
지는 않았으리라. 업무 자료도 책상 위에 반듯이 정리하여 올려놓
았다.

"일하는 중이었어?"

사에키가 돌아보며 묻자 이쓰코는 입술 한쪽 끝을 실룩거리며

익살맞은 표정을 짓는다.

"쉬는 시간이야. 워드프로세서 앞에 앉아만 있다고 글이 술술 써 지는 것도 아니니까."

이쓰코는 낡은 회색의, 흔히 트레이닝복이라 부르는 꽤 털털한 옷을 입고 있다. 사에키가 오든 말든 집에서 노상 입는 평상복이다. 짧은 머리 스타일로 앳된 소년처럼 보인다. 사에키는 그 모습이 싫지 않았다.

"처음 만났을 때는 머리가 꽤 길었는데 말이야."

상의를 벗고 소파에 몸을 기대며 뒤에 선 이쓰코에게 한마디 던졌다.

"그랬지. 근데 갑자기 왜?"

"아니, 오늘 경시청에 갔다가 이쓰코 얘기가 나와서 말이야."

"웬일로?"

흥미가 생겼는지 젖은 손으로 곁에 다가왔다. 사에키에게 줄 먹을거리를 준비하던 모양이다.

"이시가미라는 남자 알아?"

이쓰코를 바라보며 물었다.

"누구?"

"경무국 감찰관. 캐리어야."

"아아, 그래. 자기한테 가기 전에 한번 인터뷰를 신청한 적이 있었어. 매몰차게 거절당했지만."

이쓰코가 소파 등받이에 걸터앉았다.

"그런 일이 있었군. 처음 듣네."

"캐리어 몇 사람을 취재했었지."

"그러다 내가 당첨됐다는 건가?"

"빙고."

이쓰코가 사에키의 어깨를 툭 치고는 부엌으로 돌아갔다.

사에키는 지금도 기억한다, 이쓰코와의 첫 만남을. 사에키가 수사 1과장에 막 취임했을 때의 일이다.

이쓰코는 일언반구도 없이 그 앞에 나타났다. 거의 방약무인이라 할 만큼 막무가내로 쳐들어 온 취재였다. 이쓰코는 당시 프리르포라이터로 나선지 얼마 안 돼 무서울 게 없던 시기였다. 지금도 그때의 일이 화제로 떠오르면 그 무모함을 두고 서로 웃는다.

"캐리어와 논캐리어의 차이에 대해 어떻게 생각하는지 말씀해 주세요."

자기소개를 마치고 이쓰코는 단도직입적으로 물었다. 딱히 바쁘지는 않았지만, 그런 취재에는 응하지 않는다고 사에키는 가볍게 일축했다.

그날은 그것으로 끝났다. 그러나 이쓰코의 근성은 노련한 기자가 무색할 지경이었다. 사에키가 퇴근하는 틈을 노려 이쓰코가 다시 공세를 취했다.

"전 경찰 승진제도의 모순을 취재하고 있어요. 단순히 학력의 차이만으로 경험도 없는 일부 엘리트가 경찰을 지휘하는 자리에 취임하는 데 대해 논캐리어로부터 불만의 목소리가 이렇게 들끓고 있어요."

이쓰코는 워드프로세서로 타이핑한, 활자로 가득 메운 종이 다발을 꺼내 사에키 눈앞에서 탕탕 내리쳤다.

주차장에 세워 놓은 차로 서둘러 가던 사에키는 발걸음을 멈추지도 않고 곁눈으로 힐끗 봤다. 이쓰코가 뒤쫓듯이 따라온다.

"당신 혼자서 취재한 건가?"

사에키가 종이의 분량을 어림하여 물었다.

"물론이죠."

이쓰코가 딱 부러지게 답했다.

사에키는 주위를 한번 살펴보고는 곁에 아무도 없다는 양 발걸음을 재촉했다. 이쓰코가 필사적으로 말을 걸었다.

"제가 묻고 싶은 건 경찰 상층부를 좌지우지하는 캐리어들이 반감의 목소리를 어떻게 받아들이고 있느냐는 거죠. 한 번 읽어 보시고 감상을 들려주세요."

사에키는 자기 차 옆에 멈춰 서서 키를 꺼내 꽂았다. 이쓰코를 완전히 무시했다.

"기다려 주세요."

이쓰코가 문틈으로 손을 끼워 넣었다.

사에키는 그제야 처음으로 이쓰코의 얼굴을 정면으로 바라보며 차가운 목소리로 대꾸했다.

"그렇게나 많은 사람의 목소리를 모은 노력은 가상하군. 하지만 그중에 몇 명이나 진심을 털어놨을지, 당신은 고민해 본 적 있나?"

"무슨 말인가요?"

이쓰코는 깜짝 놀라 문에서 손을 뗐다. 사에키는 그 틈에 문을 닫아 차를 출발시켰다. 그 자리에 남겨진 이쓰코가 망연히 서 있는 모습이 백미러로 보였다.

그날 이후로 이쓰코는 매일 사에키 주위에 나타났다. 경시청 청사에 들어오지만 않을 뿐, 항상 퇴근길을 틈타 말을 걸었다. 사에키는 귀찮다고 여기면서도 그 집요함에 감탄했다. 그러나 근성으로 승부하자면 자신이 질 이유가 없었다. 어느 쪽이 먼저 꺾이느냐, 거의 대결 양상에까지 이르렀다.

사에키가 이쓰코를 무시하고 차를 출발시켜 버리면, 이쓰코는 굴하지 않고 사에키의 맨션까지 쫓아왔다. 맨션 앞 길가에 서서 사에키의 방 창문을 올려다보며 버티고 섰다. 두세 시간을 마냥 대기하다가 전차가 끊길 시간에야 간신히 자리를 뜬다. 그런 상황은 이 주간이나 반복됐다. 사에키는 일부러 돌아가기도 하고, 요요기의 집으로 돌아가거나 하여 허탕 치게 만들었지만, 이쓰코는 포기하지 않았다.

"정말 지길 싫어한다고."

나중에 이쓰코가 웃으며 고백했지만, 웃어넘길 수 없는 일도 있었다.

어느 날이었다. 밤 8시를 지나 갑자기 내리기 시작한 비는 서서히 거세지다 이내 폭우로 변했다. 사에키는 그날 일찍 퇴근하여 쉬고 있었는데, 문득 생각나 창밖을 내려다보니 이쓰코가 흠뻑 젖은 채 서 있었다. 우산을 안 갖고 왔는지 젖게 내버려 두고 있다.

사에키는 커튼을 치며 그냥 놔두기로 했다. 저러다 포기하고 돌아가겠지 싶었다.

그러나 이쓰코의 근성은 그 이상이었다. 이쓰코는 열이 나 쓰러질 때까지 버텼다. 길바닥에 쓰러져 있는 걸 그냥 방치할 수만은 없었다. 혀를 차고픈 마음을 참으며 맨션 안으로 옮겼다. 옷을 벗길 수가 없어 목욕타월을 건네 샤워실로 밀어 놓았다. 트레이닝복을 빌려 주고 차로 집까지 데려다 줬다.

"죄송해요, 폐를 끼쳐서."

온몸이 떨려 바르르 소리 내는 이 사이로 이쓰코가 말을 내뱉었다. 오한이 나는 모양이다.

"어째서 이렇게까지 오기를 부리는 건가."

쌀쌀맞은 얼굴로 정면을 바라본 채 사에키가 물었다.

"진심이 듣고 싶었으니까요. 경찰관의 진심을."

"뭘 위해?"

이쓰코는 팔로 자기 몸을 꽉 감싸 안으며 대답했다.

"경찰은 우리 생활의 안전과 직결되잖아요. 알고 싶어 하는 건 당연하지 않나요?"

사에키는 아무 대꾸도 하지 않았지만 이쓰코의 말이 가슴 깊이 박히듯이 느껴졌다. 직무를 지키는 데 급급하여 일반인의 시선을 살펴보려 하지 않았던 자신을 돌아보게 됐다.

며칠 후 사과의 뜻이라며 이쓰코가 식사에 초대했다. 그는 거절하지 않았다. 이쓰코는 꽤나 풀이 죽어 있었지만 다부진 말투는 여전했다.

"저, 다시 한 번 취재하기로 했어요. 좀 더 깊은 데까지 파고들어 가 좋은 르포를 쓰고 싶어요."

"좋은 생각이군."

그게 이쓰코와의 시작이었다.

이쓰코는 자신이 이혼한 적 있다고 솔직히 고백하며 이렇게 말했다.

"이혼으로 상처 입고서 남자한테 지지 않겠다는 맘으로 오기를 부린 건 아냐. 다만 여자 혼자 살아간다는 게 어떤 건지 확인하고 싶었어."

몇 개월 후 논캐리어가 캐리어를 구타한 사건이 세상의 주목을 모았다. 마침 그때 출간된 이쓰코의 르포는 삽시간에 베스트셀러에 올랐다.

"타이밍이 좋았나 봐."

이쓰코는 별일 아니라는 듯이 말했지만, 그 책은 큰 파문을 불러일으켰다. 봉건적이라 할 정도로 폐쇄적인 경찰 조직을 규탄하는 목소리가 여기저기서 들끓은 것이다. 사에키는 히스테릭하게 민주주의를 강조하는 논조가 탐탁지 않았지만 대체의 여론에는 찬성했다. 그러면서도 동시에 이런 지적이 어떤 효력도 없으리라는 걸 깨닫고 있었다.

사에키의 예상대로, 시간이 지나면서 세상의 관심은 시들해졌고, 당연하게도 경찰은 근본적인 제도 개혁 같은 데 나서지 않았다. 이쓰코는 지금까지도 그에 대해 분해했다.

사에키는 순간 정신이 들며 회상을 중단했다. 평소와 달리 자신이 과거를 아련히 그리워하고 있음을 알아챘다. 마음이 약해졌다는 걸 자각했다. 왜 그런지 그 이유는 짜증 날 정도로 잘 안다. 남대하는 듯한 딸의 눈길이 유리 파편이 되어 가슴을 찌른 것이다. 피하고 싶어도 피할 수 없는 싸늘한 파편이었다.

사에키는 마음을 진정시키려고 테이블 위로 보이는 주간지에 손을 뻗었다. 《주간 춘추》였다. 하드한 기사와 소프트한 기사가 섞인 가벼운 잡지다. 사에키는 설렁설렁 페이지를 넘기며 대충 훑어보다가 문득 신경 쓰이는 기사에 눈길이 멈췄다.

처음부터 끝까지 정독했다. 뭔지 모르겠지만 사에키의 직감을 자극하는 부분이 있다.

"이 주간지, 이번 주 거야?"

사에키는 부엌에 있는 이쓰코에게 물었다. 이쓰코는 요리와 격투 중이었다.

"응? 아아, 그거. 지난주 거야."

"지난주라······." 사에키는 다시 한 번 기사를 들여다봤다. "이것 좀 빌려 가도 될까?"

"괜찮아. 다 읽었으니까 가져가."

"고마워."

사에키는 눈으로 제목을 따라 읽었다. 거기에는 〈연속되는 악질 신흥종교의 피해〉라고 씌어 있었다.

45

　목표로 삼은 아이가 사는 집은 그날 중으로 확인해 두었다. 아이가 저녁까지 친구와 논다는 사실도 확인했다. 그런 뒤 일단 아이 주위를 맴도는 것을 관뒀다. 근처에 사는 사람들의 눈을 경계했다.

　그는 카발라에 따라 의식을 행할 날을 정하고는, 그날에 맞춰 단식을 개시했다. 애초에 식사량을 줄여 놓은 덕분에 단식은 그렇게까지 괴롭지 않았다. 산 제물로 삼을 닭도 구입했다. 시마한테 소개받은 시라오카(白岡)의 개인 농장에서 검은 닭 한 마리를 샀다. 교단에서도 의식용 닭을 여기서 구입한다고 시마에게 들었다. 닭의 용도를 묻지 않고 그저 돈만 내면 넘겨준다. 그러니 교단에서도 항상 여기서 조달하는 모양이다.

　그는 닭을 한노의 통나무집에 마련해 둔 새장에 넣어 뒀다. 모이나 물은 매일 빠지지 않고 줬다. 의식 당일 전에 죽어 버린다면 말짱 도루묵이다. 그는 애정을 담아 닭을 돌봤다.

의식은 월요일로 정했다. 한 주의 첫날인 월요일이 우주의 에너지가 가장 넘쳐흐르는 날이기 때문이다. 그는 그 날을 대비해 목욕재계를 거듭하며 신에게 기도했다. 자신 안의 에너지가 서서히 팽창하는 게 느껴졌다.

아이를 데리고 가는 날은 의식 당일이다. 그는 실패할 가능성을 고려하지 않았다. 단 한 번의 기회에 성공하리라는 확신이 이유 없이 들었다.

저녁 5시 반. 그는 개를 차에 태워 출발했다. 사전에 봐 둔 기찻길 인근 도로에 주차하고 차에서 가만히 기다렸다. 길 왼편 콘크리트 벽 안쪽으로 전차가 달린다. 오른쪽으로 불퉁스레 회색 창고가 보이고 가로등이 휑뎅그렁하게 같은 간격으로 서 있다. 지나가는 사람이 거의 없는 대신에 콘크리트 벽에 인접해 불법 주차 차량이 늘어서 있다. 그는 차를 그 안에 집어넣고 아이가 오기를 기다렸다.

선글라스 같은 걸로 얼굴을 가릴 생각은 없었다. 눈에 띄지 않는 게 중요하다. 쓸데없는 잔꾀를 부려 봐야 통행이 별로 없는 거리에서 괜히 더 수상하게 보일 뿐이다. 주목받지 않으면 목격자 따위 두렵지 않다는 걸 그는 숙지하고 있었다.

주변이 급속히 저녁놀에 휩싸인다. 쾌청한 하늘이 핏빛처럼 붉게 물든다. 거리에 은밀한 밤의 기운이 섞여 들기 시작한다. 이제 곧 아이가 돌아올 시간이다.

시계 침이 5시 43분을 가리킬 때였다. '타다닥' 하는 발소리와 함께 차 백미러로 귀가를 서두르는 소녀의 모습이 비친다.

'어두워지기 전에 얼른 집에 돌아오라고 부모에게 주의를 받았겠지.'

자그마한 발을 쉼 없이 놀리자 거의 잔달음질에 가까워졌다. 그는 천천히 몸을 일으켜 뒷좌석에서 강아지를 안아 올리고는 문을 열어 개를 땅바닥에 내려놨다. 그가 손을 놓자 개는 뒤도 안 돌아보고 바로 뛰쳐나갔다.

"앗, 이놈이."

그가 일부러 목소리를 크게 내며 주의를 끌었다. 강아지는 쏜살같이 소녀에게 달려간다.

"어머." 소녀의 얼굴에 희색이 감돌며 반가워한다. "강아지다."

웅크려 앉아 강아지를 붙잡았다. 단번에 손에 잡힌 강아지는 꼬리를 살랑거리며 애교를 떤다.

"고마워."

"아, 전에 봤던 아저씨다. 아아, 얘는 치비구나."

소녀가 그의 얼굴을 올려다보며 아는 체를 했다. 그러면서 개의 머리를 사랑스레 쓰다듬는다.

"다행이다. 도망쳐 버렸나 했어."

"얘, 도망쳐요?"

신기하다는 듯 소녀가 고개를 갸웃거린다.

"응. 장난꾸러기야. 한눈팔면 바로 어딘가로 사라지거든."

그도 웅크려 앉아 소녀와 시선을 맞췄다.

"도망쳐도 괜찮아요. 제가 찾아줄게요."

소녀가 가슴을 쫙 폈다.

"우와 믿음직한데. 근데 강아지 찾으면 아저씨한테 진짜 데리고 와 줄 거야?"

소녀는 속상하다는 듯 뾰로통한 표정을 짓는다.

"그럼요. 다른 사람 개를 맘대로 데려가지 않아요."

"그래그래, 미안. 그렇지만 개를 좋아하지?"

소녀는 꾸벅 고개를 끄덕인다.

"응. 근데요, 엄마가 키우면 안 된다고 했어요."

"그렇구나. 엄마가 허락해 주지 않는구나. 그럼 안 되겠는걸."

그는 동정 어린 말투로 얘기했다.

"응."

소녀는 풀이 죽어 고개를 떨어뜨리며 강아지 등을 쓰다듬고 있다.

"그럼, 이러면 어떨까. 아저씨 집에 강아지가 한 마리 더 있거든. 그걸 너한테 줄게. 아저씨 집에서 키우긴 하지만 네 거야. 언제든지 와서 강아지랑 놀아도 돼. 어때?"

"정말요? 그렇지만 엄마한테 말해야 하는데……."

소녀가 고개를 들며 눈을 반짝거렸다.

"엄마한테는 아저씨가 말해 둘게. 분명 엄마도 괜찮다고 할 거야."

"정말요?"

"아저씨한테 맡겨 봐."

"응."

소녀의 얼굴에 웃음이 가득했다. 그도 미소로 답했다.

"그럼 얼른 강아지를 만나러 가 볼까. 아저씨 차는 저거야." 그가 차를 가리켰다. "아저씨 집은 바로 요 근처니까 잠깐 들렀다 가도 엄마한테 안 들킬 거야."

"응!"

소녀는 강아지를 안아 들고 아무 경계 없이 차에 올라탔다.

"자, 출발한다."

그는 신중히 차를 출발시켰다. 주위를 주의 깊게 훑어봤지만 아무도 없었다.

46

이쓰코의 맨션에서 하룻밤을 보낸 사에키는 이른 아침에 눈을 떠, 손수 아침을 지어 먹고 나섰다. 서로의 생활공간을 침범하지 않고 자신의 일은 알아서 하는 게 사에키와 이쓰코 사이의 암묵적인 규칙이었다. 이쓰코는 일단 일어났다가 사에키가 나가는 걸 지켜보고 다시 한숨 잘 모양이다. 잠옷 차림으로 사에키가 식사하는 모습을 보고 현관에서 배웅했다.

하늘이 흐렸다. 겨울의 무거운 하늘이 손에 닿을 만치 낮게 내려 깔렸다. 출입문을 나서자마자 흉포한 추위가 온몸을 들쑤셔 왔다. 사에키는 저도 모르게 코트 옷깃 사이로 얼굴을 파묻었다.

그때였다. 섬광이 번뜩하며 순간 사에키를 덮쳤다. 사에키는 실눈으로 빛이 덮친 방향을 찾았다.

카메라를 든 남자가 계속 플래시를 터뜨리고 있다. 사에키는 손을 들어 눈을 찔러 오는 빛을 가로막았다.

"뭐야."

당황한 기색도 없이 사에키는 무표정한 얼굴로 남자에게 다가갔다. 남자는 카메라에서 눈을 떼며 실실 능글맞은 웃음을 짓는다.

"당신 누구야. 어디 카메라맨이야?"

한 발 한 발 뒤로 물러나는 카메라맨의 팔을 붙잡고 끌어당겼다. 카메라맨은 몸을 숙이며 악동이 허세 부리듯 대꾸했다.

"다, 당신, 경시청 사에키 과장이지?"

사에키는 아무 대답 않고 날카로운 눈매로 매섭게 쏘아봤다. 남자는 말을 더듬으며 계속 말을 이었다.

"소녀 살해 사건 진두지휘를 맡은 게 당신이지? 신출귀몰해서 밤이고 아침이고 급습해도 잡기 힘들다고 기자들 사이에서 평판이 자자하더군. 아, 아파, 좀, 놔줘."

사에키는 그제야 팔을 놔줬다. 남자는 호들갑스레 비껴 서며 오른팔을 두세 번 흔들었다.

"어이구, 엄청 힘이 세군요, 과장님."

"사진은 어디에 쓰려고 찍었어?"

사에키의 목소리는 담담하고 나지막하여 외려 오싹한 느낌이 들었다. 남자는 움찔하며 한 발 뒤로 물러났다.

"헤헤. 신출귀몰하다는 이유를 알았어. 경시청 수사 1과장님께서 애인을 숨겨 두고 있었다니, 엄청난 뉴스군."

"필름을 넘겨."

사에키가 다그치며 손을 뻗었다.

"우, 웃기지 마. 이런 특종을 순순히 넘겨줄 것 같아?"

사에키는 남자에게 달려들어 붙잡고 팔을 비틀어 카메라를 뺏으려 했다.

그 순간 길 반대편에서 또 다른 플래시가 쏟아졌다. 사에키가 얼굴을 들자 또다시 섬광이 터졌다. 카메라맨이 둘이었던 것이다.

"헤헤, 이걸 뺏어 봐야 아무 소용없다고. 이젠 늦었어."

다른 카메라맨이 다시 사에키를 찍고 나서는 쥐새끼처럼 뛰어 도망쳤다. 사에키가 쫓아갈 엄두를 못 낼 정도로 엄청난 달음박질이었다.

"쳇."

사에키는 혀를 차며 남자의 손을 놔줬다. 남자는 실룩실룩 얼굴 근육을 떨면서 웃음 지으며 뒷걸음질 치다가, 사에키의 얼굴에서 체념의 기색을 발견하자 등을 돌려 다급히 뛰어갔다.

사에키는 고개를 한 번 젓고는 자기 차로 향했다.

그 사진은 다음 날 아침 발매된 사진 주간지에 게재됐다. 사에키가 이쓰코의 맨션에서 나오는 순간을 멋들어지게 잡았다. 사진과 함께 실린 기사에는 수사를 지휘하는 1과장이 애인 집에나 빈번히 드나드니 범인을 검거 못하는 것도 무리가 아니라는 식의 빈정거림이 녹아 있었다.

당연하게도 그 기사는 여론의 맹렬한 반응을 불러일으켰다. 수사본부를 규탄하는 목소리가 순식간에 끓어올라 각 매스컴 지면을 장식했다. 침체된 수사 상황에 대한 우려가 아니라 경찰을 비난할 기회를 잡았다는 데 희희낙락하는 논조의 잡지가 많았다. 분명 뉴스로 치자면 유아 살해보다 훨씬 센세이셔널한 소재이리라.

당사자인 사에키는 대단하다 싶을 정도로 침묵으로 일관했다. 한마디 변명도 않고 아무 일 없다는 양 평정한 얼굴로 직무를 수행했다. 가이 형사부장은 완전히 노발대발하여 수사본부에 쳐들어왔지만, 사에키는 아무 동요 없이 가이를 맞이했다. 경찰청 장관의 눈치를 봐야 하는 가이는, 처음에는 얼굴에 핏줄이 선할 정도로 호통을 치더니 시간이 지남에 따라 목청이 낮아지며 결국엔 추후 조치를 지켜보겠노라며 사태를 단속할 뿐이었다.

사에키에게 반발하던 다수파도, 그리고 공감하던 일부 소수파도 마른침을 삼키며 사에키에게 내려질 처분을 지켜봤다.

하지만 그런 내부 사정을 단숨에 날려 버리는 사건이 발생했다.

범인으로부터 성명이 각 매스컴으로 날아든 것이다.

47

아이가 시끄럽게 굴지 않게 하려고 잠을 재웠다. 수면제를 손에 넣지 못해 아이용 감기약 시럽을 두 병 마시게 했다. 아이는 달콤한 시럽을 좋아라 하며 마시더니 금세 새근새근 잠들었다.

통나무집에 도착한 그는 소녀를 안아서 침대로 옮겨 이불을 덮어 주고 자게 놔두었다. 의식은 자정에 개시할 예정이었다.

한 번쯤은 깨나지 않을까 걱정했는데 소녀는 내내 곤히 잠들었다. 그냥 놔두면 내일 아침까지 일어나지 않으리라. 그에게는 유리한 상황이다.

그는 심야까지 느긋하게 시간을 보냈다. 샤워를 하여 몸을 청결히 한 후 오랜만에 책을 펼쳐 봤다. 학생 시절 한 번 읽었던 니체의 《차라투스트라는 이렇게 말했다》였다. 당시에는 잘 이해되지 않았던 문장도 왜 그런지 지금은 마음 깊이 들어왔다. 그의 마음속에서 생겨난 자장이 니체의 단단한 문장과 반응하여 서로 끌어당기는 듯이 느껴졌다. 의식의 장이 한없이 확산하는 걸 놀라워하며 즐겼다. 이렇게 마음이 편해지는 건 정말 간만의 일이다.

농밀한 시간이 눈 깜짝할 사이에 지나갔다. 문득 시계를 보니 11시 반이었다. 그때까지 의식은 머릿속에서 지우고 있었다. 그는 자신이 완벽히 평상심을 유지하고 있음에 은밀히 자찬했다.

그는 입고 있던 옷을 모두 벗고 맨살 위에 붉은 가운을 걸쳤다. 그리고 의식을 위해 준비한 방으로 이동하여 조명을 켰다. 붉은 방은 새빨간 조명으로 덧칠해진다. 그림자마저 묘하게 빨갛다.

그는 만족스러운 눈길로 실내를 둘러봤다. 그곳은 그가 자신의 손으로 만든 성역이다. 바닥에는 원과 두 개의 삼각형을 조합한 마법진이 정확히 그려져 있다. 불의 심벌인 삼각형과 물의 심벌인 역삼각형을 포개 놓은 마법진은 현자의 돌을 상징한다. 촛대에는 검은 초가 꽂혀 있다. 그는 한 번도 사용하지 않은 성냥으로 하나하나 불을 붙였다.

북쪽 방향에 만들어 놓은 제단 위에는 작은 화로가 놓여 있다. 그 안에 담아 놓은 목탄에도 불을 붙이며 파슬리와 검정 겨자 열매, 백단향을 함께 넣었다. 지켜보는 사이 불이 붙어 타닥거리는 소리를 내기 시작한다. 미묘한 향이 피어오른다.

그는 다시 한 번 안을 둘러보고 납득했다는 양 고개를 끄덕인 뒤 침실로 향했다. 소녀는 천진난만한 얼굴로 자고 있다. 그는 조심히 어깨에 손을 얹고 흔들어 깨웠다.

소녀가 실눈을 뜨며 멍한 얼굴로 그를 바라보자 방긋 웃어 주었다. 소녀에 대한 애정이 치밀어 올라 참기 어려웠다.

소녀를 안아 일으켜 손에 들고 온 찻잔을 입에 댔다. 찻잔에는 그가 입원했을 때 받았던 진정제를 빻아 녹인 물이 들어 있다. 목이 말랐는지 소녀는 아무 저항 없이 물을 다시 마시고는 이내 잠에 빠져 들었다.

그는 이불을 걷어 소녀의 옷을 벗겼다. 나체가 된 소녀를 부드럽게 들어 올려 방으로 옮겼다. 귀중품을 다루듯 조심히 제단 위에 뉘었다. 눈을 뜰 기미는 안 보였다.

그는 부엌에서 새장을 가지고 왔다. 닭은 이동하면서 얌전히 새장 안에 틀어박혀 있었다.

모든 준비가 끝나 문을 닫았을 때, 시계는 자정 십 분 전을 가리키고 있었다. 딱 알맞은 시간이다. 그는 천천히 마법진 중심으로 발걸음을 옮겼다.

먼저 조용히 묵도를 드렸다. 신에 대한 감사를 마음으로 노래했다. 그러고는 마법진 주위를 왼쪽으로 세 번 원을 그리듯 돌았다. '왼쪽'은 보이지 않는 힘을 불러내는 중요한 요소 중 하나다.

이후 제단 앞에 꿇어앉아 양손을 깍지 끼고 눈을 감았다. 천천히 숨을 내쉬며 정신을 미간에 집중했다. 입에서 나지막하게 주문이 토해지기 시작했다.

나는 성스러운 부활과 지옥에 떨어진 자의 고뇌로부터
그대, 죽은 자의 영혼을 여기에 불러내기를, 명하노라.

나의 바람에 응하여, 영원한 고뇌에서 벗어나기 위해,
이 성스러운 의식에 따르기를.

처음에는 들릴 듯 말 듯 읊조리는 목소리로 주문을 외웠다. 이를 몇 번이고 되풀이하는 사이 자연히 목소리가 커졌다. 가장 중요한 건 자신의 흥분을 극한까지 억누르는 일이다. 자기 마음속 흥분을 돋우는 동시에, 완전히 지배하지 않으면 안 된다. 그는 정신을 집중하여 기도했다.

주문 이외에 아무 소리도 나지 않았다. 그의 목소리와 초가 타는 소리, 향이 피어오르는 소리만이 완벽한 정적을 깰 뿐이다. 연기가 자욱해지며 방 안을 점점 채워 간다. 연기가 붉은 조명에 부딪혀, 서로 휘감으며 다투다가 소용돌이로 변한다. 연기의 소용돌이는 그를 그러안더니 집어삼킨다. 그는 소용돌이의 중심에서 오로지 영혼 불러내기만을 한없이 되풀이했다.

난방을 켜지도 않았는데 점차 온도가 상승해 가는 게 느껴진다. 그의 이마에 땀이 배어 온다. 그의 몸 안에서 흥분이 파도처럼 밀어닥친다. 한 번 몰려왔다가 물러나는 양태가 파도 그 자체다. 파도는 서서히 잠재력을 키워 간다. 수위가 조금씩 상승하여 임계점에 확연히 다다르기 직전이었다.

파도가 몇 차례 그를 쓸고 지나가는 순간, 그는 의식적으로 정신을 유지했다. 열기를 식히지 않고 고조된 상태를 추켜올렸다.

그는 자리에서 일어나 제단 위의 빵을 살며시 살그머니 소녀의 배에 얹었다. 소녀는 여전히 잠에 빠져 있다. 그는 와인글라스를 손에 쥐고 액체를 빵에 적셨다. 액체는 포도주스였다. 보랏빛 액체는 빵에 스며들며 소녀의 피부로 다가간다.

아아, 내가 바라 마지않는 영혼이여.
나는 전능하신 신의 힘을 얻어,
여기에 그대를 부른다.

그는 개암나무 지팡이를 들어 올리고는 소녀의 몸을 가볍게 때렸다. 그걸 세 번 되풀이하고 다시 주문을 외웠다.

모습을 드러내어, 기쁨으로 충만하여, 오롯이,
미혹하지 말고 내게 말하라.
오소서. 아무 주저 없이.

다시 세 번, 그리고 잠깐 시간을 두고 다시 세 번 지팡으로 소녀를 쳤다.
귓가로 뭉클뭉클 뭔가 엄청난 에너지가 가동하는 걸 의식했다. 에너지는 방 안 가득 넘쳐흘러, 그의 용기를 북돋운다. 이제 흥분이 최고조에 달하려고 한다. 이어 자기 힘으로는 더 이상 억누를 수 없는 상황에까지 다다른다. 그 순간이 숨겨진 힘이 터져 나올 때다. 그는 넘치는 힘과 함께 머릿속에 쳐드는 환희에 온몸이 떨려 왔다.

아아, 내가 바라 마지않는 영혼이여.

그는 새장으로 향했다. 문을 열고 손을 뻗어 닭을 안아 올렸다.
닭은 얌전히 그의 손에 따랐다.

아아, 나는 전능하신 신의 힘을 얻어,
여기에 그대를 부른다.

그는 닭의 목을 오른손으로 비틀었다. 갑자기 꽥 하는 비명이
터져 나왔다. 목이 졸린 닭은, 고통스레 홰를 쳤다.
바로 나이프를 움켜쥐었다. 그걸 닭의 목에 대고 쓰윽 옆으로
당겼다.
선혈이 용솟음쳤다. 닭의 비명이 여전히 울려 퍼진다. 그 피를
소녀의 몸에 두루두루 쏟아 부었다.
닭의 목숨이, 피와 함께 흘러내린다. 생명은 지금, 선혈이 되어
소녀의 몸에 따라진다. 조건이 완비됐다.

오소서. 나의 바람을 채우소서.

뇌수에서 찌릿 소리가 나며 도취되었다. 새된 소리를 울리는 소

리굽쇠가 머릿속에 박힌 것처럼 느껴진다. 그의 입가가 힐끗 올라간다.

그는 양손을 내밀었다. 마치 부서지기 쉬운 정밀한 세공품을 만지듯이 소녀의 목에 손을 얹었다. 소녀의 눈꺼풀이 움찔 움직인다.

그는 죽은 딸의 이름을 불렀다. 딸이 가까이 다가오는 것만 같다.

"지금 네 몸을 바꿔 줄 테니까, 조금만 더 참으렴."

그는 딸이 곁에 있기라도 한 것처럼 중얼거렸다. 그러고는 천천히, 천천히 양손에 힘을 담기 시작했다.

천천히, 천천히.

힘껏, 힘껏.

그는 한숨도 자지 않고 새벽이 밝기를 기다렸다. 딸의 영혼이 소녀의 몸에 내려와 먼동이 트는 순간 딸은 일어날 것이다.

그러나…… 그의 기대는 이루어지지 않았다.

태양이 떠올라도 소녀의 몸은 여전히 차가웠다.

48

워드프로세서로 쓰인 성명문은 도토, 닛포, 마이초 삼대 일간지에 발송됐다. 평범한 갈색 봉투에 겉장도 워드프로세서로 타이핑되어 있었다. 발신인의 이름도 없고 우표 소인은 신주쿠 구 우시고메(牛込) 우체국이었다.

성명문을 받은 신문사의 대응은 제각기 달랐다. 도토와 닛포는 이를 중대하게 여기고 사회부를 통해 바로 경시청에 통보했다. 그러나 마이초 한 곳만이 이를 특종으로 삼으려 했다. 타사에도 같은 문서가 전해졌는지 확인도 않고, 자사만의 특종으로 노려 경찰에 알리지 않은 것이다. 마이초신문은 이전에도 잘못된 정보를 보도하며 오보를 냈었다. 사실 확인을 제대로 하지 않는 마이초신문의 고질병이 또 다시 문제를 일으킨 것이다. 마이초신문은 경시청 기자 클럽에서 고개를 들 수 없는 처지에 이르지만, 이는 이후의 일이었다.

성명문의 내용은 다음과 같았다.

갑작스런 편지, 양해해 주시길 바랍니다.

저는 행방이 묘연한 다다 쇼코의 소식을 아는 자입니다.

저는 쇼코가 사라진 날부터 오늘에 이르기까지, 언제 신문에 나올까 가슴 조리며 지내 왔습니다.

그러나 쇼코 대해서는 신문에 전혀 나오지 않았습니다.

저는 경찰이 어째서 입을 다물고 있는지, 이상하게 생각했습니다.

그래서 신문사 분들에게 이 편지를 쓰고자 결심했습니다.

왜 다다 쇼코가 행방불명된 걸 제가 알고 있느냐 물어보신다면, 그건 제가 쇼코를 데려갔기 때문입니다.

왜 데려갔냐고 물어보신다면, 그건 쇼코가 너무 귀여웠기 때문입니다. 왜 세상 사람들은 어린아이를 보고 귀엽다고 하면 이상한 눈으로 보는 걸까요. 왜 롤리타 콤플렉스라고 하는 걸까요. 세상 사람들은 아이가 귀엽지 않은 걸까요.

전 쇼코가 너무너무 귀여워 참을 수 없었습니다. 그럴 생각은 없었는데, 너무너무 귀여워서 무심코 데려와 버렸습니다.

악의는 없었습니다. 믿어 주십시오.

세상 사람들은 저더러 유괴범이라고 하겠죠. 하지만 그렇지 않습니다. 저는 다만 어린아이가 귀여워서 견딜 수 없었을 뿐입니다.

그걸 알아줬으면 해서 이렇게 편지를 쓰게 됐습니다. 저는 결코 롤리타 콤플렉스가 아닙니다.

얼른 쇼코가 발견됐으면 좋겠습니다. 쇼코도 발견되기를 바라고 있을 거라 생각합니다.

통보를 받은 수사본부에서는 성명문을 둘러싸고 격론이 벌어졌다.

"가장 먼저 확인해야 할 점은 이게 진짜 범인으로부터 온 편지인가의 여부입니다."

고참 형사가 발언했다. 그러자 다른 수사원이 손을 들었다.

"지금 단계에서 다다 쇼코의 실종은 세상에 알려지지 않았습니다. 이 편지의 발신자는 그 사실을 알고 있는 만큼 범인이라 봐도 틀림없지 않겠습니까?"

"아니, 신문에는 분명 발표되지 않았지만 완전히 함구령이 내려진 상태도 아닙니다. 이웃 주민들은 당연히 알고 있을 테고, 친척들한테도 알려졌을 겁니다. 그런 경로를 통해 알게 된 인간이 보낸 못된 장난일 가능성도 있습니다."

"그럼 단순한 장난이라는 겁니까?"

히가시히노 서 형사가 질문했다.

"지금까지 이런 장난질에 실컷 시달린 것도 사실이죠."라고 초로의 형사가 대꾸했다.

주고받는 발언을 듣고 있던 오카모토도 슬슬 끼어들기 시작했다.

"하지만 이번 편지를 단순한 장난이라 보기엔 뭔가 진짜 같다는 느낌을 풍깁니다."

"확실히 그렇죠."

찬성의 목소리가 높아졌다.

"문장이 치졸하여 이 편지를 쓴 인간의 교양이 의심스럽지만, 뭔가 등줄기가 서늘해지는 광기 같은 게 느껴집니다."

"몇 번이고 자신이 롤리타 콤플렉스가 아니라고 강조하는 데서 오히려 콤플렉스가 느껴지지 않습니까?"

"그래, 맞아!"라며 많은 이들이 동의했다. 그 모습을 보며 계장이 정리했다.

"좋아, 자네들 의견은 알겠네. 장난일 가능성을 배제하지 않는 상태에서, 혹시 진짜라면 어떤 부분을 추측할 수 있는지 논의해 보세."

"범인이 편지를 보낸 목적은 뭘까요?"

"얼른 쇼코가 발견됐으면 좋겠다는 말을 보면 시체를 발견해 달라는 의미가 아닐까?"

"정말 이 편지가 진짜라면 쇼코가 죽었다는 건 분명하겠군요. 안타깝지만."

"그렇다면 범인은 뭘 노리는 걸까?" 오카모토가 의견을 내놓았다. "미치광이의 실없는 헛소리일까?"

"유쾌범(愉快犯, 굴절된 형태로 세상을 놀라게 하고 그 반응을 즐길 목적으로 범죄를 저지르는 사람)이 아닐까요?" 기타오카가 발언했다. "이 편지에서는 강한 자기현시욕이 드러납니다. 세상의 관심을 끌고 싶은 건 아닐까요?"

"자기 편지로 인해 매스컴에서 야단법석을 떠는 걸 즐기겠죠."

"진짜 정신이상자가 아닐까?"

"어린 여자 애를 죽인 녀석이라면 애당초 미친놈이죠."

"그렇지."

"이거 읽으면 화가 치솟지 않습니까? '악의는 없습니다.' 이걸 변명이라고 지껄이다니."

"책임을 면하려는 걸까, 아니면 정말로 악의가 없었던 걸까?"

"차라리 면피하려고 쓴 말이라면 애교라도 있죠. 진심으로 악의가 없었다고 믿는다면 정말 지독한 놈이죠."라고 기타오카가 못을 박았다.

"어느 쪽이든 간에 이 편지를 쓴 인간이 미친놈이라는 건 틀림없겠군." 고참 형사의 의견에 다들 고개를 끄덕였다. "진짜라면 범인상이 꽤 좁혀지지 않나? 범인은 이십대 전반에서 삼십대 후반의 남자. 결혼을 하지 않았고, 애인도 없고. 성인 여성에게 흥미가 없는 이른바 롤리타 콤플렉스."

"그리고 편지에 쓴 문장을 보면 교양 수준도 별로 높지 않아. 지능이 낮을지도 모르고."

"의외로 지문이 검출되지 않을까?"

"그럴 리는 없겠죠. 요새 범죄자가 그 정도로 멍청하지는 않을 테니까요."

"일부러 어수룩한 척하고 썼을지도 모릅니다. '왜'라는 표현을 네 번씩이나 반복해서 쓴 건 아무래도 이상합니다."

"최소한 워드프로세서를 사용할 정도의 지적 수준은 있다는 거지."

"그럼, 나보다 똑똑하잖아."라고 한 형사가 농담을 했지만, 웃는 이는 몇 없었다.

"좋아, 알겠네." 사에키가 적당한 틈을 보고 입을 열었다. "어찌됐든 이 편지는 내일 조간을 장식하게 된다. 수사본부로서도 견해를 밝혀야 할 텐데, 일단 지금까지 언급된 내용 정도로 해 두지."

이견은 없었다.

"그렇다면 수사본부는 이 편지를 진짜로 간주하여, 정신이상자에 대한 수사와 시체 수색에 중점을 둔다. 다들 한층 가열 찬 노력을 경주하도록."

다음 날 각 신문사의 기사 1면을 성명문이 장식했다. 텔레비전 뉴스나 와이드쇼에서도 이 편지를 갖고 화제로 삼으면서 세상의 눈을 고정시켰다. 어린아이를 둔 부모들은 더욱 민감하게 받아들여 유치원 통학로를 단체로 다니는 모습이 자주 눈에 띄기 시작했다. 통학버스가 없는 유치원은 아동 수가 현격히 줄어들었다.

브라운관이나 잡지 지면에 다수의 심리학자가 등장하여 제각기 지론을 펼쳤다. 범인 롤리타 콤플렉스 설이 급속히 세간에 침투했다.

그런 소동 가운데 형사들은 묵묵히 수사에 임했다. 이미 체면 따위 신경 쓸 상황이 아니었다. 롤리타 콤플렉스와 관련된 잡지를 발행하는 출판사에 찾아가, 몇 명의 마니아 이름을 알아냈다. 수사 범위가 확대되면서 형사들의 부담도 커졌다.

오카모토 일행은 감색 실비아 소유자 조사를 계속했다. 아직 리스트 가운데 반도 못 끝낸 상황이다. 무거운 발을 질질 끌며 돌아다녀야 할 나날은 당분간 끝날 조짐이 안 보였다.

"어떻게 되는 걸까요?"

기타오카가 길을 걸어가다 뜬금없이 물었다.

"뭐가?"

오카모토가 영문을 몰라 되물었다.

"사에키 과장 처분 말입니다." 기타오카의 입이 뾰로통했다. "이번 소동 덕택에 유야무야됐잖습니까. 매스컴의 관심도 피해갔고, 상부로부터 문책도 전혀 없었고 말이죠."

오카모토도 마음에 걸리던 문제였다. 아니, 수사에 임하는 형사 모두가 마음속에 품고 있던 의문이었다.

그만한 스캔들이면 인책 사임을 면하기 힘든 상황이다. 그런데 상부에서는 아무 처분도 없었고, 경찰청 감찰관이나 임시 직무를 대신할 경시청 수사 2과에서도 아무 움직임이 없었다. 기묘하다 하면 상당히 기묘한 상황이다.

"운이 좋다고 해야 하나, 뭐야 정말. 사실 개인적으로 저 양반도 사람이었구나 하는 맘이 들기도 했습니다만, 바람피우다 걸렸으니 꽤 곤란하지 않을까요? 경찰청 장관도 언짢아할 테고."

기타오카가 과장스럽게 고개를 저었다.

"글쎄."

오카모토는 말을 흐렸다.

필시 책임 추궁을 유야무야한 건 경찰청 장관 본인이리라. 거기에 사에키의 아버지 오시카와 히데요시의 의지가 개입됐다는 건 의심할 여지가 없었다. 사에키의 스캔들이 추적당하면 자칫 오시카와 히데요시에까지 다다르기 때문이다. 불똥이 튀기 전에 재빨리 진화했다는 게 감춰진 사정일 것이다.

대부분의 형사들이 그 사실을 아는 터였고, 아직 모르는 기타오카 같은 이들도 결국엔 진상을 알게 되리라. 애인 소동은 사에키 본인에게도 책임이 있으나, 책임을 회피한 건 그의 의사가 아니었다. 그러나 경찰 내부에서 그 사정을 이해하는 자는 많지 않았다. 사에키는 바늘방석에 앉아 있는 격이었다.

"남 걱정할 때가 아니야. 우린 우리 일이나 잘하면 돼."

49

그는 깊이 낙담했다.

이런 좌절감은 그의 인생에서 거의 처음 겪는 경험이었다. 머리가 혼란스럽고 사고가 완전히 뒤엉키며 공황에 빠져 들었다. 자신이 뭘 해야 할지 종잡을 수 없었다.

그는 소녀의 몸을 몇 번이나 흔들어 봤다. 그저 잠들어 있을지도 모른다는 생각을 지울 수 없었다. 그러나 소녀의 피부는 얼음처럼 차가웠다. 아무리 문질러도 체온은 돌아오지 않았다. 소녀의 생명은 완전히 끊겨, 다시는 숨을 쉬지 않았다.

그는 자신의 노력이 헛수고로 끝났다는 걸 깨닫고 머리를 그러안고 쪼그려 앉았다. 지독한 충격에서 헤어날 수 없었다. 과도했던 기대가, 그 절대치 그대로 거꾸로 뒤집혔다. 깊은 수렁에 처박혀, 빠져 나올 수 없는 절망감에서 허우적댔다.

그는 끼니도 잊고 사흘이나 틀어박혀 있었다. 뺨이 야위고 머리카락은 윤기를 잃어 부스스한 채 두 눈만이 강렬한 광기를 내뿜었다.

사흘이 지나서야 간신히 일어날 수 있었다. 다리가 휘청 흔들리며 현기증이 몰려왔다.

이상한 냄새가 났다. 소녀의 시체가 부패하기 시작한 것이다. 이 냄새가 아니었더라면 그는 언제까지 처박혀 있었으리라. 썩는 냄새가 그를 현실로 되돌려 놨다.

가장 먼저 떠올린 건 시체의 처리였다. 어찌 됐든 쓸모가 없어진 몸뚱어리를 어딘가에 처분하지 않으면 안 된다. 다행히 운반할 차가 있는데다 주위의 이목은 거의 없다. 장소만 잘 선택하면 발견될 일은 없으리라.

그는 썩는 냄새가 나지 않도록 쓰레기용 검정 비닐봉지에 시체를 싸, 입구를 단단히 묶어 맸다. 이런 식으로 묻지 않으면 개가 땅을 팔지도 모른다. 그는 재빨리 작업을 마치고 비닐봉지와 삽, 목장갑을 차에 옮겨 놓았다. 심야에 움직여 야마나시(山梨) 산중에 묻었다. 누구의 눈에도 띄지 않았다.

모든 걸 일단락 짓고 나서야 오랜만에 맨션에 돌아왔다. 방 안은 쉰내로 가득했지만 그는 개의치 않았다. 환기도 않고 소파에 앉아 머리를 감싸 쥐었다.

'어째서일까. 왜 딸은 되살아나지 않았던 걸까……?'

그 의문으로 머릿속이 가득 차 다른 일은 전혀 생각할 수 없었다. 마치 철학가라도 된 듯이 그는 사색에 빠져 들었다. 그 고민만으로 거의 한 달을 보내고 말았다. 그 어떤 일도 할 수가 없었다.

인고의 시간 끝에 간신히 실패의 원인을 찾아냈다. 그는 자신의 의식에는 실수가 없었다고 결론지었다. 몇 번이고 머릿속에서 의식 과정을 재생한 끝에 얻은 결론이다. 도구의 준비에도, 날짜의 선택에도 착오는 없었다. 그렇다면 유일하게 생각할 수 있는 원인은 대리물밖에 없다.

대리물과 딸의 영혼과의 궁합이 맞지 않았던 탓이다. 그는 그렇게 스스로를 납득시켰다. 의식에는 만전을 기했다. 딸의 영혼은 그곳에 내려와 분명 자기 곁에 있었다. 그러나 가장 중요한 대리물이 문제였다. 딸은 그 몸과 결합할 수가 없었던 것이다.

그제야 안개가 걷힌 듯 머릿속이 명료해졌다. 희망이 무너진 게 아니었다. 실패했다면 새로 고치면 된다. 그 단순한 결론이 그를 다시 일으켜 세웠다.

그는 다시 행동을 재개했다. 가장 먼저 착수한 일은 자신의 지식을 좀 더 채우는 것이었다. 시마에게 배운 의식 외에도 효과 있는 마술이 존재할지 모른다. 그는 서점으로 가, 고금의 마술서를 모두 사 모았다. 그 책들을 책상 위에 쌓아 놓고 촌각을 아끼며 독파했다. 대학노트에 빽빽이 메모하면서 나름의 해석을 덧붙이며 체계화했다. 새로 얻은 지식은 그에게 자신감을 불어넣었다.

도구는 새로 준비했다. 한 번 사용한 물건은 모두 파기했다. 다시 하나하나 처음부터 사 모아, 한노의 통나무집으로 옮겨 놓았다.

통나무집에 가둬 놓고 내팽개쳤던 강아지는 이미 아사해 버렸

332

다. 한 달 이상 방치해 둔 강아지의 사체는 부패가 상당히 진행된 터였다. 그는 비닐봉지에 사체를 담아 아무 데나 버렸다.

이제 새로운 대리물 선정에 나섰다. 강아지도 새로 샀다. 물론 꼬리를 밟히지 않으려고 전과 다른 가게에서 샀다.

그러나 또다시 실패할 가능성은 남아 있다. 육체와 혼의 결합만은 사전에 알아낼 수 없기 때문이다.

그래도 상관없다. 실패하면 다시 시도하면 되니까. 딸이 부활할 때까지 몇 번이고, 몇 번이고.

50

사에키가 맨션에 들어섰을 때 싸늘한 방 공기만이 그를 기다리고 있었다. 조명을 켜도 싸늘함은 가시지 않았다. 리모컨으로 난방을 가동했다.

자동응답기 램프가 점멸한다. 누가 메시지를 남긴 모양이다. 스위치를 누르고 넥타이를 풀며 재생되는 소리를 들었다. 목소리의 주인공은 이쓰코였다.

"일 피곤하지? 돌아오면 몇 시라도 상관없으니까 전화 줘요. 기다릴게요."

그뿐이었다. 다른 메시지는 없었다. 몇 시인가 하여 오른손에 시선을 떨어뜨리자 시침이 1시를 가리키고 있다. 이쓰코에게는 아직 초저녁일 시간이다.

몸은 피로에 푹 절어 있었다. 최근 들어 갑자기 체력을 실감하곤 했다. 전에는 세 시간만 자도 충분했지만 이제 그런 무리는 불가능하다. 양복을 벗는 데 남은 힘을 다 쓰고 말아, 아무것도 않고 얼른 침대로 기어 들어가고 싶었다. 위도 신경과민인지 시큰거렸다. 몸 여기저기가 망가진 것 같았다.

무거운 몸을 일으켜 욕조에 뜨거운 물을 받았다. 억지로라도 몸을 담그지 않으면 내일 아침에 견디기 힘들다. 이 피로를 내일로 넘겼다가는 내내 몸이 나른할 것이다. 오늘의 때는 오늘 안에 떨쳐 내는 건, 사에키가 준수하는 일과였다.

따끔할 정도로 뜨거운 물로 샤워하고 나자 조금 정신이 들었다. 욕실에서 나와 우롱차를 마시니 갈증 난 몸에 수분이 스며드는 듯했다.

젖은 머리를 수건으로 털어 내며 소파에 앉았다. 그때서야 전화기를 들어 단축버튼을 눌렀다. 착신음이 몇 번 울리더니 연결된다.

"네, 여보세요."

이쓰코의 목소리는 명료했다. 자지 않았던 모양이다.

"전화 걸었던데."

"아아…… 응."

어중간한 대답이다.

"일하고 있었어?"

"으응, 괜찮아. 내가 전화해 달라고 했잖아."

"무슨 일 있어?"

"응…… 그래."

평소와 달리 말을 얼버무린다. 이쓰코답지 않은 망설임이 수화기에 전해진다.

"왜 그래?"

"응, 일이 커진 것 같아서."

이쓰코가 말하는 '일'이 두 사람의 관계가 세상에 알려진 걸 말하는지, 사건을 가리키는 건지 몰랐지만, 아마 둘 다를 말하는 것이라 사에키는 짐작했다.

"바쁠 텐데, 미안. 전화 걸게 해서."

"괜찮아. 그보다 이쓰코한테까지 폐를 끼쳤네. 잡지기자가 밀어닥치지는 않았어?"

"왔었어." 이쓰코가 간신히 '피식.' 하고 웃음소리를 낸다. "연예인이 된 것 같았어. 재밌더라."

"이쓰코 일하는데 방해가 되지 않았으면 좋겠는데."

"난 괜찮아. 오히려 이름이 알려지고 더 잘됐지."

사에키는 이쓰코가 허세를 부리는 건지 어떤지 불분명했다.

"아마 전부터 나를 미행하지 않았나 싶어. 그걸 내가 알아차리지 못한 게 신기해."

"그러네. 당신답지 않은 실수네."

"정말 그래."

잠시 침묵이 찾아들었다.

"……요새 너무 지친 거 아니야?"

"그럴지도 모르지. 그렇다고 어제오늘의 일도 아니잖아."

"자기가 정한 규칙을 깨서 벌 받은 거야. 수사 중에 우리 집에 왔잖아."

"그럴지도."

"저기 말이야……."

이쓰코가 말을 꺼내 들고는 좀처럼 잇지 못한다. 사에키는 잠자
코 기다렸다.

"자기, 요새 평소랑 다르다는 거, 알아?"

마음을 굳게 먹고 말한다는 기합이 느껴졌다.

"아아…… 아마 그럴지도."

사에키는 부정하지 않았다.

"자기도 아는구나."

이쓰코가 다시 확인한다.

"알고 있다고, 생각해."

"그럼 원인도 알아?"

이쓰코의 말에는 왠지 모르게 절박함이 묻어났다.

"원인? 그거야 피로가 쌓여서 그렇지."

"거짓말."

이쓰코의 툭 내뱉는 말에는 사에키의 거짓말을 꾸짖는 듯한 단
호함이 배어났다.

"그럼 이쓰코는 다른 원인을 알고 있다는 거야?"

수화기 너머로 짧게 토하는 숨소리가 들려온다.

"내가 모를 거라 생각했어? 그렇게 생각했다면 당신은 지독한
바보야."

"화났어? 뭐 때문에 그래?"

이쓰코가 무슨 말을 하는지 사에키는 종잡을 수 없었다. 아무래도 자신의 태도가 이쓰코를 화나게 한 모양이다.

오 초 남짓한 침묵을 깨뜨린 건 이쓰코였다.

"당분간 안 만나는 게 좋겠어."

"무슨 말이야?"

사에키는 자신의 목소리가 냉정하기를 빌었다. 이쓰코의 돌연한 제안에 적잖이 동요했다.

"내가 말하지 않더라도 자기도 그럴 생각이었잖아. 자기 일에 방해되니까."

"내 입장은 신경 안 써도 돼. 내 일은 내가 알아서 하니까."

"아무리 그래도 세간의 관심이 좀 식을 때까지는 안 만나는 게 현명하겠지."

"으응."

사에키는 수긍할 수밖에 없었다.

"그뿐이야. 그 얘기를 하고팠어."

"왜 그래? 내가 이상한 말이라도 했어?"

이쓰코의 말은 지극히 당연했지만 그뿐일 리가 없다. 뭔가 다른 의미가 담겨 있는 것 같다.

"내가 그렇다고 하면 반성이라도 하겠다는 거야? 나도 상처 입을 때가 있어."

"상처? 내가 상처를 줬다는 말이야?"

338

"뭐든지 다 직접 들으려 하지 말고 당신 머리로 고민 좀 해 봐."

"사과라면 언제든 하지. 하지만 이래서야 뭐가 뭔지 알 수가 없잖아."

"거짓말하지 마. 나한테도, 그리고 자신한테도."

"거짓말한다고? 내가?"

"그래." 이쓰코가 짧게 긍정하고는 계속 말을 이었다. "마음 내키면 내가 나중에 전화할게. 건강해."

말릴 틈도 없이 전화가 끊어졌다. 사에키는 미간을 찡그리며 수화기를 테이블 위에 집어던졌다.

머리 뒤로 깍지 끼고 천장을 올려다봤다. 난방 덕분에 실내는 훈기가 돌았지만 싸늘함은 여전했다. 변변한 가구 하나 없는 살풍경한 인테리어가 황량함을 더하는 걸까. 그렇다면 꽃이라도 사다 놓을까.

문득 사에키는 자신이 지독히도 고독하다는 사실을 깨달았다. 둘러봐도 아무도 없다. 그가 필요한 사람도, 필요로 하는 사람도.

'이런 게 강퍅하게 산다는 걸까. 스스로에게 엄격하자고 마음을 다잡는 건 결국 쓸쓸한 인생을 살아야 한다는 걸까. 그렇다면 나는 대체 여태껏 어떤 인생을 살아온 걸까……'

"크크크."

자조의 울림이 입에서 흘러나왔다. 마음 깊은 데서부터 우스워 견딜 수 없다는 듯이, 사에키는 어깨까지 들썩이며 연신 웃음을 터뜨렸다.

51

겨울 기운은 슬그머니 다가오더니 어느샌가 거리를 뒤덮었다. 차가운 바람이 풍경에서 색채를 빼앗아 모든 게 바래져 갔다. 오가는 사람들의 발걸음을 의미 없이 재촉하여 음력 섣달에 들어섰다는 걸 싫어도 알게 만들었다.

얼마 전에 폭서로 끙끙댄 게 거짓말처럼 느껴졌다.

눈 깜짝할 사이 겨울이 도래했다. 가을을 느낄 틈도 없었다. 격랑에 휩쓸린 채 시간을 보내다가 정신을 차려 보니 생각지도 않은 장소에 와 있었다. 그는 강아지를 데리고 정처 없이 헤매는 자신이 낯선 사람처럼 느껴졌다. 삭막한 겨울날에 개를 산보시키러 바깥에 나오다니, 일 년 전에는 상상도 못할 일이었다. 자기에게 벌어지는 일들이 영화나 소설 속 상황인 것만 같아 실감이 안 났다.

그가 근래 들어 다니는 공원은 녹지를 넓게 품어 아이들이 뛰어놀기 적당한 공간이다. 황금색으로 빛이 바랜 잔디 안을 붉은 벽

돌이 깔린 놀이길이 관통해 있다. 군데군데 서 있는 나무의 헐벗은 나뭇가지가 바람에 흔들렸다.

그는 이 공원이 마음에 들었다. 추위 따위에 아랑곳 않는 원기 왕성한 강아지에 이끌려 걷다 보면 자기처럼 개와 동행한 노인과 만나게 된다. 노인의 개는 몸집이 사람 허리까지 이르는 대형 세인트버나드로, 누가 누구를 데리고 가는지 애매하게 보였다. 위풍당당한 혈통 좋은 개가 스쳐 지나가자 강아지는 겁을 먹고 길을 피했다. 세인트버나드는 그런 강아지의 모습을 신기한 듯 바라봤다. 그와 노인은 서로 시선을 교차하며 미소를 나누었다.

오후 3시가 지나면 학교를 마친 소학생과 중학생이 몰려든다. 축구공이나 농구공을 쫓아 뛰어놀기 바쁘다. 어떤 아이들은 캐치볼을 하고, 어떤 아이들은 배드민턴 셔틀콕을 주고받는다. 바람이 강해 배드민턴을 하기에는 썩 형편이 좋지 않다. 시선을 돌리자 하늘 높이 연을 날리는 아이도 보인다. 검은색 가오리연은 강풍을 타고 점점 하늘 높이 날아오른다.

유치원 아이들은 그런 놀이는 못해도, 부모의 감시를 피해 자기들끼리 모여 그저 뛰어놀기만 한다. 술래잡기라든가 숨바꼭질, 깡통차기 등의 규칙은 예나 지금이나 변함없다. 게임에 빠져드는 것과 마찬가지로 애들은 깡통 차기에 열중한다.

놀이길을 따라 한가운데 이르면 인위적으로 만든 실개천을 건널 수 있는 다리에 다다른다. 내천 연안에는 상록수가 우거져 낮에도 어스레한 그림자를 만든다. 강아지는 눅눅한 습기 속에 코를 파묻고 뭐가 재밌는지 수풀을 가르고 있다. 그도 몸을 숙여 강아지의 뒤를 따랐다.

목줄을 단 강아지는 그를 안으로 질질 끌어갔다. 뭔가 흥미를 끈 게 있나 보다. 잔가지를 헤쳐 나가자 수풀 사이로 노란 무언가가 보인다. 개는 그쪽으로 쏜살같이 달려갔다.

강아지가 왈왈 짖자, "앗, 바보, 쉿." 하는 어린 목소리가 들린다. 강아지가 꼬리를 살랑거리며 목소리의 주인공에게 다가간다.

"쉬잇."

쭈그려 앉은 노란 옷을 입은 소녀가 입술에 집게손가락을 대고 강아지를 노려본다. 강아지는 그래도 즐겁다는 양 혀를 내밀고 애교를 떤다. 소녀 옆에 앉아 꼬리로 땅바닥을 훑고 있다.

단발머리를 한 소녀는 남자 애처럼 반바지를 입고 있다. 맨다리가 드러났는데도 전혀 춥지 않은 모양이다. 오른 무릎에 긁힌 상처가 장난꾸러기임을 알게 해 줬다.

"아저씨, 이쪽으로 오지 마세요."

소녀가 목소리를 낮추며 투덜거린다. 그도 웅크려 앉아 소녀에게 다가갔다.

"뭐 해?"

"숨바꼭질이요." 소녀의 얼굴은 마냥 진지했다. "들키면 안 된다고요."

"어이구 큰일이네. 그렇지만 개가 찾아내 버렸는걸."

그도 짐짓 진지한 얼굴을 하며 맞장구쳤다.

"걔는 상관없어요."

소녀가 기를 쓰고 항의한다. 자기 얘기를 한다는 걸 안다는 양 강아지는 연신 애교를 떨며 하아하아 숨을 내쉬었다.

"근데 이 강아지, 진짜 귀엽다. 만져 봐도 돼요?"

"응, 괜찮아."

"안 물어요?"

"안 물어. 얼마나 어른스러운데. 안아도 가만히 있는걸."

"정말요?"

소녀는 쭈뼛쭈뼛 손을 뻗어 강아지 몸을 쓰다듬다가 이내 안아 올려 자기 무릎 위에 올려놓았다. 강아지가 소녀의 볼을 날름 핥는다.

"꺅, 간지러워. 정말 귀엽다."

"강아지 좋아하니?"

"네, 우리 집도 키워요. 곤은 얘보다 훨씬 커요."

"이름이 곤이구나."

"네, 개가 이만해요." 소녀가 손을 크게 휘저으며 설명한다. "얘 이름은 뭐예요?"

"치비(꼬마라는 뜻)라고 해."

"아, 작아서 그렇지 않을까 했는데."

소녀는 웃으며 강아지 등을 쓰다듬었다.

"그래. 네 이름은 뭐니?"

"저요?"

소녀가 가슴을 펴며 자기 이름을 말했다. 그는 미소 지으며 "좋은 이름이네."라고 해 주었다. 정말 좋은 이름이었다.

"근데 말이야, 아저씨한테 들킬 정도면 술래한테 금세 들킬 거 같은데?"

그는 자못 큰일이라는 듯 어깨를 실룩거렸다.

"아저씨가 시끄럽게 얘기하니까 그렇죠. 조용히 있으면 안 들켜요."

소녀의 볼이 볼록해진다.

"아저씨가 더 좋은 장소를 가르쳐 줄게. 거기라면 절대 안 들킬 거야."

"정말요?"

소녀의 얼굴에 의심스러운 표정이 떠오른다.

"정말이야. 아저씬 거짓말 안 해."

"어딘데요?"

"저기야."

그가 주차장 쪽을 가리켰다. 소녀는 고민스럽다는 듯 강아지를 쓰다듬던 동작을 멈췄다.

"흐음. 절대 안 들켜요?"

"절대 안 들켜."

그는 진지한 얼굴로 장담했다.

"그럼, 갈래요."

소녀는 선뜻 동의했다.

그는 치밀어 오르는 웃음을 안 보이도록 발걸음을 돌려 엉거주춤한 자세로 나아갔다. 소녀는 개를 안고 뒤를 따랐다.

수풀을 헤치고 주차장에 나왔다. 평일이라 차도 얼마 없었고 지나다니는 사람도 안 보였다. 그는 소녀에게 등을 돌린 채 가볍게 주먹을 쥐었다. 땀이 살짝 배어 있었다.

"여긴 금세 들킬 거예요."

소녀의 투덜거리는 목소리가 뒤에서 들려왔다.

"그런가."

그는 휙 돌아서 잽싸게 소녀의 배에 주먹을 날렸다. 비명 소리도 내지 못하며 소녀가 축 늘어진다. 팔이 떨어지며 강아지도 바닥에 떨어졌다. 강아지는 난폭한 취급에 항의라도 하는 양 깽깽 짖어 댔다.

그는 소녀의 몸을 들어 올려 차로 옮겼다. 문은 일부러 잠그지 않았다. 서둘러 소녀를 뒷좌석에 뉘어 놓고 모포로 덮었다.

발밑의 강아지를 주워 올려 시동을 걸었다. 주차장에 들어서고 이 분도 채 지나지 않았다. 주변에 아무도 없었다.

그는 자기 솜씨에 만족하며 싱긋 웃음을 지었다.

  범인이 보낸 편지라 간주된 문서는 경시청 과학수사연구소로
보내져 감정을 받았으나 아무 단서도 얻지 못했다.

  편지에 지문은 하나도 없었고, 봉투에서 검출된 지문 몇 개는
우체국 직원의 것이라 판단됐다. 갈색 봉투나 워드프로세서 용지
모두 시중에서 대량 판매되는 물건으로, 이렇다 할 실마리가 하나
도 없었다.

  유일하게 기대를 걸었던 활자체에서 판명된 워드프로세의 기
종도 현재 판매되고 있는 상품 가운데 가장 많이 팔리는 종류였
다. 범인이 주도면밀하게 준비하여 편지를 보냈다는 흔적만 엿보
였다.

  사건과 관련하여 새로운 전개로 흥분했던 수사본부는 감정 결
과에 실망의 빛을 감추지 못했다. 이렇게 명명백백한 도전장으로
부터 아무런 단서를 얻지 못한 데 많은 수사원들이 이를 갈며 분

해했다. 장난일 가능성도 배제하지 않고 다다 가(家) 주변 사람에게까지 수사망을 넓혔으나 수확은 없었다.

그 무렵, 비등하는 여론에 응해 가까스로 매스컴 앞에 모습을 드러낸 사에키 경찰청 장관은 피해자 가족에게 유감의 뜻을 표하면서 동시에 범인을 향한 분노를 숨기지 않았다. 수사가 지체되는 상황에 대한 비난의 목소리는 날로 거세졌다.

2월 20일 목요일. 니시오구 서에서 긴급 기자회견을 연다는 통보가 매스컴 각 사로 전해졌다. 이날 모여든 보도 관계자는 이백 명을 넘었다. 회견장은 열기로 가득 차, 한겨울임에도 불구하고 난방이 필요 없을 정도였다.

회견에는 니시오구 서 서장과 가이 형사부장이 임한 가운데 6시 반부터 시작될 예정이었다. 지난번 스캔들로 매스컴 앞에 모습 드러내기를 삼가게 된 사에키는, 수사본부 텔레비전으로 회견 광경을 지켜봤다.

커다란 텔레비전 앞에 수사원 전원이 모였다. 다들 이제 곧 중대한 발표가 있다는 걸 인지했다. 그리고 그 결과가 불러일으킬 파장을 떠올리며 너나 할 것 없이 긴장한 낯빛을 띠었다.

6시 20분부터 기자회견장 상황이 모니터에 비쳤다. 마이크를 든 아나운서가 지금까지의 사건 경위를 대략적으로 설명한다. 보도 관계자 인파 너머로 보이는 테이블에는 아무도 없었다.

정확히 시간을 맞춰 니시오구 서 서장과 가이 형사부장이 모습을 드러내자 곧바로 플래시 세례가 쏟아졌다. 가이 형사부장의 태연한 얼굴과 니시오구 서 서장의 긴장 어린 표정이 대비되는 가운데 두 사람은 자리에 앉았다.

텔레비전을 보는 형사들에게서 헛기침 하나 나오지 않았다. 어디선가 마른침을 삼키는 소리가 들렸다. 사에키는 자리에 서서 팔짱을 끼고 모니터를 응시했다.

니시오구 서 서장은 정면 마이크의 감도를 확인한 뒤 천천히 말문을 열었다.

"에―, 중대한 발표가 있습니다."

겉치레 인사 없이 바로 시작한다. 가이 형사부장은 떨떠름한 표정을 노골적으로 지으며 팔짱을 낀 채 옆에 앉아 있다.

니시오구 서 서장은 다소 어색한 동작으로 수중에서 종이를 꺼내 펼쳤다.

"오늘 범인이 보낸 두 번째 편지가 니시오구 서에 도착했습니다."

기자석에서 일제히 웅성거림이 일었다. 텔레비전을 응시하는 형사들은 미동도 하지 않았다.

"이것입니다."

니시오구 서 서장은 텔레비전 카메라를 향해 편지를 펼쳐 보였다. 화면 가득 워드프로세서로 타이핑된 글자가 비쳤다.

"지금부터 읽어 드리겠습니다."

기자들에게 한 번 더 편지를 보인 다음 니시오구 서 서장이 잠긴 목소리로 낭독하기 시작했다.

……수사본부장님께. 저는 지난번에 신문사 앞으로 편지를 보낸 자입니다.

제가 보낸 편지는 큰 반향을 일으킨 모양이더군요. 세상 사람들의 높은 관심에 저 자신도 깜짝 놀랐습니다.

텔레비전, 잡지에 실린 다양한 범인상에 대한 추측을 읽었습니다. 어떤 면에서는 들어맞는 데도 있고, 전혀 엉뚱한 추측도 있어 상당히 즐겁게 받아들였습니다.

하나 놀라웠던 건, 아직도 다다 쇼코의 생존을 암시하는 매스컴이 있다는 점이었습니다. 경찰이 단정 짓지 않았기 때문일까요. 아니면 시체를 발견하지 못했기 때문일까요.

그래서 저는, 쓸데없는 오해를 피하기 위해 두 번째 편지를 보낼 결심을 했습니다. 이런 식으로 재차 편지를 드리게 되면 저 자신에게도 위험성이 커집니다만, 이번은 특별 서비스로 드리고자 합니다. 동봉한 사진을 봐 주시길 바랍니다. 제가 말씀드리고자 하는 바를 아시리라 믿습니다.

"……이상입니다."

니시오구 서 서장은 말을 마치고 편지를 접었다. 그리고 한 장의 사진을 꺼내 손을 들어 기자들에게 보였다.

텔레비전 카메라가 놓치지 않고 바로 클로즈업했다. 사진이 화면에 비쳤다.

그 사진은 눈을 감고 누운 다다 쇼코의 모습이었다. 입고 있는 옷은 실종 당시 착용한 것과 똑같았다.

"부, 분명 다다 쇼코인 것 같군요."

기자 하나가 상기된 표정으로 질문을 던졌다. 가이 형사부장이
처음으로 입을 열었다.

"가족 분께 확인을 부탁했습니다. 틀림없습니다."

"가족 분이 찍은 사진일 가능성은 없습니까?"

"아닙니다. 전혀 기억에 없다 하셨고, 이건 폴라로이드 사진입
니다. 다다 씨 댁에는 폴라로이드 카메라가 없습니다."

고통스럽다는 듯 가이가 고개를 저었다.

"이를 통해 편지의 주인이 다다 쇼코를 유괴한 범인과 동일 인
물이라 봐도 무방하겠군요."

"그렇게 단정해도 괜찮으리라 여겨집니다."

"지난번 편지와 문체가 상당히 다른 듯한데, 동일인의 편지입니
까?"

"면밀히 조사 중에 있습니다."

"다른 사람의 편지라면, 지난번 편지는 장난이라는 건가요?"

"지금 단계에선 아무 말도 드릴 수 없습니다."

기자들로부터 쏟아지는 질문은 진작 수사본부에서 논의되었다.
지난 편지와 이번 편지는 명백히 문체가 다르다. 지난 편지는
체포될까 봐 두려워 겁먹은 문체로, 내용 자체가 치졸하다는 인상
을 주었으나, 이번 편지는 교양이 높다는 걸 알아볼 수 있다. 묘하
게 존대를 쓴 말투는 경찰에게 야유를 보내는 듯했다.

분명히 지적할 점이 몇 가지 있었지만, 가장 뚜렷한 점은 한자를 쓰는 방법이었다. "안다(わかる)"라는 말을 지난번에는 "分かる"라는 한자로 썼으나 이번에는 그냥 히라가나로 썼다. 이건 워드프로세서로 쓰며 변환하는 걸 잊은 건지, 그게 아니라 문체의 차이인지 의견이 갈렸다.

단순히 생각한다면 편지를 쓴 사람이 각기 다른 사람이라 볼 수 있지만, 전혀 실마리를 안 남긴 주도면밀함을 고려하면 처음부터 범인은 지능이 높은 자라고 추측된다. 대졸 정도의 학력을 갖고 있다면 문체를 바꿔 쓰는 것도 가능하리라.

결국 수사본부의 의견은 하나로 모아지지 않았다. 확실한 건, 두 번째 편지를 보낸 자가 다다 쇼코의 행방과 깊이 관련 있다는 것뿐이다.

텔레비전에서 가이와 기자들 간의 실랑이가 끝나 가고 있었다. 가이가 경시청 내 종합대책본부를 설치한다고 발표하며 자리를 정리했다.

말없이 화면을 응시하던 수사원들 사이에서 그제야 웅성거림이 일기 시작했다. 종합대책본부에는 수사 담당 외에도 교통, 방범 등으로부터 인원이 파견된다. 니시오구 서까지 포함해 일대 수사망이 펼쳐지는 셈이다. 어떤 형사는 의외의 전개에 흥분하였고, 어떤 형사는 어두운 전망에 암담해했다.

사에키는 아무런 표정 없이 팔짱을 낀 채 한마디도 내뱉지 않았다.

53

　격동의 일 년이 지나 새로운 한 해가 그에게 시작되었다. 그는 맨션에서 강아지와 함께 새해를 맞이했다. 정월 준비는 아무것도 하지 않았다. 섣달 그믐날에 혼자서 맥주 캔을 땄을 뿐이다.

　딱히 인사를 건넬 상대도 없었다. 그를 찾아올 사람도 없었다. 몇 통의 연하장이 날아왔지만 그는 제대로 읽지 않고, 방구석에 처박아 뒀다. 물론 답장도 안 보냈다.

　연말과 정월에 걸쳐 텔레비전을 보며 시간을 보냈다. 신년 특별 프로그램을 보려는 게 아니었다. 그는 뉴스에 시선을 집중했다. 의식을 행할 때가 다가오면 놓치지 않고 뉴스를 보려 애썼다.

　소녀 연속 실종 사건으로 매스컴은 가히 폭발적이라 할 정도로 야단법석을 떨었다. 그는 맥주를 손에 들고 냉정히 뉴스를 응시했다.

　"……연속된 살인사건이라 보고 경시청은 조속히 목격자를 찾는 데 중점을 두고 있다고 발표했습니다. 다음 뉴스입니다……."

전화가 울렸다. 그는 무표정한 눈매로 전화기를 힐끗 쳐다봤다. 전화가 울린 건 수개월만의 일이다. 대체 누가 걸었을까. 짐작 가는 데가 없었다.

그는 성가시다는 듯 몸을 일으켜 천천히 손을 뻗어 전화기를 쥐었다.

"네."

'어차피 잘못 걸린 전화겠지.'

통화 버튼을 누르며 낮은 목소리를 냈다.

"시마입니다."

못지않게 낮은 목소리가 들려왔다. 생각지도 못한 상대에 그는 적잖이 놀랐다.

"아아."

할 말을 잃고 간신히 신음과 같은 소리로 대답하자, 시마가 가래를 끓는 것 같은 웃음소리를 낸다.

"너무하시는군요. 벌써 잊으셨습니까?"

"아뇨, 그런 게 아니라. 너무 의외라서."

"제 전화가 말입니까?"

"예에."

"그렇군요."

뭐가 재밌는지 시마가 "크크크." 하고 웃음소리를 흘린다.

"상당히 오랜만입니다." 돌연 웃음을 멈추고 시마가 대꾸했다.

"교단에도 얼굴을 안 비추셔서 걱정했습니다."

"예에, 격조하고 말았습니다."

"설마 교단을 관두시려는 건 아니겠죠?"

시마의 어조는 평온하기 이를 데 없었지만 은근 힐문조가 담겨 있었다.

"그럴 맘은 전혀 없습니다. 그냥 요새 몸이 좀 안 좋아서요."

그는 변명을 늘어놓았다.

"저런."

"예, 혼자 살아 그런지 앓고 나니 좀처럼 낫질 않네요."

"조심하셔야지요. 감기인가요."

"예, 그런 모양입니다."

"올해 감기가 독하다더군요."

"그렇더군요."

"아직도 안 좋으신가요. 혹시 괜찮으시다면 교단에서 간병할 사람이라도 보내 드릴까요?"

"아뇨, 그러실 필요 없습니다. 이제 제법 괜찮아졌습니다."

"그러시군요. 그럼 얼른 건강한 얼굴을 비춰 주세요."

"조만간 찾아뵙겠습니다."

자기 손으로 의식을 치르게 되면서 교단에 드나들 일이 좀처럼 없어졌다. 전처럼 열렬히 몰두하기가 힘들었다. 목적이 분명한 지금은 굳이 교단에 의지할 필요가 없어진 것이다.

"기다리겠습니다."

시마가 퍼석한 목소리로 말하고는 "그나저나……." 하며 화제를 바꾼다.

"최근 신문은 보셨나요?"

"예, 대충 훑어보기는 합니다만."

시마가 무슨 말을 꺼내려는지 짐작하기 어려웠다.

"요새 어린 여자 아이가 유괴되어 살해된 사건이 연이어 벌어진 건 보셨습니까?"

"네."

그는 평정히 대답했다. 눈썹 하나 까닥하지 않았다.

"무서운 사건이 벌어졌습니다."

"그러게요."

"마쓰모토 씨는 아니시죠?"

시마가 바로 찔러 들어왔다. 그는 시치미를 뗐다.

"네?"

"설마 마쓰모토 씨가 한 짓은 아니시죠?"

시마는 너무나 태연한 목소리로 다시 묻는다.

"무슨 말을 하시는 겁니까. 제가 그런 짓을 할 리가 없잖습니까."

그는 "하하하." 하며 웃어넘겼다.

시마도 메마른 웃음소리를 낸다.

"그렇죠, 마쓰모토 씨가 범인일 리 없죠."

"그럼요. 시마 씨가 가장 잘 아시겠죠."

철저히 시치미를 뗐다. 증거는 아무것도 없을 터였다.

"아니, 전에 강령 방법에 대해 열심히 여쭤 보신 적이 있잖습니까. 그게 살짝 마음이 쓰여서요."

"그렇다면 걱정하실 필요 없습니다. 전 시마 씨가 가르치신 방법에 충실히 따르고 있으니까요."

"그렇죠? 그렇게 말씀해 주시니 안심되는군요. 사건이 일어난 시점하고도 안 맞는데, 제가 괜한 걱정을 하나 싶으면서도 그냥 한번 여쭤 봤습니다."

"걱정을 끼쳐 드려 죄송합니다."

그는 아무렇지도 않게 대답했다.

"그나저나 강령은 잘하고 계시는지요?"

"예, 덕분에. 이제 딸은 제 마음속에 되살아났습니다."

"그러셨군요. 그것 참 잘됐군요."

"제가 그 일도 있고 해서 격조하고 말았습니다."

그는 대충 얼버무렸다. 시마가 정말 이해해 줄지는 의심스러웠다. 딱히 우려할 필요는 없어 보였지만, 그가 일련의 범인이라 의심할 사람이 있다면, 그건 시마뿐이었다.

두 번째 의식도 실패로 끝난 지금, 얼른 세 번째 대리물을 찾아야 한다. 이를 위해서라도 서둘러 시마의 의혹을 봉하는 게 낫다.

그는 조만간 찾아가겠다고 약속한 뒤 전화를 끊었다.

54

종합대책본부가 설치되고 닷새째.

사에키는 간신히 자기 시간을 가질 수 있었다. 대책본부에 합류하는 인원 간의 대면식, 지금까지의 경위 보고, 단서 검토, 차후 수사 방침의 결정, 반 편성, 수사 구역의 배당 — 그런 것들을 회의에서 결정하는 데만 며칠의 시간이 필요했다. 전체 인원을 지휘할 입장인 가이와 사에키는, 단 일 분도 자기 시간을 갖지 못할 정도로 격무에 시달렸다.

일련의 절차를 마치고 나서야 겨우 시간을 냈다. 사에키는 다시 히가시히노 서 수사본부로 돌아가 사이토 나오미 살해 사건에 대한 수사 지휘를 담당했다.

오전 10시. 삼삼오오 수사원들이 자기 담당 구역으로 출발할 무렵, 사에키는 책상 위 전화기로 손을 뻗었다. 가방에서 꺼낸 잡지 속표지를 보며 다이얼을 돌렸다. 전화를 받은 안내원에게 주간 춘추 편집부로 전화를 돌려 달라고 부탁했다.

"……예, 2월 12일호에 실린 신흥종교 기사를 쓴 분과 통화하고 싶습니다만. ……네, 네, 그렇습니까, 알겠습니다. 기다리겠습니다."

수화기를 내려놓자 오카모토가 자신을 지그시 바라보고 있는 걸 알아차렸다.

"무슨 일이라도?"

"아닙니다. 다녀오겠습니다."

오카모토가 슬쩍 고개를 돌리고 기타오카를 재촉하며 방에서 나갔다.

삼십 분 후 전화가 울렸다. 수화기를 들어 올리자 기다리던 상대가 나왔다.

"나다." 귀에 거슬리는 갈라지는 목소리가 들려왔다. "전화했어?"

"역시 너였군." 사에키가 답했다. "그럴 거라 생각했어."

"내가 쓴 기사에 무슨 불평을 하려고 전화했어?"

"묻고 싶은 게 있어서 말이야. 시간 좀 내줘."

아무 대답 없이 종이를 넘기는 소리만 들려왔다. 스케줄을 확인하는 모양이다.

"11시가 비는군. 올 수 있나?"

"11시라." 시간을 확인했다. "좀 늦을지 모르겠군. 11시 반까지는 갈 수 있을 거야."

"알았어. 너 지금 어딘데?"

"히노."

"그럼 신주쿠가 좋겠군. 서쪽 출구 지하에 '모미' 알지?"

"알아. 거기서 11시쯤에."

"기다리지."

퉁명스레 전화가 끊겼다.

사에키는 얼른 자리에서 일어나 출발할 준비를 했다. 옆자리 제
8계장에게 자리를 비운다고 양해를 구한 뒤 서를 뒤로했다.

딱 맞춰 들어오는 전차에 뛰어 탔더니 사십 분 만에 신주쿠에
도착했다. 스도(須藤)는 창가 자리에 앉아 에스프레소를 마시고
있었다.

"기다리게 했군."

눈인사를 건네며 자리에 앉았다. 커피를 주문했다.

"진짜 이십 분 지각이군."

전혀 농담하는 기색도 없이 스도가 대꾸한다.

"미안."

변함없는 무뚝뚝함에 사에키는 쓴웃음을 지었다.

스도는 사에키와 대학 친구였다. 법학부에서 함께 수업을 들었
었다. 학생 때부터 개성 강한 인물로 허물없이 사귀는 친구는 없
었지만, 묘하게 사에키와는 마음이 맞았다. 스도의 독특한 점은
자신이 천재라며 자기 입으로 단언한다는 것이었다. 수재 일색인
대학 안에서도 그 과잉된 자신감은 이채로운 존재였다.

사실 말만 그랬지 학업 성적은 형편없었다. 그럼에도 스도를 스도답게 만드는 특징은, 누구의 추격도 불허하는 지식과 기억력에 있었다. 애독서가 백과사전이라 했으니 그 특이한 재능이 공히 알려질 만했다. 세상만사 가운데 모르는 건 없다는 식의 언변을 구가하는 스도는, 당연히도 주변 사람들의 경원을 받았다. 스도 자신도 다른 사람을 바보 취급하여 가까이 다가가려 하지 않았다.

　그런 인간과 사에키가 친해진 계기가 무엇이었는지 지금은 기억도 나지 않는다. 사에키에게도 스도와 엇비슷하게 편벽한 구석이 있었기 때문이리라. 졸업 후 사에키가 경찰, 스도는 출판사로 각자의 길이 나뉘었으나 잊을 만하다 싶을 때 서로 연락을 취했다. 각자의 일에 미묘한 접점이 있다는 점도 관계를 유지하는 요인이 되었다. 이런 식으로 업무와 관련하여 도움을 구한 적이 전에도 세 번 있었다.

　"매번 이용하기만 해서 미안하지만, 이번에도 묻고 싶은 게 있어."

　커피가 오고 난 뒤 사에키가 말을 꺼냈다.

　"너하고 가슴 뭉클한 우정을 나누리라곤 기대 안 해. 백과사전 대용으로 날 실컷 이용하라고."

　스도는 자그마한 에스프레소 잔을 입가로 가져갔다. 졸업하고 나서 십 년 이상 지났는데 스도의 겉모습은 변하지 않았다. 무술이라도 한 듯 탄탄한 체격임에도 운동이라곤 전혀 하지 않는다. 피부는 여자처럼 하얗고 생김새가 미남이라 해도 호들갑스럽지 않았다. 다만 깐깐한 성격을 드러내는 양 눈가를 실룩거려 가까이 다가가기 어려운 분위기를 자아낸다.

"응, 그럴 셈이야." 사에키는 가방에서 주간지를 꺼냈다. "이 기사 말이야."

스도는 흥미 없다는 듯 힐끗 바라봤다.

"아, 그거."

"네가 썼을 거라고 생각했어. 《주간 춘추》에서 읽을 만한 기사는 대개 네가 쓴 기사였으니까."

"당연하지."

얼굴에 웃음기라곤 전혀 없었다.

"이 기사와 관련해서 말인데, 신흥종교에 대한 상세한 강의를 부탁하고 싶어."

스도는 서늘한 눈매로 사에키의 얼굴을 응시했다. 사에키의 표정은 전혀 변함없었다.

"조건이 있어."

스도가 발을 꼬며 제안했다.

"뭔데."

"이 기사가 사건과 어떤 관계가 있는지 말해 줘."

"관계?"

사에키는 일단 영문을 모르는 척했다.

"능칠 생각 하지 마. 넌 경시청 수사 1과장이야. 지금 세상을 가장 떠들썩하게 만드는 사건이라 하면 소녀 연속 유괴 사건이겠지.

이렇게 엄청 바쁜 시기에 취미 삼아 종교 얘기를 들으러 왔다고는 어떤 바보도 생각하지 않아."

"실은 나도 아직 애매해. 그래서 온 거야."

사에키는 솔직히 털어놓았다. 스도는 고개를 비뚜로 기울인 채 노골적으로 사에키를 노려봤다.

"흥, 뭐 됐어. 네가 무슨 생각하는지는 대충 짐작이 가. 이번엔 선뜻 얘기를 들려주지."

"고맙군."

사에키가 방긋 웃었다. 순순히 부탁을 들어주지 않는 스도의 성격은 익히 아는 바였다.

"신흥종교에 대해 뭐가 알고 싶어?"

"처음부터 끝까지 전부. 내가 이 기사를 읽지 않았다고 치고, 모두 설명해 줘."

"성가신 녀석 같으니라고."

스도는 한 차례 투덜대고는 슬슬 얘기를 시작했다.

"신흥종교라고 뭉뚱그려 말해도 그 실태는 제각기 달라. 내걸고 있는 깃발도 하늘의 별만큼 많지. 현재 일본에 신흥종교라 불리는 집단이 얼마나 되는지 아나?"

"삼천 개 정도일까?"

사에키가 막연히 대답했다.

"이십삼만이야."

스도가 불쑥 내뱉었다.

"그렇게 많아?"

"엄청나지. 제각기 다른 신을 모시고 있으니 신도(神道)에서 팔백만의 신이 있다는 얘기가 전혀 무색하지 않아. 그리고 그 이십삼만 개의 단체가 포함하고 있는 신자 수의 합계는 어림잡아도 이억 천오백만 명. 이건 일본 전인구의 약 1.8배지."

"어떻게 그런 숫자가 나올 수 있지?"

"간단해. 이 숫자는 문화청이 편찬하는 《종교연감》에 기재된 건데, 각 단체에서 공식적으로 주장하는 숫자에 기초해서 연감이 만들어졌으니까. 즉, 어느 단체건 신자 수를 부풀려서 바깥에 공표하고 있다는 거지. 게다가 그중에는 여러 군데 걸친 사람도 있을테고."

스도는 목을 적시려고 물을 마셨다.

"아는지 모르겠지만, 난 동서고금의 그 무엇을 불문하고 종교 같은 건 믿지 않아. 그러니 내가 이제부터 하려는 말은 수상쩍은 짓을 하는 단체에 대한 비판이 될 거야. 좀 더 객관적인 의견을 듣고 싶으면 딴 데 가서 알아봐."

"알았어."

사에키는 쓴웃음을 지었다.

"신흥종교의 궁극의 목적은 돈이야. 그렇다면 돈을 모으기 위해선 어떻게 해야 할까. 신자를 많이 모으는 거지. 어쨌든 이름이 알려진 단체는 신자 수가 백만, 이백만에 이르니까. 가장 큰 S학회의 경우, 그 수가 천칠백만을 넘는다더군. 물론 그들의 주장이지만. 여하튼 일단 신자 수를 백만이라고 가정해 보지. 한 사람에게서 한 달에 만 엔을 회비로 징수할 수 있다면 백억 엔이야. 한 달에 백억이라고. 가만히 있어도 제 발로 알아서 들어와. 이렇게 짭짤한 비즈니스가 어디 있겠어. 그래서 종교는 신자 모집에 열을 올리지."

"과연."

사에키의 감탄하는 모습에 스도의 기분이 좋아진 듯했다.

"종교가 사람을 모을 때 사용하는 수단으로 가장 효과적인 게 뭔지 아나. 초현실 현상이지. 그 녀석들은 별의별 수법을 쥐어짜내서 바보 같은 인간들을 그러모으지. 얼추 나눠 보면 그 사기 수법은 다섯 가지 정도야. 하나는 영시(靈視)지. 이건 점술사가 구사하는 사기와 아주 비슷해. 기운 없어 보이는 사람과 만나면, 무거운 짐을 짊어지고 있는 게 보인다, 조상께 공양을 하지 않았다, 이런 식으로 아무라도 때려 맞힐 만한 얘기들을 대충 늘어놓는 거야. 조상께 열심히 공양하는 사람들 따위 요즘 같은 세상에 있을 리 없지. 그래서 그런 부분을 진중하게 지적당하면 '앗!' 하고 공포에 질리게 돼. 악랄한 놈들은 돈이 있음직한 사람의 신변을 조사해서, 사전에 정보를 입수해 둔다더군. 그걸 가지고 영시로 봤다는 얼굴을 하고선 척척 맞혀 보이는 거야. 처음 대면하는 사람이 자신에 대해 온갖 일들을 알아맞힌다면 순진하게도 영시라 생각하겠지. 속는 쪽도 바보 같지만.

두 번째는 영동(靈動)이라 부르는 거야. 이건 기도하는 가운데 물체가 움직이는 현상을 말하는데, 한심하기 이를 데 없는 애들 장난 같은 트릭에 지나지 않아. 그럴싸한 마술과 마찬가지야. 속임수도 연출에 따라 아주 신기한 현상으로 보이니까. 그걸 신의 힘이라 믿고 마는 인간이 꽤 많아.

교주 중에는 최면술에 능한 자도 있어. 나도 실제로 확인해 봤는데 제법 잘 먹히더군. 하지만 최면술 자체는 초능력이 아냐. 의사들도 할 수 있어. 그런 데서 신비한 구석을 찾자면, 시술자보다 피술자 정신이 더 기이한 것 같지만 말이야."

스도는 메모한 것도 보지 않고 도도히 말을 쏟아 냈다. 모든 데이터가 머릿속에 들어 있는 것처럼 보인다. 사에키는 잠자코 다음 말을 기다렸다.

"세 번째. 이게 가장 악랄한 건데, 병을 치료한다는 간판을 바깥에 내거는 경우야. 믿기만 하면 어떤 큰 병이라도 고칠 수 있다고 떠벌리는 녀석들이지. 잘 알겠지만 아무리 신에게 기도한들 병은 낫지 않아. 하물며 교단에 큰돈을 기부한다고 나을 리가 없지. 가족 중에 병환을 앓는 사람이 있어서 그걸 고쳐 보려다 신흥종교에 전 재산을 털리고 만 비참한 예도 있지만 굳이 여기서 장황하게 설명하진 않겠어. 한심한 짓에도 나름의 정도라는 게 있는데, 인간이 얼마나 나약한지 쉽게 알게 되지.

네 번째, 이건 젊은 사람들을 낚을 때 효과적인 선전 문구인데, 초능력자가 될 수 있다고 꼬드기는 거야. 교단에 들어와 수행을 쌓으면 당신도 초능력자가 될 수 있다, 텔레파시도 염력도 자유자

재로 할 수 있다, 이런 식이지. 이런 대사가 젊은 사람들에게는 의외로 통하나 보더군. 초인 지향이라고 할까, 콤플렉스가 많은 녀석들이 빠지기 쉬운 함정이지. 당연히 수행했다고 초능력 같은 게 생길 리 없어. 그래서 불평을 해 대면 신심이 모자라다고 반론을 하지. 돈을 더 내면 영력이 생긴다고 구슬리는 거야. 그래 불철주야 아르바이트를 해서 모은 돈을 종교에 갈취당하는 학생들도 제법 많다고 들었어."

"코믹하지만 웃을 수만은 없는 얘기군."

스도의 눈썹이 쓰윽 올라갔다.

"그래? 난 엄청 웃었는데. 그리고 마지막은 기적이야. 이야말로 어처구니없는 거지. 옛말에 아주 그럴싸한 말이 있어. '정어리 대가리도 믿기 나름'이라고 말이야. 믿는 자는 구원받는다, 순진무구한 이는 행복하다, 이런 식이지. 종교에 입문한 덕분에 도산을 면했다거나, 가족 불화가 해소되었다거나, 그런 얘기 들은 적 없나. 맹신한 인간에게는 무엇이든지 기적으로 보이며 모든 게 종교 덕분이라고 생각하지. 정말 어리석기 이를 데 없어. 이 정도면 신흥종교가 어떤 사기 수법을 통해 신자를 모으는지 알 것 같아?"

"응, 알겠어."

사에키의 무뚝뚝한 대답에 스도는 실망한 모양이다. 다리를 바꿔 꼬며 몸을 뒤로 젖혔다.

"애당초 속이는 쪽도 나쁘지만 속는 쪽도 마찬가지야. 대부분의 신자들은 보상물을 기대하지. 순수하게 신을 믿는 자는 많지 않

아. 다들 뭔가 이익을 바라며 입회하는 거야. 내가 보기엔 피장파장인 셈이지. 재밌는 데이터가 하나 있어. 일본인의 종교관에 대한 수치인데, 좀 된 거지만 수년 전 국립통계수리연구소가 실시한 앙케트가 있어. 질문 내용은 '당신은 신앙이나 믿음을 가지고 있습니까?'였는데 갖고 있다고 대답한 사람이 33퍼센트였어. 세 명 중 하나라는 얘기지. NHK에서도 비슷한 조사를 실시했는데, 여기서는 무려 56퍼센트가 종교를 믿는다고 대답했어. 이건 종교단체에 가입했는지 여부를 묻는 게 아냐. 예를 들어 성묘하러 간다든가, 새해에 참배하러 간다든가, 불단이나 신위를 모신다는 의미야. 이런 행위는 대개의 사람들이라면 하지. 그러니까 다들 기본바탕은 있다는 얘기야. 이런 식으로 따져 보면, 종교에 깊이 빠져든 사람을 비웃을 이가 얼마 없다고 볼 수 있지 않을까?"

"확실히 그렇군."

사에키가 맞장구쳤다.

"난 그 몇 안 되는 사람 중 한 명이지만, 뭐 됐어. 계속 얘기하지. 그렇다면 종교의 어떤 부분이 문제되는 걸까. 그건 종교가 완전히 비즈니스화 됐기 때문이야. 세상의 수많은 비즈니스 가운데 종교만큼 짭짤한 장사는 없다고.

우선 첫 번째로, 밑천이 안 들어. 아무것도 팔지 않아도 자동적으로 돈이 모여드는 거야. 신전 건축이니 행사 비용이니 하는 식으로 명목은 뭐든지 내세울 수 있지. 하지만 실제로는 한없이 돈을 토해 내는 화수분에서 주야장천 돈을 꺼내는 것과 마찬가지야.

돈을 내놓는 쪽은 물질적인 보상을 원하지 않으니 이렇게 수지맞는 장사가 어디 있을까.

두 번째는 돈을 모을 방법이 무진장 많다는 점이야. 입회금, 월회비는 물론, 방금 얘기한 행사 같은 명목으로 기부를 받는 경우도 있어. 단체에 따라서는 신자들이 강제로 사야 할 물품도 있지. 스티커라든가 팸플릿이 그렇지. 그리고 신문도 있어. S학회가 발행하고 있는 S신문의 발행 부수가 약 사백오십만 부라더군. 한 달 구독료가 천삼백 엔이니까 총 매상은 약 오십팔 억이야. 거대한 비즈니스지. 거기다 책도 출판해. 요새는 종교 붐이라 하여, 일반 서점에 가 보면 종교 관련 책이 쫙 깔려 있잖아. 한 권에 천오백 엔 하는 책을 백만 명의 신자가 샀다고 쳐 봐. 십오억 엔이라는 매상이 나와. 이런 베스트셀러가 세상에 어디 있겠나. 순이익이 70퍼센트라고 하면 십억 오천만 엔이라네. 기막힌 액수지.

아직 더 있어. 가장 문제가 되는 건 종교단체의 치부 행위가 법률로 인정받는다는 거야. 종교 법인이 세금에 대해 특별 우대 조치를 받는다는 건 알고 있겠지? 회비나 기부금은 세금이 없어. 그것만이 아니라, 사업세마저 일반 기업과 비교해서 대폭 낮아. 일반 기업에 부과되는 세율 37.5퍼센트에 비해 종교 법인은 27퍼센트야. 똑같은 일을 하고 있는데도 말이지.

그 업무의 내용을 들여다보면 헛웃음이 나올 지경이야. 현행 법률이 허가하는 종교 법인이 운영할 수 있는 수익사업의 종류는 서른세 가지야. 이걸 모두 열거할 수도 있지만 네가 기억을 못할 테니 그 가운데 웃긴 것만 얘기하지. 예를 들어 목욕업. 목욕탕 하는 거랑 종교랑 무슨 관계가 있는지 난 아직도 알아내질 못했어. 숙박업도 그래. 그리고 요식업, 유흥업, 유람업(遊覽業), 대석업(貸席業). 이렇게만 들으면 무슨 사업인지 알 수 없겠군. 완전히 관광 사업이야. 거기에 이용업, 미용업도 허가됐어. 흥행업, 기예교수업(技藝敎授業) 같은 것도 있어. 부동산 판매업, 부동산 대부업, 창고업, 주차장업도 가능해. 복덕방 아저씨들도 먹고 살기 힘든 세상이라니까.

가장 지독한 건 금전 대부업이야. 웃기게도 종교는 돈놀이도 할 수 있어. 이건 꽤 쏠쏠한 장사지. 밑천으로 쓸 자금은 쉽사리 조달할 수 있어. 신자한테 긁어모으면 되니까. 모은 돈에는 세금도 안 붙으니까 한 푼도 남김 없이 대부금으로 돌릴 수 있지. 덧붙이자면 아무런 조건 없이 대부업을 운영할 수는 없어. 일단 허가제로 되어 있으니까. 하지만 이것도 신청하면 바로 허가가 떨어지지. 그러니 아무런 의미가 없다고 할 수 있지.

요컨대 종교단체는 뭐든 가능하다는 거야. 돈을 벌 업종과 온갖 수단이 법률로 허락됐어. 오만 데서 종교단체가 만들어지는 이유를 알겠지? 어쨌든 종교는 가장 짭짤한 비즈니스니까."

스도는 긴 장광설을 마치고 '어때?'라는 식으로 사에키를 바라봤다. 사에키는 납득했다는 양 고개를 끄덕이며 질문을 던졌다.

"알아듣기 쉬운 얘기였어. 그런데 내가 궁금한 건, 종교단체가 그렇게 모은 돈으로 대체 무슨 짓들을 하는지에 대해서야."

"무슨 짓을 하느냐라……."

스도는 자신의 턱을 쓰다듬었다. 왠지 즐거워하는 듯이 보였다.

"네가 무슨 말을 하고픈지 맞혀 볼까? 종교단체 가운데 수상쩍은 짓거리를 하는 곳도 있지 않느냐, 이거지?"

"그래."

"섹스 단체라든가, 그런 센세이셔널한 집단의 의식이 보도되곤 했으니까. 그야 개중에는 별난 단체도 있겠지."

"예컨대 이른바 사교(邪敎) 같은 걸 숭배하는 종교단체도 있지 않겠나?"

스도의 얼굴에 비치던 웃음이 점점 더 깊어졌다.

"아이를 유괴한다거나 하는?"

"그래."

사에키는 시인했다.

"너는 대체 지금껏 무슨 얘기를 들은 거야. 네가 그걸 염두에 두었다는 걸 알고 열과 성을 다해 설명해 줬건만."

사에키가 영문을 모르겠다는 표정을 짓자 스도는 다리를 풀고 몸을 내밀었다.

"어이, 종교는 비즈니스야. 법률로 확실히 보호받는 비즈니스라고. 즉 하나의 기업이야. 기업이 유괴 따위를 하겠나."

"그럼 있을 수 없다는 말인가?"

"당연하지. 신흥종교라 하면 일반인들은 바로 사교나 흑마술 같은 걸 연상하지. 하지만 요새 종교는 훨씬 스마트해. 어엿한 영리 집단이라니까."

"그런가."

사에키는 자신이 헛짚었다는 걸 인정했다. 그 모습을 본 스도는 괜히 한마디 더했다.

"그렇다고는 해도 이십삼만이나 되는 단체 가운데 하나 정도는 정신이 이상한 단체가 없다고는 말할 수 없겠지."

55

　2월이 되자마자 그는 교단으로 발걸음을 향했다. 잔뜩 찌푸린
회색 구름이 자욱한 어중간한 하늘이다. 기상청은 따뜻한 겨울이
될 거라고 발표했지만, 새해 들어 추위가 한층 매서워진 것 같다.
잠깐의 바깥나들이만으로 얼굴에 까칠한 가루라도 뒤집어쓴 듯
버석거렸다. 그는 차에서 내려 주차 미터기를 꺾고 잔달음질로 교
단 빌딩에 들어섰다. 3층에 도착하자 다들 환대한다. 지인들은 하
나같이 그의 건강을 걱정했다. 이제 다 나았다고 변명하며 곳곳을
돌아다녔다.
　방문 목적이었던 시마는 홀에서 마주쳐 대화를 나누었다. 변함
없이 흉중에 뭘 숨겼는지 알 수 없는 표정이라, 그가 의심을 품고
있는지 어림하기 힘들었다. 가볍게 서로의 근황을 물어보고 나서
카발라에 대해 의견을 나누었다. 최근 몇 개월에 걸친 공부의 성
과로 그의 지식도 상당한 수준에 이르렀지만, 굳이 아는 척 않고

시마의 말에 감탄하기만 했다.

"……아, 맞다. 마쓰모토 씨는 기타무라 사키와 친했지요?"

시마가 화제를 바꿨다.

"친하다 할 정도는 아니었습니다만."

그는 고개를 갸웃거리며 부인했다.

"그녀, 교단을 탈퇴했습니다."

"그런가요."

그는 딱히 놀랄 것도 없다는 듯 무심히 답했다. 사키라는 존재는 이미 그의 마음속에서 아무런 동요도 일으키지 않았다. 애당초 달뜬 마음에 여기저기 종교를 옮겨 다니는 게 취미였던 요즘 여자애에 불과했다. 사키에게서 뭔가 경건함을 느낀 건, 물에 빠진 자가 지푸라기라도 잡으려는 심정에서 비롯했으리라. 이제 와서 사키가 관뒀다고 꿈쩍할 이유가 없다.

시마는 자리를 파하며 다시 의식에 참가하라고 권유했다. 거절할 이유가 마땅히 없어 출석하겠다고 약속했다. 그리고 참가비라며 기부를 요청해 와 어쩔 수 없이 내야만 했다. 가능한 한 의심을 사지 말아야 한다.

다른 연배의 회원들과 화기애애하게 담소를 나누던 가운데 그의 신경을 끄는 화제가 나왔다. 중년 여성이 며칠 전 아이들을 데리고 패밀리레스토랑에 갔다가 우연히 그곳에서 아르바이트를 하는 젊은 여성 신자와 만났다고 하는 별다를 것 없는 얘기였다.

그는 별 관심 없는 척했지만 뇌리에 번뜩하는 바가 있었다. 최근 추워져서 아이들이 집에 돌아가는 시간이 빨라졌다. 아이의 이름을 알아낼 다른 방법을 강구하지 않으면 안 된다고 고민하던 차였다. 패밀리레스토랑은 전혀 생각하지 못했다.

그는 그날로 바로 패밀리레스토랑에서 식사를 시작했다. 대개 애들을 위한 메뉴들뿐이라 난처했지만 잘 뒤져 보면 나름대로 먹을 만한 요리가 있었다. 그는 천천히 식사를 하고 난 뒤에도 커피를 주문하여 문고본을 펼쳤다. 활자를 들여다보는 척하며 주위를 꼼꼼히 둘러보면 아이를 동반한 가족이 상당히 많다는 걸 알 수 있다. 어린아이는 레스토랑에 온 게 즐거워 마냥 촐싹거려, 부모가 몇 번이나 아이의 이름을 부르며 주의를 준다. 그는 그때마다 귀를 쫑긋하며 머릿속에서 재빨리 이름을 로마자로 분해했다. 디지털 루트가 4인 아이를 발견할 때까지 조바심 내지 않고 곳곳의 패밀리레스토랑을 돌아다녔다.

어느 날 테이블 여기저기서 들려오는 대화 속에서 이름 하나가 그의 귀에 꽂혔다. 마음에 그 이름을 후보로 새겨 놓았다. 그가 눈을 들어 이름의 주인공을 확인하자 전에 본 적 있는 아이였다.

묵묵히 식사를 하면서 슬쩍 그쪽 테이블을 살펴봤다. 소녀가 무릎 위에 스파게티를 흘려 엄마에게 혼나고 있다. 엄마가 치마를 닦아 주자 소녀는 새치름한 표정으로 주스를 마신다. 눈이 크고 아이치곤 행동거지가 반듯하다. 갸름한 생김새가 생전의 딸을 떠올리게 했다.

그는 만족스레 식사를 마쳤다. 그릇을 치우러 온 웨이트리스에게 커피를 주문했다. 눈여겨봐 둔 가족이 자리에서 일어날 때까지 시간을 보내기 위해서다. 그는 아무 관심 없다는 양 문고본을 펼치고 커피를 마셨다.

부모와 1남1녀 자녀를 둔 4인 가족이었다. 아이는 둘 다 아직 어리다. 차를 타고 왔겠지. 좋은 징조다.

삼십 분쯤 지나자 가족이 일어나려는 조짐이 보였다. 어머니가 계산하는 동안 아버지와 아이들은 디스플레이 된 케이크를 보며 즐거워하고 있다. 그도 자리에서 일어나 전표를 손에 쥐고 천연덕스런 얼굴로 소녀의 어머니 뒤에 줄섰다.

미리 소비세까지 포함해 정확히 준비해 둬서 계산은 바로 끝났다. 그는 계단을 내려가며 주차장으로 향하는 가족 뒤를 느긋한 발걸음으로 쫓았다. 지하 주차장에 이르러서는 재빨리 움직여 자기 차 엔진을 공회전했다.

이 분쯤 지나자 그의 눈앞에서 그 가족의 차가 지나간다. 그는 조용히 차를 출발시켰다.

상대가 전혀 경계하지 않아 미행은 수월했다. 신호에도 걸리는 일이 없어 뒤에 딱 붙어 쫓아갔다. 차는 간선도로에서 꺾자마자 바로 나오는 집에서 멈췄다. 그는 정차하지 않고 그 옆을 스쳐 지나갔다. 백미러로 뒤를 보자 어머니와 아이가 차에서 내려 현관으로 가고 있다. 집이 분명한 모양이다.

그는 네 번 우회전하여 원래 길로 돌아왔다. 차는 차고에 들어가 있다. 속력을 줄여 집 앞을 지나가는데, 안에서 아이들 목소리가 흘러나온다.

그는 다시 한 번 명패를 확인했다. 그러고는 만족스럽다는 양 입가를 실룩거리더니 그곳을 떠났다.

사흘 후, 그는 순조롭게 아이를 데려왔다.

56

2월의 마지막 날은 보도 관계자들이면 너나 할 것 없이 격무에 시달릴 수밖에 없는 날이 되었다.

마침내 행방불명됐던 다다 쇼코의 시체가 발견된 것이다. 시체는 다마호(多摩湖) 호반 숲 속에서 발견되었다. 발견한 건 한 마리 개였다.

삼림 관리자가 오전 순찰을 하던 중에 들개가 땅바닥을 파는 걸 목격했다. 땅바닥 밑에 쓰레기봉투로 보이는 검은색 비닐이 보였다.

요새 들어 정해진 날에 청소업자를 통해 쓰레기를 버리지 않고 공원이나 숲에 버리는 사람이 많아졌다. 처음에 관리인은 또 그런 류의 공중도덕을 지키지 않은 사람의 소행인가 싶었다고 한다. 그런데 들개를 쫓아내며 가까이 다가가자 뭔가 썩는 냄새가 났단다. 코를 부여잡고 비닐 안을 들여다봤다가 깜짝 놀랐다고 했다. 비닐

속에는 쓰레기가 아닌 유아의 시체가 담겨 있었기 때문이다. 놀란 나머지 엉덩방아를 찧은 관리인은 거의 기다시피 하여 사무소에 돌아와 바로 110번으로 통보했다.

통보를 받은 경시청은 제1기동수사대를 현장에 급파하여 시체를 야마토(大和) 서 시체 안치소로 보냈다. 시체는 옷을 걸친 채 음식물 쓰레기용 비닐봉지에 담겨 있었다. 비닐봉지는 일부가 파손되어 있었다. 만일 완전히 밀봉되었다면 개가 파낼 일은 없었으리라. 시체가 발견된 건 실상 행운이었다.

급보를 받고 야마토 서에 달려온 부모는 시체 확인을 요청받았다. 아버지는 어깨를 털썩 내려뜨리며 넋이 나갔고, 어머니는 눈물을 흘리며 딸이라 인정했다.

시체 발견 소식은 보도기관 각 사에 즉시 전해졌다. 발견 현장은 카메라를 든 보도 관계자와 무책임한 구경꾼으로 완전히 뒤덮여 한때 수습이 전혀 안 됐다.

경시청은 그날 중으로 기자회견을 열었다. 경시청으로서는 통한의 회견이었다. 애초에 한 사건과 관련하여 이렇게 몇 번이나 회견을 열어야 한다는 것 자체가 굴욕적인 일이다.

회견에는 가이 형사부장이 사에키를 동반하고 직접 나섰다. 처음부터 진두지휘를 맡았던 사에키로서는 피할 수 없는 의무였다.

항시 침착한 사에키도 이때만큼은 분노를 감추려 들지 않았다. 실눈 사이로 험악한 눈빛을 내뿜으며 자칫 손댔다가는 감전될 것 같은 분위기를 온몸에서 발산하고 있었다.

회견에 임하기 전에 사에키는 한 가지 복안이 있었다. 수사가 완전히 교착상태에 빠져 범인에게 계속 선수를 뺏기는 상황이 사에키는 초조할 수밖에 없었다.

그는 회견 전 회의 자리에서, 기자회견 석상에서 범인을 도발할 생각이라고 밝혔다. 이에 범인이 반응하여 뭔가 단서를 남기지 않을까 하는 기대에서였다.

"도발한다?" 히가시히노 서 형사과장이 어이없다는 듯 말꼬리를 올렸다. "대체 어떻게요?"

"기자회견장에서 범인에게 자수를 권고할까 합니다. 그런다고 범인이 어슬렁어슬렁 자수하러 나오리라곤 생각하지 않습니다만 뭔가 리액션을 할 가능성이 높습니다. 그 반응에 따라 단서를 잡을 수 있겠죠."

"말은 그럴듯합니다만, 너무 위험합니다." 형사과장은 끝까지 물고 늘어졌다. "범인이 그 발언에 발끈하여 다른 범행을 저지른다면 어쩔 셈입니까?"

"그렇게까지 범인의 화를 돋울 생각은 없습니다. 그 점은 제게 맡겨 줬으면 좋겠군요."

"어떻게 맡깁니까!" 형사과장은 격앙하여 책상을 내리쳤다. "당신은 사람의 목숨을 뭐로 보는 겁니까! 수사는 그런 책상머리 공론으로 이뤄지는 게 아닙니다. 만일의 경우를 고려해서 범인을 도발한다는 식의 위험한 생각은 절대 나올 수 없다고!"

새빨갛게 상기된 얼굴로 고함치는 형사과장의 의견을 사에키는 쌀쌀맞게 물리쳤다.

"그럼 다른 좋은 의견이라도 있나요?"

사에키의 말에 대답하는 이는 없었다. 손쓸 방법을 다 썼다는 건 그 자리에 있는 전원이 진절머리 나도록 절감했다.

"맘대로 하시죠. 무슨 일이 일어나도 전 책임 못 집니다."

형사과장은 사에키를 외면하며 싸늘히 내뱉었다. 사에키도 상대하려 들지 않았다.

그런 언쟁이 있었다는 걸 전혀 내비치지 않으며 사에키는 몇 가지 사항을 빠르게 발표했다. 시체가 다다 쇼코라 확인된 사실, 부검이 실시된 사실, 범인의 유류품은 발견되지 않았다는 사실 등등.

"1월에 시체로 발견된 사이토 나오미 유괴 살인 사건의 범인과 동일 인물이라 봐도 무방하겠습니까?"

기자석에서 지체 없이 질문이 날아들었다.

"사인은 맨손에 의한 교살로, 시체 유기 상황을 비롯하여 공통된 수법을 다수 발견할 수 있다는 점에서 십중팔구 동일범의 범행이라 판단됩니다."

사에키는 차분히 대답했다.

"편지를 보낸 인물을 범인이라 보십니까?"

"틀림없을 것 같습니다."

시체 상태와 유기 현장에 대한 질문이 날아든 후 수사 지체를 비난하는 목소리가 나왔다. 그에 대해서는 가이가 침통한 표정으로 해명했다.

범인에게 하고 싶은 얘기가 없느냐는 질문을 받고 사에키는 일부러 언성을 높이며 발언했다.

"지금 범인이 이 방송을 보고 있다면 자신이 저지른 짓에 대해 얼른 후회하기를 바란다. 세상은 당신을 용서하지 않을 것이다. 언제까지 도망칠 수 있다고 생각한다면 큰 착각이다. 경찰은 반드시 당신을 체포하겠다."

기자들의 질문에 대답하면서 저도 모르게 감정이 격앙되었다. 본디 생각했던 것보다 훨씬 강한 발언이 되고 말았다. 그러나 사에키는 과했다고는 여기지 않았다.

냉정함을 벗어던지고 감정을 노출한 사에키에게 플래시가 연이어 쏟아졌다. 사에키는 눈 하나 깜짝하지 않고 어금니를 악문 채 카메라를 응시했다.

사에키의 도발은 의도했던 대로 범인으로부터 반응을 불러일으켰다.

57

　드디어 초조해지기 시작했다.

　실패가 세 번이나 거듭되면서 더 이상 느긋할 수가 없었다. 패밀리레스토랑에서 발견한 소녀는 죽은 딸과 무척 닮은 만큼 실패가 더욱 아쉬웠다. 소녀가 되살아나지 않는다는 걸 안 순간의 실망을 떠올리면 지금도 마음속에서 깊은 절망이 치솟아 올랐다.

　시체는 아직 발견되지 않았지만 세 건의 유괴는 세상을 엄청나게 떠들썩하게 만들었다. 연일 신문 1면은 소녀 연속 유괴 사건에 대한 보도로 장식됐다. 이렇게 빅뉴스가 돼 버린 이상 섣사리 움직이기도 쉽지 않았다. 어린아이를 둔 부모들의 경계가 날로 높아져 갔다. 네 번째 대리물을 찾기는 좀처럼 순조롭지 않을 듯했다.

　그는 스트레스가 쌓이는 걸 자각했다. 문득 자신을 돌아보면 신경질이 나 온몸을 바르르 떨고 있었다. 절식을 거듭하여 뺨이 야위며 인상이 싹 바뀌었다. 과거의 그보다 훨씬 날카로운 얼굴이 되었다.

경찰의 움직임도 걱정됐다. 보도를 통해 짐작건대 경찰은 아직 그에게까지 이르지는 않은 것처럼 보였다. 발표되는 담화에서도 수사진의 혼란이 엿보였다.

그렇다고 해도 경찰을 무시할 수는 없다. 그는 경찰의 능력을 과소평가하지 않았다. 상대를 얕잡아 본 순간 방심이 발생한다. 아무리 주의를 기울여도 지나치지 않다. 지금까지는 아무에게도 목격되지 않았고, 증거도 흘리지 않았지만 앞으로 무슨 일이 일어날지는 알 수 없다. 경계망은 보다 강화될 테고 위신에 상처를 입은 경시청은 기를 쓰고 수사에 전념할 것이다. 그런 만큼 그의 초조함은 더해 갔다.

세 번째 의식이 실패로 끝나고 며칠 후의 일이었다.

그는 험상궂은 표정을 감추지 못하고 텔레비전을 뚫어져라 보고 있었다. 이제 곧 9시였다. 밤 뉴스가 시작될 시간이다.

그는 소파에 기대앉아 한쪽 무릎을 세워 그 위로 팔을 얹은 자세로 텔레비전을 지켜봤다. 근 몇 개월 동안 손에서 놓질 못하는 캔 맥주를 들고서 타이틀이 뜨고, 이어 표정을 읽기 힘든 아나운서가 화면에 등장하자, 그는 흥미 없다는 듯 맥주로 목을 축였다.

아나운서는 행방불명된 소녀가 아직 발견되지 않는 상황에 아쉬움을 토로하고는 이윽고 새로운 사태가 전개되었다고 전했다. 범인이라 자칭하는 이로부터 편지가 매스컴에 발송되었다고 했다.

"뭐?"

그는 흠칫하여 저도 모르게 맥주를 떨어뜨릴 뻔했다.

"범인으로부터의 편지?"

아나운서는 담담한 어조로 편지를 읽어 내려갔다. 경찰을 조롱하는 치졸한 문장이었다.

전혀 모르는 일이었다. 그런 편지를 보낸 기억이 없다. 제삼자의 장난임에 틀림없다. 아니나 다를까 글 속에는 결정적인 사실이 적혀 있지 않았다. 범인밖에 모르는 사실이 담겨 있지 않다.

당연하다. 범인인 자신조차 놀라게 만든 편지다. 구체적인 사실이 적혀 있을 리가 없다.

이런 무책임한 장난이 많다는 건 그도 알고 있다. 세상을 떠들썩하게 만드는 사건이 발생하면, 경찰이나 피해자 집에 수많은 엉터리 정보가 날아든다. 개중에는 범인이라 자칭하는 편지나 전화도 적지 않다. 이번도 그런 류의 장난 중 하나리라. 그럼에도 공교롭게 매스컴에 발송됐다는 이유만으로 유난스레 발표됐을 뿐이다.

'이런 짓거리가 뭐가 재미있다는 건가.'

그는 이상하게 화가 치밀어 올랐다. 숭고한 목적에 기초한 그의 행동이 더럽혀졌다고 느꼈다. 세상에는 피해자의 심정을 헤아리지 않고 무책임한 장난을 저지르는 치들이 있다. 그저 재미있다는 이유로 세상을 어지럽히고 피해자의 마음에 상처를 준다. 거의 범죄에 가까운 짓이다. 장난을 치는 장본인에게 죄의식이 희박하다는 점에서 더욱 악랄하다.

다음 날 같은 시각 뉴스에서 장난 편지에 대해 다루었다. 범죄심리학 교수라 칭하는 백발의 남자가 등장하여 잘난 척하며 코멘트를 했다. 아나운서는 참으로 친절하게도 사용된 워드프로세서 기종까지 발표했다.

그는 뉴스를 지켜보며 경찰 측의 서툰 정보 관리 능력을 비웃었다. 만일 다른 사람이 같은 기종의 워드프로세서를 사용하여 장난 편지를 보낸다면 어떻게 분간하겠다는 건가. 아니, 단순한 장난이라면 그나마 낫다. 만약 진범인 자신이 같은 워드프로세서로 편지를 보낸다면 경찰은 어떻게 받아들일까. 진짜와 가짜는 어떻게 구분할 것인가.

"흐흐흐."

그의 입가가 일그러지며 간만에 웃음이 새어 나왔다. 수사본부가 혼란스러워 할 모습이 눈에 선했다. 장난질에 한층 갈피를 못 잡는다면 그로서도 유리하다. 그만큼 진짜 범인인 자신이 움직이기 용이할 것이다.

세상이 쓸데없이 야단을 떨면 떨수록 그의 소망은 점점 현실이 되어 갈 테니까.

58

3월 4일 화요일. 범인으로부터의 세 번째 편지가 이번에는 경시청으로 우송됐다. 봉투 주소는 지난번처럼 워드프로세서로 타이핑 되어 있고 수신인은 '경시청 수사 1과 사에키 수사 1과장 앞'이라 되어 있었다. 예의 갈색 봉투에 소인은 중앙우체국이었다.

사에키는 즉시 불려 가 편지를 보았다. 봉투는 이미 개봉되어 과학수사연구소로 보내졌고, 사에키가 본 건 복사본이었다.

편지는 사에키를 향해 씌어 있었다.

사에키 수사 1과장님께.

며칠 전의 열변, 텔레비전을 통해 잘 보았습니다. 정의감이 물씬 배어 나오는 훌륭한 연설이라 감복했습니다. 과연 천하의 경시청 수사 1과장이라고 경탄해 마지않았습니다.

귀하의 발언으로 세상 부모들은 대부분 안도했겠지요. 이런 분이 진두 지휘하고 계시니 범인 체포도 시간문제라 여기는 분도 틀림없이 많겠지요.

더더군다나 귀하는 흉악한 연속 소녀 유괴 사건을 추적하면서, 애인 댁에도 빈번히 다니시는 정력의 소유자십니다. 국민의 신뢰는 절대적이라 해도 무방하겠지요.

이다지도 훌륭한 분이시니 만큼 간곡한 부탁을 하나 드리고자 합니다. 이제 슬슬 수사를 정리하시고 손을 떼는 게 어떠신지요. 소생도 점점 숨이 막혀 옵니다. 더 이상 압박해 온다면 소생도 스트레스가 쌓여 또 다른 아이를 찾지 않으면 안 됩니다. 아이의 힘을 빌려 획득할 수 있는 카타르시스로 다시 기어들어 가고 싶어집니다.

이건 교환 조건입니다. 소생은 이제 제안을 드렸습니다. 무시하신다면 분명 후회하시리라 믿어 의심치 않습니다.

범인 드림.

가이 형사부장을 비롯하여 문서를 본 이들은 예외 없이 범인을 향한 격렬한 분노에 휩싸였다. 이 정도로 경찰을 우롱하는 범인은 지금까지 존재하지 않았다. 마땅히 해소할 데가 없는 분노와 충돌한 의자는 완전히 뒤집혀, 벽에 내동댕이쳐졌다. 벽에 울린 진동이 천장에까지 다다라 먼지가 흩날리며 떨어진다.

조롱당한 당사자인 사에키는 다 읽은 복사본을 가이에게 말없이 돌려주고는 아무 반응도 보이지 않았다. 다만 표정은 다소 경직되어 눈가가 바르르 떨렸고, 주먹을 꽉 쥐어 손톱이 손바닥을 파고들었다. 사에키는 미쳐 날뛰려는 분노를 냉정히 마음 깊은 곳에 침잠시키려고 애썼다.

신문과 방송국 각 사에 똑같은 내용의 편지가 발송되었다는 게 이내 밝혀졌다. 텔레비전에서는 즉시 편지 전문을 누락 없이 공표했다. 사에키라는 이름은 삽시간에 모든 이들의 안방에 전해졌다.

당연하게도 이 편지를 둘러싸고 수사본부에서는 격론이 벌어졌다. 경시청 내 종합대책본부는 이미 소녀 연속 유괴 살인 사건 특별 합동수사본부로 바뀌어 있었다. 히가시히노 서, 다다 서, 니시오구 서, 야마토 서 형사과 대부분의 인력이 본부에 소속되어 엄청난 규모를 꾸리고 있다. 경시청이 힘을 기울이는 태세는 이례적이라 할 정도였다.

"이건 분명 지난번에 편지를 발송한 인물과 동일 인물이라 보입니다. 문체가 일목요연하게 같습니다."

"'귀하'라는 표현은 젊은 사람들이 사용하지 않습니다. 범인은 비교적 나이가 있는 자일지도 모릅니다."

"아니, 그렇게 단정하리라 예측하고 일부러 그런 단어를 썼을지도 모르지. 단어 하나로는 판단할 수 없어."

"어쨌든 이 자식이 꽤 교양을 갖춘 놈이라는 건 인정할 수밖에 없겠군요."

"처음 편지는 역시 고의로 치졸하게 썼다는 건가?"

"어쩌면 첫 번째 편지의 경우 순전한 장난이었다고 볼 수 있습니다."

"하지만 두 번째 편지에서 이전 편지를 인정하고 있질 않나?"

"장난 편지를 단순히 이용한 걸지도 모르지. 두 번째 편지를 보 낸 녀석이 범인이라는 건 틀림없을 테니까."

"발송 장소가 세 통 모두 다릅니다만, 모두 다 도쿄 도내 이십삼 구(區) 안입니다. 범인은 도심 소재자일까요?"

"혹은 근무처가 도심일 가능성도 생각해 볼 수 있지. 유괴 현장 이나 시체 유기 장소가 이십삼 구 바깥이라는 점을 보면 역시 소 재지는 다마 지구 방면이라고 보는 게 타당하지 않을까?"

"그럴 경우라면 직업은 외근직이라 볼 수 있겠군요. 각각의 소 인이 평일이고, 각기 다른 장소에서 발송됐으니까요."

"무직일 수도 있지. 혹은 학생이거나."

"역시 학생일 가능성은 쉽게 배제할 수 없을 것 같습니다. 대학 생이라면 이 정도 문장은 쓸 수 있으니까요."

"그렇다면 두 건 모두 월요일에 범행이 벌어졌다는 건 어떻게 해석해야 할까? 시간 여유가 있는 학생이라면 날짜는 상관없지 않을까?"

"학생도 의외로 여유가 없습니다. 평소에는 성실하게 수업을 듣 는 녀석일지도 모르죠. 월요일에만 시간을 낼 수 있는 상황도 고 려해 봐야죠."

"그렇기도 하겠군."

"어쨌든 범인이 압박을 느끼고 있는 건 틀림없는 듯합니다. 수 사를 그만두라고까지 하는 걸 보면."

"범인이 공공연하게 다음 범행을 내비치고 있다는 점은 우려되는군요."

"그렇다고 수사를 중단할 수는 없잖습니까. 녀석은 아마도 운신하기 불편한 상황에 처했을 겁니다. 어쩌면 이미 우리 수사망에 걸려들었을지도 모릅니다."

"그럴 가능성이 상당히 높다고 봅니다. 지금까지 리스트 업 해온 인물에 대한 재검토가 필요할지도 모릅니다. 그나저나 진짜 열받네. 이따위 거래를 제안하다니, 대체 경찰을 뭐로 보는 거야."

"바보 취급당할 만한 짓거리를 하는 사람이 있으니 어쩔 수 없지."

침묵에 휩싸이며 전원의 눈길이 한곳에 모아졌다. 사에키는 팔짱을 낀 채 수십 개의 시선으로부터 피하려 들지 않았다. 어색해진 수사본부 분위기 밑바닥에는 사에키를 향한 무언의 비판이 흘렀다.

사에키의 시련은 끝나지 않았다. 그날 5시부터 거행된 기자회견에서도 범인이 언급한 애인 문제가 추궁됐다. 가이는 그런 반응을 예상하고 사에키에게 매스컴 앞에 나타나지 말라고 명했으나, 사에키는 굳이 매스컴의 비판 세례 앞에 서겠다고 했다.

"이런 흉악범을 잡아야 하는 입장으로서 본인의 사회적 윤리관에 대해 어떻게 보십니까?"

가차 없는 질문이 던져졌다.

"저는 남부끄럽지 않은 윤리관을 지니고 있다고 자부합니다만, 그에 대한 판단은 저를 알고 계신 다른 분들께 맡겨 두고 싶습니다."

사에키는 전혀 주눅 드는 기색 없이 의연히 대답했다.

추궁의 손길은 더욱 구체적으로 다가왔다.

"부인 이외의 여성과 관계를 갖고 계신 데 대해 이 자리에서 구체적으로 해명할 생각은 없나요?"

"그건 개인적인 문제로서 본 건과는 전혀 관계없다고 생각합니다. 특히 지금 이 시점에서 해명할 말은 없습니다."

사에키의 태연한 태도에 은근한 야유로 웅성거렸다. 똑바로 말해, 라는 식으로 대놓고 비난하는 목소리가 사에키의 귀에도 들려왔다.

사에키의 얼굴은 무표정에 가까웠다. 그 표정에서 속마음을 헤아릴 수 있는 구석은 아무것도 없었다.

59

바람이 강하게 부는 날이었다.

매서운 바람은 아침부터 거리를 휘날리며 가로수의 고엽을 떨어뜨렸다. 여기저기서 바람에 흩날리려 쌓이는 낙엽들은 오가는 사람들의 발을 뒤덮었다.

거리가 추위로 바싹 움츠러든 듯이 보였다. 사람들은 코트 옷깃이나 머플러에 얼굴을 파묻고 다급히 잰걸음으로 걸어간다. 여름에 비해 통행 속도가 1.5배는 빨라진 것 같다. 거리 풍경이 마치 빨리 감기로 돌리는 것처럼 보였다.

시릴 만치 차가운 바람은 사람 사이의 정마저 떼 내는 힘을 갖고 있는 걸까. 누구라 할 것 없이 저마다 찡그린 표정을 지으며 말수가 적어졌다. 극단적으로 웃음이 줄어들었고 대화를 나누며 걸어가는 사람은 좀처럼 보이지 않는다. 서로서로가 무관심해지며 성마른 모래처럼 인간관계가 건조해졌다.

살벌한 풍경이었다. 기묘하게도 그 살풍경함이 그의 마음과 어울렸다. 그의 마음도 모래 같았다. 묘한 소리를 내며 구멍으로 빨려 들어간다. 그걸 멈출 수 있는 이는 아무도 없었다. 본인도 자기 마음이 추락해 가는 소리에 귀를 기울이려 하지 않았다.

바람이 강해서인지 밖에서 노는 아이도 없었다. 낙엽만이 일렁이는 공원은 오싹할 정도로 한산했다. 강풍에 흔들리는 그네가 삐걱거리는 소리만이 쓸쓸하게 이어진다. 뛰놀고픈 아이의 미련이 그네를 유영하게 하는 것처럼 느껴졌다.

강아지도 괜히 기운 없어 보였다. 평소에는 산책하러 나올 때마다 같이 놀아 줄 아이가 끊이지 않았다. 강아지는 항상 인기 있었다. 그런데 이렇게 추운 날에는 강아지도 고독할 따름이다.

"집에 돌아갈까. 오늘은 아무도 없군."

강아지 목에 맨 끈을 쥔 주인은 평소답지 않게 강아지에게 말을 건다. 그의 마음은 공허했다. 말 건 상대로부터 아무 대답이 없어도 전혀 개의치 않았다.

그는 주위의 시선과 경찰을 경계하며 유괴 지역을 매번 바꿨다. 결코 같은 장소에는 출몰하지 않았다. 어른들의 눈길이 많지 않고 아이들만 모여 노는 장소만 돌아다녔지만, 점차 그런 장소를 찾기가 쉽지 않아졌다. 지금까지는 지리가 익숙한 도심에서 행동했지만, 앞으로는 다른 현에도 발을 뻗어야 할지 모르겠다. 여러 현에서 사건이 벌어지면 담당하는 경찰 본부도 두 곳으로 는다. 체면에 얽매이는 경찰 특유의 체질이, 외려 이후의 그의 행동을 자유롭게 해 줄 가능성도 있다.

'여긴 글렀다.'

그는 단념했다. 근처에 또 하나 중간 규모의 공원이 있다. 거기까지 가서도 아이가 없다면 오늘은 포기하는 게 나을 것 같다. 이렇게 바람이 세서야 아무리 건강한 아이라도 버텨 내기 힘들다. 개를 데리고 산책하는 것만으로 싸늘한 칼바람이 피부를 할퀴듯 몰아친다.

그는 공원에서 나와 조급한 발걸음으로 다음 장소로 이동했다. 귓가로 바람이 스쳐 지나가며 휘잉 하고 매서운 소리를 냈다.

불쑥 뒤돌아봤다. 아무도 없다. 의미 없는 본능적인 행동이었다. 자신이 왜 뒤를 돌아봤는지 스스로도 이해할 수 없었다.

십 분 정도 걸어 다른 공원에 도착했다. 아무런 특징 없는 평범한 놀이터였다. 사방으로 나무들이 둘러싼 가운데 그네와 미끄럼틀, 정글짐, 모래사장이 있고 삐뚤빼뚤 조각된 하마와 같은 동물상이 산재한 공원이다.

노상에서 공원을 들여다보자 모래사장에서 아이 셋이 놀고 있다. 셋 다 반바지 차림으로, 얼어붙을 듯한 바람에도 전혀 개의치 않는 모습이다. 공원 수도에서 바지런히 물을 옮겨 와 모래사장에 흘려 놓고는 삽을 이용하여 물기 먹은 모래를 다지고 있다. 별달리 방해하는 것도 없어 모래 구조물은 꽤 그럴싸한 규모에 이르렀다.

멀리서 봐서는 남자애인지 여자애인지 분간하기 어려웠다. 그는 강아지를 데리고 빙 돌아 나무 사이로 발걸음을 옮겼다. 개는 아이가 보여 기분이 좋은지 그를 질질 끌고 간다.

가까이 다가가서는 실망할 수밖에 없었다. 아이는 셋 다 남자 애였다. 오늘은 완전히 글렀나 보다. 하루 종일 밖을 돌아다녀도 수확이 전무하다. 그는 강아지 목줄을 잡아당기며 돌아서려고 했다.

그때였다. 문득 시야 끄트머리로 그림자가 움직였다. 한순간 뒤늦게 시선을 돌리자 그림자는 모퉁이를 돌아 주택가로 사라진다.

기분 탓일까, 분명 누군가가 지켜봤다고 느꼈다. 그를 보는 사람이 있었다. 그가 돌아서자 다급히 몸을 숨겼다. 그림자의 움직임에는 가벼운 낭패감 같은 게 읽혔다.

그는 잔달음질하여 그림자가 사라진 모퉁이로 갔다. 머릿속에서 아주 미세한 경보음이 울려 퍼졌다. 아무리 신중해도 지나치지 않다. 그는 스스로에게 부과했던 경계망을 새삼 떠올렸다.

모퉁이를 돌아 주위를 날카롭게 둘러봤다. 아무도 없었다. 바람에 휘날리는 낙엽만이 서걱서걱 메마른 소리를 내고 있다.

경보음이 급속히 사그라지더니 이윽고 꺼졌다.

'괜한 걱정일까.'

그는 고개를 저었다. 최근 들어 계속 이어진 실패로 자기도 모르는 새 피로가 쌓인 걸지도 모른다. 한동안 아무 생각 없이 머리를 쉬게 해 줘야 할지도 모르겠다.

그는 방심하지 않으려고 다시 한 번 주위를 둘러봤다. 이제 시선은 느껴지지 않는다. 그저 홀로 남겨졌다는 적막감이 그를 감싸 왔다.

'누가 나를 미행했던 걸까.'

그는 자문했다. 아니, 그럴 리 없다. 경찰이 그를 포착했다고는 생각할 수 없다. 그에게로 이어질 단서는 아무것도 남겨 놓지 않았다. 눈치 챘을 리가 없다.

그는 고개를 한 번 갸웃하고는 발걸음을 돌렸다.

60

차를 몰기 시작하여 십 분 정도 지나자, 긴장한 나머지 어깨와 등골이 딱딱하게 굳었다는 걸 깨달았다. 사에키는 신호 대기하는 동안 목을 천천히 돌렸다. 목뼈에서 시원한 소리가 났다.

자신이 오기를 부려 어깨에 더욱 힘을 넣었다는 걸 잘 알고 있다. 다른 사람들 앞에서 죽어도 괴로워하는 표정은 보이고 싶지 않았다. 시늉뿐일지라도 모두 앞에서 고개를 숙인다면 그나마 수사본부의 분위기는 바뀔 테지만, 사에키는 전혀 그럴 맘이 안 들었다. 머리를 숙인다고 아무것도 바뀌지 않는다. 그렇다면 아무 의미 없는 행위일 뿐이다. 그건 단순한 고집이 아니라, 현재 사에키가 유일하게 붙들 수 있는 긍지 그 자체였다. 자신을 자신으로서 존재하게 만드는 자존심마저 버린다면 사에키에게는 아무것도 남지 않는다. 아무리 반감을 산다 해도 사에키는 초연한 태도를 무너뜨리려 하지 않았다.

그로 인해 쓸데없는 피로를 떠안게 되는 걸 자신도 알고 있었다. 자기가 보기에도 자신의 외골수 같은 성격이 안쓰러울 지경이었다. 모난 건 결코 모양새가 좋지 않다. 객관적으로 보자면, 순전한 바보 그 자체다. 혼자 있다 보면 그런 생각에 골똘히 빠져들곤 했다. 사에키는 자신의 어리석음에 진절머리가 났지만, 이런 삶의 방식만은 바꾸질 못했다.

주차장에 차를 대고 맨션까지 걸어갔다. 다시 얼어붙은 방으로의 귀환이다. 아무도 없는 집에 돌아가 욕조에 몸을 담갔다가 잠든다. 다음 날이면 부하와 동료들의 싸늘한 눈길에 둘러싸인 채, 언제 해결될지도 모르는 일에 파묻힌다. 너무나 유쾌하기 이를 데 없는 일상이다.

사에키는 집 안에 들어와서도 소파에 몸을 던지고픈 충동을 억누르고 흐트러짐 없이 능숙한 손놀림으로 옷을 갈아입었다. 욕조에 뜨거운 물을 받으며 세수를 했다. 긴장이 풀리면 모든 게 귀찮아진다. 아무 생각 없이 그저 곯아떨어져 자고 싶다는 바람만이 그를 지탱시켰다.

순간 괴괴한 방 안 공기가 전자음으로 찢겨졌다. 시계를 획 바라봤다. 아직 12시였다.

"나야."

수화기를 들어 올리자 나지막한 목소리가 전해진다. 한때는 그 허스키한 음성을 매력적이라 여긴 적 있는 아내의 목소리였다.

"아."

사에키는 살짝 놀라며 애매하게 답했다. 미에는 좀처럼 전화 거
는 일이 없다.

"돌아왔네."

미에도 전화가 연결됐다는 게 의외라는 반응이다. 별 기대 없이
전화를 걸었나 보다.

"응, 방금."

사에키가 퉁명스레 답했다.

"텔레비전, 봤어."

미에는 한 단어, 한 단어 툭툭 내뱉듯이 말했다. 어제 기자회견
을 말하는 모양이다.

"……."

사에키는 대답하지 않았다. 아니 대답하고 싶지 않았다.

"의연도 하시지. 대단해서."

아내만은 회견을 안 봤으면 싶었다. 미에의 빈정거림은 가차 없
이 그의 마음을 쑤셨다.

"그 말을 하려고 전화했나."

말해 놓고 후회했다. 다른 말을 할 수는 없었을까. 이래서야 미
에의 혐오를 더욱 유발할 뿐이다.

"그건 개인적인 문제로서 본 건과는 전혀 관계없다고 생각합니
다."

미에가 사에키의 말을 흉내 낸다. 그 흉내에는 유머 없이, 악의
가 깃든 조롱과 싸늘한 진노만이 존재했다.

"너무나 옳으신 말씀이셨어요. 자, 그럼 그 개인적인 문제와 관계가 있는 저희들에게는 무슨 말씀을 하실 건가요?"

"……"

"무슨 말이든 해 봐. 기자회견에서는 잘도 말하더니만."

미에의 추궁은 가차 없었다. 사에키는 가까스로 말문을 열었다.

"무슨 말을 듣고 싶은데. 이제 와서 내 사과라도 듣겠다는 거야?"

"난 이제 신경 안 써. 제삼자가 보기에 내가 잘못했다고 하는 사람도 있겠지. 또 당신을 동정할지도 모르지. 하지만 아무 상관없는 에리코는 어떡할 거야. 어째서 당신 같은 인간 때문에 에리코가 상처 입어야 하는데?"

"에리코가 왜?"

사에키의 목소리가 매서워졌다.

"어제 유치원에서 울면서 돌아왔어. 괴롭힘 당했나 봐."

"내…… 탓인가."

그는 망연히 대꾸했다.

"그래, 틀림없이 당신 때문이야. 당신이 전혀 기죽지 않고, 뻔뻔하게 말대꾸해서 그래."

"……"

"세상 사람들이 당신을 보고 얼마나 역겨워하는지 알아? 유치원 애들이 뭘 알겠어. 부모가 하는 말을 곧이곧대로 듣겠지. 정말 지독한 인간이네, 바람피운 주제에 머리 한 번 숙이질 않네. 부모

가 그런 소리를 하니까 애들은 당신을 악당이라 여기겠지. 악당의
딸이니까 에리코를 괴롭혀도 상관없다고 생각할 거고. 아이들이
란 그렇게 잔인한 생물이야."

"그렇게…… 심하게 괴롭히나."

말해 놓고도 어리석은 질문이라 생각됐다. 왜 좀 더 제대로 된
말을 못하는 걸까.

"당분간 유치원에 안 보낼 거야. 어쩌면 다른 유치원으로 옮기
는 게 나을지도 몰라."

"에리코가 가고 싶지 않대? 그렇게 심하게 당한 거야?"

손에 땀이 뱄다. 아무것도 할 수 없다는 자책감이 올가미처럼
마음을 옥죄었다.

"말하고 싶지 않아. 어찌나 가엾던지. 그렇지만 이 말만은 꼭
하고 싶었어. 당신 귀에다 대고 똑똑히 얘기해 주고 싶었어."

미에가 잠시 입을 다물었다. 그 시간이 길디길어 사에키에게는
영원처럼 느껴졌다.

"에리코는 이제 당신을 마음 깊이 경멸하고 있어. 다시는 만나
고 싶지 않대."

미에의 말이 바로 이해되지 않았다. 분명한 어조로 단언했는데
도 불구하고 사에키에게는 외국어처럼 들려 분석이 필요했다. 머
릿속에서 미에의 말이 와해되며 그 말이 의미하는 바가 조금씩,
조금씩 마음속에 떨어지기 시작했다. 그렇지 않았더라면 그 말은
강산(强酸)처럼 사에키의 마음을 순식간에 부식시켰으리라.

'조금씩, 조금씩, 이해하자, 안 그러면······.'

"나, 이혼도 고려하고 있어. 우리를 위한 게 아니야. 에리코를 위한 거야."

이어지는 말은 한 귀로 듣고 한 귀로 흘렸다. 별로 중요하지 않다. 흘려들어도 상관없다.

정신을 차리고 보니 전화가 끊겨 있었다. 사에키는 천천히 전화기를 테이블에 내려놓았다.

가슴을 찔러 오는 통증은 없었다. 스스로도 의외라 생각될 정도로 동요하지 않았다. 문득 바보 같은 생각이 떠올랐다. 권총으로 심장을 관통하는 것과 덤프카로 질근질근 짓밟히는 것 중 어느 쪽이 더 고통스러울까 하는.

신기하게도 충격을 받지 않았다. 완전히 평정하다고 해도 과언이 아니었다. 그러나 주위가 뭔가에 짓눌려 꽉 조이는 듯이 느껴졌다. 서서히, 서서히 죄어 와 호흡마저 곤란해졌다.

'숨 막혀.'

사에키는 호소했다. 산소가 갑자기 희박해진 것 같다. 허파가 무겁고 괴롭다.

'누군가가 목을 짓밟고 있나. 그런데 왜 무게는 느껴지지 않지.'

그런데도 뭔가가 서서히 부풀어 오르며 숨구멍을 압착한다. 지독히 숨 막히다. 그는 입을 크게 벌렸다. 포효가 용솟음 쳐야 했다. 목 안에서 메여 밖으로 뛰어나오려 하지 않는다. 몸이 경직된다. 아무것도 할 수 없다.

'어떡하면 좋지. 난 대체 뭘 해야 할까.'

사에키는 혼신을 다하여 대답을 구했다. 대답을 들을 수만 있다면 자신의 삶을 내던져도 상관없다고 생각했다. 그는 소리 없는 포효를 연신 토했다. 대답을 들을 때까지 쉬지 않고 계속 울부짖었다.

61

차를 달려 17번 우회도로로 북상했다. 다리를 건너 사이타마에 들어서자 왜 그런지 갑작스레 시골스런 풍경이 등장했다. 창고나 대형 점포, 패밀리레스토랑만 이따금 눈에 들어오며 교외 분위기를 물씬 풍겼다. 강 하나를 건넌 것만으로 공기 색깔마저 바뀐 듯하다.

먹구름이 자욱하다. 압도적인 질량을 수반한 구름이 낮고 묵직하게 하늘을 뒤덮고 있다. 비가 올 듯하다.

그는 시속 육십 킬로를 고지식하게 지키며 계속 직진했다. 이런 시기에 속도위반으로 체포되고 싶지 않았다. 오른쪽으로 대형 덤프트럭과 승용차가 차례차례 추월했지만, 그는 페이스를 무너뜨리지 않았다.

"사이타마로 행동반경을 넓히는 것도 나쁘지 않을지도." 그는 주위를 둘러보며 혼잣말을 했다. "우회도로를 따라서 가다 보니

시골 분위기가 나는군. 좀 더 깊이 들어가면 꽤 한산한 광경이 보이겠지."

사이타마 현경(県警)과 경시청 사이는 전통적으로 견원 관계였다. 만일 여기 사이타마 현에서 유괴 사건이 발생하면 현경은 경시청의 체면을 뭉개고자 기를 쓰고 움직일 게 빤하다. 상호 간의 정보 교환이 지체되며 발생하는 시간차는 그에게 유리하게 작용하리라. 경찰 동료끼리 으르렁거려 준다면 더 이상 바랄 나위가 없었다.

차는 오미야(大宮)를 지나 더 북상했다. 구리하시(栗橋) 선에서 우회전하여 구키(久喜) 방면으로 차를 돌렸다. 목적지는 시라오카였다.

시라오카의 농장에는 오늘 방문하겠다고 전화를 넣어 뒀다. 붙임성 없는 주인은 언제든 상관없다고 짧게 대답했다.

닭을 사고 나면 바로 한노로 이동할 계획이다. 앞으로는 한노를 거점 삼아 행동하기로 결심했다. 도쿄에서는 더 이상 활동하기가 곤란하다. 이제부터는 사이타마의 아이가 목표다.

이내 눈물과 같은 물방울이 차 앞유리를 때리기 시작한다. 슬슬 비가 오려는 모양이다. 처음에는 다문다문 떨어지던 비가 어느새 폭우로 변했다. 시야가 희뿌옇게 뒤덮여 순식간에 온 세계가 흠뻑 젖어 들었다. 그는 무표정하게 와이퍼를 작동했다.

문득 룸미러로 후방을 봤다. 빗방울로 인해 뒤따라오는 차종을 알아볼 수 없다. 그는 시선을 돌려 전방을 응시했다.

무의식적인 경계였다. 공원에서 누군가의 시선을 느낀 후로 등 뒤를 살펴보게 되었다. 기우이리라. 그날 이후로 누군가 지켜보고 있다는 느낌은 한 번도 안 들었다. 다른 사람의 시선을 감시하려는 의식이 반대로 착각을 불러일으킨 게 아니었을까. 이제는 그렇게 생각한다.

　그럼에도 그는 경찰이 자신을 주목할 가능성을 신중히 음미했다. 혹여 경찰의 수사가 자신에게 이르렀다면, 유괴 현장을 목격한 이가 있다는 뜻이다. 한 번이라도 누군가에게 목격당한 적이 있었나.

　대답은 '아니오.'였다. 초겨울 날씨가 지금까지는 그에게 유리하게 작용했다. 어른들은 밖에 나다니질 않고 아이들만 뛰놀기 일쑤다. 아무에게도 목격당할 염려 없이 아이를 데려가기에는 절호의 계절이었다.

　그렇다면 밀고일까. 멀쩡한 어른이 직업도 없이 어슬렁거리면 분명 주위의 이목을 끌 것이다. 하지만 맨션 주인은 그의 사정을 알고 있다. 이제 와서 괜히 소란을 피우리라곤 여겨지지 않았다. 한노의 통나무집 이웃도 마찬가지다. 최근 몇 개월 사이 이웃에서 인기척은 한 번도 안 났다.

　경찰일 가능성은 적다. 그는 새삼 확신했다. 경찰의 수사 능력은 피해자와 범인과의 연관 관계가 희박할 경우 의외로 발휘되지 않는다. 과거 미궁에 빠져 든 사건을 되돌아봐도 분명했다. 무차별 살인마가 체포되는 경우는 현행범이거나 목격자가 존재할 경우, 그도 저도 아니면 순전한 요행이 경찰 편을 들었을 때뿐이다.

그럼 경찰 아닌 자가 미행하고 있다는 건가. 아니, 그럴 가능성은 더욱 희박하다. 현재 그의 행동을 눈여겨볼 인간이 어디에 있단 말인가.

누차 고민해 봐도 결론은 마찬가지였다.

'걱정할 필요 없다. 난 오로지 의식에만 신경 쓰면 된다.'

그는 스스로를 타일렀다.

구리하시 선에서 꺾어 좌회전과 우회전을 몇 번 반복하고 나서 간신히 농가에 도착했다. 멋들어진 대문 뒤로 기와를 얹은 일본 가옥이 보인다. 그 옆에 큰 비닐하우스가 보여 자못 농가다운 분위기가 풍긴다. 그는 문 앞에 차를 세우고 뒤 트렁크에서 새장을 꺼냈다. 우산을 쓰고 징검돌을 밟아 현관으로 향했다.

"실례합니다."

현관 벨이 없어 허락 없이 격자문을 열고 안에다 외쳤다. 마룻바닥으로 된 복도 저편에서 텔레비전 소리가 들린다. 누군가 자리에서 일어나는 소리가 나며 극단적이라 할 정도로 키가 작은 초로의 여자가 모습을 드러냈다.

"안녕하세요. 또 닭을 사러 왔습니다."

그가 용건을 말하자 여자는 고개만 끄덕일 뿐 입을 열지 않는다. 미소조차 짓지 않고 입을 딱 다물고 있다. 주인장에 버금갈 만큼 무뚝뚝하다.

여자는 턱을 치켜들며 그에게 밖으로 나자가고 신호를 보냈다.

자신도 현관에서 내려와 샌들을 신는다. 그는 다시 우산을 쓰고 밖에서 대기했다.

여자는 비닐우산을 펼치며 그에게 따라오라는 시늉도 않고 집 뒤편으로 향한다. 그도 잠자코 뒤를 따랐다. 집 뒤편에 닭장이 있다는 건 몇 번의 방문을 통해 알고 있다.

여자가 함석 문을 열어 닭장으로 들어간다. 어두침침한 닭장 안에 주인이 있었다. 천장을 올려다보며 비가 새는 곳을 살펴보는 모양이다. 콘크리트 바닥 양편으로 오십 마리쯤 되는 닭이 늘어서 있다. 망에 갇힌 닭들이 서로 목소리를 다투며 기괴한 울음소리를 냈다.

주인이 그를 알아보고 입을 다문 채 손가락으로 자기를 따라오라고 지시한다. 말문이 막혔나 싶을 정도로 과묵하다.

주인은 닭장 구석에 놓인 새장을 턱으로 가리킨다. 여느 때와 마찬가지로 검은 닭 한 마리가 새장 안에 의젓하게 있다. 그는 들고 온 자신의 새장에 담을 채비를 하고 닭에게 손을 뻗었다. 주인은 도우려고도 않고 지그시 내려다보고만 있다.

"당신……."

웅크린 채 닭을 잡으려 하는데 갑자기 툭 내뱉었다. 돌아보자 지금까지 한 마디도 않던 여자가 그를 뚫어져라 쳐다보고 있다. 여자의 눈동자에 기묘한 빛깔이 어른거린다.

"왜 그러세요."

"당신, 대체 무슨 짓을 저지른 거야."

그가 가까스로 닭을 잡아들어서는 새장에 옮겨 담았다.

"무슨 말씀이신지."

퉁명스레 되물었다. 얼굴에 놀란 기색은 전혀 드러내지 않았다.

그는 새장 문을 닫고 일어났다. 주인이나 여자나 똑같이 말없이 그를 응시하고 있다. 그는 그들의 시선에서 싸늘함을 느꼈다.

"무슨 일 있었나요?"

다시 되묻자 그제야 여자가 말을 잇는다. 여자의 얼굴에는 미묘한 공포의 빛이 일었다.

"얼마 전에 경찰이 다녀갔어." 여자가 담담히 말했다. "당신네에 대해 묻고 갔어."

"경찰?"

그는 미간을 잔뜩 찌푸려 보였다. 전혀 짐작 가는 바가 없다는 제스처였다.

"와서 뭐라고 묻던가요?"

"당신네 교단이 여기서 뭘 사 가냐고 형사가 물었어. 난 정직히 대답했지."

여자의 말투는 자기가 책잡힐 이유가 없다는 듯 들렸다.

"그래서요."

그는 흥미 없다는 양 물었다.

"뭐 때문에 닭을 사 가는지 묻더군. 난 모른다고 했지."

"그게 다예요?"

"그게 다야. 딱히 할 말이 없잖아. 우린 당신네랑 아무 관계없으니까."

"예, 물론 그렇죠. 저희도 무슨 꺼림칙한 일을 하는 건 전혀 아니니까 솔직히 말씀 드려도 상관없습니다."

그는 그들이 경계하지 않도록 상냥히 대답했다.

"당신에 대해서도 얘기했어."

느닷없이 옆에 서 있던 주인이 입을 열었다. 그는 돌덩어리가 입을 열기라도 한 것 같아 깜짝 놀라 고개를 돌렸다.

"곤란한가."

주인의 단호한 표정은 전혀 흐트러지지 않는다.

"아뇨, 상관없습니다. 뭐라 하셨는데요?"

"개인적으로 닭을 사러 오는 교단 사람도 있다, 이렇게 얘기했어. 당신 이름도 가르쳐 줬지."

그는 속으로 혀를 찼다. 대체 무슨 일이 벌어지고 있는 건가.

"어디서 온 경찰이라 하던가요?"

"경시청이라고 했어."

여자가 대답했다.

"경찰수첩을 보여 주던가요?"

"응, 봤어."

고개를 꾸벅 끄덕인다.

"형사 둘이 왔던가요?"

"아니, 중년의 형사가 혼자 왔어."

"혼자?"

410

그는 미심쩍다는 듯 다시 미간을 찌푸렸다. 통상 형사는 2인 1조로 행동한다. 그런데 혼자 왔다니. 마음에 걸렸다.

"거참 이상하네요. 그 형사, 가짜 아닐까요?"

그의 물음에도 부부의 표정은 변함없다.

"교단에는 라이벌이 많지요. 그 가짜 형사는 아마도 다른 교단의 짓궂은 장난이 아닌가 싶군요. 하여간 별 신경 안 쓰셔도 됩니다."

스스로 생각해도 미덥지 않은 변명처럼 들렸다. 하지만 미봉책으로라도 부부를 안심시켜야 했다. 의혹을 남겨 둔 채 방치할 수는 없었다.

그는 돈을 치르고 허둥지둥 자리를 피했다. 닭장에서 나와 넓은 정원을 종종걸음으로 가로질렀다. 뒤 트렁크에 새장을 집어넣고 시동을 걸었다. 여전히 경직된 얼굴이 전방을 응시했다.

'경찰이 쫓아온 건가. 그렇다고는 해도 형사 혼자 행동했다는 건 이상하다. 대체 어떻게 돌아가는 걸까.'

불안이 먹구름처럼 뭉게뭉게 피어올랐다. 그는 차를 출발시켰다. 비는 전과 다름없이 시야를 좁히며 압박해 왔다.

62

문이 잠겨 있지 않았다. 사에키는 수상히 여기며 천천히 손잡이를 돌렸다.

현관 바닥에 여자 신발이 눈에 들어와 사에키는 살짝 놀랐다.

"왔어?"

거실로 발걸음을 옮기며 말을 건넸다. 소파에 이쓰코가 앉아 있었다. 등을 곧추 펴고 무릎을 가지런히 모아 사에키를 바라본다. 이쓰코의 눈동자는 사에키에게 뭔가 호소하는 듯이 보였다.

"무슨 일 있어?"

이쓰코에게 다가가며 물었다. 이쓰코는 뭔가 심상치 않은 분위기를 내뿜고 있었다. 며칠 전 아내와의 통화가 생각났다.

"미안. 피곤할 텐데 방해했네."

이쓰코의 목소리가 너무 작아 잘 알아듣기 힘들었다. 이쓰코의 움츠러든 어깨에 사에키가 손을 얹었다.

"왜 그래, 이쓰코."

"으응." 이쓰코가 짧게 대답하고는 "자기 편할 대로 해. 난 신경 안 써도 돼. 어서 옷 갈아입고 세수해."

"나한테 할 말 있어?"

"응. 그러니까 자기 일 다 하고 얘기해."

"알았어."

사에키는 이쓰코에게서 손을 떼고 방으로 들어갔다. 얼른 옷을 갈아입고는 이쓰코와 대각선으로 마주 보는 자리에 앉았다.

"자."

사에키가 재촉했다. 골똘히 생각에 잠긴 이쓰코의 얼굴이 신경 쓰였다.

이쓰코는 고개를 파묻었다가 뭔가 결심했다는 듯 얼굴을 들어 올리며 "응." 하고 고개를 끄덕였다.

"일 때문에 지쳐 있는 자기를 성가시게 할 생각은 없어. 나, 이제부터 할 얘기가 스스로 생각해도 너무 짜증이 나서 미쳐 버릴 것 같아. 한심한 여자가 되는 것 같아서."

"괜찮아. 말해."

사에키가 몸을 앞으로 내밀며 깍지를 꼈다. 손바닥에 땀이 흥건히 젖은 게 느껴졌다.

"놀라게 할 맘은 없어. 하지만 지금 얘기 안 하면 분명 맘 상할 테니까."

이쓰코는 자꾸 말을 돌렸다. 평소와 달리 말을 얼버무렸고 서론이 길었다. 사에키와는 시선을 마주치려고도 하지 않았다.

"나, 오늘 병원 다녀왔어."

"병원?"

예상외의 말에 사에키는 되물을 수밖에 없었다.

"응, 소파 수술을 받았어."

"소파?"

단어의 뜻이 바로 머릿속에 안 들어왔다. 이해하기까지 십 초 정도의 침묵이 필요했다. 이쓰코는 가만히 입을 다문 채, 사에키의 깍지 낀 손만 바라보고 있었다.

"중절 말이야?"

간신히 알아듣고 사에키가 망연히 물었다. 이쓰코는 고개를 꾸벅 끄덕였다.

"임신했었어?"

사에키의 눈은 경악하여 휘둥그레졌다. 갑작스레 뒤통수를 얻어맞은 듯 물리적 충격을 받았다.

"이 나이 먹고서 엄청나게 바보 같은 짓을 저질러 버렸어. 정말 이런 내가 싫어."

이쓰코는 자조하듯이 고개를 살짝 저었다. 자신이 하는 말에 진저리 치는 것처럼 보였다.

"그래서 낙태했다는 거야?"

사에키는 눈꺼풀마저 얼어붙은 듯 움직이질 않았다. 머릿속에서 언어가 휘발하여 자신이 무슨 말을 하는지조차 몰랐다.

"으응. 낙태했어."

이쓰코의 말은 오해할 여지없이 분명했다.

"왜? 왜 나와 의논하지 않은 거야?"

힐문조가 되어 버렸다. 너무나 당치도 않은 얘기를 듣고 만 기분이다.

"내 문제니까. 나 혼자 판단했어."

"아니야. 나와 이쓰코의 문제야."

"아니, 내 문제야."

한동안 서로 노려보다, 사에키가 어깨를 축 늘어뜨리며 몸을 좀 더 내밀었다.

"정말이야?"

"거짓말이었으면 좋겠어……."

"벌써 수술했다고?"

"으응."

사에키는 왼손으로 이마를 받치고 눈을 감았다.

"왜 나랑 의논하지 않은 거야."

이쓰코는 무릎 위에 손을 얹고 손톱을 지그시 바라봤다.

"그래서 미안하다고 했잖아. 하지만 의논했음 무슨 말 하려고?"

"낙태하라고는 안 해."

"낳으라고 했을까."

"그래. 이쓰코만 좋다면."

"싫어. 우린 부부가 아니야."

"결혼하면 돼."

"부인은?"

"헤어질 거야. 그쪽도 원하고 있어."

"그럼 에리코는?"

사에키는 말문이 막혔다.

"에리코와 헤어질 수 있어?"

"에리코는…… 날 필요로 하지 않아. 에리코는 날 미워해."

"자기는? 자기는 에리코가 필요 없어?"

"난……."

무슨 말을 해야 할지 몰랐다. 사에키는 백치처럼 벌린 입을 다물지 못했다.

"나, 알고 있었어. 최근 몇 개월 동안 자기 모습을 보면서."

이쓰코의 목소리는 자못 쓸쓸하게 들렸다. 그녀는 단숨에 말을 토해 냈다.

"자기는 어린 소녀가 살해된 것에 유달리 마음 아파했어. 강한 척했지만 너무나 괴로워했어. 난 그 이유가 뭔지 알아. 지난번에 전화로 얘기했잖아."

"……."

"자기는 자기 딸 때문에 너무 마음 아파해. 딸과 떨어져 사는 게 너무 괴롭잖아, 그렇지?"

사에키는 무슨 말이든 해 보려고 했다. 그러나 아무 말도 할 수 없었다.

"난 그게 너무나 분명히 보였어. 그리고 깜짝 놀랐어. 자긴 그 마음이 들킬까 봐 더 신중히 감추고 있었어."

"감추려던 게 아니야. 난……."

"감출 필요가 없었지. 솔직하게 얘기해 줬으면 좋았을 텐데." 이쓰코가 사에키의 말을 가로막았다. "처음부터 말해 줬으면 충격은 안 받았겠지."

"충격?"

"그래."

사에키는 이쓰코의 말뜻을 이해할 수 없었다.

"무슨 말이야."

이쓰코는 잠시 침묵에 잠겼다. 그리고 말문을 열었을 때, 사에키의 의문에 직접 답하려 하지 않았다.

"자긴 자기 맘을 나한테 들키지 않았을 거라 생각했지?"

"지난번 전화 얘기야? 내가 실수했다면 사과할게."

"난 다시 한 번 확인하고 싶었어. 당신이 얼마나 아이를 필요로 하는지."

"확인?"

이쓰코가 하는 말을 종잡을 수가 없었다. 자꾸만 핀트가 어긋나 좀처럼 이해하기 힘들었다.

순식간에 이쓰코의 눈에 눈물이 치솟아 올랐다. 겨우 참고 있지만 곧 넘쳐흐를 것 같았다.

"미안. 나, 이런 내가 정말 짜증스러워. 아무리 사과해도 부족할 거야. 자기한테 상처를 주고 말았어."

"이쓰코, 왜 그래?"

사에키가 부드럽게 물었다.

"나…… 임신하지 않았어."

이쓰코의 입에서 오열이 터져 나왔다. 사에키는 흠칫했지만 겉으로 드러내지는 않았다.

"미안, 거짓말이었어. 자기 마음을 확인해 보고 싶었어. 아이 얘기를 꺼내면 자기가 어떻게 나올지 말이야."

사에키는 눈을 감고 천천히 고개를 저었다.

"왜 그런 짓을?"

이쓰코는 흐르는 눈물을 닦으려 들지도 않았다. 무릎에 눈물이 방울져 한없이 떨어졌다.

"자기한테 결코 말할 수 없었어. 그 말만은……." 이쓰코가 흐느껴 울며 말을 토했다. "내가 왜 이혼했는지, 자기한테 말할 수 없었어."

"그게 무슨 상관이야. 난 한 번도 맘에 담아 둔 적 없어."

"자기는 아무 내색 안 했지. 그래서 난 기뻤어. 하지만 처음에 털어놨으면 좋았을 텐데. 우린 둘 다 비밀을 감춰 뒀었네."

"우린 성인이잖아. 쉽게 얘기할 수 없는 비밀 하나쯤은 있게 마련이야."

"아냐, 이제 끝이야." 이쓰코는 마치 도리질하듯 격렬히 고개를 저었다. "이건 너무 커. 나…… 아이를 낳을 수 없는 몸이야. 결혼하고 나서야 알게 돼서 이혼했어."

"……."

무슨 말을 해야 할지 몰랐다. 흡사 청천벽력과도 같았다. 이쓰코는 여태 단 한 번도, 넌지시 비춘 적도 없었다.

"말 안 해서 정말 미안해. 그러니까……." 이쓰코는 표정을 다잡으며 고개를 치켜들었다. "무슨 말인지 이제 알겠지?"

분명 이제야 이쓰코의 불가해한 언행이 왜 그랬는지 이해되었다. 그리고 아무리 몰랐다 해도, 자신이 이쓰코에게 너무나 큰 상처를 주었다는 사실에 통렬히 후회했다.

"몰랐어. 하지만 사소한 문제야. 이쓰코가 내 마음을 알아준다면……."

"미안."

오늘 하루 이쓰코는 몇 번이나 사과하는 걸까. 이쓰코는 사에키의 말을 가로막고 곁의 핸드백을 열었다.

손수건을 찾나 싶더니, 이쓰코는 작은 쇠붙이를 꺼내 테이블 위에 올려놓았다.

맨션 열쇠였다.

"자기한테 뭐라 사과해야 할지 모르겠어. 나, 이 정도로 한심한 여자야. 그러니까 이거 돌려줄게."

"잠깐, 오해야. 난 아이 따위……."

"더 이상 거짓말하지 마." 뜻밖에도 말투가 거칠었다. "이만치 나이 먹으면 위로 따위 필요 없어."

이쓰코가 일어나 고개를 푹 숙이며 인사하고는 현관으로 발을 돌렸다. 사에키는 이쓰코의 팔을 붙들었지만 무슨 말로 그녀를 붙잡아야 할지 몰랐다.

이쓰코는 아무 말도 않고 그저 물기 어린 눈망울로 사에키를 바라봤다. 그러고는 사에키의 손목을 잡고 천천히 떼 냈다.

이쓰코는 한 번도 돌아보지 않고 맨션을 나가 버렸다.

63

2월 29일은 교단 상위 직급자들의 집회가 열리는 날이다. 그는 이미 교단에 흥미를 잃었지만, 무시할 수는 없었다. 그는 아데프투스 이그젬투스(제4단계)로 승급한 터다. 결석하면 다른 회원들의 이목을 끌게 되리라.

집회는 2시부터였다. 평소처럼 차를 몰고 갔는데, 마침 길이 안 막혀 삼십 분 전에 도착했다. 그는 로비에서 커피를 마시며 안면 있는 회원과 대화를 나누었다.

세피로스가 상위인 회원은 대개 중년이다. 그처럼 삼십대 전반에 상위에 오른 회원은 많지 않다. 그럼에도 몇 안 되는 열성적인 젊은 신자들은 오늘 같은 집회에 빠지지 않고 출석한다. 그도 자연스레 젊은 사람들 무리에 합류했다.

삼십대 회원들 사이의 공통의 화제는 '아이'였다. 다들 비슷한 연배의 아들이나 딸이 있다. 유치원을 졸업할 무렵이라 소학교 입학 준비로 이야기꽃을 피우고 있다.

그는 대화에 끼어들지 않고, 잠자코 듣고만 있었다. 아이 이야기에는 아무 말도 할 수 없었다. 화장실에 가는 척하며 자리에서 일어날까 하는 마음이 들었을 때 화제가 의외의 방향으로 바뀌었다.

"그나저나, 아직도 아이 시체가 발견되지 않았다면서요?"

여성 회원이 말을 꺼냈다.

"아, 그렇더라고요. 저도 들었어요."

"대체 이게 몇 번째인지 모르겠어요."

"그 또래 여자애를 둔 집에서는 걱정이 이만저만 아니겠어요."

"전 둘 다 사내애라 다행이에요."

"모를 일이죠. 앞으로는 사내애, 계집애 안 가릴지도 모르니까."

"변태겠죠?"

"그런 정신병자가 어슬렁거린다고 상상하면 도저히 아이 혼자 학교에 못 보내겠어요."

"맞아요. 정말, 경찰은 대체 뭘 하는 걸까요."

"그러게 말이에요. 아참, 경찰 얘기가 나와서 그런데, 며칠 전 여기에 경찰이 왔다 간 얘기 들었어요?"

"아뇨, 처음 들어요. 정말이에요?"

"정말 왔다 갔대요."

"어머, 왜 왔을까요?"

"자세한 얘기는 모르지만, 교단 시스템이라든가 교의에 대해 꼬치꼬치 캐묻고 갔나 봐요."

"무슨 일일까요. 저희가 경찰 눈에 띌 만한 일을 한 적 없잖아요."

"소녀 살해 수사 때문에 온 걸까요?"

"형사도 자세한 사정은 밝히지 않았나 봐요. 어쨌든 우리 교단은 지금까지 투명한 경영을 해 왔으니까, 아무것도 숨기지 않고 순순히 협력해서 간단히 끝났다고 들었어요."

"신경 쓰이네요. 교단 내부에 범인이 있다고 생각하는 건 아닐까요?"

"설마."

"그럴 리는 없겠죠. 아무리 그래도 그렇지, 그런 일이."

"그럼요. 괜히 종교라 하면 이상한 걸 떠올리는 사람이 경찰에도 있나 보죠."

"아마 그렇겠죠? 우리 교단에서만큼은 결코 그런 일이……."

"거참, 세상 사람들의 편견은 가시질 않네요."

"경찰도 참 터무니없지."

"그러게 말이에요. 그러니까 아직도 범인을 못 잡고 있겠죠."

회원들은 범인이 바로 옆에서 듣고 있음을 전혀 모르는 채, 경찰에 대한 비판을 늘어놓았다. 그는 잠자코 담배만 피우며 얘기를 들었다.

집회가 끝나고 별일 아닌 척하며 접수처 여성에게 말을 걸었다.

"아까 슬쩍 들었는데, 얼마 전에 경찰이 왔다 갔다면서요?"

"아, 예. 정말 왔었어요." 접수처 아가씨는 눈을 반짝거리며 목소리를 낮췄다. "깜짝 놀랐다니까요."

"뭐 때문에 왔을까."

"무슨 참고 조사라고만 했어요."

"참고 조사라."

"그 형사가 경찰 업무란 게 쓸데없다는 걸 알면서도 시시콜콜 조사하지 않으면 안 된다며 투덜대더라고요. 우리 교단이 무슨 짓을 저질렀다고 의심하는 건 결코 아니라고 했어요."

"흐음."

"명부를 열람하고 돌아갔다고 들었어요. 뭔가 의미가 있겠죠?"

"명부?"

대체 뭐가 어떻게 되어 가는 걸까…….

"그리고 또 무슨 말을 하던가요?"

"글쎄요, 딱히. 저야 접수만 보니까."

"하긴 그렇겠네요."

"마쓰모토 씨, 뭐 켕기는 일이라도 있어요?"

접수처 여성이 장난기 어린 눈빛으로 그를 째려봤다.

"설마요. 아무한테도 얘기하면 안 돼요, 사실은 요새 추리소설을 써 볼까 하거든요."

"와, 대단해요."

"그래, 좀 참고해 볼까 싶어서. 진짜 형사와 얘기할 기회는 좀처럼 없잖아요."

"그렇죠. 책 나오면 저 한 권 주셔야 해요."

"그래요. 대신에 제가 경찰 얘기 물은 건 절대 비밀입니다."

"알겠습니다."

접수처 여성이 방그레 웃음 짓는다.

"아참, 형사는 두 명이 함께 왔던가요?"

접수처 여성은 얼굴에서 웃음기를 지우지 않은 채 대답했다.

"아뇨, 혼자였어요."

교단 빌딩에서 나와 차에 올라탔을 때 그의 얼굴은 가면을 쓴 듯 무표정했다. 그러나 평정을 가장하기란 쉽지 않았다.

'경찰이 바로 옆까지 다가왔다. 대체 무슨 냄새를 맡은 걸까……' 꼬투리는 전혀 흘리지 않았다. 스스로도 완벽하다 싶은 손길로 아이를 데려갔다. 경찰이 자신을 주목했으리라곤 도저히 상상할 수 없다. '경찰은 교단에 관심이 있는 걸까. 교단의 비의가 외부에 유출되면서 경찰이 포착한 걸까.'

있음직한 경우다. 시라오카까지 탐문하러 온 이유도 그렇게 생각하면 타당해진다. 틀림없이 경찰은 아무 실마리도 잡히지 않아 난항을 겪고 있을 터였다. 그런 상황에 새로운 정보가 날아들면 일단 조사에 착수하려 들겠지.

갑작스런 경찰의 등장에 신경이 쓰였다. 최근 며칠 분의 신문을 샅샅이 훑어봐야겠다고 마음먹고는 맨션으로 차를 돌렸다.

삼십 분쯤 지나 맨션에 도착하여 현관에 쌓인 신문을 회수하고는 사회면만 집중적으로 정독했다. 시체가 발견됐다며 크게 보도하고 있지만, 그 밖에 다른 진행 상황은 전혀 언급되지 않았다. 경찰이 비밀에 부친 걸까, 아니면 정말로 발표할 거리가 없는 걸까.

시체가 발견되지 않으리라 생각했던 건 큰 오산이었다. 물론 영구히 숨겨질 거라고는 생각하지 않았다. 하지만 이렇게 빨리 발견되리라곤 예상 못했다. 시체는 발견될 걸 전제로 두고 파묻었다. 만일 발견되더라도 그와 관련된 증거는 전혀 없게 처리했다. 하지만 자기도 모르는 새 실수를 저질렀다면······.

그는 텔레비전을 켰다. 아직 6시 뉴스를 시작하기엔 이른 시간이다. 그는 안절부절못하며 시간이 흐르기만 기다렸다.

해가 서천으로 지기 시작하여 창문 밖이 저녁놀로 확연히 물드는 시간이 되자 뉴스가 시작됐다. 은테 안경을 쓴 아나운서가 등장하더니 바로 경찰 기자회견장으로 화면이 바뀌었다.

심각한 표정의 경시청 형사부장과 수사 1과장의 모습이 화면에 등장했다. 조잡한 테이블 위로 가득 쌓인 마이크를 향해 수사 1과장이 담화를 발표하기 시작했다. 그는 한 단어도 놓치지 않으려고 화면을 골똘히 응시했다.

대단한 내용은 없었다. 담화 내용을 그대로 받아들이자면 아직 진전된 사항은 없어 보였다. 그제야 안도하여 한숨을 내쉬었다.

화면에서는 기자와의 질의응답이 오갔다. 수사 1과장은 쓰라린 표정으로 질문 하나하나에 답을 해 나갔다. 범인에 대한 분노가 화면 밖으로 전해질 듯한 얼굴이다.

범인에게 하고픈 말이 있느냐는 기자의 질문에, 수사 1과장은 카메라를 노려보며 말했다. 그 시선은 곧바로 그에게 날아왔다.

수사 1과장은 떨리는 목소리 한 단어 한 단어에 힘을 넣었다.

그는 화면을 지켜보다 코웃음 쳤다.

"흥, 범인을 절대 용서할 수 없다라니. 개나 소나 똑같은 말만 해 대는군."

문득 터무니없는 생각이 떠올랐다.

'저 수사 1과장한테 딸이 없을까. 혹시 있다면 경찰한테 한 방 먹이게 될 지도 모른다.' 단순한 공상에 불과했지만 한번 머릿속에 떠오르자 굉장한 생각처럼 여겨졌다. '그래, 그런 방법이 있었군. 잘난 척하는 저 남자에게도 나와 똑같은 괴로움을 맛보게 해 줄 테다. 그러면 저 남자는 어떤 반응을 보일까.'

상상만 해도 가슴이 두근거리며 설렜다. 경찰로부터 도망만 쳐서야 재미없다.

'만약 수사의 손길이 가까운 데까지 이르렀다면, 내가 역습하면 되지 않을까.'

수사본부가 질겁할 모습이 눈에 선했다.

일단 계획 변경이다. 사이타마로 거점을 옮기려던 계획은 연기다. 무슨 수를 써서라도 경찰의 체면을 뭉개 주겠다. 그건 그에게 어린애 손목 비틀듯이 쉬운 일이니까.

64

3월 6일 목요일 오후 6시.

경시청 청사 17층 대회의실에 있던 사에키에게 한 통의 전화가 걸려 왔다. 교환원이 전화 건 사람의 이름이 사에키 미에라고 전했다.

"연결해 줘."

미에의 이름을 듣자, 얼마 전 일방적으로 퍼붓고 끊어 버린 통화가 생각났다. 이혼 얘기를 구체적으로 진행하자는 걸까. 그렇다고 수사본부까지 전화를 걸다니 미에답지 않다. 미에는 신혼 절부터 지금까지 단 한 번도 사에키 일터로 전화를 건 적이 없다.

"여보세요."

미에의 다급한 목소리가 들렸다.

"왜 그래?"

사에키가 주변의 눈길을 의식하며 짧게 물었다. 길게 통화할 형편이 아니다.

"큰일 났어, 큰일."

미에가 당황하여 어쩔 줄 몰라 하는 모습이 전화기를 통해 전해졌다.

"침착해. 뭐가 큰일이라는 거야."

사에키는 미에를 진정시키며 물었다. 미에가 자신을 우습게 본다는 건 알았지만 그나마 효과가 있었던 모양이다.

"지, 집 근처에 이상한 남자가 어슬렁거려."

사에키는 목소리를 낮추며 주변을 둘러봤다. 자신을 지켜보던 사무원 몇몇이 당황하며 눈을 내리깐다.

"잠깐, 지금 집이야?"

"응."

미에의 목소리가 떨렸다.

"알았어. 내가 다시 전화 걸 테니까 일단 끊어. 기다리고 있어."

"응."

사에키는 수화기를 내려놓고 방에서 나왔다. 엘리베이터를 타고 1층까지 내려가 정면 현관을 빠져나왔다. 눈앞에 흐르는 고쿄의 해자와 인접한 곳에 공중전화박스가 있었다.

횡단보도를 건너 공중전화박스 안에 뛰어들었다. 카드를 삽입하여 정확히 버튼을 누르자 한 번의 신호로 바로 연결됐다.

"그래서?"

사에키가 다음 말을 재촉했다.

"이상한 남자가 있어. 무서워."

미에는 완전히 겁을 먹었다.

"어떻게 이상한데?"

사에키는 영문을 알 수 없어 답답한 마음이 들었다. 미에의 말은 당최 요령부득하다.

"나, 아까 쇼핑 다녀왔거든. 근데 집에 오는 길에 우리 집을 지그시 바라보는 남자가 있었어."

"확실히 우리 집을 보고 있었어?"

"응…… 그런 것 같아."

미에가 갑자기 말을 흐렸다.

"그냥 길을 잘못 들어선 사람 아니야?"

"아니야. 내가 종종걸음으로 옆을 지나가니까 깜짝 놀라면서 몸을 피했다니까."

"풍채는?"

"풍채?"

"어떤 옷차림을 하고 있어?"

사에키는 조바심이 나서 바꿔 말했다.

"회색 코트를 입고 있었어. 머리는 보통 길이."

"그리고?"

"몰라. 뒤에서 살짝 봐서."

"키가 어느 정도고, 나이가 몇 살쯤 되는지 몰라?"

"너무 무서워서 못 봤다고!"

미에는 버럭 성질을 부리며 소리 질렀다. 완전히 냉정을 잃었다. 오냐오냐하며 자라, 참을성 없는 성격이 그대로 터져 버렸다.

"그 남자도 어딘가로 갔겠지. 너무 걱정하지 마."

사에키는 내심 어이없어하며 다독였다. 미에는 히스테리 상태다.

"어쩌면 그 소녀 살해범일지도 몰라."

"범인은 요요기에 출몰한 적 없어. 괜한 생각이야."

"당신은 안 봤으니까 몰라! 정말 하는 짓이 이상했단 말이야."

"순찰 대원에게 주의해서 봐 달라고 요청해 둘게."

사에키는 진절머리가 났다.

"그것 갖고는 안 돼. 우리 집을 특별히 경계해 달라고 해."

"가능할 리가 없잖아."

"당신은 경시청 수사 1과장이잖아. 어떻게든 해 봐."

"순찰 대원은 경라부(警邏部, 우리나라의 방범대에 해당하는 부서) 관할이야. 내가 끼어들 수도 없거니와 우리 집만 특별히 경비해 달라는 말을 어떻게 하겠어."

"당신은 에리코가 어떻게 돼도 상관없다는 거야!"

미에는 신경질적으로 소리 질렀다. 사에키는 수화기에서 귀를 뗐다.

"아버지한테 부탁했었어. 그랬더니 아버지 권한으로는 아무것도 할 수 없다고 하잖아."

"당연하지."

"그래서 당신한테 전화한 거야. 내가 당신한테 이런 일 부탁하는 거 처음이잖아. 나도 창피한 걸 무릅쓰고 연락한 거야. 제발 경비를 강화해 줘."

"불가능해."

사에키는 딱 잘라 말했다.

"알았어! 다시는 부탁 안 해!"

귀가 따가울 정도로 격렬하게 전화가 끊겼다. 사에키는 지긋지긋한 심정으로 수화기를 내려놨다. 공중전화박스에서 나왔을 때에는 이미 미에의 간청을 머릿속에서 지웠다.

65

잘난 척 연설을 늘어놓던 수사 1과장의 자택 주소는 예상 외로 손쉽게 알아냈다. 돈만 아끼지 않으면 어려운 일도 아니었다. 어디든 어둠의 세계가 있게 마련이니까.

그는 우선 수사 1과장의 가족 구성원을 알아내고자 동사무소로 향했다. 수사 1과장에게 딸이 없으면 이 아이디어는 무의미해진다. 그러나 그는 묘하게도 딸이 있으리라 확신했다. 모든 게 예정된 수순대로 제자리를 잡아 간다는 필연성을 강렬히 느꼈다.

운전을 하다가 제법 큰 문구점을 발견하여 일단 차를 세웠다. 가게 앞에 회전식 도장 진열장이 그의 눈을 붙들었다.

진열장을 돌리다 그가 찾는 성을 발견했다. 흔한 성은 아니지만 그렇다고 가게에 도장이 없을 정도로 드물지는 않다. 수사 1과장의 성은 금세 눈에 띄었다.

그는 도장을 구입하고 다시 차에 올라탔다. 이 도장이야말로 오늘 조사에 빠져서는 안 될 물건이다. 동사무소 주차장은 엄청 붐벼 도로에까지 차량이 늘어서 있었다. 그는 그 광경을 보고 포기하여 가까운 사설 주차장에 차를 집어넣었다.

현관 자동문을 통과하자 카운터에 쭉 늘어선 인파가 보였다. 플로어 소파에는 순번을 기다리는 사람들로 가득 차 있다. 나이 든 사람들이 많았고 양복 차림의 남성도 적지 않다. 연말이라 평소보다 더 붐비는 모양이다.

신청 용지가 구비된 테이블에도 사람들로 가득했다. 그는 순순히 뒤로 물러서 차례를 기다렸다.

일 분도 안 되어 자리가 비었다. 그는 주민표 신청 용지를 찾아 꺼냈다. 되도록 필체를 바꿔 수사 1과장의 이름을 기입했다. 가족 기재란은 세대 전원에 동그라미를 쳤다.

다 기입하고 나서 그는 꼼꼼히 다시 확인한 뒤 방금 사 온 막도장을 이름에다가 찍었다. 용지를 카운터에 내고 번호표를 뽑아 기다렸다.

주민표는 본인이나 본인의 위임장을 갖고 있는 대리인이 아니면 취득할 수 없다고 동사무소 직원은 창구에서 말하곤 한다. 하지만 실제로는 신분증명서를 제시하라는 요구도 없이, 날림으로 본인 확인이 이루어진다. 창구에서 부르는 이름에 대답만 하면 본인이라 인정해 버린다. 신청서에 찍은 도장 역시 막도장이라도 상관없다. 결국 그럴 마음만 있다면 생판 관계없는 남일지라도 자유롭게 타인의 주민표를 입수할 수 있다. 더구나 시에서 관리하는 개인 프라이버시 데이터는 거의 그대로 공개되어 있는 거나 다름없다.

조금 있으니 수사 1과장의 이름이 호명되며 눈앞 전광판에 번호가 뜬다. 그는 천천히 창구로 다가가 사람들이 늘어선 줄에 합류했다.

창구 직원이 사무적으로 그의 이름을 확인했다.

"예, 그렇습니다."

그가 심드렁하게 고개를 끄덕이자, 직원은 전혀 의식하지 않고 주민표를 카운터에 꺼내더니 대금을 청구했다. 그는 지갑에서 동전을 꺼냈다.

"감사합니다."

성의 없는 목소리를 뒤로하며 그는 창구에서 떠났다. 이미 시선은 손에 쥔 주민표로 가 있다. 세대주와 부인 표기란 밑에 또 다른 칸이 하나 더 있다. 여자 아이였다.

연령을 확인한다. 생년월일로 역산하자 현재 다섯 살. 안성맞춤이다.

다시 멈춰 서서 이름을 로마자로 분해해 봤다. 머릿속으로 순간 계산하다가, 눈이 휘둥그레지며 다시 이름을 확인했다.

틀림없다. 딸의 디지털 루트는 4다.

그는 자기 눈을 의심했다. 이런 우연이……. 수사 1과장의 딸은 대리물로서 모든 조건을 완비하고 있지 않은가.

이렇게까지 기대하지는 않았다. 수사 1과장의 아이에게 주목한 건 단순히 경찰의 뒤통수를 치기 위해서다. 그런데 이게 무슨 영문이란 말인가. 이런 행운이 다 있다니.

'이게 카발라의 법칙이라는 걸까.'

그는 납득했다. 카발라에 따르면 이 세계는 모든 것이 질서정연한 법칙으로 구성되었다고 한다. 우연이란 존재하지 않으며, 모두 필연으로 연결되어 있다고. 방금 그를 놀라게 한 우연도 커다란 조화 가운데 하나에 불과하다는 것이다.

그는 아직 얼굴도 모르는 네 번째 희생자에게 강한 인연을 느꼈다. 눈에 보이지 않는 인연의 끈이 존재한다는 걸 확실히 실감했다.

'이번이야말로 성공할지 모른다. 이번 대리물이야말로 딸의 영혼을 받아들일 수 있는 그릇이다. 이번에는 틀림없다. 모든 것이 기정사실이니까.'

그는 만족스러운 미소를 지으며 주민표를 접었다. 회심의 미소였다.

66

사이토 나오미의 시체가 발견된 지 두 달, 실종된 이후로 석 달이 흘렀다. 그 사이 수사본부는 단편적인 증언이나 증거 몇 가지를 손에 쥐었지만, 아직 범인을 잡을 만한 확실한 물증은 얻지 못했다.

이미 수사본부 전원이 장기전으로 치달을 각오를 한 터이다. 경시청이 창설된 이래 경찰의 권위를 실추한 최대의 사건이 되려 했다. 매스컴의 보도는 하루가 멀다 하고 격증하여 세간의 호기심을 부채질했다. 경시청 간부는 벌레라도 씹은 표정을 감추지 않았다.

수사본부에서는 원점으로 돌아가자는 목소리가 높아졌다. 다시 처음부터 하나씩 재검토하자는 것이다. 지금껏 진행된 수사 범위 안에 범인이 반드시 걸려들었을 것이다. 그런 만큼 다시 모든 걸 새로 검토할 수밖에 없다.

정신이상자에 대한 조사가 철저히 진행됐고, 검은테 안경을 쓴 남자에 대한 목격자 수집, 감색 실비아 소유자에 대한 확인 작업 등 지루한 탐문이 계속되었다. 경찰이 손쓸 방법이란 이미 상투적인 것밖에 남지 않았다.

경시청 통신지령센터로 사에키 미에로부터 다시 전화가 걸려왔다. 전화는 곧바로 특별 합동수사본부가 설치된 대회실로 돌려졌다.

"에리코가…… 에리코가 돌아오지 않았어."

당황한 미에의 목소리가 사에키의 고막을 울렸다. 사에키는 즉시 시간을 확인했다.

"유치원에서 아직 안 온 거야?"

가까스로 떨리는 목소리를 다잡았다. 미에의 말을 듣는 것만으로 심장이 요동치기 시작했다.

"응, 평소 같으면 한참 전에 돌아왔을 시간이야."

동요하는 모습이 눈에 선할 만큼 미에의 목소리는 달떴다.

"평소에는 몇 시쯤 돌아오는데?"

일부러 사무적으로 물었다.

"4시, 늦어도 4시 반. 딴 데 들렀다 와도 유치원에서부터 여기까지 통학버스가 다니니까 그 이상 걸리지 않아."

"유치원에는 연락해 봤어?"

"응, 바로 했어. 그랬더니 평소 하차하는 장소에서 내렸대."

"거기서 집까지 아이 걸음으로 이 분 정도 걸리지?"

"맞아."

미에는 흐느끼기 시작했다.

"그 사이, 당신은 뭐 하고 있었는데?"

"다, 다과회에. 매주 월요일에 다과회 있는 건 알잖아!"

미에가 소리 질렀다. 자신이 집에 없었다는 걸 탓하지 말라는 듯.

"부근은 찾아봤어?"

"찾아봤어."

"공원은?"

"없었어."

"친구 집에 간 건 아닐까?"

"전화해 봤지만 어느 집에도 안 들렀어."

"더 전화해 봐. 유치원에 다니는 아이들 집 모두에 전화해 봐."

"알았어."

"나도 손써 볼게."

"서둘러 줘."

"당신이 말 안 해도 그럴 거야."

미에가 매달릴 듯이 호소했다.

"제발……. 지난번 수상한 사람이 에리코를 데려갔을지도 몰라."

"그런 얘기, 꺼내지도 마. 분명 친구 집에서 놀고 있을 거야."

"거짓말! 에리코랑 친한 친구 집에는 다 전화해 봤다고!"

목소리가 뒤집혔다. 완전히 히스테리 증상에 빠져 들었다.

"괜찮을 거야. 분명 어딘가 있어. 걱정하지 마."

"걱정하지 말라니? 이런 걸 걱정 않으면 뭘 걱정하라는 거야."

"진정해."

사에키의 목소리도 높아졌다.

"진정이고 뭐고 다 필요 없어. 에리코는 유괴당했어. 살해될 거 야."

"그럴 리가 없어."

"아냐, 그래! 당신이 그때 내 말을 진지하게 받아들였으면 이런 일, 일어나지도 않았을 거야!"

"유괴인지 뭔지 아직 모르잖아. 그리고 아직 5시 반밖에 안 됐 어. 당신이 그렇게 난리를 피우면 어떡해."

"정말 매정해. 당신은 에리코가 어떻게 되든 상관없겠지."

"그럴 리가 없잖아!"

이내 사에키도 소리 지르고 말았다. 주위의 시선이 모여들었다.

"어쨌든 진정하고 있어. 냉정히 대처하자고. 당신이 동요하면 돌아올 애도 안 돌아오게 된다고. 알겠지?"

"……응."

"우선 친구 집은 하나도 빼지 말고 연락해 봐. 이쪽도 즉시 수배 할 테니까."

"에리코가 죽으면 당신 때문이야."

"무슨 소릴 하는 거야, 이 여자가!"

사에키는 때려 부술 듯이 수화기를 내려놓았다.

"무슨 일이십니까?"

440

심상찮은 기미에 부하 하나가 물었다.

"내 딸이 집에 돌아오지 않았다는군."

사에키는 목소리를 죽이며 대답했다. 회의실은 보이지 않는 충격에 휩싸였다.

"개인적인 일이라 면목 없네만, 비상사태인 것 같네. 요요기 서 순찰대에 출동을 요청해 주게."

딱히 누구를 지명하지 않고 모두를 향해 말하고 나서, 사에키는 수화기를 들고 버튼을 눌렀다. 연결된 전화를 향해 냉정히 상황을 설명했다. 사에키 주위로 탐문을 마치고 돌아온 형사들이 모여들었다.

"단순한 미아 사고일지도 모르니까 너무 일을 크게 벌이지는 말게."

통화를 마치고서 사에키는 모여든 면면의 얼굴을 둘러보았다.

"과장님, 그런 말씀 하실 때가 아니잖습니까. 저희도 바로 출동 하겠습니다."

평소의 반감을 잊고 부하들이 다들 입을 모았다. 그러나 사에키는 정중히 거절했다.

"소란 피우고 싶지 않아. 아직 우리 1과가 움직일 단계가 아니야."

"하지만……."

"괜찮아."

사에키의 단호한 거절에 다들 입을 다물었다. 사에키는 해산하라고 손짓하고 이마에 손을 얹었다.

　누구보다 먼저 자신이 뛰어나가 에리코를 찾고 싶었다. 초조한 마음에 온몸이 애달았다. 의자에 앉아 있어도 몸이 붕 뜬 것 같았다. 관자놀이가 지끈지끈 아파 왔고, 위 밑바닥에서부터 신물이 치밀어 오르는 것만 같았다.

　'에리코가 유괴됐을 가능성이 있을까?'

　사에키는 판단이 안 되었다. 그냥 어디 멀리 놀러 갔을 뿐이라 믿고 싶었다. 미에가 괜히 호들갑을 떠는 거라고, 큰일일 리가 없다고……

　하지만 스스로를 다독이는 말들을 본인도 납득하지 못했다. 사에키의 뇌리에는 범인이 보낸 문구가 잊히지 않았다. 범인이 그랬다. 수사가 계속되면 다시 다른 아이를 찾겠다고. 그건 사에키를 향한 위협이었던 걸까.

　냉정히 생각해 보면 범인이 사에키의 집 주소를 알아낼 방법이 없다. 경찰 간부의 주소는 공개되지 않았거니와 물론 전화번호부에도 실려 있지 않다. 그랬기에 사에키는 미에가 수상한 남자에 대해 호들갑을 떨어도 신경 쓰지 않았다.

　범인이 에리코를 노렸을 리가 없다. 사에키는 스스로를 달래듯이 몇 번이고 머릿속에서 되뇌었다. 그런 정황에 기대어 따져 보면, 에리코가 유괴됐을 가능성은 희박하다.

　순간 사고 회로가 정지했다. 치명적인 사실을 잊고 있었다는 걸 깨달았다. 언제였던가, 이시가미 감찰관과의 대화가 떠올랐다. 이시가미는 경찰관 명부 유출 사건을 쫓고 있다 하지 않았던가.

주소가 외부로 새어 나갔다! 그 사실을 떠올렸을 때 사에키는 말 그대로 경악했다. 자신의 중대한 실수를 깨달았다.

'설마, 아니 하지만……'

미칠 것만 같은 초조함이 온몸을 짓이기듯 죄어 왔다.

사에키는 지금까지 시도했던 모든 방법들을 하나하나 검증해 봤다.

'내가 어디에서 실수를 범했던 걸까?'

가장 먼저 떠오르는 건, 반대를 무릅쓰고 감행한 범인의 도발이었다. 범인은 정말로 자신의 도발에 격앙하여 에리코를 유괴할 만큼 폭주한 걸까. 정말 그렇다면 아무리 자신을 꾸짖어도 부족하다. 자책감이 가슴을 지독히 압착하여 호흡마저 뜻대로 되지 않았다.

지금 바로 수사본부를 총동원하여 탐색에 보내고만 싶었다. 하지만 그럴 수 없었다. 만약 부하의 아이가 그랬다면 사에키는 주저 없이 결단을 내렸으리라. 그러나 정작 본인의 문제 앞에서 그러지 못했다. 지금처럼 자신의 핏줄이 버겁게 느껴진 적은 없었다. 수많은 굴레만 아니었다면 사에키는 진작 움직였으리라. 수사에 사사로운 감정을 개입했다고 비난한들 개의치 않았을 것이다. 자리를 박찰 각오로 사건에 임했겠지.

그러나 사에키는 그럴 수 없었다. 캐리어라는 명패가, 장인이라는 존재가, 아버지의 영향력이 사에키를 그 자리에 주저앉혔다.

헛된 시간이 흘렀다. 6시가 지나자마자 미에로부터 다시 연락
이 왔다. 친구 집에 모조리 전화해 보았지만 에리코를 찾지 못했
다고, 거의 실성한 목소리로 전했다. 미에는 아이로 퇴행이라도
한 것처럼 모두 사에키의 책임이라며 연신 타박했다. 사에키는 호
통을 치며 전화를 끊었다.

그 뒤로 돌아온 형사들은 사정을 알고는 제각기 다른 표정으로
사에키에게 시선을 날렸다. 모두의 눈동자에 어린 공통된 색채는
사에키를 향한 동정이었다. 그만큼 사에키가 고뇌하는 광경은 보
는 이의 가슴을 아프게 했다. 사에키는 이마에 손을 대고 눈을 감
은 채, 그 자리에서 굳어 버린 듯이 꼼짝도 안 했다. 오로지 요요
기 서로부터의 연락을 기다릴 따름이었다.

7시가 지나자 미에로부터 세 번째 전화가 왔다. 기대에 차서 전
화를 받았지만 아직 에리코를 찾지 못했다는 소식이었다. 미에는
마냥 사에키를 향한 원망만 늘어놓을 뿐이었다. 사에키는 미에의
비난을 감수했다.

7시 반, 사정을 전해 들은 사에키 경찰청 장관이 창백한 얼굴로
회의실로 뛰어 들어왔다. 장인을 응대하는 사에키의 얼굴은 몇 시
간 사이 완전히 바뀌고 말았다. 눈 밑이 거뭇했고 얼굴에 초조의
빛이 완연했다. 장인은 그 얼굴을 보고 사태의 심각성을 절감한
것 같았다. 사에키는 놀랄 만한 자제력을 보이며 침착하게 경위를
설명했다.

"기동수사대를 출동시켜야 하지 않겠나." 장인이 지시했다. "자

기 피붙이라고 해서 주저할 필요 없어. 이건 긴급사태야."

지켜보던 형사들은 너나 할 것 없이 찬성했다. 아이러니하게도 일이 이 지경에 이르러서야, 일시적이라 해도 사에키에게 가진 반감이 불식된 듯했다.

"다들 고맙네."

사에키는 힘없이 인사하고 가이 형사부장을 통해 제1기동수사대의 출동을 요청했다.

오후 8시. 지역에 상주하는 기동수사대도 탐색에 가담하여 요요기 인근 일대로 탐색망이 펼쳐졌다.

사에키를 비롯해 경사 대부분이 밤새 뜬눈으로 연락을 기다렸다. 수사본부가 설치된 이래 처음으로 모두 하나 된 순간이었다.

그러나 모두의 기대를 배신하고 발견됐다는 보고는 그날 중으로 들어오지 않았다. 에리코는 홀연히 모습을 감추고 말았다.

67

사흘간 예비 조사를 한 뒤, 일주일 공백기를 두고 다시 사흘간 감시를 지속했다.

수사 1과장 딸의 행동 패턴은 그 사이 대략 파악했다. 수사 1과장의 딸은 통학버스를 타고 유치원에 다닌다. 지역마다 집합 장소가 있어, 정해진 시간에 버스로 아이들을 승하차시켰다. 아침에는 어머니가 집합 장소까지 딸을 배웅 나가지만 귀갓길에는 집까지 이 분 정도 걸리는 길을 딸 혼자서 다녔다. 그 이 분간이 기회였다.

귀가 시간은 일정했다. 다니는 길도 항상 똑같았다. 딸은 정해진 시간에 정해진 길을 다닌다.

수사 1과장의 자택은 인근 주택의 택지가 다들 상당히 큰, 한적한 고급 주택가에 위치했다. 간선도로가 가까이 있어 고즈넉한 분위기는 아니었지만 사람들의 통행은 적다. 자동차의 왕래 횟수에 비해 사람들이 오가는 발길이 뜸한 동네다.

그가 눈여겨봐 둔 장소는 방치된 공터였다. 황금색으로 물든 잡초가 높이 자라 무성한 곳이다. 공터와 인접한 길은 간선도로에서 쭉 뻗어 나와 주택가 안까지 들어온 도로로, 넓은 폭에 비해 교통량은 많지 않다. 입지 조건으로 보면 상당히 좋은 토지지만, 땅값이 하락하여 팔고 싶어도 팔 수 없는 형편이리라. 도내에 최근 자주 보이는 유휴지 중 하나였다.

3시 50분, 그는 공터 옆에 차를 세웠다. 이제 오 분도 채 안 되어 수사 1과장의 딸이 이 길을 지나갈 것이다.

위를 올려다보니 하늘은 오늘도 잿빛으로 탁하다. 봄이 찾아올 기미는 보이지 않았다. 음울한 빛깔이다. 그의 딸이 시체로 발견된 날도 하늘이 이렇게 흐렸다. 지독히 추운 아침이었다.

생각해 보면 딸이 죽고 일 년이라는 세월이 흘렀다. 절망과 투쟁의 나날이었다. 그는 지금도 딸을 잃은 순간을 회상하면 가슴이 찌릿찌릿 아려 온다. 뻥 뚫린 가슴속 구멍이 주위를 서서히 침식하는 게 느껴진다.

번뇌와 후회로 가득한 일 년이었다. 일 년 전 그 순간, 그의 인생은 완전한 파멸을 맞이했다. 자신을 지탱하던 모든 것이 와해되는 소리를 들었다.

이후 그의 인생은 여생에 불과했다. 그저 나태한 삶을 이어 갈 뿐이었다. 상실한 것에 대한 갈구만이 정신을 갉아먹으며 쇠약해졌다. 그렇다, 그로서는 갈구밖에 할 수 없었다.

갈구한다 한들 돌아올 리 없었다. 하지만 이제 구원이 눈앞에 강림할 것이다. 일 분만 지나면 그가 바라 마지않던 존재가 수중에 들어온다. 가까스로 여기까지 도달했다. 길고도 어두운 길이었다.

룸미러에 아이의 모습이 비쳤다. 두려워하는 기색 따위 전혀 없이, 자신의 미래에 어떤 불안이 닥쳐올지 아무것도 모르는 천진난만한 발걸음이다.

죽은 딸도, 죽기 직전까지는 앞으로 기나긴 인생이 하염없이 이어진다는 데 추호도 의심을 품지 않았겠지. 불안은커녕, 모든 것이 빛으로 충만했으리라. 그러나 딸의 삶은 순식간에 무참히 끊어졌다.

아이가 차 옆으로 스쳐 지나간다. 그는 눈길 한 번 돌리지 않았다.

그는 길 전후를 확인했다. 아무도 없다. 천천히 몸을 일으켜 문을 열고 지면에 발을 내려놓았다.

한기가 온몸을 감싸 왔다. 몸이 움츠러드는 기분이 든다. 그는 다시 한 번 격렬히 몸서리를 치고 나서 한 발 내디뎠다.

아이의 발걸음은 느릿했다. 그와 얼마 떨어져 있지 않다. 몇 발자국이면 따라붙을 수 있다.

무릎이 떨렸다. 그는 자신을 질책했다. 그러고는 아이에게 손을 뻗었다.

그 순간이었다.

"그만두세요."

뒤에서 누군가가 제지하는 목소리가 들린다. 그는 움찔 어깨를 떨며 쭈뼛쭈뼛 뒤를 돌아봤다. 너무나도 의외의 인물이 서 있다. 그는 그 자리에서 멍하니 멈춰 섰다.

"이제 그만 둬요, **사에키 씨.**"

오카모토가 말했다.

68

헤이세이 **3년**(1991년) 3월 19일 새벽.

그날, 도내 강안에 드물게 아침 안개가 자욱했다. 함초롬히 물기를 머금은 안개가 모든 소음을 빨아들이기라도 한 듯 세상을 적막으로 휘감았다.

초봄이라고는 여겨지지 않는, 얼어붙을 만치 추운 아침이다. 자동차 창에는 서리가 껴 시야를 방해한다.

차는 연신 사이렌을 파열시키며 정적을 찢어 가른다. 안개 속을 가로지르는 빨간 램프가 주위를 신비로이 물들여, 보는 이로 하여금 몽환 속으로 유혹하는 듯하다.

사에키는 팔짱을 낀 채 가만히 전방을 응시했다. 눈꺼풀조차 쉽사리 깜빡이기 어려웠다. 수면 부족 때문일까. 휭뎅그렁한 눈망울만 섬뜩할 정도로 반짝거려 흡사 상처 입은 야생동물을 연상케 했다. 피곤이 묻어나는 거무죽죽한 얼굴은 그저 퀭하기만 했고, 밤

새 애단 끝에 그의 뺨은 애처로울 정도로 수척했다.

차는 아침 안개 속을 거침없이 직진했다. 구름 속을 헤쳐 나가는 것 같다. 현실감이 기묘히 희박해지며 모든 것이 꿈만 같다. 기나긴 악몽의 끝에 선 걸까…….

이윽고 전방에 아스라한 붉은빛이 보인다. 몇 개의 램프가 어지러이 회전하고 있다. 패트롤카다.

사에키가 탄 차는 이미 현장에 도착한 패트롤카 옆으로 이동했다. 차가 멈춰 섰지만 동승자 중 어느 누구도 사에키에게 말을 걸지 못했다.

사에키는 말없이 몸을 일으켜 문을 열고 아침 안개 속을 내려갔다.

몸을 옥죄는 한기가 엄습해 왔다. 머리가 찌릿할 정도로 저리다.

패트롤카 주위로 경관 몇 명이 서 있다. 경관들이 사에키를 알아보고 흠칫 놀란 표정을 지으며 다급히 경례했다.

"수고…… 하십니다."

목소리가 갈라져, 마치 다른 사람의 목에서 나오는 소리 같다. 사에키는 자신의 목소리가 어딘가 먼 곳에서 울려 퍼진 것처럼 들렸다.

"……어딘가요?"

멍하니 물었다. 그 질문을 하기 위해서도 엄청난 노력을 쥐어짜 내야 했다. 그럴 수만 있다면, 모두 외면하고 도망치고만 싶었다.

"이쪽입니다."

중년의 형사가 다가왔다. 관할 경관이리라. 모든 사정을 안다는 표정으로 얼굴이 굳어 있다.

"감식반이 현장검증을 마친 상황입니다. 볼 수…… 아니, 만날 수 있겠습니까?"

"아아. 그래요."

사에키는 기계적으로 대답했다.

"이쪽으로 오시죠."

형사가 손을 내밀며 사에키를 안내했다. 사에키는 형사를 따라 제방으로 발을 내디뎠다.

한겨울을 떠올리게 할 만한 추위다. 몸으로 스며드는 한기가 심상치 않다. 가만히 서 있기만 해도 얼굴이 굳으며 손발이 곱아 왔다. 이렇게 추운 아침에 아무도 다니지 않는 강가에서 자고 있었다고 생각하면 애처로워 견딜 수가 없었다. 기왕이면 조금이라도 따뜻한 아침이었다면…….

제방 아래에는 사람들이 모여 있다. 다들 일제히 고개를 들어 사에키에게 시선을 돌렸다. 순간 모두의 동작이 정지했다.

사에키는 인파 한가운데 놓인 하얀 비닐시트를 바라봤다. 비닐시트는 뭔가를 덮었는지 볼록하다. 밑에 뒤덮인 존재는 비닐시트의 태반이 남을 정도로 작았다.

사에키의 눈길은 비닐시트에 사로잡혀 있다. 보이지 않는 끈으로 묶여 버린 게 아닐까 싶을 정도로 한순간도 놓치지 않겠다는 듯 뚫어져라 쳐다본다. 사람들이 좌우로 비키며 시트에 이르는 길을 만든다. 사에키는 발걸음을 옮기기 시작했다.

이명이 울린다. 고주파를 발생시키는 소리굽쇠가 귓가에서 울린 듯하다. 사에키는 기계적으로 발걸음을 옮긴다. 누군가가 말을 걸었지만 무시했다.

따끔하게 느껴질 정도로 긴박감이 어린다. 그 분위기를 견디지 못한 몇 사람은 사에키로부터 눈을 피했다. 사에키가 천천히 무릎을 꿇는다.

왼손을 내밀어 비닐시트를 만진다. 그 자세로 한참을 비닐시트의 온도를 체감했다. 얼음처럼 차갑다.

얼굴을 들었다. 자신에게 쏟아지는 시선을 정면으로 바라봤다. 사에키의 얼굴에는 한 치의 동요도 보이지 않는다.

"시트를…… 들어 올려도 될까요."

"아, 네."

초로의 감식계가 대답했다. 사에키는 고개를 끄덕이고는 시선을 떨어뜨렸다.

비닐시트 끝을 양손으로 잡고 천천히 들어 올린다. 서서히 인간의 머리카락이 드러났다. 시트를 좀 더 벗겨 내자 잠든 듯한 에리코의 얼굴이 나타난다. 피부가 밀랍 인형처럼 투명하다.

사에키의 얼굴 근육은 미동도 하지 않았다. 그저 무표정하게 왼손을 에리코의 뺨에 댔다.

감촉이 싸늘하다. 인간의 피부 온도가 아니다. 얼어붙어, 만지는 사람의 손가락이 아닐 정도로 차갑다.

사에키는 고개를 갸웃하며 신기하다는 듯이 딸의 얼굴을 바라봤다. 엄지손가락으로 뺨을 쓰다듬었다. 그 미세한 동작을 집요할 정도로 반복했다.

　사에키는 전혀 반응을 드러내지 않았다. 그 모습은 지켜보는 이들에게 기이한 인상을 안겼다. 눈물을 흘리지도, 오열하지도 않고, 그저 가만히 시체의 뺨을 쓰다듬고 있는 사에키의 모습은 스산해 보일 정도였다.

　사에키의 눈동자는 메말라 있었다. 눈물 한 방울도 치솟아 오르지 않았다. 감정이 고갈하여 인간적인 반응을 잃어버렸다. 사에키의 눈은 그 자리의 광경을 되비치는 거울로 변해 있었다. 아무 의지도 없는 단순한 거울로.

　사락사락 모래가 떨어지는 소리가 사에키 귀에 들려온다. 주위 그 누구에게도 들리지 않는, 오직 사에키에게만 들리는 소리다. 처음에는 완만히 떨어지던 소리가 점차 속도를 더해 가, 마지막에는 부서져 내리는 폭음이 된다. 커다란 구멍이 뚫리며 주위의 모든 것이 나락으로 삼켜진다. 구멍은 사에키의 가슴속 여린 부위를 뿌리째 뽑아, 한층 크게 넓히고 있다. 지금의 붕괴는 그 누구도 막을 수 없다.

　사에키는 슬픔을 느끼지 못했다. 분노도, 미움도 치밀어 오르지 않았다. 후회도, 번뇌도, 혼란도, 절망도. 모든 감정이 사라진 듯했다.

　사에키는 무표정하게 딸의 뺨을 연신 쓰다듬었다. 그건 사에키의 통곡이었다.

69

헤이세이 **4년**(1992년) 3월 16일 저녁. 그는 경시청 6층 조사실
에 있었다.

경시청에는 일 년 만이었다. 일 년 전 경시청을 떠났을 때, 이런
모양새로 또다시 방문하게 되리라곤 상상도 못했다.

일체의 장식을 생략한 방은, 그에게 아무런 감흥도 불러일으키
지 못했다. 겨우 일 년 전의 일인데도, 소학교 시절의 기억인 양
까마득하여 서먹하게 느껴졌다. 이미 그에게는 아무 연고가 없는
장소다. 그는 과거의 직장에 한 치의 그리움도 느끼지 못했다.

그는 지금까지의 일을 담담히 털어놓았다. 체포되면 깨끗이 체
념하자고 이전부터 마음먹고 있었다. 딸을 잃고 나서는 모든 것에
대한 집착을 상실했다. 이제 아무런 미련도 남지 않았다. 임의동
행을 청하는 오카모토에게도 전혀 저항하지 않았다.

과로 끝에 입원하여 그 채로 퇴직한 일. 자책감에 시달려 종교

에서 구원을 찾은 일. 입회한 교단에서 흑마술에 참가한 일. 그리고 딸의 부활 의식을 행한 일. 그는 자신의 행적을 간결하면서도 무심하게 오카모토에게 털어놓았다.

오카모토는 그의 진술을 때로는 눈을 감고, 때로는 괴로워하는 표정으로 잠자코 들었다. 오카모토의 배려로 취조실에 다른 형사는 들어오지 않았다. 방에는 그와 오카모토, 그리고 진술을 받아쓰는 서기뿐이었다. 그의 성마른 목소리와 펜을 끼적거리는 소리만이 하얀 벽에 울려 퍼졌다.

이야기를 마친 그는 오카모토에게 재촉했다.

"처음에 약속하셨죠? 전 모두 자백했습니다. 이번에는 오카모토 씨가 어떻게 제 범행을 밝혀냈는지 얘기해 주시죠."

그는 오카모토의 눈동자를 지그시 응시했다. 정면에서 뚫어져라 쳐다보는 눈길을 한순간도 피하지 않았다. 외려 오카모토가 먼저 주눅이 들고 말았다. 그러고 보면 오카모토는 전에도 그가 쳐다보면 벅차다는 듯 시선을 피하곤 했다. 입장이 바뀌어도 그런 건 변하지 않나 보다. 참으로 아이러니하다.

오카모토는 입을 떼려다가 망설여지는지 우물거렸다. 말문이 막힌 걸까. 담배를 꺼내더니 그에게 권했다.

"피우시죠."

"감사합니다."

그는 **왼손**으로 담배를 한 대 뽑아 들어, 오카모토가 내민 라이터로 불을 붙였다.

오카모토는 자신도 깊게 담배를 들이마시고는 고개를 돌려 담배 연기를 토해 냈다. 그러면서도 그의 동작을 슬며시 지켜보았다.

"몸은 이제 어떠신가요, 사에키 씨."

그는 고개를 살짝 좌우로 저었다.

"아내와 이혼했으니 이젠 마쓰모토입니다."

"그렇겠군요."

오카모토는 고개를 끄덕이고는 잠시 입을 다물었다. 그도 침묵을 지켰다. 그는 오카모토와 자신 사이에 가로지르는 침묵이, 묘하게도 불쾌하지 않았다. 오히려 오카모토가 안절부절못하는 것 같았다.

오카모토는 침묵의 하중을 견디기 힘든지 천천히 말문을 열기 시작했다.

"……처음에는 소문에서 시작했습니다. 당신이 퇴직하고 신흥 종교에 빠져 들었다는 소문이 돌았어요. 당신의 동정은 퇴직 후에도 한참 동안 화제에 올랐죠. 그런 이야기들 가운데 삐져나온 단순한 소문 중 하나였습니다."

오카모토는 그의 안색을 살피듯 슬쩍 눈길을 돌렸다. 그는 계속 얘기하라며 턱을 끄덕거렸다.

"자세한 내용은 전혀 몰랐죠. 소문은 몇몇 사람들 사이에서만 회자되다가 금세 꺼져 들었으니까요. 주목하는 사람은 아무도 없었지요. 다만 저는 왠지 그 얘기에 끌렸습니다. 당신이 전에, 종교와 관련해서 잡기기자에게 문의한 게 기억났기 때문입니다."

그도 생각이 났다. 스도에게 연락을 했을 때, 분명 오카모토가 자신을 지켜보고 있었다.

"당신이 뭐에 흥미가 끌렸는지 저는 마음이 쓰였습니다. 그러고는 바로 스도라는 기자를 찾아가, 당신에게 해 준 얘기를 들려 달라고 했습니다. 당신이 어떤 점에 주목했는지 알게 되었죠. 기자는 당신이 납득한 얼굴로 돌아간 것 같지 않더라고 하더군요. 당신은 설명을 듣고 나서도 광적인 종교 집단이 범행을 일으켰을 가능성을 버리지 않는 것 같다고 기자는 말했습니다. 그 얘기를 듣고 저는 어떤 상상을 하게 됐습니다. 당신이 전에 주목했던 점과 퇴직 후 신흥종교에 빠져 들었다는 소문은, 필연적으로 하나의 결론으로 저를 이끌었습니다. 즉, 당신이 지금도 독자적으로 범인을 쫓고 있는 건 아닐까 하는 상상이었습니다. 결과적으로 그건 착각이었습니다만……."

오카모토는 거기까지 말하고 괴롭다는 표정을 지었다.

"계속 말씀해 주세요."

쓰라림으로 일그러진 오카모토의 얼굴과 대조적으로 그의 목소리는 너무나 냉정했다. 그는 담배를 아무렇지도 않게 재떨이에 비벼 껐다.

"혹시 당신 혼자서 범인을 쫓고 있다면, 경찰로서는 가만히 내버려 둘 수가 없죠. 위험할지도 모르거니와 당신에게 선수를 뺏길 수는 없으니까요. 그런 사정이야 익히 잘 아시겠죠."

"네."

그는 무표정하게 수긍했다.

"저는 당신 후임으로 온 가타기리(片桐) 1과장에게 사정을 얘기했습니다. 그리고 단독으로 당신 움직임을 쫓겠노라 청원했습니다. 제가 조사한 범위 내에선 당신의 행동에는 의심스러운 구석이 없었습니다. 하지만 무시할 수도 없었죠. 과장은 제 단독 행동을 허가해 주더군요. 다른 인력을 빼내기가 힘들어 저 혼자 움직이게 된 점은 오히려 행운이었죠. 저는 한동안 당신의 행동을 감시했습니다.

그 결과 제가 얻은 결론은 당신이 수사를 위해서가 아니라 정말로 종교에 빠져 들었다는 것이었습니다. 저는 실망했습니다. 괜한 상상에 불과했나 싶었죠. 그렇게 당신에 대한 감시를 관두고 포기하려고 했습니다. 그때 한 통의 투서가 도착했습니다. 하루에도 몇 통이나 오는 투서 가운데 하나가 제 손까지 들어온 거죠. 편지를 처음 본 사람은 말도 안 되는 헛소리라 여긴 모양이더군요."

오카모토는 찻잔에 손을 뻗었다. 긴장하여 갈증이 났나 보다. 취조하는 입장인 오카모토 쪽이 훨씬 경직돼 있었다.

"그건 밀고였습니다. 보낸 이의 이름은 적혀 있지 않았습니다. 다만 당신을 가리키며 범인이라 주장했죠. 전 경시청 1과의 마쓰모토가 흑마술 의식을 위해 여자 아이를 계속 죽이고 있다는 내용이었습니다."

'과연……'

그는 납득했다. 역시 시마는 그의 변명을 믿지 않은 모양이다.

생각해 보면 그가 쉽사리 속을 리 없었다. 안이한 생각이었다.

"누가 투서를 보냈는지 짐작 가는 데가 있나요?"

오카모토가 그의 동태를 지켜보며 물었다. 그는 고개를 가로저었다.

"아뇨, 계속 말씀해 주십쇼."

오카모토는 납득이 안 가는지 그의 얼굴을 잠깐 훑어보다가 말을 이었다.

"물론 저는 그 투서를 믿지 않았습니다. 저와 당신은 연속 소녀 살해범을 함께 쫓던 사이입니다. 당신이 범인이 아니라는 건 제가 누구 못지않게 압니다. 그 투서로 교단에 흥미가 생겼습니다. 요즘 세상과 너무나 동떨어진 흑마술이라는 단어가 왜 그런지 현실감 있게 다가오더군요. 혹시 당신이 입회한 교단이 그런 악마적 의식을 행하는 곳이라면, 처음 제 추리도 완전히 어긋났다고는 할 수 없겠죠. 저는 교단의 동정을 지켜보는 동시에 흑마술에 대해서도 공부하기 시작했습니다. 흥미를 갖고 나서야 처음 알았습니다만, 일반 서점에 가면 이른바 흑마술서라 불리는 책을 너무나 간단히 구할 수 있더군요. 심지어 코너 하나를 다 차지할 정도로 종류도 많고요. 저는 그런 류의 책들을 산처럼 쌓아 놓고 필사적으로 공부했습니다. 그렇게 공부한 건 학교를 졸업하고 처음이었습니다."

오카모토의 표정이 다소 누그러졌지만, 그가 아무 대꾸도 없자 다시 굳어졌다.

"제가 그렇게까지 흑마술을 공부한 건 당신과 같은 관점에서 보고 싶었기 때문입니다. 당신이 분명 사건과 관련 있다는 직감은 확실히 들었습니다. 다만 어떤 식으로 관련됐는지 감이 안 잡히더군요. 전 그게 알고 싶었습니다. 교단의 교도 지부도 지켜봤습니다. 밤에 수상한 의식이 거행되리라 예상하고 계속 잠복했죠. 의식이 거행되는 장소가 교도라는 확신은 없었지만, 어차피 주어진 시간은 한정됐었고 다른 잉여 인력도 없었으니까요.

일단 한동안은 교도 빌딩을 지켜보기로 했죠. 과연 어느 날 밤, 움직임을 포착했습니다. 한밤중에 사람들이 속속들이 모여들더군요. 제 예감이 적중했다는 걸 알았습니다. 역시 교단은 흑마술을 거행한다고 생각했습니다. 그날은 아침까지 계속 감시하여 회원들이 다 돌아간 다음 뒤처리를 하기 위해 나타난 차를 미행했죠. 차는 조금 떨어진 쓰레기장에 쓰레기를 버리고 빌딩으로 돌아가더군요. 그 쓰레기를 채취하자 목이 잘린 닭을 발견했습니다. 틀림없다는 확신이 들었습니다."

"그랬군요."

그는 감탄하며 고개를 끄덕였다. 비아냥거림이 아니라 진심으로 오카모토의 행동에 감탄했다. 그가 기억하기로도 오카모토는 견실한 수사를 하는 믿음직한 형사였다.

"그 후로도 저는 그 차의 움직임을 쫓아 닭의 구입처까지 밝혀냈습니다. 이때까지만 하더라도 저는 교단을 범인이라 지목하고 있었습니다. 그런데 시라오카의 농장에서 너무나 놀라운 얘기를 들었죠. 마쓰모토라는 사람이 개인적으로 닭을 사 가는 경우가 있다더군요. 저는 투서의 내용을 떠올리며 석연찮게 느꼈습니다. 수사를 하고 있으리라 여겼던 당신에게 처음으로 의심을 품게 되었습니다. 저로서는 아무리 머리를 쥐어짜 내도 당신이 개인적으로 닭을 필요로 할 이유를 떠올릴 수 없었습니다. 교단의 죄악을 파헤치려는 당신과는 너무나 안 어울렸습니다. 저 자신도 차마 믿기 어려웠지만, 새로운 시점으로 사건을 바라보게 되었습니다."

오카모토는 새삼 확인하겠다는 듯 그의 얼굴을 바라봤다. 그는 부하의 보고를 듣는 상사처럼 고개를 끄덕였다. 이에 오카모토는 자신이라도 얻었는지 목소리에 힘이 들어갔다.

"투서의 내용은 정말이다. 저는 그렇게 가정해 봤습니다. 그러자 기묘한 부분이 신경 쓰이더군요. 아직 행방불명인 가가와 유키호를 포함하여 지금까지 피해자는 일곱 명에 이르고 있죠. 헤이세이 2년(1990년) 10월 가가와 유키호, 동년 12월 사이토 나오미, 다음 해 2월 다다 쇼코, 동년 3월 사에키 에리코."

오카모토는 말을 멈추고 그를 바라봤다. 그는 눈 하나 깜빡이지 않았다.

"이윽고 잠시 사이를 두고 동년 10월 야마모토 마리코(山本万里子), 12월 오타 사나에(太田さなえ), 올해 2월 가쓰라 요시코(桂美子). 이렇게 일곱 명입니다. 경찰은 지금까지 살인이 교살인 점이나 유괴일이 월요일이라는 공통점에 착안하여 모두 동일범의 범행이라고 생각해 왔습니다. 저도 그렇게 여겼습니다. 그런데 이

피해자 일곱 명의 데이터를 다시 한 번 살펴보고 기묘한 공통점을 발견했습니다. 가가와 유키호는 네 살, 사이토 나오미는 여섯 살, 다다 쇼코는 네 살. 그리고 그 이후의 피해자는 모두 다섯 살이었습니다. '이게 우연일까.' 전 문득 생각이 미쳐, 흑마술서에 나와 있는 이름 계산을 해 보았습니다. 카발라라 불리는 규칙에 따라 피해자의 이름을 해독해 봤죠. 단순히 즉흥적인 아이디어에 불과했습니다. 아무 소득도 없을지 모르지만 장난삼아 한 번 해 보자, 그런 마음이었습니다. 그런데 나온 결과에 경악하고 말았습니다. 카발라에 의해 이름에 숨겨진 수를 계산하는 방법은 간단하죠. 알파벳 A부터 I를 1부터 9라는 수를 적용하고, 같은 요령으로 J는 1, K는 2, 이런 식으로 부여하는 겁니다. R까지 가면 다시 돌아와 S는 1, T는 2. 그렇게 로마자로 분해한 이름을 숫자로 바꿔 합산합니다. 두 자릿수가 되면 각각의 수를 더합니다. 그렇게 산출된 수에 의미가 있는 것 아닙니까?"

오카모토는 동의를 구했다. 그는 "그렇죠."라고 대답했다.

"당신 따님인 에리코라면, ERIKO니까, 5 더하기 9 더하기 9 더하기 2 더하기 6으로 31. 다시 3 더하기 1을 하면 4. 이게 디지털 루트라 불리는 것이죠. 같은 방식으로 계산해 보면 마리코, 사나에, 요시코라는 이름도 4가 됩니다. 이것도 우연일까요. 저는 우연이라 생각할 수 없었습니다. 흑마술서에 따르면 숫자의 일치는 중요한 요인이라고, 공부한 결과 알고 있었기 때문입니다. 그걸 믿은 건 아닙니다. 하지만 범인이 믿느냐가 중요한 문제죠. 지금까지 빈번히 나타난 '흑마술'이라는 키워드와 함께, 범인은 분명 수상한 의식에 몰두하고 있다는 확신이 들었습니다.

그리고 또 한 가지. 일련의 사건을 일으킨 범인이 과연 혼자일 까에 대해 의문을 가졌습니다. 아니다, 그렇지 않다는 심증이 들었습니다. 작년 3월 이전과 10월 이후의 범인은 다른 사람이 아닐까. 그런 생각이 또렷이 들더군요. 그러자 필연적으로 이후에 벌어진 사건의 범인의 정체가 떠올랐습니다. 저는 흑마술을 공부했습니다. 그리고 사자의 부활이라는 망상에는 연령과 디지털 루트의 일치가 얼마나 중요한지 알았습니다. 범인의 동기도 분명히 드러나더군요."

"오카모토 씨, 정말 대단하군요. 이름에 착안한 게 적중했군요."

다른 사람의 일처럼 그는 칭찬했다. 오카모토는 비아냥거린다고는 느껴지지 않았다.

"또 한 가지. 너무나 무서운 사실이 제 눈에 들어왔습니다. 현 수사 1과장인 가타기리 씨의 딸이 아직 어리다는 데 생각이 미친 겁니다. 가타기리 씨가 뒤늦게 아이를 봤다는 건 유명하니까요. 전 당신 따님의 명일(命日)이 다가오자 지독히 불안해졌습니다. 혹시나 하는 생각이 머리에서 떠나지 않았습니다. '전직 경찰관인 당신이 다른 경관에게 송곳니를 드러내리라곤 상상할 수 없다. 더더군다나 딸을 잃은 슬픔을 아는 당신이라면 더욱 그렇다.' 이렇게 저 자신을 타이르는 말들은 허무하기 이를 데 없었습니다. 전 당신이 연속 소녀 살해범이라고 확신했으니까요. 이미 당신은 옛날의 1과장이 아니니까. 혹시나 하는 마음에 가타기리 과장에게 딸의 나이와 이름을 물어 확인해 봤습니다. 나이는 다섯 살, 이름은 가즈코(和子). 디지털 루트는 4. 이 우연에 절망하고 말았습니다. 괜한 소리가 아니라 정말로 신이 존재한다고 느꼈습니다. 그것도 지독하리만치 잔인한 신이. 가타기리 과장은 제 뜬금없는 물음에 의아해했지만, 제 추리를 밝힐 수는 없었습니다. 너무나도 어이없거니와 증거라곤 아무것도 없었기 때문이죠. 추리를 발설했다가는 중상모략이라 받아들여졌겠죠. 일본의 경관 중 그 누가, 전(前) 경시청 수사 1과장이 흉악범이라는 말을 믿겠습니까. 아무에게도 제 생각을 말할 수 없었습니다. 제가 할 수 있는 일이라곤, 그저 가타기리 과장의 딸을 지키는 것뿐이었습니다. 에리코의 명일이 다가옴에 따라, 저는 당신이 나타나리라 확신했습니다. 그리고 정말로 당신은 나타났습니다."

오카모토는 말을 마치고 마른기침을 토했다. 오카모토가 그의 눈을 응시하자, 그는 그 시선을 무표정하게 받아들였다. 오카모토는 움찔하며 시선을 피하고 말았다.

"저는⋯⋯." 간신히 그가 입을 열었다. 싸늘히 얼어붙은 목소리였다. "절 체포하는 건 오카모토 씨일 거라고, 예전부터 생각하고 있었습니다."

"어째서요."

오카모토는 정중한 말투를 무너뜨리지 않았다.

"어째서라니." 그는 처음으로 표정을 일그러뜨리며 키득키득

웃었다. "오카모토 씨에게는 예전에 말씀 드렸잖아요."

"예전에?"

의표를 찔렸다는 듯 오카모토의 입이 멍하니 벌어졌다. 그가 무슨 말을 하는지 당최 이해할 수 없는 모양이다.

"기억 안 나요? 오카모토 씨 아드님이 중학교에 합격했을 때, 제가 말했잖아요. '딸 문제라면 돌변하게 된다.' 라고. 잊으셨습니까."

오카모토는 눈을 감고 지독히 무서운 걸 봤다는 양, 공포에 질린 눈매를 그에게 보냈다. 그는 아무렇지 않다는 얼굴로 그 시선을 받아들였다.

"당신은…… 당신은 어째서 이런 짓을 한 겁니까. 스도라는 기자한테 들어서 신흥종교라는 데가 엉터리라는 걸 알았잖아요."

그는 또다시 일그러진 미소를 지었다.

"그야말로 우문이군요, 오카모토 씨. 사람은 자기가 믿고 싶은 것만 믿게 마련이죠. 전 딸이 되살아나리란 걸 믿고 싶었기 때문에 믿었어요. 그뿐입니다. 그건 어떤 부모든 마찬가지 아니겠어요."

"그렇지 않습……."

오카모토는 바로 반론하려다가 자기도 모르게 말문을 닫아 버렸다. 그러고는 의기소침한 듯 어깨를 툭 떨어뜨렸다.

"하나 여쭙고 싶은 게 있습니다."

그의 메마른 목소리에 오카모토가 눈을 들었다. 그의 눈동자에 처음으로 표정이 되살아났다.

"딸을…… 에리코를 죽인 범인은 누군지 알아냈습니까?"

오카모토는 통렬한 표정으로 고개를 저었다.

"아뇨…… 아직."

역자후기

*스포일러가 될지도 모를 내용이 있습니다.

　헤이세이 원년(1989년) 7월 23일, 도쿄도 하치오지(八王子) 시에 거주하는 미야자키 쓰토무(宮﨑勤, 당시 27세)는, 소학교 1학년 여아에게 "사진을 찍어줄게."라는 말로 유인하여 차에 태워 교외 야산에서 옷을 벗겨 비디오를 찍던 중 뒤따라온 여아의 아버지에게 붙잡혀 경찰에게 인도됩니다.

　1988년과 1989년 사이 세 살부터 일곱 살에 이르는 여아 네 명을 유괴 살해하여 훗날 '미야자키 쓰토무 사건' 또는 'M군 사건'이라 불리게 되는 도쿄 사이타마 연속 소녀 유괴 살인 사건의 범인이 체포되는 순간이었습니다.

　범인 미야자키 쓰토무의 방에는 5000여 개의 비디오테이프가 발견되었습니다. 74명의 수사원과 50대의 비디오테크를 동원하여 조사한 결과, 범인이 피해자의 시신에 외설행위를 했음이 드러났고, 범인의 자백에 의해 식육 행위도 자행됐음이 밝혀지며 전 일본을 경악에 빠뜨렸습니다.

　이 사건은 너무나도 어린 소녀가 피해자가 된 점과 범인이 신문사에게 도전장을 보내거나 피해자의 유골을 유족에게 보내는 등

극도로 기이한 행동을 보여 일본 경찰 내에 최초로 프로파일링이 도입되는 계기가 되었습니다. 또한 사건 발생 당시부터 극심한 보도 경쟁으로 인해 나중에 범인의 아버지가 자살하기에 이르러 보도의 윤리성에 대한 심각한 고민을 일본 사회에게 안기는 등 수많은 영향을 미치게 됩니다.

그리고 누쿠이 도쿠로가 일본 미스터리계에 《통곡》이라는 걸출한 작품으로 데뷔하는데 모티브가 된 게 아닐까 하고 감히 추측해 봅니다.

작가가 이 소설을 집필할 때 《이마다 유코 vs 경관今田勇子 vs 警官》이란 책을 인용 참고하였다고 밝힌 것에서 엿볼 수 있다시피 이 작품에는 도쿄 사이타마 연속 소녀 유괴 살인 사건의 그림자가 짙게 드리워져 있습니다('이마다 유코'는 범인 미야자키 쓰토무가 신문사로 보낸 성명에 부기된 이름입니다). 연속되는 소녀의 유괴 살인, 경찰과 미디어를 조롱하는 듯한 범인의 성명서, 여성으로 위장하여 아이를 잃은 상실감으로 유괴하였다는 거짓말, 언론사의 과다 보도 경쟁, 그리고 롤리타 콤플렉스에 기반한 오타쿠의 범행설 등 소설 속에서 이 사건을 연상시키는 대목을 곳곳에서 발견할 수 있습니다.

사실 저자가 원서에서 실제 조직, 단체, 인물과 무관한 픽션이라고 강조하였는데도 이러한 사실을 옮긴이로서 말씀드린다는 건 주제넘은 짓일지도 모르겠습니다. 이 작품과 옮긴이로서 인연을 맺게 되면서 알게 된 사실을 일러드리고 싶다는 공명심에 귀한 지면을 사사롭게 이용하고 말았습니다.

  사실 저는 이 작품과는 사사로운 인연이 하나 더 있습니다. 제가 제 구실도 못하면서 생활을 건사한다는 미명하에 편집자로 일하던 무렵, 일본까지 출장을 간 적이 있습니다. 그곳에서 일본의 출판사와 미팅을 하던 중 그쪽 관계자가 제가 일하던 출판사에서 누쿠이 도쿠로의 작품을 계약했다는 걸 알고 좋은 작가라며 고개를 주억거리면서 이런 말을 흘렸습니다.

  "그래도 누쿠이 도쿠로 하면 역시 《통곡》이죠."

  이 말에 귀가 번뜩 뜨인 저희 일행은 부랴부랴 《통곡》이란 작품에 대해 알아보았고, 이 작품이 이튿날 미팅 예정인 도쿄소겐샤(東京創元社)서 나온 작품이라는 걸 알게 되었습니다. 저희는 망설임 없이 도쿄소겐샤와의 미팅 자리에서 계약 의사를 밝혔습니다. 이윽고 제가 몸담았던 출판사의 시리즈 목록에 《통곡》이란 작품을 더하며 음흉, 아니 흐뭇한 눈길로 바라봤던 기억이 생생합니다 (그때의 음흉, 아니 흐뭇했던 눈길에는 옮긴이로서 이 작품과 만나게 되리라는 흑심 따위는 결코 없었다는 것을 단호히 밝혀둡니다).

  몇 가지 사사로운 인연이 얽혀 이 작품을 옮기게 되었다고 주절거렸습니다만, 사실 번역이란 두렵기 이를 데 없는 영역에 발을 디디게 된 데는 많은 분들의 격려와 도움이 없었으면 불가능했습니다. 이 자리를 빌어 감사 인사드립니다.

  저자 누쿠이 도쿠로는 본인의 홈페이지(http://www.hi-ho.ne.jp/

nukui/)에서 자신의 작품을 읽는다면 우선 이 작품부터 읽어주기를 바란다고 밝혀두고 있습니다. 작가의 바람에 조금이나마 일조를 하게 되어 기쁜 마음으로 여러분께 소개드립니다.

2008년 여름
옮긴이